Annie Dillard

Der freie Fall der Spottdrossel

Aus dem Englischen übersetzt
von Karen Nölle-Fischer
unter Mitarbeit von
Hans-Ulrich Möhring

Klett-Cotta

Klett-Cotta
Die Originalausgabe erschien unter dem Titel
»Pilgrim at Tinker Creek« bei Harper's Magazine Press,
New York

Printed in Germany
Schutzumschlag: Klett-Cotta-Design
Gesetzt aus der 10 Punkt Goudy Berthold von
Steffen Hahn GmbH, Kornwestheim
Auf säure- und holzfreiem Werkdruckpapier
gedruckt und gebunden von Clausen & Bosse, Leck

Die Deutsche Bibliothek – CIP-Einheitsaufnahme
Dillard, Annie:
Der freie Fall der Spottdrossel / Annie Dillard.
Aus dem Engl. übers. von Karen Nölle-Fischer. –
Stuttgart : Klett-Cotta, 1996
Einheitssacht.: Pilgrim at Tinker Creek <dt.>
ISBN 3-608-95990-4

für Richard

Inhalt

1. Kapitel Himmel und Erde ein Scherz 11
2. Kapitel Sehen 24
3. Kapitel Winter 46
4. Kapitel Das Starre 65
5. Kapitel Den Knoten lösen 84
6. Kapitel Die Gegenwart 89
7. Kapitel Frühling 117
8. Kapitel Feinheit 137
9. Kapitel Hochwasser 163
10. Kapitel Fruchtbarkeit 175
11. Kapitel Pirschen 199
12. Kapitel Nachtwache 225
13. Kapitel Die Hörner des Altars 241
14. Kapitel Der Norden 263
15. Kapitel Das Reinigungswasser 281

Sie war immer und ist und wird sein: immer-lebendes Feuer,
aufflammend nach Maßen und verlöschend nach Maßen.

Heraklit

1. Kapitel

Himmel und Erde ein Scherz

Ich hatte mal einen Kater, eine alte Kämpfernatur, der oft mitten in der Nacht durch das offene Fenster neben meinem Bett sprang und auf meiner Brust landete. Ich wurde halb wach. Er steckte mir seinen Schädel unter die Nase und schnurrte und stank nach Urin und Blut. In manchen Nächten knetete er mir mit seinen Vorderpfoten kräftig die nackte Brust und streckte sich dabei, als ob er sich die Klauen schärfen oder eine Mutter melken wollte. Und manchmal wachte ich morgens im Hellen auf und sah, daß mein Körper über und über mit blutigen Pfotenspuren bedeckt war; ich sah aus wie mit Rosen bemalt.

Es war heiß, so heiß, daß der Spiegel sich warm anfühlte. Benommen wusch ich mich vor dem Spiegel, und mein verdrehter Sommerschlaf hing noch an mir wie Seetang. Was für ein Blut war das, und was für Rosen? Es hätte die Rose der Vereinigung sein können, das Blut des Mordes, oder die Rose der nackten Schönheit und das Blut einer unsagbaren Opferung oder Geburt. Das Zeichen an meinem Körper hätte ein Erkennungszeichen sein können oder ein Schandfleck, der Schlüssel zum Himmelreich oder das Kainszeichen. Ich war mir nie sicher. Ich war mir nie sicher, während ich mich wusch und das Blut verlief, blaß wurde und schließlich verschwand, ob ich mich gereinigt oder das Blutzeichen des Passahfestes ausgelöscht hatte. Wir erwachen, wenn wir überhaupt je erwachen, umgeben von Geheimnis, Todesraunen, Schönheit, Gewalt ... »Als ob wir einfach hier unten hingesetzt wären«, sagte neulich eine Frau zu mir, »und kein Mensch weiß warum.«

Das sind Morgengedanken, Bilder, die du träumst, während die letzte Welle dich auf den Sand ins helle Licht und an die warme Luft spült. Du erinnerst dich an Druck und an einen eingerollten Schlaf, in dem du weich gebettet lagst wie eine Muschel in ihrer Schale. Aber die Luft härtet deine Haut; du richtest dich auf; du verläßt den hellen Strand, um eine schattige Landspitze zu erkunden, und bald schon verlierst du dich im grünen Unterholz, versunken und ohne dich zu erinnern.

Ich denke immer noch an diesen alten Kater, wenn ich morgens aufwache. Inzwischen geht es zahmer zu; ich schlafe bei geschlossenem Fenster. Den Kater und unsere Rituale gibt es nicht mehr, und mein Leben hat sich verändert, aber es bleibt die Erinnerung an eine Kraft, die mir mitspielte. Ich wache erwartungsvoll auf in der Hoffnung, etwas Neues zu erleben. Wenn ich Glück habe, macht mich ein unbekannter Vogelruf munter. Ich ziehe mich hastig an und stelle mir vor, daß draußen tausend Alken flattern, oder Flamingos. Heute morgen war es eine Brautente, unten am Fluß. Sie flog davon.

Ich wohne an einem Fluß, Tinker Creek, in einem Tal in den Blue Ridge Mountains von Virginia. Die Klause eines Anachoreten nennt man hierzulande einen »anchor-hold«; manche dieser »festen Anker« waren einfache Hütten, die an einer Kirche klebten wie Seepocken an einem Felsen. In meiner Vorstellung ist das Haus, in dem ich lebe, auf diese Weise am Rand des Tinker Creek verankert. Es verankert mich am Felsengrund des Flusses selbst und hält mich sicher in der Strömung wie ein Schiffsanker im Strom des niederfließenden Lichts. An diesem Ort ist gut sein; er bietet viel Stoff zum Denken. Die Flüsse – Tinker und Carvin's Creek – sind ein bewegtes Geheimnis, jeden Augenblick neu. Ihr Geheimnis ist das Rätsel der unaufhörlichen Schöpfung und der Vorsehung mit allem, was das bedeutet: Unsicherheit des Sehens, die Grausigkeit des Starren, die Auflösung der Gegenwart, die Feinheit des Schönen, der Zwang zur Fruchtbarkeit, die Unfaßbarkeit des Freien, die Unzulänglichkeit des Vollkommenen. Die Berge – Tinker und Brushy, McAfee's Knob und Dead Man – sind ein unbewegtes Geheimnis, das älteste überhaupt. Es ist das einfache Geheimnis der Schöpfung aus nichts, der Materie selbst, aller Dinge überhaupt. Berge sind riesig, ruhevoll, bewahrend. Du kannst einem Berg deine Seele überantworten, und der Berg wird sie hüten und einhüllen und nicht zurückwerfen, wie manche Flüsse es tun. Die Flüsse sind die Welt mit all ihrer Aufregung und Schönheit; dort wohne ich. Aber die Berge sind Heimat.

Die Brautente flog davon. Ich sah nur flüchtig etwas wie einen hellen Torpedo durch die Blätter fetzen. Wieder im Haus aß ich einen Teller Haferbrei; viel später am Tag kamen die langen schrägen Sonnenstrahlen, die gutes Spaziergehwetter bedeuten.

An einem schönen Tag ist jeder Spaziergang recht; es sieht überall gut aus. Vor allem das Wasser ist jetzt am schönsten, wie es an den seichten Stellen den blauen Himmel spiegelt und ihn in den Schnellen über Kies aufrauht und in weiß schäumende Streifen zerhackt. An einem dunklen Tag oder einem diesigen ist alles verwaschen und matt außer dem Wasser. Es führt seine eigenen Lichter mit. Ich machte mich auf den Weg zu den Eisenbahngleisen, zu dem Hügel, über den die Vogelschwärme fliegen, zu dem Wald, wo die weiße Stute wohnt. Aber ich gehe zum Wasser.

Heute ist einer jener wunderschönen teilweise bewölkten Januartage, an denen das Licht sich einen unerwarteten Teil der Landschaft aussucht und mit Gold überzieht, bis es von Schatten weggewischt wird. Du spürst, daß du lebst. Du machst Riesenschritte, versuchst die Erdkrümmung zwischen deinen Beinen zu fühlen. Kazantzakis erzählt, er habe in jungen Jahren einen Kanarienvogel und einen Globus gehabt. Wenn er den Kanarienvogel aus dem Käfig ließ, setzte er sich auf den Globus und sang. Bei seinen Reisen über den Erdball hatte er zeitlebens das Gefühl, einen Kanarienvogel auf dem Kopf zu haben, der sang.

Westlich des Hauses macht der Tinker Creek eine Schleife, so daß der Fluß sowohl hinterm Haus fließt, südlich von mir, als auch auf der anderen Straßenseite, nördlich von mir. Ich gehe gern nach Norden. Dort fällt die Nachmittagssonne genau richtig auf den Fluß, vertieft das reflektierte Blau und leuchtet die Bäume an den Ufern an. Die Ochsen von der Weide auf der andern Seite kommen dort zum Trinken an den Fluß; dort scheuche ich immer ein paar Kaninchen auf; ich sitze auf einem umgestürzten Baumstamm im Schatten und schaue den Eichhörnchen in der Sonne zu. Gleich oberhalb meiner Baumbank verlaufen zwei abgetrennte, an Drahtseilen aufgehängte Holzzäune über den Fluß. Sie hindern die Ochsen daran, flußauf oder flußab auszubrechen, wenn sie zum Saufen kommen. Eichhörnchen, die Kinder aus der Nachbarschaft und ich benutzen den unteren Zaun als schwankende Brücke über den Fluß. Aber heute sind die Ochsen da.

Ich sitze auf dem umgestürzten Baum und sehe zu, wie die schwarzen Ochsen auf dem Flußgrund ausrutschen. Sie sind Zuchtrinder durch und durch: Rinderherz, Rindsleder, Rinderhaxen. Sie sind ein menschliches Produkt wie Kunstseide. Sie sind wie ein Feld Schuhe. Sie haben gußeiserne Hinterschinken und Zungen wie Einlegesohlen. Du kannst ihnen nicht ins Gehirn schauen wie andern Tieren; sie haben Rinderfett hinter den Augen, Rindsgulasch.

Ich gehe in zwei Meter Höhe auf dem Zaun über das Wasser; ich taste mich an dem rostigen Kabel entlang und balanciere mit den Füßen auf dem schmalen Bretterrand. Als ich am andern Ufer wieder terra firma unter den Füßen habe, steht ein Knäuel Ochsen dichtgedrängt zwischen mir und dem Stacheldrahtzaun, über den ich will. Also sprinte ich plötzlich wild auf sie zu, fuchtle mit den Armen und brülle: »Blitz! Schlangen! Rinderhack!« Sie fliehen stolpernd über die flache Weide, immer noch im Knäuel. Ich stehe mit dem Gesicht im Wind.

Ich tauche unter einem Stacheldrahtzaun hindurch, überquere ein Feld, laufe auf einem gefällten Platanenstamm übers Wasser und bin auf einer kleinen tränenförmigen Insel in der Mitte des Tinker Creek. Auf einer Seite des Flusses liegt ein steiles bewaldetes Ufer; das Wasser ist auf dieser Seite der Insel schnell und tief. Auf der andern Seite liegt das ebene Feld neben der Ochsenweide, über das ich gekommen bin; zwischen dem Feld und der Insel steht das Wasser flach und träge. Bei Niedrigwasser im Sommer wachsen Schwertlilien und Rohrkolben an etlichen flachen, von einer trägen Strömung gekühlten Wasserbecken. Wasserläufer patrouillieren auf der Oberfläche,

Flußkrebse buckeln über den Schlickboden und fressen Modder, Frösche quaken und glotzen, und kleine Brassen und Weißfische verstecken sich zwischen den Wurzeln vor dem sturen Blick des Grünreihers. Ich komme jeden Monat des Jahres auf diese Insel. Ich gehe sie ab und bleibe dabei immer wieder beobachtend stehen, oder ich setze mich rittlings auf den Platanenstamm über den Fluß, im Winter ohne die Beine ins Wasser baumeln zu lassen, und versuche zu lesen. Heute sitze ich am Ende der Insel am langsameren Arm des Flusses im trockenen Gras. Dieser Fleck zieht mich an. Ich suche ihn auf wie ein Orakel; ich kehre zu ihm zurück wie ein Mann nach Jahren auf das Schlachtfeld, wo er ein Bein oder einen Arm verloren hat.

Vor zwei oder drei Sommern spazierte ich am Rand der Insel entlang, um zu sehen, was ich im Wasser sehen konnte, und hauptsächlich, um Frösche zu erschrecken. Frösche haben so eine herrlich tolpatschige Art, von versteckten Stellen am Ufer direkt vor deinen Füßen in totaler Panik in die Luft zu springen und mit einem fröschernen »Hilfe!« ins Wasser zu platschen. Unglaublich, aber mich hat das amüsiert und amüsiert mich immer noch. Auf meinen Spaziergängen am grasigen Rand der Insel wuchs meine Fähigkeit, Frösche im Wasser und auf dem Land zu erkennen. Je langsamer ich ging, um so besser lernte ich die Unterschiede des Lichts erkennen, je nachdem, ob es vom Lehmufer, vom Wasser, vom Gras oder von einem Frosch reflektiert wurde. Frösche flogen nur so um mich herum. Am Ende der Insel fiel mir ein kleiner grüner Frosch auf. Er war genau zur Hälfte unter und zur Hälfte über Wasser und sah aus wie die schematische Darstellung einer Amphibie, und er sprang nicht.

Er sprang nicht; ich schlich näher. Schließlich kniete ich ratlos und verwirrt auf dem wintertoten Inselgras und starrte auf den nur zwei Schritte entfernten Frosch im Fluß. Es war ein sehr kleiner Frosch mit großen, stumpfen Augen. Und noch während ich ihn anschaute, wurde er langsam faltig und sackte in sich zusammen. Das Lebenslicht schwand aus seinen Augen wie ausgelöscht. Seine Haut wurde leer und schlaff; selbst sein Schädel schien einzufallen und sich flachzulegen wie ein umgetretenes Zelt. Er schrumpfte vor meinen Augen wie ein Fußball, der ein Loch hat. Ich sah die straffe, glänzende Haut auf seinen Schultern rippeln, runzeln und welken. Bald trieb ein Teil seiner Haut, formlos wie ein geplatzter Luftballon, als heller Glibber auf dem Wasser: es war ein ungeheurer und erschreckender Anblick. Voll Entsetzen sah ich zu. Ein ovaler Schatten stand hinter dem ausgelaufenen Frosch im Wasser; dann glitt der Schatten davon. Der Hautsack sank langsam nach unten.

Ich hatte über die Riesenwanze gelesen, aber nie eine gesehen. Dieses Insekt heißt wirklich »Riesenwanze« und ist ein kolossaler, dickleibiger brauner Käfer. Sie frißt andere Käfer, Kaulquappen, Fische und Frösche. Ihre vorderen Greifbeine sind gewaltige, nach innen gekrümmte Zangen. Mit ihnen packt sie die Beute, hält sie fest und lähmt sie durch Enzyme, die sie mit einem tückischen Stich einspritzt. Mehr als diesen einen Stich braucht es nicht. Durch das Einstichloch schießen die Gifte, die die Muskeln, Knochen und Organe des Beutetieres auflösen – alles bis auf die Haut –, und durch dieses Loch saugt die Riesenwanze das zu Saft gewordene Körperinnere aus. Sie kommt in warmem Süßwasser ziemlich häufig vor. Der Frosch, den ich sah, wurde von einer Riesenwanze ausgesaugt. Ich hatte im Inselgras gekniet; als der nicht mehr wiederzuerkennende Lappen Froschhaut sich wehend auf den Flußgrund legte, stand ich auf und klopfte mir die Hosenknie ab. Mir stockte der Atem.

Natürlich verschlingen viele fleischfressende Tiere ihre Beute bei lebendigem Leib. Dabei scheint es die übliche Methode zu sein, das Opfer zu überwältigen, indem man es niederwirft oder so festhält, daß es nicht fliehen kann, und es dann ganz oder mit mehreren blutigen Bissen zu verschlingen. Frösche fressen alles ganz, indem sie ihre Beute mit den Daumen ins Maul stopfen. Man hat schon Frösche gesehen, die ihren großen Schlund so mit lebendigen Libellen vollgestopft hatten, daß sie das Maul nicht mehr zukriegten. Ameisen brauchen ihre Beute nicht einmal zu fangen: im Frühjahr schwärmen sie über frisch geschlüpfte, federlose Vögel im Nest und fressen sie Häppchen für Häppchen.

Daß es da draußen rauh und riskant zugeht, ist nicht weiter verwunderlich. Alles, was lebt, ist gewissermaßen ein Überlebender in einem einzigen langen Notlager. Aber gleichzeitig sind wir auch geschaffen worden. Im Koran sagt Allah: »Wahrlich, wir haben die Himmel und die Erde, und was zwischen ihnen ist, nicht zum Scherz geschaffen.« Das ist gut gesagt. Was sollen wir vom erschaffenen Universum halten, das eine unausdenkliche Leere mit einer unausdenklichen Fülle von Formen umspannt? Oder was sollen wir vom Nichts halten, jenen unerträglich weiten Zeiträumen vor und hinter uns? Wenn nicht zum Scherz, wurde die Riesenwanze dann im Ernst geschaffen? Pascal hat einen schönen Begriff für die Vorstellung eines Schöpfers gefunden, der der Welt, nachdem er sie einmal hervorgebracht hat, den Rücken zukehrt: Deus absconditus. Ist das die Vorstellung, der wir anhängen? Lag der Sinn des Ganzen zutage, und Gott machte sich mit ihm davon, fraß ihn auf wie ein Wolf, der mit der Weihnachtsgans um die Hausecke verschwindet? »Gott ist subtil«, sagt Einstein, »aber nicht boshaft.« Andererseits sagt Einstein: »Die Natur verbirgt ihr Geheimnis mit der ihr eigenen Pracht, nicht mit Arglist.« Es könnte sein, daß Gott sich nicht davongemacht hat, sondern sich, je umfassender unsere Sicht und unser Verständnis des Universums wurde, zu einem Geist- und Sinnkleid ausgedehnt hat, das so prachtvoll und so subtil ist, so gewaltig auf ganz neue Art, daß wir nur blind seinen Saum ertasten können. Als Gott das Meer in Dunkel einwickelte wie in Windeln, setzte er »Riegel und Tore« und sagte: »Bis hierher sollst du kommen und nicht weiter.« Aber sind wir überhaupt so weit gekommen? Sind wir in das Dunkel hinausgerudert, oder spielen wir alle bloß unten im Boot Schafskopf?

Die Grausamkeit ist ein Geheimnis, die vielen sinnlosen Schmerzen. Aber wenn wir eine Welt beschreiben, in der diese Dinge vorkommen, eine Welt, die ein langes, brutales Spiel ist, stoßen wir auf ein weiteres Rätsel: den Einstrom von Kraft und Licht; den Kanarienvogel, der auf dem Schädel singt. Wenn sich nicht alle Völker zu allen Zeiten von dem selben Massenhypnotiseur (wem?) haben irreführen lassen, scheint es so etwas wie Schönheit zu geben, eine Anmut ohne jeden Nutzen. Vor ungefähr fünf Jahren sah ich, wie eine Spottdrossel sich von der Dachrinne eines vierstöckigen Hauses pfeilgerade zu Boden fallen ließ. Das geschah so achtlos und war so ungeplant wie die Krümmung eines Halms oder das Entzünden eines Sterns.

Die Spottdrossel machte einfach einen Schritt hinaus in die Luft und fiel. Ihre Flügel blieben angelegt, als ob sie auf einem Ast sang und nicht mit einer Beschleunigung von 9,81 Meter pro Quadratsekunde durch die Luft fiel. Im allerletzten Moment, bevor sie am Boden zerschellt wäre, breitete sie sicher und exakt ihre Flügel aus, daß die breiten weißen Streifen sichtbar wurden, spreizte den eleganten weißgerippten Schwanz und landete ach so leicht auf dem Gras. Ich war gerade um eine Ecke gekommen, als mir ihr sorgloser Schritt ins Auge fiel; sonst war niemand zu sehen. Dieser freie Fall erinnerte an das alte philosophische Gedankenspiel vom Baum, der im Wald umfällt. Die Antwort muß, denke ich, lauten, daß Schönheit und Anmut vollbracht werden, ob von uns gewollt und wahrgenommen oder nicht. Wir können nur versuchen, da zu sein.

Ein andermal sah ich ein anderes Wunder: Haie vor der Atlantikküste Floridas. Wenn eine Welle sich über die Meereslinie erhebt, bildet sie eine Dreiecksform vor dem Himmel. Wenn du dort stehst, wo das Meer sich an einem flachen Strand bricht, siehst du, daß das aufgeworfene Wasser in einer Welle ganz klar ist, von Licht durchstrahlt. Eines späten Nachmittags bei Ebbe schwammen hundert große freßwütige Haie nahe einer Flußmündung am Strand vorbei. In jeder grünen Welle, die aus dem aufgewühlten Wasser aufstieg, leuchteten zwei bis zweieinhalb Meter lange peitschende Haikörper auf. Die Haie verschwanden jedesmal, wenn die Welle auf mich zugerollt kam; dann baute sich eine neue Welle auf, in der man, wie Skorpione im Bernstein, Haie eingeschlossen sah, die sich wanden. Der Anblick war schrecklich und schön: voll Kraft und Schönheit, Anmut in einem ekstatischen Kampf mit roher Gewalt.

Wir wissen nicht, was hier los ist. Wenn diese ungeheuren Vorgänge aus zufälligen Verbindungen blindwütiger Materie entstehen, das Produkt von Millionen von Affen an Millionen von Schreibmaschinen, was entfachen sie dann in uns, die wir auf diesen selben Schreibmaschinen getippt wurden? Wir wissen es nicht. Unser Leben ist eine blasse Strichzeichnung auf der Außenseite des Rätsels, vergleichbar den leeren, gewundenen Gängen von Minierfliegen auf einem Blatt. Wir müssen irgendwie umfassender schauen, auf die ganze Landschaft, sie wirklich sehen und beschreiben, was hier los ist. Dann können wir wenigstens die richtige Frage in die uns einhüllende Windel der Finsternis hinausschleudern oder im andern Fall den richtigen Lobgesang anstimmen.

Zur Zeit von Lewis und Clark war das Anzünden der Prärie ein allgemein geläufiges Signal für »Kommt her zum Wasser!«. Es war eine bombastische Geste, aber darunter können wir es nicht tun. Wenn die Landschaft uns eines deutlich zeigt, dann daß die bombastische Geste das eigentliche Wesen der Schöpfung ist. Nach der einen bombastischen Geste der Schöpfung am Anfang hat das Universum fortan nichts als Bombast geboten: hat filigranste und kolossalste Formen durch Äonen der Leere gegossen, hat mit nimmermüdem Schwung Übermaß auf Überfluß gehäuft. Seit fiat lux brennt das ganze Theater lichterloh. Ich komme zum Wasser, um mir die Augen zu kühlen. Aber überall, wo ich hinschaue, sehe ich Feuer; was nicht Flint ist, ist Zunder, und die ganze Welt funkt und flammt.

Ich bin spät am Tag auf die grasbewachsene Insel gekommen. Der Fluß ist hoch; eisiges Wasser schießt unter der Platanenbrücke hindurch. Von der Froschhaut ist natürlich nichts mehr zu sehen. Ich habe so lange auf diesen einen Fleck am Flußgrund gestarrt, ohne mich von dem vorbeirauschenden Wasser beirren zu lassen, daß, als ich aufstehe, das gegenüberliegende Grasufer sich vor meinen Augen auszudehnen und stromaufwärts zu fließen scheint. Als das Ufer stehenbleibt, überquere ich den Platanenstamm und trete wieder auf den großen gepflügten Acker neben der Ochsenweide.

Der Wind bläst mächtig von Westen; die Sonne kommt und geht. Ich kann sehen, wie sich der Schatten vor mir auf dem

Acker einheitlich verdüstert und ausbreitet wie eine Seuche. Alles wirkt so grau in grau, daß ich erstaunt bin, überhaupt noch Dinge unterscheiden zu können. Und plötzlich läuft das Licht übers Land wie eine Sturzwelle, und die Bäume hinauf, und ist im Nu wieder weg: ich denke, ich bin auf einmal blind oder tot. Als es wiederkommt, das Licht, hältst du die Luft an, und wenn es bleibt, vergißt du es, bis es wieder weggeht.

Es ist der schönste Tag des Jahres. Um vier Uhr ist der Himmel im Osten eine pechschwarze Decke mit niedrigen weißen Wolkentupfern. Die Sonne im Westen bescheint den Boden, die Berge und vor allem die nackten Zweige der Bäume, so daß überall silberne Bäume in den schwarzen Himmel einschneiden, wie auf dem photographischen Negativ einer Landschaft. Die Luft und der Boden sind trocken; die Berge gehen an und aus wie Leuchtreklamen. Wolken gleiten nach Osten wie vom Horizont aus gezogen, als ob eine Tischdecke vom Tisch gerissen wird. Die Hemlocktannen am Stacheldrahtzaun biegen sich nach Osten, als wollten sie sich gleich das Kreuz brechen. Violette Schatten jagen nach Osten; der Wind zwingt mich, nach Osten zu schauen, und wieder spüre ich das Strudeln und Ziehen wie vorhin, als das Flußufer wegschwamm.

Um halb fünf ist der Himmel im Osten klar; wie ist diese große Schwärze bloß weggeweht worden? Fünfzehn Minuten später zieht von Nordwesten eine neue Dunkelheit auf; schon ist sie da. Alles hat sein Licht verloren, als wäre es ihm abgesaugt worden. Nur am Horizont erscheinen hinter tintenschwarzen Bergen ferne Berge im Licht – nicht im direkten Sonnenlicht, sondern im fahlen Schein leuchtender Nebelschleier, die vor ihnen hängen. Jetzt ist die Schwärze im Osten; alles liegt halb im Schatten, halb in der Sonne, jeder Erdklumpen, Baum, Berg und Knick. Ich kann den Tinker Mountain durch die Hemlockreihe nicht sehen, bis er angeht wie eine Straßenlaterne, ping, ex nihilo. Seine Sandsteinfelsen treten rosig hervor. Plötzlich geht das Licht wieder aus; die Felsen weichen zurück wie gestoßen. Die Sonne fällt auf eine Platanengruppe zwischen mir und den Bergen; die Platanenarme leuchten auf, und ich kann die Felsen nicht mehr sehen. Sie sind weg. Das blasse Netz von Platanenarmen, das vor einer Sekunde noch durchsichtig war wie ein Fliegengitter, ist plötzlich dicht und strahlt im Licht. Jetzt erlöschen die Platanenarme, die Berge gehen an, und die Felsen sind wieder da.

Ich gehe nach Hause. Um halb sechs ist die Vorstellung vorbei. Es ist nichts mehr da als ein unwirkliches Blau und ein paar tiefe Wolkenbänke im Norden. Ein Jahrmarktszauberer war da, ein Wundermann mit flinker Zunge, der seine Nummer perfekt beherrscht. »In meiner rechten Hand«, sagt er, »in meiner linken Hand, in meinem Ärmel, hinter meinem Rücken . . .«, und Simsalabim, ein Fingerschnippen und alles ist weg. Nur der unnahbare Zauberer in seinem tadellosen Frack ist noch da, mit leeren Händen und leerem Gesicht, und nimmt einen zaghaften verblüfften Beifall entgegen. Wenn du wieder hinschaust, hat der ganze Jahrmarkt schon die Zelte abgebrochen und ist weitergezogen. Er rastet nie. Neue Sensationen kommen über die Berge gerollt, und der Zauberer taucht ohne Vorankündigung aus einer Vorhangfalte auf, wo du nie einen Schlitz vermutet hättest. Wolkentücher, offen gezeigte Kaninchen verschwinden für immer im schwarzen Zylinder. Presto chango. Dem Publikum, sofern eines da ist, ist ganz schwindlig vor lauter Kopfverdrehen.

Wie der Bär, der über den Berg ging, zog ich aus, um zu sehen, was ich sehen konnte. Und, ich warne euch lieber gleich, wie der Bär konnte ich nichts weiter sehen als die andere Seite des Berges: das gleiche in Grün. An einem guten Tag erblicke ich vielleicht die nächste bewaldete Bergkette, die wie eine Welle unter der Sonne dahinrollt, das nächste Notlager. Ich habe vor, hier »ein meteorologisches Tagebuch der Seele« zu führen, wie Thoreau es nennt, ein paar Geschichten zu erzählen und einige der Ansichten dieses ziemlich durchzivilisierten Tales zu beschreiben und mit Zittern und Zagen einige der unerforschten Dämmerregionen und unheiligen Schlupfwinkel zu erkunden, in die mich diese Geschichten und Ansichten führen und wo mir die Luft wegbleibt.

Ich bin keine Wissenschaftlerin. Ich erkunde die Gegend. Ein Säugling, der eben gelernt hat, den Kopf hochzuhalten, hat eine offene und direkte Art, staunend um sich zu schauen. Er hat nicht den blassesten Schimmer, wo er ist, und er will es herausfinden. Aber nach ein paar Jahren wird er lediglich herausgefunden haben, wie er so tut, als ob: Er wird die selbstsichere Art eines Landnehmers haben, der sich einbildet, daß ihm das Land gehört. Ein unnatürlicher, anerzogener Stolz bringt uns von dem ab, was wir ursprünglich wollten: die Gegend erkunden, die Landschaft betrachten, zumindest in Erfahrung bringen, wo um alles in der Welt man uns hingesetzt hat, wenn wir schon nicht herausfinden können, warum.

Darum beschäftige ich mich mit dem Tal. Es ist mein Freizeitvergnügen und meine Arbeit, ein Spiel. Es ist ein hartes Spiel, das ich mitmache, weil es ohnehin gespielt wird, ein Spiel, das Geschick wie auch Glück erfordert, ein Spiel gegen einen unsichtbaren Gegner – die Zeitlichkeit –, bei dem die Gewinne, die jederzeit in einer plötzlichen Lichtexplosion kommen können, genauso gut mir wie sonst jemand zufallen können. Ich setze die Zeit und die Kräfte, für die ich froh und dankbar bin, gezielt ein. Ich gehe das Risiko ein, sozusagen keinen Zug mehr machen, mich in keine Richtung bewegen zu können, was weiß Gott oft genug vorkommt; und ich lasse mich auf die quälenden, zehrenden Schrecken ein, die mir die Nachtruhe rauben und mich zwingen, ganze Nächte bäuchlings in einem matschigen Graben zu liegen, in dem es vor schlüpfenden Käfern und Krustentieren wimmelt.

Aber wenn ich die Nächte ertragen kann, sind die Tage ein Hochgenuß. Ich gehe hinaus; ich sehe etwas, ein Ereignis, das ansonsten völlig unbemerkt geblieben wäre; oder etwas sieht mich, eine ungeheure Kraft streift mich mit ihrem makellosen Flügel, und ich erklinge wie eine geschlagene Glocke.

Ich bin also eine Forscherin, und ich bin auch eine Jägerin, oder die Jagdwaffe selbst. Einige Indianerstämme schnitten in die Holzschäfte ihrer Pfeile lange Kerben. Diese Kerben nannten sie »Blitzmale«, weil sie den langen Rissen ähnelten, die der Blitz in einem Baumstamm hinterläßt. Der Zweck des Blitzmales ist der: Wenn der Pfeil das Wild nicht tötet, rinnt das Blut aus einer tiefen Wunde in dieser Kerbe den Pfeilschaft hinunter und tropft zu Boden, wo es auf Blätter und Steine eine Spur zeichnet, die der barfüßige und zitternde Schütze verfolgen kann, egal wie weit sie in die unbekannte Wildnis führt. Ich bin der Pfeilschaft, von unerwarteten Blitzen und Schnitten direkt aus dem Himmel der ganzen Länge nach gekerbt, und dieses Buch ist die taumelnde Blutspur.

Irgend etwas knetet uns durch, mit eben eingezogenen Krallen. Kraft brütet und bringt Licht. Wir werden gespielt wie eine Flöte; unser Atem gehört uns nicht. James Houston beschreibt, wie zwei junge Eskimomädchen mit gekreuzten Beinen auf dem Boden sitzen, Mund an Mund, einander abwechselnd die Stimmbänder anblasen und so eine leise Musik wie nicht von dieser Welt machen. Als ich die Brücke wieder überquere, die eigentlich der Ochsenzaun ist, ist der Wind zu einer sanften Abendbrise abgeflaut; sie kräuselt die Haut des Wassers. Ich beobachte die fließenden Lichtflächen, die auf dem Fluß entstehen. Der Anblick hat den Reiz des rein Passiven, wie das Jagen des Lichts unter Wolken über einen Acker, der schöne Traum, während er noch geträumt wird. Diese Brise ist kaum mehr als ein Hauch, aber du fliegst trotzdem, vom Sturmwind des Geistes getrieben, geschwind und atemlos dahin.

2. Kapitel

Sehen

Als ich sechs oder sieben Jahre alt war und noch in Pittsburgh wohnte, nahm ich manchmal einen von meinen kostbaren Taschengeldpennies und versteckte ihn, um ihn von jemand anders finden zu lassen. Es war ein eigenartiger Drang; leider hat er mich seither nie wieder erfaßt. Aus irgendeinem Grund »versteckte« ich den Penny immer auf dem selben Stück Bürgersteig in unserer Straße. Ich legte ihn liebevoll etwa an die Wurzeln einer Platane oder in ein Loch, wo ein Stück vom Pflaster abgebrochen war. Dann nahm ich ein Stück Kreide und malte von der oberen und unteren Querstraße aus riesige Pfeile, die aus beiden Richtungen zu dem Penny hinführten. Nachdem ich schreiben gelernt hatte, beschriftete ich die Pfeile: ACHTUNG ÜBERRASCHUNG oder GELD HIER LANG. Bei dieser Pfeilemalerei war ich ganz aufgeregt, wenn ich an den ersten glücklichen Passanten dachte, der auf diese Weise ohne jedes eigene Verdienst ein Gratisgeschenk vom Universum erhielt. Aber ich legte mich nie auf die Lauer. Ich ging immer schnurstracks nach Hause und dachte nicht weiter an die Sache, bis ich einige Monate später erneut von dem Impuls gepackt wurde, wieder einen Penny zu verstecken.

Wir haben immer noch die erste Januarwoche, und ich habe große Pläne. Ich habe über das Sehen nachgedacht. Es gibt viel zu sehen, unverpackte Geschenke und Gratisüberraschungen. Die Welt ist förmlich übersät von Pennies, die von einer großzügigen Hand wahllos ausgestreut werden. Aber – und das ist der Haken – wer freut sich schon über einen bloßen Penny? Wenn du einem Pfeil folgst, wenn du dich regungslos an ein Ufer kauerst, um ein zitterndes Kräuseln auf dem Wasser zu beobachten, und mit dem Anblick einer kleinen Bisamratte belohnt wirst, die aus ihrem Bau paddelt, wirst du dann diesen

Anblick bloß als einen armseligen Penny nehmen und traurig deines Weges gehen? Was ist das doch für eine schreckliche Armut, wenn ein Mann zu hungrig und müde ist, um sich nach einem Penny zu bücken. Aber wenn man eine gesunde Armut und Einfachheit pflegt, so daß ein Penny, den du findest, dir buchstäblich einen glücklichen Tag beschert, dann hast du dir, da die Welt tatsächlich mit Pennies gepflastert ist, mit deiner Armut ein Leben voll glücklicher Tage gekauft. So einfach ist das. Was du siehst, ist deine Belohnung.

Früher konnte ich fliegende Insekten in der Luft sehen. Ich machte die Augen auf und sah, nicht die Reihe Hemlocktannen auf der andern Straßenseite, sondern die Luft davor. Auf diese Luftschicht stellten sich meine Augen ein und pickten die fliegenden Insekten heraus. Aber ich muß wohl das Interesse daran verloren haben, denn ich gab die Gewohnheit auf. Jetzt kann ich Vögel sehen. Manche Leute können wahrscheinlich auf das Gras zu ihren Füßen schauen und alles entdecken, was da kriecht und krabbelt. Ich würde mich gerne mit Gräsern und Seggen auskennen – und auf sie achten. Dann wäre mein kleinster Ausflug in die Welt eine Entdeckungsreise, ein einziges freudiges Erkennen. Thoreau jubelte einmal im Überschwang: »Was für ein großartiges Buch ließe sich über Knospen schreiben, Triebe vielleicht eingeschlossen!« Eine schöne Vorstellung, finde ich. Ich zeichne mir gern im Geist ein Bild von drei vollkommen glücklichen Menschen. Einer sammelt Steine. Ein anderer – sagen wir, ein Engländer – beobachtet Wolken. Der dritte lebt an einer Küste und sammelt Meerwassertropfen, die er unter dem Mikroskop untersucht und präpariert. Aber ich sehe nicht, was der Spezialist sieht, und so bringe ich mich nicht nur um das Gesamtbild, sondern auch um die verschiedenen Formen von Glück.

Leider ist das Beobachten in der Natur ein ständiges Vorhang auf, Vorhang zu. Ein Fisch blitzt auf und löst sich vor meinen Augen auf wie Salz. Hirsche fahren scheinbar lebendigen Leibes in den Himmel auf; der bunteste Trupial wird vom Laub verschluckt. Dieses plötzliche Verschwinden versetzt mich jedesmal in eine gespannte Stille und Konzentration; die Natur, sagt man, verbirgt mit majestätischer Gelassenheit, und das Sehen, sagt man, ist ein Geschenk, die Enthüllung einer Tänzerin, die ihre sieben Schleier nur für meine Augen abwirft. Denn die Natur enthüllt auch, sie verbirgt nicht nur: Vorhang zu, Vorhang auf. Letzten September machten durchziehende Rotschulterstärlinge eine Woche lang unten am Fluß hinterm Haus Station und suchten eifrig nach Futter. Irgendwann ging ich nachschauen, woher der Radau kam; ich trat an einen Baum, einen Osagedorn, und hundert Vögel flogen auf. Sie entsprangen einfach dem Baum. Ich sah einen Baum, dann eine Farbwolke, dann wieder einen Baum. Ich trat näher, und noch einmal hundert Stärlinge erhoben sich in die Luft. Kein Ast, kein Zweig regte sich: Die Vögel waren anscheinend genauso gewichtslos wie unsichtbar. Oder es war, als ob die Blätter des Osagedorns von einem Zauberbann in Form von Rotschulterstärlingen befreit worden wären; sie flogen von dem Baum auf, erschienen vor mir am Himmel und verschwanden. Als ich den Baum wieder anblickte, saßen die Blätter an ihrem Platz, als ob nichts geschehen wäre. Schließlich trat ich direkt an den Baumstamm, und die letzten hundert, die ganz Hartgesottenen, stiegen auf, schwärmten aus und verschwanden. Wie konnten sich so viele im Baum verstecken, ohne daß ich sie sah? Der Osagedorn stand friedlich da und sah genauso aus wie vorher vom Haus, als dreihundert Rotschulterstärlinge in seiner Krone geschrien hatten. Ich schaute stromabwärts, wo sie hingeflogen waren, und sie waren weg. Ich suchte und konnte nicht einen entdekken. Ich wanderte den Fluß hinunter, um sie zu zwingen, sich zu zeigen, aber sie hatten sich auf der andern Seite verstreut. Nur eine Vorstellung pro Nase. Diese Erscheinungen rauben mir den Atem; sie sind die Gratisgeschenke, die blanken Pennies an den Baumwurzeln.

Es kommt alles darauf an, daß ich die Augen offenhalte. Die Natur ist wie eines dieser Vexierbilder für Kinder: Findest du im Laub dieses Baumes versteckt eine Ente, ein Haus, einen Jungen, einen Eimer, ein Zebra und einen Stiefel? Spezialisten finden die unglaublichsten, wohlverborgenen Sachen. Ein Buch, das ich las, als ich jung war, verriet einen einfachen Trick, wie man Raupen für seine Raupenzucht finden konnte: Du findest einfach frische Raupenkötel, schaust hoch, und da ist die Raupe schon. Vor nicht allzu langer Zeit redete mir ein Buchautor zu, mir über die Haufen kleingeschnittener Halme auf Wiesen und Feldern keine Gedanken zu machen. Diese Haufen stammen von Feldmäusen; sie beißen den Halm Stück für Stück ab, um oben an die Samen zu kommen. Wenn die Halme dicht stehen wie in einem Getreidefeld, fällt der Stengel anscheinend nicht beim ersten Biß um, sondern rutscht einfach senkrecht nach unten und bleibt im Gedränge der Halme stehen. Die Maus beißt ihn unten wieder und wieder durch, der Stengel rutscht jedesmal nach, und schließlich ist die Ähre tief genug, daß die Maus an die Körner kommt. Auf diese Art häckselt die Maus das Feld regelrecht mit ihren kleinen Halmhaufen voll, über die der Verfasser des Buches offenbar ständig stolpert.

Wenn ich diese Kleinigkeiten nicht sehen kann, so versuche ich immerhin, die Augen offenzuhalten. Ich halte ständig Ausschau nach Ameisenlöwentrichtern in sandigem Boden, nach Monarchfalterpuppen in Wolfsmilch, nach Dickkopffalterlarven in Robinienlaub. Diese Dinge sind absolut gängig, und ich habe noch kein einziges gesehen. Ich klopfe an hohle Bäume am Wasser, aber bis jetzt habe ich damit noch kein Gleithörnchen hervorgelockt. Im flachen Gelände beobachte ich jeden Sonnenuntergang in der Hoffnung, den grünen Strahl zu sehen. Der grüne Strahl ist eine selten beobachtete Lichterscheinung, die im Moment des Sonnenuntergangs aus der Sonne aufsteigt wie eine Fontäne; er schießt zwei Sekunden lang in den Himmel und verschwindet. Noch ein Grund, die Augen offenzuhalten. Ein Professor für Photographie an der Universität von Florida sah zufällig einen Vogel mitten im Flug sterben; er zuckte, starb, stürzte und platschte auf den Boden. Ich schaue mit zusammengekniffenen Augen in den Wind, weil ich Stewart Edward White gelesen habe: »Ich habe immer behauptet, daß man den Wind sehen kann, wenn man genau genug hinschaut – den trüben, kaum zu erkennenden, feinen Staub hoch in der Luft.« White war ein ausgezeichneter Beobachter und widmete in seinem Buch *The Mountains* ein ganzes Kapitel dem Thema

Hirsche sehen: »Sobald Sie das von Natur Auffällige vergessen und ein künstliches Auffälliges konstruieren können, werden auch Sie Hirsche sehen.«

Aber sein Augenmerk auf das zu richten, was man sich als das Aufzufallende konstruiert hat, ist schwer. Meine Augen machen weniger als ein Prozent vom Gewicht meines Kopfes aus; ich bin dickfellig und begriffsstutzig; ich sehe nur, was ich erwarte. Einmal habe ich volle drei Minuten auf einen Ochsenfrosch gestarrt, der so unerwartet groß war, daß ich ihn nicht sehen konnte, obwohl ein Dutzend begeisterte Camper mich lauthals dirigierten. Schließlich fragte ich: »Welche Farbe hat er?«, und ein Mann sagte: »Grün.« Als ich den Frosch endlich entdeckte, wurde mir klar, womit Maler zu kämpfen haben: Das Tier war keineswegs grün, sondern hatte die Farbe von nasser Hickoryrinde.

Der Liebende kann sehen, und der Kenner. Ich besuchte einmal Tante und Onkel auf einer Quarter-Horse-Ranch in Cody in Wyoming. Ich konnte mich nicht groß nützlich machen, aber ich konnte, dachte ich, zeichnen. Also holte ich, als wir nach dem Abendessen alle am Küchentisch saßen, ein Blatt Papier hervor und zeichnete ein Pferd. »Das ist vielleicht ein lahmer Gaul«, verkündete meine Tante. Der Rest der Familie stimmte mit ein: »Satteln muß man den wohl am Hals«; »Dem armen Vieh geben wir besser den Gnadenschuß, wegen den gräßlichen Wucherungen da.« Demütig schob ich Papier und Bleistift weiter. Jedes Mitglied der Familie, einschließlich meiner drei kleinen Cousins und Cousinen, konnte ein Pferd zeichnen. Wunderschön. Als das Blatt zu mir zurückkam, sah es aus, als ob fünf prächtige, echte Vollblutpferde aus Versehen mit einem Pappmaché-Elch auf die Koppel gestellt worden wären; die echten Pferde schienen die Mißgeburt zutiefst verwundert unverwandt anzustarren. Von Pferden lasse ich inzwischen die Finger, aber meine Goldfische sind nicht schlecht. Der Punkt ist, ich weiß einfach nicht, was der Liebende weiß; ich sehe schlicht nicht das, was diejenigen, die sich auskennen, sich als das Aufzufallende konstruieren. Der Herpetologe fragt den Einheimischen: »Gibt es in dieser Schlucht Schlangen?« – »Nö.« Und der Herpetologe schleppt sie haufenweise an. Gibt es auf dem Berg da Schmetterlinge? Blühen die Engelsaugen, gibt es hier Pfeilspitzen oder versteinerte Muscheln im Schiefer?

Beim Blick durch mein Schlüsselloch sehe ich ein Spektrum von nur etwa dreißig Prozent des von der Sonne kommenden Lichtes; der Rest ist infrarot und ein gewisses Quantum ultraviolett, das von vielen Tieren ohne weiteres wahrgenommen wird, mir aber unsichtbar ist. Ein albtraumhaft verwickeltes Netz von Ganglien, durch das ohne mein Wissen Impulse zucken, schneidet und klebt die Bilder, die ich sehe, bearbeitet sie für mein Gehirn. Donald E. Carr erklärt, daß die Sinneseindrücke einzelliger Tiere nicht für das Gehirn sortiert werden: »Das ist philosophisch ebenso interessant wie traurig, denn es bedeutet, daß nur die einfachsten Tiere das Universum wahrnehmen, wie es ist.«

Nebel, den die Sonne nicht wegbrennt, treibt und fließt über mein Gesichtsfeld. Wenn du siehst, wie Nebel sich vor einem Hintergrund dunkler Kiefern bewegt, siehst du nicht den Nebel selbst, sondern klare Streifen als dunkle Fetzen durch die Luft schweben. Ich sehe also nur Ausschnitte von Klarheit durch eine allgemeine Verschwommenheit. Ich kann den Nebel nicht von dem bewölkten Himmel unterscheiden; ich kann nicht sicher sein, ob das Licht direkt oder reflektiert ist. Überall erschreckt uns das Dunkel und die Gegenwart des Unsichtbaren. Wir schätzen mittlerweile, daß in jedem Kubikmeter intergalaktischen Raumes nur ein einziges Atom einsam vor sich hintanzt. Ich blinzle und kneife die Augen zusammen. Welcher Planet, welche Kraft reißt den Halleyschen Kometen aus seiner Bahn? Wir haben diese Gewalt noch nicht gesehen; es ist eine Frage der Entfernung, der Dichte und der Schwäche reflektierten Lichts. Wir wiegen uns in der Obhut der Windel des Dunkels. Sogar das einfache Dunkel der Nacht flüstert uns Gedanken ein. Letzten Sommer im August blieb ich zu lange am Fluß.

Wo der Tinker Creek unter der Platanenbrücke zur tränenförmigen Insel hindurchfließt, ist er langsam und flach, an den Rändern ein schmaler Sumpfstreifen mit Rohrkolben. An dieser

Stelle beherbergt eine erstaunlich üppige Vegetation eine Fülle sich munter fortpflanzender Populationen von Insekten, Fischen, Reptilien, Vögeln und Säugetieren. An windstillen Sommerabenden pirsche ich am Flußufer entlang oder sitze mucksmäuschenstill auf dem Platanenstamm und halte Ausschau nach Bisamratten. Die Nacht, in der ich zu lange dablieb, hockte ich vornübergebeugt auf dem Stamm und starrte gebannt auf ausufernde, reflektierte lila Flecken auf dem Wasser. Eine Wolke am Himmel leuchtete plötzlich auf wie angeknipst; genauso plötzlich schwamm jetzt weiter oben ihr Spiegelbild flach auf dem Wasser, so daß ich weder den Flußgrund noch das Leben im Wasser unter der Wolke sehen konnte. Ein Stück unterhalb der Wolke auf dem Wasser glitten bohnenglatte Wasserschildkröten mit leichten, gewichtslosen Stößen wie Astronauten auf dem Mond mit der Strömung flußabwärts. Ich wußte nicht, ob ich das Vorankommen einer Schildkröte, die ich sicher im Blick hatte, beobachten und dabei riskieren sollte, mit dem Gesicht in eine der Spinnweben auf dem Steg zu geraten, die wegen der zunehmenden Dunkelheit nicht mehr zu sehen waren, oder ob ich versuchen sollte, den Karpfen zu erspähen, oder das Ufer nach einer Bisamratte absuchen oder die letzten Schwalben verfolgen sollte, die nach meinem Herzen schnappten und es hinter sich herzogen wie ein Banner, wenn sie direkt unter dem Stamm hervorschossen und flußauf flogen, mit ihrem gegabelten Schwanz, so schnell.

Aber die Schatten wurden dichter und tiefer, und blieben. Auch nach Jahrtausenden ist uns die Dunkelheit immer noch ungeheuer, sind wir ängstliche Fremde mit über der Brust verschränkten Armen in einem feindlichen Lager. Ich rührte mich. Eine aufgeschreckte Landschildkröte am Ufer blies zischend die Luft aus den Lungen und zog sich in ihren Panzer zurück. Ein vages Rosa hier, ein unergründliches Blau dort verhieß allerlei lauerndes Getier. Allenthalben herrschte Leben. Ich konnte nicht erkennen, ob das dürre Rascheln, das ich hörte, eine ferne schlitzäugige Klapperschlange war oder ein naher Spatz, der in den Ablagerungen vom letzten Hochwasser am Fuß einer Weide herumkratzte. Ein unglaubliches Treiben wühlte überall, wo ich hinsah, das Wasser auf, ein Mordstreiben, aber woher? Neben einem offenen Bisamrattenloch stieg ein Zittern unter dem Ufer auf, und ich hielt den Atem an, aber keine Bisamratte tauchte auf. Die Kräuselung breitete sich in gleichmäßigen, kraftvollen Stößen wie ein Fächer flußaufwärts aus. Die Nacht wob eine augenlose Maske über mein Gesicht, und immer noch blieb ich wie gebannt sitzen. Ein fernes Flugzeug, ein Deltaflügel aus einem Albtraum, warf einen fliehenden Schatten auf den Flußgrund, der aussah wie ein stromauf schwimmender Stachelrochen. Auf einmal schlitzte eine schwarze Flosse die rosa Wolke auf dem Wasser auf und schnitt sie mittendurch. Die beiden Hälften verschmolzen und schienen sich vor meinen Augen aufzulösen. Dunkelheit lief in der Mulde des Flusses zusammen und stieg an wie Wasser, das sich in einem Brunnen sammelt. Wilde, träumende Lichter flackerten über den Himmel. Ich sah vage Umrisse massiger Unterwasserschatten, zweimal etwas hell aus dem Wasser spritzen und dichte Wellenkreise um ein schwarzes Zentrum.

Schließlich starrte ich den Fluß hinauf, wo nur noch ein ganz tiefes Violett von der hohen Wolke übrig war, einer so hoch droben schwebenden Wolke, daß ihre Unterseite noch schwach im reflektierten Licht eines verborgenen Himmels glühte, der seinerseits von einer Sonne erleuchtet wurde, die schon halb in China war. Und aus diesem Violett wälzte sich jäh ein gewaltiger schwarzer Leib aus dem Wasser. Ich sah nur etwas Langes, Rundes, Glattes. Kopf und Schwanz, sofern von Kopf und Schwanz die Rede sein konnte, blieben in der Wolke. Ich sah nur ein nachtschwarzes Schnellen, einen Hechtsprung ins Dunkel; dann schloß sich das Wasser, und die Lichter gingen aus.

Ich ging schaudernd und benommen nach Hause, bergauf, bergab. Später lag ich mit offenem Mund im Bett, die Arme weit ausgebreitet, um die wirbelnde Dunkelheit zu bändigen. Auf diesem Breitengrad drehe ich mich mit 1338 Kilometern die Stunde um die Erdachse; ich stelle mir oft vor, ich würde meinen rasenden Fall wie eine halsbrecherische Kurvenbahn empfinden, einem Delphinsprung ähnlich, und im hohlen Rauschen des Windes stellten sich mir im Nacken und an den

Schläfen die Haare auf. Auf der Umlaufbahn um die Sonne bewege ich mich mit 103 600 Stundenkilometern fort. Das Sonnensystem im ganzen kreist, wippt und blinkt wie ein losgelassenes Karussel mit einer Geschwindigkeit von 69 100 Stundenkilometern auf einer Bahn östlich des Herkules durch das All. Irgendwer spielt die Flöte, und wir tanzen eine Tarantella, daß uns der Schweiß herunterläuft. Ich öffne die Augen, und ich sehe, wie sich dunkle, muskulöse Formen aus dem Wasser winden, mit klappenden Kiemen und platten Augen. Ich schließe die Augen, und ich sehe Sterne, ferne Sterne, die vor ferneren Sternen zurücktreten, fernere Sterne, die sich vor den fernsten Sternen an der Spitze eines unendlichen Kegels verneigen.

»Und trotzdem«, schrieb van Gogh, »fällt auf alles noch eine Menge Licht.« Wenn uns die Dunkelheit blind macht, so auch das Licht. Wenn auf alles zuviel Licht fällt, schafft das ein ganz besonderes Grauen. Peter Freuchen beschreibt den berüchtigten Kajakkoller der grönländischen Eskimos: »Die grönländischen Fjorde zeichnen sich durch völlig ruhige Wetterphasen aus, in denen nicht genug Wind weht, um ein Streichholz auszublasen, und das Wasser wie eine Glasscheibe daliegt. Der Jäger muß in seinem Kajak sitzen, ohne einen Finger zu rühren, um die scheuen Robben nicht zu vertreiben. ... Die niedrig stehende Sonne scheint ihm grell in die Augen, und die Landschaft ringsum geht ins Unwirkliche über. Der Widerschein von dem spiegelglatten Wasser hypnotisiert ihn, er hat das Gefühl, sich nicht mehr bewegen zu können, und plötzlich kommt es ihm vor, als ob er in einer bodenlosen Leere schwebt und sinkt, sinkt, sinkt ... Von Entsetzen gepackt, versucht er sich zu rühren, zu rufen, aber es geht nicht, er ist vollständig gelähmt, er fällt nur und fällt.« Einige Jäger fallen dieser Panik so häufig zum Opfer, daß sie ihre Familien ins Elend und manchmal in den Hungertod treiben.

Manchmal sind hier in Virginia bei Sonnenuntergang tiefe Wolken am südlichen und nördlichen Horizont gegen den grellen Himmel völlig unsichtbar. Daß eine da ist, weiß ich nur, weil ich ihr Spiegelbild im stillen Wasser sehen kann. Als ich dieses Wunder zum erstenmal entdeckte, schaute ich verwirrt von Wolke zu Nichtwolke, orientierte mich hundertmal und fragte mich, ob vielleicht gerade die Bundeslade im Süden des Dead Man Mountain vorbeischwebte. Erst viel später las ich die Erklärung: das polarisierte Licht des Himmels wird durch Spiegelung stark geschwächt, aber das Licht in den Wolken ist nicht polarisiert. Mithin wandern unsichtbare Wolken zwischen sichtbaren Wolken einher, bis alle miteinander hinterm Berg verschwunden sind; mithin löscht ein größeres Licht ein kleineres aus, als ob es gar nicht vorhanden wäre.

Wenn im August die großen Sternschnuppenschwärme kommen, die Perseiden, jammere ich den ganzen Tag um die Sternschnuppen, die mir entgehen. Sie regnen dort oben herab, machen als Fanale einer tödlichen Anziehung Harakiri und zischen vielleicht zuletzt in den Ozean. Aber bei Tagesanbruch legt sich, was wie eine blaue Kuppel aussieht, auf mich wie ein Deckel auf einen Topf. Die Sterne und Planeten könnten platzen, und ich würde es nicht merken. Nur ein Stück aschfahler Mond steigt gelegentlich im Innern dieser Kuppel auf oder nieder, und unser eigener Stern explodiert ohne Unterlaß über unseren Köpfen. Wir haben wirklich nur dieses eine Licht, eine einzige Quelle aller Kraft, und doch müssen wir uns nach dem Weltgesetz davon abwenden. Niemand hier auf diesem Planeten scheint sich dieses merkwürdigen, mächtigen Tabus bewußt zu sein, daß wir alle im Freien tunlich unser Antlitz abwenden, hierhin und dorthin, damit unsere Augen nicht für alle Zeit versengt werden.

Dunkelheit erschreckt und Licht blendet; das bißchen sichtbares Licht, das meinen Augen nichts tut, setzt meinem Gehirn zu. Was ich sehe, macht mich schwindlig. Größe und Entfernung und plötzlich Bedeutungsgeladenes verwirren mich, hauen mich um. Ich sitze im Sommer rittlings auf dem Platanensteg über den Tinker Creek. Ich blicke auf den erleuchteten Flußboden: Schneckenspuren durchfurchen den Schlick in wackligen Kurven. Ein Flußkrebs zuckt, doch ehe ich mitbekomme, was los ist, ist er in einer wallenden Schlammwolke verschwunden.

Ich blicke ins Wasser: kleine Weißfische unterschiedlicher Art. Wenn ich Weißfische denke, macht sich ein Karpfen in meinem Gehirn breit, bis ich schreie. Ich blicke auf die Wasseroberfläche: Wasserläufer, Blasen und treibende Blätter. Plötzlich jagt mir das Spiegelbild meines eigenen Gesichtes einen Heidenschreck ein. Die Schnecken haben mein Gesicht durchfurcht! Zuletzt gebe ich mir schaudernd einen Ruck und sehe Wolken, Zirruswolken. Mir wird schwarz vor den Augen, ich falle ins Wasser. Diese Guckerei ist gefährlich.

Einmal stand ich auf einem Felsbuckel auf dem nahen Purgatory Mountain und beobachtete durch einen Feldstecher unter mir die große Herbstwanderung der Habichte, als ich merkte, daß ich in Gefahr war, mich den Habichten anzuschließen und meine eigene Abwärtswanderung anzutreten. Ich war Feldstecher gewöhnt, aber anscheinend nicht, beim Hindurchschauen auf Felsbuckeln zu balancieren. Ich wankte. Alles erschien abwechselnd nah und fern; die Welt war voller rätselhafter Verkürzungen und Tiefen. Ein fernes riesiges braunes Etwas, ein Habicht von der Größe eines Elefanten, stellte sich als der dunkle Ast einer nahen Kiefer heraus. Ich verfolgte einen Eckschwanzsperber vor einem leeren Himmel und drehte dabei unbewußt meinen Kopf mit, und als ich das Fernglas senkte, hätte mich ein kurzer Blick auf meine überdimensionale Schulter fast umgeworfen. Weshalb fallen die Leute in der Sternwarte von Palomar nicht sprachlos und geblendet von ihren winzigen Schalensitzen?

Mir dreht sich alles; ich verstehe nicht, was ich sehe. Mit nacktem Auge kann ich zwei Millionen Lichtjahre weit bis zum Andromedanebel sehen. Häufig fülle ich ein Glas mit Flußwasser voll, und wenn ich nach Hause komme, schütte ich es in eine weiße Porzellanschüssel. Wenn sich der Schlamm gesetzt hat, komme ich wieder und sehe Spuren winziger Schnecken am Boden, ein oder zwei Planarien, die sich am Rand des Wassers winden, hektisch flatternde Fadenwürmer und zuletzt, wenn meine Augen sich an diese Größenverhältnisse gewöhnt haben, Amöben. Zuerst sehen die Amöben aus wie Mouches volantes, jene Fäden und Flecken, die über das Auge ziehen, wenn man auf eine weiter entfernte Wand schaut. Dann sehe ich die Amöben als gelierte Wassertropfen, bläulich, durchscheinend, wie Himmelsfitzel in der Schüssel. Schließlich nehme ich mir eine vor und versuche mich darin einzufühlen, wie für sie ein Abend aussehen könnte. Ich sehe, wie sie auf ihrem nassen, unergründlichen Weg einen körnigen Fuß vor sich hersielt. Erfassen ihre ungefilterten Sinneseindrücke den starren Blick meiner Augen? Soll ich sie nach draußen tragen und ihr Andromeda zeigen, daß sie bis ins innerste Protoplasma erschauert? Ich rühre das Wasser mit einem Finger um, damit ihr der Sauerstoff nicht ausgeht. Vielleicht sollte ich mir ein geheiztes Aquarium mit automatischer Sauerstoffversorgung und Beleuchtung besorgen und sie als Haustier halten. Ja, höre ich sie ihren zellgeteilten Abkömmlingen erzählen, das Weltall ist sechzig mal einsfünfzig groß, und wenn ihr genau hinlauscht, könnt ihr das Summen der Sphärenmusik hören.

Oh ja, wir erleben nichts als geheimnisvolle Abende im künstlichen Licht, hier in der Galaxie, einen nach dem andern. Heute ist einer von den Abenden, an denen ich von Fenster zu Fenster wandere und nach einem Zeichen ausschaue. Aber ich sehe nichts. Schrecken und eine unlösliche Schönheit sind eine blaue Schnur, eingewebt in den Kleidersaum großer und kleiner Dinge. Keine Kultur kann erklären, kein Notlager bietet wirkliche Zuflucht oder Rast. Aber es könnte sein, daß wir irgend etwas nicht sehen. Galilei hielt Kometen für eine optische Täuschung. Das ist fruchtbarer Boden: da wir sicher sind, daß sie keine sind, können wir die Aussagen unserer Wissenschaftler mit neuer Hoffnung betrachten. Wie, wenn es wirklich funkelnde Städte mit Mauern und Zinnen gibt, die verkehrt herum über den Wüsten hängen? An wieviel klaren Seen und kühlen Dattelhainen ziehen unsere Karawanen immer vorbei, ohne sich zu vergewissern? Bis wir, einer nach dem andern, durch pursten Zufall auf die Straßen zu diesen Orten gelangen, müssen wir hungrig im Dunkeln tappen. Ich kehre mich vom Fenster ab. Ich bin blind wie eine Fledermaus, aus allen Richtungen empfange ich nur das Echo meiner eigenen dünnen Schreie.

Mir fiel ein wunderbares Buch von Marius von Senden mit dem Titel *Raum- und Gestaltauffassung bei operierten Blindgeborenen* in die Hand. Als europäische Chirurgen eine Methode zur sicheren Durchführung von Staroperationen entwickelten, operierten sie überall in Europa und Amerika Dutzende von Männern und Frauen jeden Alters, die seit der Geburt an Star erblindet waren. Von Senden sammelte Berichte über solche Fälle; die Geschichten sind faszinierend. Viele Ärzte hatten die Sinneswahrnehmungen und Raumauffassungen ihrer Patienten vor und nach der Operation untersucht. Die überwältigende Mehrheit der Patienten beiderlei Geschlechts und aller Altersstufen hatte, nach von Sendens Ansicht, nicht die geringste Vorstellung vom Raum. Gestalt, Entfernung und Größe waren ihnen nur sinnlose Silben. Von einem Patienten heißt es: »Von der Tiefe hatte er keine Vorstellung, er vermengte sie mit der Rundheit.« Vor der Operation gab ein Arzt einem blinden Patienten einen Würfel und eine Kugel; der Patient ging mit der Zunge darüber oder betastete sie mit den Händen und benannte sie richtig. Nach der Operation zeigte der Arzt dem Patienten die selben Dinge, ohne daß er sie befühlen durfte; jetzt hatte er keinerlei Ahnung mehr, was er da sah. Ein Patient nannte Limonade »viereckig«, weil sie auf seiner Zunge »piekte« genau wie ein viereckiger Gegenstand an den Händen. Von einer andern Neuoperierten berichtet der Arzt: »Ich [habe] bei ihr z. B. nicht den Begriff der Größe vorgefunden, und zwar nicht einmal in dem engen Umfange, den sie mit Hilfe des Getastes hätte begreifen können. Als ich sie z. B. aufforderte, mir zu zeigen, wie groß ihre Mutter sei, da streckte sie die Hände nicht aus, sondern stellte ihre Zeigefinger einige Zoll weit auseinander.« Andere Ärzte berichteten von ganz ähnlichen Äußerungen ihrer Patienten: »Er wüßte wohl, daß das Zimmer, in dem er sich befände, nur ein Teil des Hauses sei, und doch könne er nicht begreifen, wie das ganze Haus größer aussehen solle als das Zimmer.« – »Wer von Geburt an blind ist, der hat ... keinen wirklichen Begriff von Höhe oder Entfernung. Ein Haus, welches eine Meile entfernt ist, steht nach ihrer Vorstellung so nahebei, daß man nur ein paar Schritte hingehen braucht ...

Der Aufzug, der ihn hinauf und herunter bringt, gibt ihm ebensowenig ein Bewußtsein der Höhe wie die Eisenbahn von der Horizontalen.«

Bei den Neuoperierten ist das Sehen reine Wahrnehmung ohne jeden Sinngehalt: »Dann machte das Mädchen die gleichen Erfahrungen, wie wir sie alle im Augenblick unserer Geburt erleben. Sie sah zwar, aber das bedeutete lediglich eine Masse von verschiedenen Helligkeiten.« In einem andern Fall »fragte ich [den Patienten], was er sähe; er antwortete, daß er ein ausgedehntes Feld von Licht sähe, in dem alles verdreht, durcheinander und in Bewegung erschiene. Gegenstände konnte er nicht unterscheiden.« Ein anderer Patient sah »nichts weiter als einen Wirrwarr von Formen und Farben«. Als ein Mädchen zum erstenmal Photographien und Bilder sah, fragte es: »›Warum machen die Leute denn solche dunklen Zeichen über die ganzen Bilder?‹ – ›Das sind keine Zeichen‹, antwortete die Mutter, ›das sind Schatten. Das ist eins der Mittel, durch die das Auge weiß, daß die Dinge Gestalt haben. Viele Dinge würden platt erscheinen, wenn nicht die Schatten das Gegenteil sagen würden.‹ – ›Das stimmt, so sehen die Dinge auch aus. Alles sieht platt aus mit dunklen Flecken.‹«

Am aufschlußreichsten jedoch sind die Raumauffassungen der Patienten. Ein Patient hatte sich, nach dem Bericht seines Arztes, »in eigentümlicher Weise im Sehen geübt; er zieht z. B. einen Stiefel vom Fuß und wirft ihn eine Strecke weit vor sich hin, dann sucht er die Entfernung, in welcher sich der Stiefel befindet, zu taxieren; er geht einige Schritte auf den Stiefel zu und sucht ihn zu greifen; als er ihn nicht erreicht, macht er noch einige Schritte und sucht dann nach dem Stiefel, bis er ihn schließlich erfaßt.« – »Aber auch auf dieser Stufe, nach dreiwöchiger Seherfahrung«, fährt von Senden fort, »ist der ›Raum‹ in seiner Vorstellung zu Ende mit dem Sehraum, mit den Farbflächen, die ihn jeweilig begrenzen. Die Vorstellung, daß ein größeres Objekt (Stuhl) ein kleineres Objekt (Hund) verdecken kann, daß das kleinere Objekt trotzdem vorhanden bleiben kann, auch wenn es nicht direkt gesehen wird, besteht auch jetzt noch nicht.«

Im allgemeinen erscheint den Neuoperierten die Welt als leuchtende Farbflecken. Sie freuen sich an der Farbwahrnehmung und lernen rasch die Namen der Farben, aber das übrige Sehen fällt ihnen qualvoll schwer. Nach der Operation stößt der Patient meist »sehr bald an eine der zu seinem Sehraum gehörigen Farbflächen an und merkt, daß diese gesehenen Farbflächen Dingcharakter haben, indem sie ihm wie Tastdinge Widerstand leisten. Weiter fällt ihm beim Gehen auf – oder kann ihm auffallen, wenn er darauf achtet –, daß er fortgesetzt zwischen Optischem, Farbigem hindurchgeht, daß er an einem Sehding vorbeigehen kann, daß ein Teil der Sehdinge dabei fortgesetzt aus dem Sehraum verschwindet, daß er aber trotzdem immer einen Sehraum vor sich hat, wie er sich auch drehen und wenden mag, ob er nun z. B. von der Tür ins Zimmer hineingeht oder nachher zur Tür zurückgeht. Damit bekommt er allmählich ein Bewußtsein davon, daß auch hinter ihm Raum ist, den er nicht sieht.«

Die geistige Anstrengung, die bei diesen Überlegungen gefordert ist, erweist sich für manche Patienten als überwältigend. Die ungeheure Größe der Welt, die sie sich bisher rührend überschaubar vorgestellt hatten, bedrückt sie, sofern sie sie überhaupt erkennen. Es bedrückt sie, wenn ihnen klar wird, daß sie, ohne ihr Wissen oder ihre Zustimmung, für andere Menschen die ganze Zeit über sichtbar und vielleicht nicht schön anzusehen waren. Eine entmutigende Anzahl von ihnen weigert sich, ihr neues Sehvermögen zu gebrauchen, geht weiter mit der Zunge über die Gegenstände und versinkt in Apathie und Verzweiflung. »Das Kind kann sehen, aber will sein Sehvermögen nicht benutzen. Nur wenn man es drängt, kann man es mit Mühe dazu bringen, die in der Nähe befindlichen Gegenstände zu betrachten; aber über 25 cm Entfernung hinaus ist es unmöglich, es zu der erforderlichen Anstrengung zu veranlassen.« Von einer Einundzwanzigjährigen erzählt der Arzt: »Vor einigen Jahren schrieb der gebeugte Vater, der sich soviel von dieser Operation versprochen hatte, daß seine Tochter sorgfältig jedesmal die Augen schließt, wenn sie im Hause herumgehen will, besonders wenn sie an eine Treppe kommt, und daß sie sich nie behaglicher und zufriedener fühlt, als wenn sie sich durch das Schließen der Augenlider in den vorherigen Zustand vollkommener Blindheit versetzt.« Ein fünfzehnjähriger Junge, der zudem in ein Mädchen in der Blindenanstalt verliebt war, platzte schließlich heraus: »Nein, wirklich, ich kann es nicht mehr; ich will, daß man mich wieder ins Hospiz zurückschickt. Wenn es nicht anders geht, dann werde ich mir die Augen ausreißen.«

Einige lernen tatsächlich sehen, vor allem die jungen. Doch es verändert ihr Leben. Besonders bemerkenswert erscheint einem Arzt »der schnelle und gänzliche Verlust jener auffallenden und bewunderungswürdigen Heiterkeit, welche nur solchen Menschen, die noch niemals gesehen haben, eigentümlich ist.« Ein Blinder, der sehen lernt, schämt sich seiner alten Gewohnheiten; »er hat plötzlich Interesse für seinen Anzug, achtet auf sein Haar, ist auf Wirkung seiner Person gegenüber anderen Menschen bedacht. Hatten früher die Dinge nur geringes Interesse für ihn (soweit sie nicht zu essen waren) ... so tritt nunmehr eine Sonderung der Werte ein ... sein Denken und Wollen bekommt einen mächtigen Antrieb und führt den einen oder anderen zu Verstellung, Neid, Diebstahl, Betrug.«

Andererseits äußern sich viele Neuoperierte positiv über die Welt und zeigen uns, wie abgestumpft unser Blick ist. Für eine Patientin ist eine menschliche Hand, die sie nicht als solche erkennt, »etwas Helles und dann Löcher«. Ein Junge, der eine Weintraube gezeigt bekommt, ruft: »Es ist dunkel, es ist blau, es glänzt ... es ist nicht glatt, es hat Erhöhungen und Vertiefungen.« Ein kleines Mädchen wird in einen Garten geführt. »Sie ist sehr überrascht und kaum zu einer Antwort zu bewegen, steht stumm vor dem Baume, den sie erst beim Anfassen benennt, und zwar als ›den Baum, wo die Lichter brennen‹.« Einige freuen sich über ihr Sehvermögen und gehen in der sichtbaren Welt auf. Von einer Patientin, der man eben erst den Verband abgenommen hatte, schreibt der Arzt: »Was zuerst ihre Aufmerksamkeit erregte, waren ihre Hände; diese betrachtete sie sehr genau, bewegte sie zu wiederholten Malen hin und her, bog und streckte die Finger, scheinbar sehr verwundert über diesen

Anblick.« Einem Mädchen war es wichtig, ihrem blinden Freund mitzuteilen, »daß Menschen in Wirklichkeit ganz und gar nicht wie Bäume aussehen«, und sie staunte über die Entdeckung, »daß jeder neue Mensch, der sie besuchen kam, ein völlig anderes Gesicht hatte«. Schließlich war eine Einundzwanzigjährige von der Helligkeit der Welt geblendet und ließ die Augen zwei Wochen lang geschlossen. Als sie nach dieser Zeit die Augen wieder öffnete, erkannte sie keine Gegenstände, aber: »Je mehr sie nun ihre Blicke auf alles, was sie umgab, richtete, umso mehr sah man, wie sich in ihrer Physiognomie ein Ausdruck von Befriedigung und Erstaunen ausbreitete; sie wiederholte immer wieder: ›O mein Gott, wie ist das schön!‹«

Noch Wochen, nachdem ich dieses wunderbare Buch gelesen hatte, sah ich Farbflecken. Es war Sommer; in den Obstgärten im Tal waren die Pfirsiche reif. Wenn ich morgens aufwachte, legten sich mir Farbflecken über die Augen, ohne auch nur eine Stelle freizulassen. Den ganzen Tag ging ich zwischen wechselnden Farbflecken einher, die sich vor mir teilten wie das Rote Meer und stumm wieder schlossen, verwandelt, sobald ich zurückschaute. Einige Flecken bauschten sich mächtig auf, während andere vollkommen verschwanden, und dunkle Zeichen huschten ziellos über das ganze leuchtende Feld. Ich konnte mir die Illusion der Zweidimensionalität nicht erhalten. Dafür treibe ich mich hier schon zu lange herum. Die Gestalt ist zu einem ewigen Danse macabre mit dem Sinngehalt verurteilt: es ist mir nicht mehr gegeben, die Pfirsiche zu entpfirsichen. Ebensowenig kann ich mich an ein Sehen ohne Verstehen erinnern; die Farbflecken des ersten Lebensjahres sind weg. Mein Gehirn muß damals so glatt gewesen sein wie ein Luftballon. Angeblich habe ich die Hand nach dem Mond ausgestreckt; viele Babys machen das. Aber die Farbflecken der Babyzeit bauschten sich, als sie sich mit Sinn füllten; sie staffelten sich gewichtig Reihe für Reihe ins Weite, das sich vor mir entrollte und ausdehnte wie eine Ebene. Der Mond sauste davon. Ich lebe jetzt in einer Welt der Schatten, die den Farben Form und Tiefe geben, in einer Welt, in der Raum schrecklich bedeutend ist. Was für eine Gnosis ist das, und was für eine Physik? Der flackernde Fleck, den ich in meinem Kinderzimmerfenster sah – silbrig und grün und im Formwechsel blau –, ist weg; jetzt steht da auf der andern Seite des weiten Rasens stumm eine Reihe Lombardei-Pappeln. Das brummende, helle, längliche Etwas, das nachts über die Wände meines Zimmers glitt und sich aufregend um die Ecken schlang, ist auch weg, seit der Nacht, in der ich die bittersüße Frucht aß, zwei und zwei zusammenzählte, und mein Gehirn sich für alle Zeit in Runzeln und Furchen legte. Martin Buber erzählt folgende Geschichte: »Rabbi Mendel berühmte sich einst vor seinem Lehrer, Rabbi Elimelech, er sehe abends den Engel, der das Licht vor der Finsternis hinwegrollt, und morgens den Engel, der die Finsternis vor dem Licht hinwegrollt. ›Ja‹, sagte Rabbi Elimelech, ›das habe ich in meiner Jugend auch gesehn. Später sieht man diese Dinge nicht mehr.‹«

Warum hat niemand diesen neuoperierten Leuten gleich am Anfang Farben und Pinsel in die Hand gedrückt, als sie noch nicht wußten, was was war? Dann könnten wir andern vielleicht auch Farbflecken sehen, die Welt befreit von Verstandesstrikken; Eden, bevor Adam die Namen gab. Die Schuppen würden mir von den Augen fallen; ich würde Bäume wie Menschen gehen sehen; ich würde wider alle Ordnung, jauchzend und springend, die Straße hinunterrennen.

Das Sehen ist natürlich weitgehend eine Sache der Verbalisierung. Wenn ich meine Aufmerksamkeit nicht auf das richte, was vor meinen Augen geschieht, werde ich es schlicht nicht sehen. Es bleibt, wie Ruskin sagt, »nicht bloß unbemerkt, sondern im vollen, klaren Sinne des Wortes ungesehen«. Mit den Augen allein kann ich beispielsweise keine Analogietests mit geometrischen Figuren lösen, bei denen man die wachsende Komplexität mitvollziehen soll, indem man erst ein großes Quadrat, dann ein kleines Quadrat in einem großen Quadrat, dann ein großes Dreieck gezeigt bekommt, und dann ein kleines Dreieck in einem großen Dreieck finden soll. Ich muß die Worte dazu sagen, beschreiben, was ich sehe. Wenn Tinker Mountain ausbräche, würde ich es wahrscheinlich mitbekommen. Aber wenn ich die kleineren Katastrophen des Lebens im Tal mitbekommen will, muß ich eine fortlaufende Beschreibung des Bestehenden im Kopf behalten. Nicht, daß ich beobachtsam wäre; ich rede einfach zuviel. Sonst werde ich, zumal an einem fremden Ort, nie merken, was vor sich geht. Wie ein Blinder bei einem Baseballspiel brauche ich ein Radio.

Wenn ich auf diese Weise sehe, forsche und schnüffele ich. Ich drehe Baumstämme um und rolle Steine beiseite; ich untersuche das Ufer Stückchen für Stückchen, übergründlich, mit geneigtem Kopf. An manchen Tagen, wenn die Berge im Nebel liegen, wenn die Bisamratten sich nicht zeigen wollen und der Mikroskopspiegel zerbricht, möchte ich am liebsten die blanke blaue Himmelskuppel emporklettern wie ein Mann, der wild geworden, schwankend die Innenwand eines Zirkuszeltes hinaufrast, und wenn ich oben bin, mit einem Stahlmesser einen Schlitz machen, hinauslugen und, wenn es sein muß, abstürzen.

Doch es gibt noch ein anderes Sehen, bei dem man loslassen muß. Wenn ich auf diese Weise sehe, bin ich gebannt und leer. Der Unterschied zwischen diesen beiden Sehweisen ist so, wie wenn man mit und ohne Photoapparat unterwegs ist. Wenn ich einen Photoapparat dabei habe, bewege ich mich von einer Aufnahme zur andern und lese die Helligkeit auf einem Lichtmesser ab. Wenn ich keinen Photoapparat dabei habe, geht meine eigene Blende auf, und das Licht des Augenblicks überträgt sich auf meinen inneren Silberfilm. Wenn ich auf diese zweite Weise sehe, bin ich vor allen Dingen eine unbestechliche Beobachterin.

Letzten Sommer war es eines Abends sonnig am Tinker Creek; stromaufwärts stand die Sonne niedrig am Himmel. Ich saß auf dem Platanensteg, den Sonnenuntergang im Rücken, und beobachtete die weißfischgroßen Shiners, die in hektischen Schwärmen im modderigen Sand nach Futter suchten. Ein ums andere Mal drehte sich ein Fisch, dann ein anderer für Sekundenbruchteile quer zur Strömung, und zing! blitzte seine silberne Seite in der Sonne auf. Ich konnte es nicht vorhersehen. Es passierte immer gerade irgendwo anders, und es zog meinen Blick erst auf sich, wenn es gerade verschwand: zing, wie das plötzliche Blinken einer hauchdünnen Klinge, ein Funkeln über olivbraunem Grund in zufälligen Abständen aus allen möglichen Richtungen. Dann bemerkte ich kleine weiße Punkte, wie blasse Blütenblätter, die ganz langsam und stetig auf der Wasseroberfläche unter meinen Füßen hervortrieben. Also stellte ich meine Augen unscharf und schaute knapp an meiner Hutkrempe vorbei auf eine neue Welt. Ich sah die blassen weißen Kreise heranrollen, ein Rollen wie die Erdumdrehung, stumm und vollkommen, und ich sah die geraden Lichtblitze silbrig funkeln, wie Sterne, die auf der sich entrollenden Bahn der Zeit wahllos hier und da entstehen. Etwas zerbrach und etwas ging auf. Ich füllte mich wie ein neuer Weinschlauch. Ich atmete eine Luft wie Licht; ich sah ein Licht wie Wasser. Ich war der Rand eines Brunnens, den der Fluß ewig füllte; ich war Äther, das Blatt im Zephir; ich war Fleischfaser, Feder, Bein.

Wenn ich auf diese Weise sehe, sehe ich wirklich. Ich komme, wie Thoreau sagt, wieder zu Sinnen. Ich bin der Mann, der das Baseballspiel stumm in einem leeren Stadion verfolgt. Ich sehe das Spiel rein; ich bin entrückt und hingenommen. Wenn es vorbei ist und die Spieler in ihren weißen Trikots vom grünen Feld in ihre dunklen Kabinen trotten, springe ich auf; ich jubele und jubele.

Aber ich kann nicht in der Absicht hinausgehen, auf diese Weise zu sehen. Ich schaffe es nicht, ich werde wahnsinnig. Ich kann nichts weiter, als den Kommentator zum Schweigen bringen, den Lärm des unnützen inneren Gebrabbels abstellen, das mich so wirksam am Sehen hindert wie eine vor die Augen gehaltene Zeitung. Das Bemühen ist im Grunde eine geistige Übung, die einen lebenslangen rückhaltlosen Einsatz verlangt; sie kennzeichnet die Schriften von Heiligen und Mönchen aller Orden in Ost und West, einerlei ob sie nach Regeln leben oder nicht, ob sie barfuß gehen oder Schuhe tragen. Die geistlichen Genies der Welt scheinen überall zu entdecken, daß der schlammige Fluß des Denkens, dieser unaufhörliche Strom von Unfug und Unrat, sich nicht eindämmen läßt und daß jeder Versuch, ihn einzudämmen, Kraftverschwendung ist, die zum Wahnsinn führen kann. Statt dessen mußt du den schlammigen Fluß unbeachtet durch die trüben Kanäle des Bewußtseins fließen lassen; du hebst den Blick; du schaust milde seinen Lauf entlang, nimmst sein Vorhandensein teilnahmslos zur Kenntnis und blickst darüber hinaus in das Reich des Wirklichen, wo Subjekte und Objekte ganz rein handeln und ruhen, ohne Worte. »Wirf dich in die Tiefe«, sagt Jacques Ellul, »und du wirst sehen.«

Das Geheimnis des Sehens ist demnach die kostbare Perle. Wenn ich glaubte, er könnte mich lehren, sie zu finden und für immer zu behalten, würde ich jedem Irren barfuß durch hundert Wüsten hinterherstolpern. Doch obwohl man die Perle finden kann, kann man sie nicht suchen. Die Erleuchtungsschriften machen vor allem eines deutlich: Obwohl sie denen zuteil wird, die auf sie warten, ist sie immer, selbst für die Erfahrensten und Kundigsten, ein Geschenk und eine absolute Überraschung. Ich kehre von einem Spaziergang zurück und weiß, wo der Schreiregenpfeifer neben dem Fluß im Feld nistet und zu welcher Stunde der Lorbeer blüht. Ich kehre einen Tag später von dem gleichen Spaziergang zurück und weiß kaum mehr meinen eigenen Namen. Litaneien summen mir in den Ohren; meine Zunge lallt vor sich hin Ailinon, alleluia! Ich kann es nicht Licht werden lassen; äußerstenfalls vermag ich mich in seinen Strahl zu stellen. Im Weltraum ist es möglich, im Sonnenwind zu segeln. Das Licht, sei es Teilchen oder Welle, hat Kraft: du spannst ein riesiges Segel und fährst los. Das Geheimnis des Sehens liegt darin, im Sonnenwind zu segeln. Schärfe und dehne deinen Geist, bis du selbst ein Segel bist, glatt, durchscheinend, beim kleinsten Windhauch prall gefüllt.

Als der Arzt ihm den Verband abnahm und es in den Garten führte, sah das Mädchen, das nicht länger blind war, »den Baum, wo die Lichter brennen«. Diesen Baum suchte ich in den sommerlichen Pfirsichgärten, in den herbstlichen Wäldern und Winter wie Frühling hindurch Jahr für Jahr. Dann ging ich eines

Tages den Tinker Creek entlang, ohne irgend etwas zu denken, und da sah ich den Baum, wo die Lichter brennen. Die Zeder hinterm Haus, in der die Trauertauben schlafen, strahlte verklärt, in jeder Zelle knisterten Flammen. Ich stand auf dem Gras, wo die Lichter brennen, Gras, das ganz und gar in Flammen stand, ganz deutlich und ganz geträumt. Es war weniger wie sehen als zum erstenmal gesehen werden, von einem mächtigen Blick überwältigt zu werden. Die Feuerflut verging, aber von der Kraft zehre ich immer noch. Nach und nach gingen die Lichter in der Zeder aus, die Farben erstarben, die Zellen erloschen und verschwanden. Ich klang immer noch fort. Ich war mein Leben lang eine Glocke gewesen und hatte es bis zu dem Moment nicht gewußt, in dem ich erhoben und angeschlagen wurde. Ich habe den Baum, wo die Lichter brennen, seither nur sehr selten gesehen. Das Bild kommt und geht, meistens geht es, aber ich lebe dafür, für den Moment, wenn die Berge sich öffnen und ein neuer Lichtschwall durch den Spalt donnert; dann gehen die Berge krachend wieder zu.

3. Kapitel

Winter

I

Es ist der erste Februar, und alles redet über Stare. Stare kamen auf einem Passagierdampfer aus Europa in dieses Land. Einhundert wurden im Central Park ausgesetzt, und von diesen hundert stammen alle unsere zahllosen Millionen heutiger Stare ab. Edwin Way Teale schreibt: »Daß sie hier sind, ist der fixen Idee eines Mannes zu verdanken. Dieser Mann war Eugene Schieffelin, ein reicher New Yorker Arzneimittelhersteller. Sein kurioses Hobby war die Einführung sämtlicher bei William Shakespeare erwähnten Vögel nach Amerika.« Die Vögel gewöhnten sich hervorragend in ihrem neuen Land ein.

Als John Cowper Powys in den Vereinigten Staaten lebte, schrieb er davon, wie Chickadee-Meisen seinem liebsten Starenschwarm die Brotkrumen wegstahlen. Hier in dieser Gegend sind sie nicht so gern gesehen. Statt sich hier und dort im dichten Gebüsch still zur Ruhe zu begeben, jeder für sich, wie es viele Vögel tun, schlafen Stare alle zusammen in riesigen Scharen und Schwärmen. Sie haben bevorzugte Schlafplätze, die sie Winter für Winter wieder aufsuchen; anscheinend ist das südwestliche Virginia für sie das, was für uns Miami Beach ist. In Waynesboro, wo die Stare in der Gegend um Coyner Springs im Wald schlafen, können sich die Bewohner kaum draußen aufhalten, sei es nur, um die Wäsche aufzuhängen – wegen des Gestanks (»haut einen glatt um«), des Vogeldrecks und der Läuse.

Stare sind notorisch schwer zu »kontrollieren«. Man erzählt sich die Geschichte von einem Mann, der sich von Staren gestört fühlte, die in einer großen Platane vor seinem Haus ihren Schlafplatz hatten. Er behauptete, alles versucht zu haben, um sie loszuwerden, und sich dann in seiner Not eine Schrotflinte gegriffen und drei von ihnen totgeschossen zu haben. Auf die Frage, ob das die Vögel abgeschreckt habe, überlegte er einen Moment, beugte sich vor und sagte in vertraulichem Ton: »Die drei schon.«

Radford in Virginia erlebte vor ein paar Jahren seinen eigenen kleinen Skandal. Radford hatte Stare, wie ein Pferd Fliegen hat, und an ähnlich schwer zu erreichenden Stellen. Wildbiologen schätzten die Zahl der Stare in Radford auf hundertfünfzigtausend. Die Leute beklagten sich über den Lärm, den Gestank, den unvermeidlichen Weißschmier überall und hatten Angst vor der Ausbreitung einer exotischen Viruskrankheit. Schließlich kamen im Januar 1972 diverse Amtspersonen und Biologen zusammen und beschlossen, daß etwas getan werden müsse. Nachdem sie die Durchführbarkeit verschiedener Methoden geprüft hatten, beschlossen sie, die Stare mit Schaum zu töten. Beabsichtigt war, an einem Abend, für den die Meteorologen einen plötzlichen Temperatursturz vorhersagten, einen besonderen Waschmittelschaum mit Schläuchen auf die schlafenden Stare zu spritzen. Der Schaum sollte durch das wasserdichte Gefieder der Vögel dringen und sie bis auf die Haut naß machen. Wenn dann die Temperatur fiel, würden die Vögel mitfallen, weil sie still an Unterkühlung gestorben waren.

Unterdessen, noch bevor tatsächlich irgend etwas passiert war, ging es in den Zeitungen hoch her. Jeder Idiot in Berg und Tal mußte lauthals seinen Senf dazugeben. Die Vogelschutzverbände der Gegend schrien nach Blut – nach Starenblut. Schließlich machen die Stare den einheimischen Vögeln das Futter und die Nistplätze streitig. Andere Leute wollten erbost vom Bürgermeister von Radford, von den Wildbiologen der Technischen Hochschule von Virginia, den Redakteuren der Zeitung und sämtlichen Lesern in Radford und sonstwo wissen, wie es ihnen wohl gefallen würde, in einem Berg Schaumblasen zu erfrieren.

Die Wildbiologen zogen ihren Plan durch. Die erforderliche Ausrüstung war teuer, und keiner war sich sicher, ob die Sache klappen würde. Und siehe da, in der Nacht, in der sie die Schlafplätze bespritzten, sank die Temperatur nicht tief genug.

Von den hundertfünfzigtausend Staren, die sie zu vernichten hofften, gingen nur dreitausend drauf. Irgendwer hat ausgerechnet, daß die ganze Veranstaltung die Bürger zwei Dollar pro toten Star gekostet hat.

Das ist im wesentlichen die Geschichte von den Radforder Staren. Aber die Leute gaben nicht gleich auf. Sie räsonierten und schimpften, was den Staren eine kurze Atempause verschaffte, und faßten dann einen neuen Plan. Als die Vögel bald darauf eines Tages bei Sonnenuntergang zu ihrem Schlafplatz heimkehrten, warteten die Wildhüter schon auf sie. Sie feuerten Gewehre mit extrem lauten Mehrfachsprengstoffen in die Luft. KRAWUMM machten die Gewehre; die Vögel ließen sich zum Schlafen nieder. Die Experten setzten sich wieder an ihre Schreibtische und ließen abermals die Köpfe rauchen. Schließlich tischten sie die todsichere Waffe auf: Aufnahmen von Starenklagerufen. Erfolg null. Rabbäh Autsch Hilfe machten die Aufnahmen; schnarch machten die Vögel. Das ist in toto die Geschichte von den Radforder Staren. Sie vermehren sich weiter.

Auch die Stare in unserem Tal vermehren sich weiter. Sie watscheln verdrießlich im Gras unter dem Futterhäuschen umher. Andere Leute machen sich offenbar viel Mühe, ihnen kein Futter zukommen zu lassen. Stare gehen früh schlafen und stehen spät auf, daher legen manche Leute heimlich vor Sonnenaufgang Körner und Talg für die frühaufstehenden Vögel hin und lassen sie beim ersten Flügelschlag eines Staren schnell wieder verschwinden; nach Sonnenuntergang, wenn die Stare mit Sicherheit woanders im Bett sind und andern auf die Nerven gehen, legen sie Talg und Körner wieder aus. Mir ist es egal, wer das Zeug frißt.

Es ist richtig Winter; das kalte Wetter sieht aus, als wollte es bleiben. Ich blühe im Winter im Haus wie ein Forsythienzweig in der Vase; ich gehe hinein, um aus mir herauszugehen. Abends lese und schreibe ich, und Dinge, die ich nie verstanden habe, werden klar; ich ernte, was ich das Jahr über gepflanzt habe.

Draußen liegt alles offen da. Der Winter räumt und sät mühelos. Überall werden Wege frei; im Spätherbst und Winter, und nur dann, kann ich die Felswand zum Lucasschen Obstgarten erklimmen, ganz um den bewaldeten Baggersee herumlaufen oder den Tinker Creek am linken Ufer hinuntergehen. Der Wald ist meilenweit nur Gestänge; ich könnte geradeaus bis an den Golf von Mexiko laufen. Wenn die Blätter fallen, ist der Striptease vorbei; alles steht stumm und bloß da. Überall dehnt sich Himmel, vertiefen sich Ausblicke, bekommen Wände Fenster, gehen Türen auf. Jetzt kann ich das Haus sehen, wo die Whites und die Garretts auf dem Hügel unter Eichen gewohnt haben. Die dicht bewachsenen Ufer, wo Carvin's Creek an der Straße verläuft, haben sich längst zu einem Zweiggewirr gelichtet, und ich kann Maren und Sandy in blauen Jacken mit ihren Hunden spazierengehen sehen. Die Knochen der Berge schauen heraus, nichts als Schulter und Knöchel und Schienbein. Was der Sommer verbirgt, macht der Winter sichtbar. Hier sind die in der Hecke versteckten Vogelnester und die über alle Walnußbäume und Ulmen versprengten Eichhörnchennester.

Heute stand ein Dreiviertelmond am östlichen Himmel wie ein Kreideklecks. Seine Schatten hatten den selben Blauton und Lichtwert wie der Himmel ringsum, so daß er an den tiefen Stellen durchsichtig wirkte oder leicht abgetragen, wie die Ferse eines Strumpfes. Vor noch gar nicht so langer Zeit glaubten die Leute in Europa laut Edwin Way Teale, daß die Gänse und Schwäne dort oben auf den blassen Mondseen überwintern. Jetzt ist Sonnenuntergang. Mit zunehmender Kälte nehmen die Berge einen warmen Ton an, und eine heiße Röte dunkelt über dem Land. Da Vinci hat gesagt, man solle sich im Abendzwielicht an einem wolkigen Tag die zarte Schönheit in den Antlitzen der Männer und Frauen anschauen. Ich habe an wolkigen Tage solche Gesichter gesehen, und ich habe an klaren Wintertagen bei Sonnenuntergang Häuser gesehen, ganz gewöhnliche Häuser, deren Ziegel Glut waren und deren Fenster Flammen.

Jeden Abend in der Dämmerung taucht aus dem nördlichen Himmel ein langgezogener Schwarm Stare auf und kurvt auf die untergehende Sonne zu. Es ist das große Ereignis des Wintertages. Gestern kletterte ich spät über den Fluß, über die Ochsenweide, an der grasbewachsenen Insel vorbei, wo ich den von einer Riesenwanze ausgesaugten Frosch gesehen hatte, auf einen hohen Hügel. Seltsamerweise war der beste Aussichtspunkt auf dem Hügel von einem Haufen verbrannter Bücher eingenommen. Ich schlug vorsichtig ein paar auf: Es waren gute leinen- und ledergebundene Romane, ein verkohltes, jahrzehntealtes mehrbändiges Lexikon und alte Kinderbücher mit Aquarellbildern. Sie zerbröckelten mir in der Hand wie Blätterteig. Heute erfuhr ich, daß es bei den Besitzern des Hauses hinter dem Bücherhaufen gebrannt hatte. Aber in dem Moment wußte ich das noch nicht; ich dachte, sie hätten einen fürchterlichen Wutanfall gehabt. Ich hockte mich neben die Bücher und schaute übers Tal.

Zu meiner Rechten wuchs ein dicht mit Kletterpflanzen überwucherter Wald den Hang zum Tinker Creek hinunter. Zu meiner Linken stand eine Schonung großer schattenspendender Bäume auf der Hügelkuppe. Vor mir fiel der grüne Hügel jäh ab und ging dann in ein großes weites Feld über, das hinten, wo es an den Fluß stieß, von Bäumen gesäumt war. Auf der andern Seite des Flusses konnte ich mit Mühe und Not den senkrecht abgebrochenen Felsen sehen, wo Männer vor langer Zeit den Berg unterm Wald abgebaut hatten. Noch weiter hinten sah ich Hollins Pond und seine Wälder und Weiden; dann sah ich im blauen Dunst die ganze Welt flach und bleich zwischen den Bergen hingegossen.

Am dämmernden Himmel tauchte ein Punkt auf, dann noch einer und noch einer. Es waren die Stare auf dem Weg zum Schlafplatz. Sie sammelten sich in weiter Ferne, Schwarm in Schwarm wie Rauchschwaden verschwimmend, die durchsichtig und wirbelnd auf mich zugewallt kamen. Sie schienen im Fliegen in langgezogenen Windungen auszufasern, wie lose Wolle. Ich rührte mich nicht; sie flogen eine halbe Stunde lang direkt über mich hinweg. Der Schwarm breitete sich, so weit das Auge reichte, in beide Richtungen aus wie ein flatterndes Banner, eine wehende Oriflamme. Jeder einzelne Vogel wippte und tanzte im Flug scheinbar ohne jede Ordnung auf und ab, und aus keinem andern erkennbaren Grund, als daß Stare eben so fliegen, und doch hielten alle gleichmäßig Abstand. Die

Schwärme liefen von einer ungefähr runden Mitte her an beiden Enden spitz zu, wie ein Auge. Über mir hörte ich den Ton geschlagener Luft, als ob eine Million Läufer ausgeschüttelt würden, ein gedämpftes Klatschen. Sie verstreuten sich in die Wälder, ohne daß sich ein Zweiglein rührte, sausten pfeilgenau durch die Kronen der Bäume, wie Wind.

Nach einer halben Stunde war der letzte Nachzügler in den Bäumen verschwunden. Ich hielt mich mit Mühe auf den Beinen, fast umgeworfen von dieser unerwarteten Schönheit, und meine geweiteten Lungen dröhnten. Von dem anstrengenden Versuch, den Weg eines gefiederten Punktes durch das Astgewirr zu verfolgen, taten mir die Augen weh. Könnte es sein, daß mich jetzt in diesem Moment winzige Vögel durchschwirren, Vögel, die durch die Lücken zwischen meinen Zellen gleiten und nirgendwo anstoßen, aber mich bis ins innerste Gewebe hinein beflügeln?

Ein Wetter zieht auf; quittenbitter schmeckt die Luft an den Zungenseiten. Diesen Herbst schaute sich alles die Ringe der Bärenspinnerraupe an und prophezeite wie üblich den schwersten Winter aller Zeiten. Diese Sitte erinnert mich immer an die Geschichte, die die Angiers über die Trapper im hohen Norden erzählen. Sie gingen zu einem Indianer, dessen Vorfahren seit Urzeiten dort in den Tannenwäldern gelebt hatten, und fragten ihn, wie streng der kommende Winter werden würde. Der Indianer ließ einen wissenden Blick über die Landschaft schweifen und verkündete: »Schlimmer Winter.« Die andern fragten ihn, woran er das erkenne. Der Indianer erwiderte, ohne zu zögern: »Der weiße Mann baut einen großen Holzstoß.« Hierzulande ist das Holzmachen eine verbissene, lustlose Pflichtübung, an der man einer vermutlich großen Versuchung zum Trotz festhält. Neulich sah ich in einem Laden einen säuberlich aufgestapelten Viertelklafter Kaminscheite aus gerolltem, gepreßtem Papier. Auf der Verpackung jedes »Holzscheits« stand in großen Buchstaben der lockende Spruch: »ROMANTIK ohne LIEBESMÜH«.

Ich mache ein Kirschholzfeuer und lasse mich häuslich nieder. Ich gewöhne mich langsam an diesen Planeten und an diese seltsame Menschenkultur, die genauso ungezwungen begeistert ist wie ungezwungen grausam. Ich höre nie auf, über die Zeitungen zu staunen. Ich habe in meinem Leben eine Million Bilder von einer Ente gesehen, die ein Kätzchen adoptiert hat, oder von einer Katze, die ein Entenküken adoptiert hat, oder von einer Sau und einem Hundewelpen, einer Stute und einer Bisamratte. Und zum millionsten Mal bin ich hingerissen. Ich wünsche mir, in ihrer Nähe zu wohnen, in Corpus Christi oder Damariscotta; ich wünsche mir, das wunderbare Paar würde bei mir im Hof herumscharwenzeln. Mir wird so heimelig zumute. Die Winterbilder, die von überall auf dem Kontinent eingehen, werden allmählich so vertraut wie mein heimischer Herd. Ich warte schon auf das alljährliche Luftbild von dem lustigen Burschen, der seiner Freundin einen riesigen Valentinsgruß in den Schnee getrampelt hat. Heute haben wir das alljährliche Bild vom Meislein, das aus einem zugefrorenen Vogelnapf zu trinken versucht, mit der Unterschrift: »Ich muß leider bis zum Frühling warten«, und einen Schnappschuß von einem dick eingemummelten Kind, das jämmerlich weinend oben am verschneiten Hang auf einem Schlitten sitzt und darunter die Worte: »Warum schiebt mich keiner an?« Wie kann eine alte Welt so naiv sein?

Zu guter Letzt sehe ich heute abend das Bild von einem freundlichen Förster in Wisconsin, der eine festgefrorene Ente aus dem Eis rettet, indem er ihre Füße mit einem Beil freihackt. Das erinnert mich an die kurze, grausame Geschichte, die mir Thomas McGonigle über Silbermöwen erzählte, die vor Long Island auf dem Eis festgefroren waren. Als sein Vater jung war, ging er manchmal auf die zugefrorene Great South Bay hinaus, auf der die Möwen im Eis festsaßen. Einige der Möwen waren schon tot. Er nahm einen Treibholzknüppel und schlug die noch lebenden Möwen ebenfalls tot; dann säbelte er sie mit einem Stahlmesser unter dem Rumpf los und stopfte sie in einen Sack. Die Familie aß den ganzen Winter lang Silbermöwen, eng beieinander in der dampfigen Küche um den hellen Tisch. Und draußen in der Bucht war das Eis mit roten Stummelpaaren übersät.

Wintermesser. Mit ihren breiten Schneemessern schnitten die Eskimos früher Schneeblöcke zurecht und bauten daraus runde Iglus als Wohnung auf Zeit. Sie schärften ihre Flensmesser, indem sie eine dünne Eisschicht auf die Klinge leckten. Manchmal erlegte ein Eskimo einen Wolf mit dem Messer. Er beschmierte das Messer mit Walspeck und steckte den Griff in Schnee oder Eis. Ein hungriger Wolf witterte den Speck, fand das Messer und leckte mit der tauben Zunge, ohne aufhören zu können, bis seine Zunge in Fetzen geschnitten war und er verblutete.

Das sind die Sachen, die ich den ganzen Winter über lese. Die Bücher, die ich lese, sind für mich wie die Steinmänner, die man bei den Eskimos der weiten, menschenleeren Tundragebiete westlich der Hudson Bay errichtet. Laut Farley Mowat werden sie heute noch gebaut. Ein Eskimo, der allein über das flache Ödland zieht, häuft runde Steine mannshoch auf, zieht weiter, bis er die Landmarke nicht mehr sehen kann, und baut die nächste. Genauso ziehe ich stumm von Buch zu Buch, diesen augenlosen Männern und Frauen, die die leere Ebene bevölkern. Ich wache auf und denke: Was lese ich gerade? Was lese ich als nächstes? Ich habe Angst davor, daß mir der Lesestoff ausgehen könnte, daß ich alles auslese, was mich interessiert, und dann tatsächlich gezwungen bin, Blumennamen auswendig zu lernen, um wach zu bleiben. Bis dahin verliere ich mich in einer Liturgie von Namen. Die Namen der Männer lauten Knud Rasmussen, Sir John Franklin, Peter Freuchen, Scott, Peary und Byrd; Jedediah Smith, Peter Skene Ogden und Milton Sublette; oder Daniel Boone, der am Green River auf seiner Decke sitzt und singt. Die Namen der Gewässer lauten Baffin Bay, Repulse Bay, Coronation Gulf und Ross-Meer; Coppermine, Judith, Snake und Musselshell River; Pelly, Dease, Tanana und Telegraph Creek. Biberfelle, nullter Breitengrad und Gold. Mir gefällt die absolute Geradlinigkeit dieser Geschichten, das Gefühl, mit einem Taschenmesser und einer Rolle Bindfaden in der Wildnis ausgesetzt zu sein. Wenn ich ein Binokelspiel auf die Beine kriege, eine kleine Partie Cutthroat zu dritt für einen halben Penny den Punkt und eine Flasche Wein, prima; wenn nicht, verbringe ich diese südlichen Nächte gefangen im Packeis vor Franz-Josef-Land oder Saiblinge fischend.

II

Es hat geschneit. Es hat gestern den ganzen Tag geschneit und doch den Himmel nicht leeren können, obwohl die Wolken so tief und schwer hingen, als wollten sie alle zugleich mit einem dumpfen Schlag herunterfallen. Das Licht ist diffus und farblos, wie das Licht auf Papier in einem Zinngefäß. Der Schnee wirkt hell und der Himmel dunkel, aber in Wirklichkeit ist der Himmel heller als der Schnee. Offenbar kann das Beschienene nicht heller sein als das Bescheinende. Der klassische Beweis läßt sich schlicht liefern, indem man einen Spiegel flach auf den Schnee legt, so daß er den Himmel reflektiert, und dann seine Helligkeit mit bloßem Auge mit der des Schnees vergleicht. Das ist alles schön und gut, nachgerade schlüssig, aber die Illusion bleibt bestehen. Das Dunkel ist über mir und das Licht zu meinen Füßen; ich laufe kopfunter am Himmel.

Gestern beobachtete ich einen merkwürdigen Übergang in die Nacht. Die Wolkendecke nahm einen warmen Ton an, wurde dunkler und verschwand wie an der Leine gezogen. Ich konnte die dicken Schneeflocken nicht mehr gegen den Himmel erkennen; ich konnte sie nur vor dunklem Hintergrund erkennen. Alles, was weiter weg war – wie der tote, efeuberankte Walnußbaum, den ich durch das große Fenster im Wohnzimmer sehe –, sah aus wie ein schwarzweißes Frontispiz hinter weißem Seidenpapier. Es war wie Sterben, dieses Zuschauen, wie die Welt in immer tieferes Blau versank und der Schnee sich immer höher türmte; die Stille wurde dichter und weiter, Entfernungen verschwanden, und bald konnte ich die Bewegung fallender Schneeflocken nur wahrnehmen, wenn ich mich auf die größten Schatten konzentrierte, und auch das nicht lange. Der Schnee im Garten war tintenblau, schimmerte schwach; der Himmel war violett. Das Wohnzimmerfenster verweigerte sich und fing an, mir die Zimmerlampen vorzuspiegeln. Es war wie Sterben, dieses Dunkler- und Tieferwerden und Verlöschen.

Heute ging ich mich draußen umschauen. Es hatte aufgehört zu schneien, und am Boden lag der Schnee knöcheltief. Ich ging durch den Garten zum Fluß; alles war schieferblau und metallgrau und weiß, bis auf die Hemlocktannen und Zedern, die ein kaltes, verstohlenes Grün zeigten, wenn ich unterm Schnee nachschaute.

Und siehe da, hier im Fluß schwamm ein dümmlich dreinblickendes Bleßhuhn. Es sah aus wie eine schwarzgraue Ente, nur sein Kopf war kleiner; sein plumper weißer Schnabel stand gerade von der gewölbten Stirnplatte ab wie ein Kegel von seiner Basis. Ich hatte irgendwo gelesen, daß Bleßhühner scheu seien. Beim Nahen von Schritten sollen sie aufschrecken, ängstlich platschend übers Wasser laufen und sich in die Luft schwingen. Aber ich wollte es mir genau ansehen. Als daher das Bleßhuhn den Schwanz hochreckte und tauchte, rannte ich über den Schnee hin und versteckte mich hinter einem Zedernstamm. Als es wieder hochkam, waren der Hals so steif und die Augen so leer wie bei einer Gummiente in der Badewanne. Es paddelte stromabwärts, von mir weg. Ich wartete, bis es wieder tauchte, und sprintete dann auf den Stamm des Osagedorns zu. Aber es schoß ganz plötzlich wieder hoch, als ob das Kind in der Badewanne die Gummiente mit beiden Händen unter Wasser gedrückt und unvermittelt losgelassen hätte. Ich blieb stocksteif stehen und redete mir ein, daß ich schließlich und endlich doch, eigentlich und im tiefsten Grunde, ein Baum sei, ein toter Baum vielleicht, wenn auch ein wackliger, aber jedenfalls ein bäumisches Etwas. Das Bleßhuhn würde es nicht merken, daß unmittelbar zuvor an dem Fleck noch kein Baum gestanden hatte; was wußte es schon? Es war neu in der Gegend, bloß ein Grünschnabel. Als Baum gestattete ich mir nur den Luxus, das Auge des Bleßhuhns wachsam im Auge zu behalten. Nichts; es schöpfte keinen Verdacht – das heißt, wenn es mich nicht zum Narren hielt, mich provozieren wollte, mich an der Nase zu kratzen, so daß der Spaß ein für allemal vorbei war und ich entlarvt dastand, entbäumt, ohne Jucken und mit einem leeren Fluß. Ätsch.

Beim nächsten Tauchen schaffte ich es zum Osagedorn und spähte hinter dem Stamm hervor, während das Bleßhuhn im Becken hinter den Schnellen gründelte. Von dort flitzte ich bachabwärts zur Platane, wobei ich im offenen Gelände wieder zum Baum erstarren mußte – und so vierzig Minuten lang weiter, bis mir in meinem belaubten Hirn allmählich dämmerte, daß das Bleßhuhn vielleicht gar nicht scheu war. Daß dieses ganze Versteckspiel unnötig war, daß der Vogel einmalig dämlich war, oder zumindest denkfaul, und daß ich mich mit meiner einsamen Nummer im Schnee tatsächlich total zum Narren gemacht hatte. Also trat ich hinter dem Stamm einer schwarzen Walnuß, der mir gerade zur Tarnung diente, kühn ins Freie. Nichts. Das Bleßhuhn schwamm völlig gelassen gegenüber von mir im Fluß. Konnte es wirklich sein, daß ich den ganzen Nachmittag mit einer Attrappe geschäkert hatte? Nein, Attrappen können nicht tauchen. Ich ging deutlich sichtbar, keine zehn Meter von dem Mistvieh entfernt, zur Platane zurück, und es ließ keinerlei Unruhe oder Fluchtabsicht erkennen. Ich blieb stehen; ich hob den Arm und winkte. Nichts. In seinem Schnabel hing ein langer, nasser Striemen von irgendeiner Uferpflanze; es schlang ihn geruhsam hinunter und tauchte aufs neue. Ich bringe es um. Ich schmeiße das Vieh mit einem Schneeball tot, echt; ich mache Rallenragout aus ihm.

Aber ich machte nicht einmal einen Schneeball. Ich schlenderte den Fluß hinauf, an glatten Ufern unter Bäumen entlang. Immerhin hatte ich mir das Bleßhuhn genau betrachten können. Jetzt stieß ich auf seine Spuren im Schnee, dreizehig und sehr dicht beieinander. Die breite, langsam fließende Stelle im Fluß an der Straßenbrücke war zugefroren. Von diesem Fleck an diesem Ufer aus kann ich im Sommer immer dicke Kaulquappen sehen, die braune Algen von einer Felsplatte im seichten Wasser abschaben. Jetzt konnte ich die Platte unter dem Eis nicht sehen. Die meisten Kaulquappen waren inzwischen Frösche, und die Frösche waren im Schlamm auf dem Flußgrund lebendig begraben. Sie zappelten sich ab, um aus dem Wasser zu kommen und Luft zu atmen, nur um vor dem ersten strengen Frost wieder hineinzuhüpfen. Die Frösche im Tinker Creek sind dick mit Schlamm beschmiert, sie haben Schlamm in den Augen und Schlamm in den Nasenlöchern; ihre feuchte Haut resorbiert schlammigen Sauerstoff, und so verträumen sie den Winter.

Von diesem Fleck an diesem Ufer aus kann ich im Sommer auch häufig Schildkröten beobachten; wenn ich mich ganz tief bücke, sehe ich ihre Köpfe dreieckig aus dem Wasser gucken. Jetzt war das Eis unter Schnee begraben; wenn es kalt bleibt, dachte ich, und die Nachbarskinder sich mit Besen zu schaffen machen, können sie Schlittschuh laufen. Unterdessen versorgt sich eine Schildkröte im Fluß unterm Eis auf fast unglaubliche Weise mit Sauerstoff. Sie saugt hinterwärts Wasser in ihre große Kloake ein, wo der Sauerstoff durch feine Gewebe direkt ins Blut gefiltert wird, wie bei Kiemen. Dann scheidet die Schildkröte das Wasser aus und saugt wieder. Die Nachbarskinder können einfach über diesen merkwürdigen kleinen Wasserkreislauf hinweggleiten.

Unter dem Eis leben die Sonnenbarsche und Karpfen noch; so weit im Süden wie hier ist das Wasser nie so lange zugefroren, daß die Fische den ganzen Sauerstoff verbrauchen und sterben. Weiter im Norden sterben die Fische manchmal deshalb und steigen zum Eis hoch, das sich um ihre starr blickenden Leichen schließt und sie bis zum Tauwetter festhält. Einige Würmer wühlen noch im Schlick, Libellenlarven sind auf dem Grund rege, einige Algen vollziehen eine träge Photosynthese, und das ist es so ziemlich. Alles andere ist tot, der Kälte zum Opfer gefallen oder führt ein stummes Dasein in irgendeiner Ruheform: als Ei, Same, Puppe, Spore. Wasserschlangen überwintern als feste Knäuel, Wasserläufer überwintern im Erwachsenenstadium am Ufer, und Trauermäntel verbergen sich in der Rinde von Bäumen: sie alle kommen bei Wintertauwetter verschlafen aus ihren Löchern, schleichen, schlittern und flattern einen sonnigen Nachmittag einher, um sich in der Abenddämmerung wieder zu verkriechen, zu erstarren, sich einzufalten und zu vergessen.

Die Bisamratten sind unterwegs: sie können unter dem Eis Futter finden, wo die silberne Blasenspur, die aus ihrem Fell aufsteigt, hängenbleibt und zu fließenden, glitzernden Kügelchen gefriert. Wer noch? Den Vögeln geht es natürlich gut. Kälte ist für warmblütige Tiere kein Problem, solange sie Futter als Brennstoff haben. Vögel ziehen der Nahrung wegen nach Süden, nicht wegen der Wärme als solcher. Aus diesem Grund dehnten südliche Vögel wie die Spottdrossel, als so viele Leute im ganzen Land Futterhäuschen aufzustellen begannen, ihr Verbreitungsgebiet problemlos nach Norden aus. Einige unserer hiesigen Vögel ziehen nach Süden, etwa das Wanderdrosselweibchen; für andere Vögel, etwa das Bleßhuhn, ist das hier der Süden. Gebirgsvögel ziehen einfach in die Täler; einige wie die Chickadee-Meise fressen nicht nur Samen, sondern auch Winzigkeiten wie Blattlauseier, die hinter Winterknospen und Zweigspitzen versteckt sind. Heute nachmittag beobachtete ich, wie eine Chickadee-Meise herabstieß und hoch oben in einem Tulpenbaum baumelte. Sie wirkte erstaunlich feurig und komprimiert, als ob sich ein riesiges Paar Hände einen Himmelvoll Moleküle gegrapscht und wie einen Schneeball zu diesem Energiebündel, zu diesem fressenden, fliegenden, warmen Festkörperchen zusammengedrückt hätte.

Überall, wo sich Schutz bietet, gehen interessante Dinge vor. Wegschnecken, ausgerechnet, überwintern in einem wasserdichten Sack. Alle Hummeln und Wespen sind tot bis auf die Königinnen, die satt und starr schlafen, sofern nicht eine Maus sie findet und lebendig verzehrt. Honigbienen haben ihren Honig als Nahrung, weshalb sie laut Edwin Way Teale ausgewachsen überwintern können, indem sie sich summend zu einer dichten, lebendigen Traube versammeln. Ihr Schwirren wärmt den Stock; sie wechseln von Zeit zu Zeit die Position, damit jede Biene mal in der kuscheligen Mitte sein darf und mal an der kalten Außenseite Schicht schiebt. Ameisen überwintern in der Masse; der Bärenspinner überwintert allein als stacheliger Ball. Marienkäfer überwintern an geschützten Orten in riesigen, manchmal basketballgroßen roten Trauben. Im Westen stöbern die Leute in den Bergen nach diesen Wintertrauben. Sie bringen sie zu Händlern im Tal, die gut dafür bezahlen. Laut Will Barker schicken die Versandhäuser sie dann an Leute, denen sie die Blattläuse wegfressen sollen. Sie werden nachts, wenn es kalt ist, in Schachteln mit alten Kiefernzapfen verschickt. Das ist eine clevere Idee: Wie verpackt man hundert lebende Marienkäfer? Die Käfer verkriechen sich natürlich tief in die Kiefernzapfen; die stabilen Lamellen der geöffneten Zapfen schützen sie bei allen Stößen während des Transports.

Ich überquerte die Brücke mit frischem Mut und kam an einen meiner Lieblingsplätze, den Sporn in der Schlinge des Tinker Creek. Vor ein paar Jahren hieß dieses Stück Land bei mir das Unkrautfeld; dort wuchsen hauptsächlich Sassafras, Efeu und Kermesbeeren. Jetzt heißt es bei mir der Wald am Fluß; junge Tulpenbäume wachsen dort und Robinien und Eichen. Der Schnee auf dem breiten Pfad durch den Wald war unbetreten. Ich stand auf einer kleinen Lichtung an dem trockenen Graben, der bei Hochwasser den Sporn in zwei Teile schneidet. Hier aß ich zu Mittag meine Schinkenstullen und wünschte, ich hätte Wasser dabei und mehr Fett am Schinken gelassen.

Heute gab es etwas Neues im Wald: Den ganzen gewundenen Weg entlang waren haufenweise aufgeweichte, handgeschriebene Schilder an die Bäume gebunden, auf denen »langsam«, »Schleudergefahr bei Nässe«, »Stop«, »Spurrillen«, »Esso« und »Bodenwelle!!« stand. Sie wirkten wie eine Heidenaufregung wegen einem kleinen bißchen Schnee. Als ich das erste sah, »langsam«, dachte ich, gut, geh ich langsam; ich werde nicht mit kreischenden Sohlen über den zugeschneiten Pfad im Wald am Fluß rasen. Was war hier los? Die andern Schilder machten es klar. Unter »Bodenwelle!« lag tatsächlich eine Bodenwelle. Ich kratzte den glatten Schnee weg. Die Bodenwelle, liebevoll aus rotem, jetzt gefrorenem Lehm gebaut, war ungefähr fünfzehn Zentimeter hoch und einen halben Meter breit. Der Anstieg, soweit man von einem reden konnte, war sanft; Reifenspuren zierten den Lehm. Auf dem Rückweg sah ich, daß ich das entscheidende Schild verpaßt hatte, das heruntergefallen war: »Willkommen auf dem Martinsville Speedway«. Mein »Wald am Fluß« war also für die Halbwüchsigen der Gegend eine Motorradpiste, ihr »Martinsville Speedway«. Ich hatte mich schon immer gefragt, warum sich irgendwer die Mühe machte, den ganzen Sommer über einen Traktormäher in den Wald zu schaffen und die ganzen Wege in Ordnung zu halten; für mich war das eine prima Dienstleistung.

Jetzt war die »Schnellstraße« eine stille Straße. Neben mir auf einem jungen Baum bildete ein Vogelnest die Wiege für eine neugeborene Schneelast. An einem wilden Apfelbaum hing ein einzelner gefrorener Holzapfel mit pockiger und glänzender Schale; er war schwer und hart wie ein Stein. Durch die Bäume sah ich überall den Fluß blau unter dem Eisrand an den Ufern dahinfließen; er machte ein dünnes, metallisches Geräusch, wie wenn Folie auf Folie schlägt.

Als ich aus dem Wald kam, trat ich in ein gelbes Licht. Hinter einer einheitlichen Grauschicht hatte die Sonne den diffusen Glanz eines abgegriffenen und vielpolierten Metallknaufs. Auf den Bergen fiel das fahle Licht schräg auf den Schnee und höhlte an ihren Flanken flache Mulden und Rillen aus, die ich noch nie wahrgenommen hatte. Ich ging nach Hause. Heute war schulfrei. Die Motorradgang war nirgends zu sehen; wahrscheinlich rodelten sie den halsbrecherisch steilen Hügel hinunter, wo sie bis auf die Straße kamen. Die kleinen Kinder meiner Nachbarn rollten Kugeln für einen Schneemann. Die Mittagssonne hatte den Schnee klebrig gemacht; er blieb in Flatschen hängen und hinterließ grüne, unregelmäßige Stellen im Garten. Ich habe just einen höchst bemerkenswerten Artikel entdeckt, eine Abhandlung darüber, wie man einen Schneemann baut. ». . .Nehmen Sie unbedingt Sachen, die Sie zur Hand haben. In einer Gegend zum Beispiel, wo mit Öl geheizt wird, ist es undenkbar, daß Väter ihre Tage dafür opfern, die Stadt nach Eierbriketts für die Augen der Schneemänner ihrer Kinder abzusuchen. Holzkohlen vom Grill sind ein schlechter Ersatz, und Heizöl ist natürlich ausgeschlossen. Nehmen Sie Steine, Ziegelbrocken oder dunkle Stöcke; nehmen Sie Reifengummistückchen oder zur Not sogar dunkles Herbstlaub, das Sie fest zu Zigarren zusammenrollen und tief in die mit einem Finger gebohrten Augenhöhlen schieben.« Warum, warum um alles in der blaugrünen Welt, schreibt jemand so etwas auf? Vermutlich, weil wir in unserer komischen Kultur alles aufschreiben; wir teilen alles mit.

Es gibt sieben oder acht Kategorien von Phänomenen in der Welt, über die sich zu reden lohnt, und eine davon ist das Wetter. Wenn du mal Lust hast, ins Auto zu steigen und durch die Gegend und über die Berge zu fahren bis in unser Tal, den Tinker Creek zu überqueren, die Straße zum Haus hinauf zu fahren, durch den Garten zu gehen, an die Tür zu klopfen und dich hereinbitten zu lassen und über das Wetter zu reden, bist du immer willkommen. Wenn du heute abend von Norden kämst, hättest du einen phantastischen Rückenwind; du würdest zwischen dem Tinker und dem Dead Man Mountain mit ihren Obstgärten links und rechts durch den Paß schießen wie ein Eissegler. Wenn ich dich hereinlasse, könnte es sein, daß wir die Tür nicht wieder zukriegen. Der Wind heult und pfeift ins Tal hinunter, stimmhaft und stimmlos, trocknet die Pfützen und reißt die Nester aus den Bäumen.

Im Haus flitzt Ellery Channing, mein einsamer Goldfisch, in seinem Glas immerzu im Kreis herum. Spürt er vielleicht ein Vibrieren im Glas, eine Unruhe aus dem Norden, die ihn drängt, in tiefere, wärmere Gewässer zu schwimmen? Saint-Exupéry sagt, wenn ein Schwarm Wildgänse im Herbst hoch über einen Hühnerhof zieht, schwingen sich die Hähne und sogar die dummen Masthennen einen halben Meter in die Luft und flattern ein Stück nach Süden. Eskimoschlittenhunde bekommen den ganzen Sommer über ausgehungerte Lachse aus den Bächen vorgeworfen. Ich habe mich oft gefragt, ob diese Hunde im Herbst einen sehnsüchtigen Zug zum Meer verspüren und im Frühling ein Reißen stromaufwärts, einen Drang, Leitern hochzuspringen. Welcher Ruf lockt dich, Ellery? – welcher sonnige Grund unter frischem Wasser, welcher Blütenteich eines Kaisers von China? Selbst die Spinnen werden bei diesem Wind rastlos und krabbeln wachsam über ihre Flusen in allen Ecken.

Ich lasse den Spinnen im Haus freien Lauf. Ich finde, jedes Raubtier, das sich von den paar kleineren Tieren ein Auskommen erhofft, die sich in die zehn Quadratzentimeter der Badezimmerecke zwischen Wanne und Fußboden verirren, hat alle Unterstützung verdient, die ich ihm geben kann. Sie fangen in diesen Netzen Fliegen und sogar Grillen. Großen Spinnen in Scheunen wird nachgesagt, daß sie Kolibris fangen, einspinnen und aussaugen, aber die Gefahr besteht hier nicht. Ich dulde die Spinnweben, nur hin und wieder fege ich die allerschmutzigsten weg, nachdem die Spinne sich in Sicherheit gebracht hat. Ich lasse immer ein Badelaken über dem Wannenrand hängen, damit die dicken, behaarten Spinnen, die an den glatten Seiten der Badewanne nicht mehr hochkommen, die rauhe Oberfläche als Fluchtweg benutzen können. Im Haus haben die Spinnen mich nur einmal leicht in Erstaunen versetzt. Ich spülte ein paar Sachen und stellte sie zum Trocknen auf ein Plastikgestell. Dann wollte ich eine Tasse Kaffee trinken und nahm deshalb meinen Becher vom Gestell, der vom heißen Spülwasser noch warm war, und über den Becher war Faden für Faden ein Spinnennetz gespannt.

Im Sommer beobachte ich draußen die Kugelspinnen, wie sie ihre Radnetze bauen. Letzten Sommer sah ich einer beim Spinnen zu, was besonders interessant war, weil das Licht gerade so fiel, daß ich von dem Netz gar nichts sehen konnte. Ich hatte gelesen, daß Spinnen die tragenden Radialfäden aus einer nicht klebenden Substanz ziehen und dann eine nicht klebende Spirale anbringen. Von dieser sicheren Bahn aus legen sie eine klebrige Spirale in entgegengesetzter Richtung an. Das Ganze wirkt wie eine Frage der Konzentration. Die Spinne, der ich zusah, war ein Rätsel: sie schien in der Luft hin und her und auf und ab zu klettern. Im Mittelpunkt war eine kleine weiße seidige Masse zu sehen, und dahin kehrte sie nach jedem eiligen Gekrabbel zwischen Luft und Luft zurück. Er war für sie eine Art Tinker Creek, von dem sie eine unsichtbare Neuigkeit mit leichten Sprüngen in alle Richtungen trug. Sie hatte eine hübsche Begabung für spitzwinkligste Wenden in der Luft, ohne ihre Geschwindigkeit zu bremsen. Ich habe gehört, daß man eine Kugelspinne hervorlocken kann, indem man einen Grashalm am Netz vibrieren oder tanzen läßt wie ein fliegendes Insekt, das sich zu befreien sucht, weil es sich darin verfangen hat. Diese kleine List ist mir noch nie geglückt; ich bräuchte eine Stimmgabel; wenn ich aufgebe, sind die Spinnweben an den Büschen mit Grashalmen gespickt.

Es ist gut, daß jedes Ding seinen Platz hat. Letzte Woche fand ich ein braunes, kokonartiges Etwas, das leicht und trocken war, und steckte es in eine ungefütterte Außentasche, wo es nicht warm werden und zum Leben erwachen würde. Dann sah ich auf dem Erdboden ein zweites, schon leicht geplatztes. Das riß ich mit den Fingern weiter auf und sah einen hellen Schaum. Ich schaute es mir näher an; der Schaum bekam Struktur. Ich hielt es mir direkt vors Auge und entdeckte eine winzige gelbliche Spinne, so unendlich klein, daß sie durchsichtig war, die eindeutig zur Drohung mit ihren acht Beinen wedelte. Sie war eine von Hunderten von bereits lebendigen Spinnen, die dort in einer Orgie verwickelter Beine herumwuselten. Ohne mich; ich leerte schleunigst die Tasche aus. Dinge am falschen Ort sind fehl am Platz. An diesem Abend höre ich draußen in den Wipfeln der Maulbeerbäume ein Geräusch wie Davonrauschen; ich bleibe im Haus, um mich – womit? – herumzuschlagen. Ich habe mal in ein hölzernes Vogelhäuschen geschaut, das an einem Baum hing; es hatte ein Spitzdach, wie eine Almhütte, eine Stange zum Sitzen und eine kreisrunde Tür. Drinnen saß eine zusammengerollte Schlange und beobachtete mich. Früher tötete ich Käfer und Schmetterlinge mit Tetrachlorkohlenstoff – einem Fleckenmittel – und spießte sie sauber etikettiert, zu Reihen geordnet, in Zigarrenschachteln auf. Das ist viele Jahre her: ich hörte damit auf, als ich eines Tages den Deckel einer Zigarrenschachtel aufklappte und sah, wie ein Mistkäfer, der hoch oben zwischen den Flügeln aufgespießt war, zu krabbeln versuchte. Er schwamm an seiner Nadel. Er tanzte mit seinem eigenen Schatten, ohne ihn zu berühren, und das schon seit Tagen. Wenn ich jetzt nach unten gehe, werde ich dann einen Blick auf ein Opossum erhaschen, das mit seinem schuppigen rosa Schwanz eben um die Ecke verschwindet? Mir ist klar, daß ich eines

Abends bei ebenso rauschendem Wind zum Milchtrinken in die Küche kommen werde und mit einemmal hinten auf dem Herd ein blubberndes Ragout vorfinde, das ich nicht aufgesetzt habe und aus dem oben eine Hirschhaxe herausschaut.

Bei trockenem Wind wie heute können Schnee und Eis direkt als Gas in die Luft übergehen, ohne erst Wassertropfen zu bilden. Das nennt man Sublimation; heute abend sublimiert der Schnee im Garten und das Eis im Fluß. Meine Handflächen spüren noch einen halben Meter vor der Wand eine Brise. Ein Wind wie dieser nimmt mir das Atmen ab; er ruft in meinen Lungen ein lebendiges Springen hervor. Plinius glaubte, daß die Stuten in Lusitanien ihre Schwänze in den Wind hoben und »gegen den Wind gewendet, einen lebendigen Hauch empfangen, hierdurch trächtig werden und auf diese Weise sehr schnell Junge gebären, die aber nicht älter als drei Jahre werden.« Senkt die Schimmelstute Itch ein Stück die Straße hinunter in ihrem Tal im Adamsschen Wald bei diesem Wind die weißbewimperten, schwerlidrigen Augen und hebt den Schwanz? Eine einzelne Zelle zittert bei einer windigen Umarmung; sie schwillt an und spaltet sich, wuchernd wird eine Himbeere draus; ein dunkler Klumpen beginnt zu pulsieren. Bald danach wird etwas Vollkommenes geboren. Etwas gänzlich Neues fliegt mit dem Wind, ein flüchtiges Ding, das mir wahrscheinlich entgeht.

Schlaft ein, ihr Spinnen, schlaf ein, du Fisch; der Wind wird nicht einschlafen, aber das Haus wird halten. Sucht euch einen Unterschlupf, ihr Stare und du Bleßhuhn; beugt euch dem Wind.

4. Kapitel

Das Starre

I

Ich habe gerade gelernt, die Eikapseln der Gottesanbeterin zu erkennen. Plötzlich sehe ich sie überall; ein blaßgelbes lichtes Oval fällt mir ins Auge, oder ich bemerke an einem Büschel schlanker Gräser eine Verdickung. Jetzt beim Schreiben kann ich die Kapsel sehen, die ich an die Falsche Jasminhecke draußen vor meinem Arbeitszimmerfenster gebunden habe. Sie ist beinahe drei Zentimeter lang und wie eine Glocke geformt oder wie die Nordhälfte eines Eies, das am Äquator durchgeschnitten ist. An einer Seite klebt sie auf der gesamten Länge an einem kleinen Reis. Die Seite, die das Licht fängt, ist vollkommen flach. Sie hat die Farbe von Stroh oder Heu und ist merkwürdig porös, lackhart, aber von winzigen Trichtern durchsetzt, wie gefrorener Schaum. Ich habe sie heute nachmittag, vorsichtig am Zweig anfassend, mit nach Hause gebracht, und gleich noch ein paar dazu – sie waren leicht wie Luft. Eine habe ich fallenlassen, ohne es zu merken, bis ich nach Hause kam und nachzählte.

Innerhalb einer Woche habe ich über dreißig Eikapseln auf einem lehmigen Acker mit wilden Rosenbüschen am Tinker Mountain gesehen, und noch einmal dreißig im Gras am Carvin's Creek. Eine hing an einem Zweig eines winzigen Hartriegels im matschnassen Vorgarten eines frischgebauten Hauses. Ich glaube, die Versandhäuser verkaufen sie für einen Dollar das Stück an Gärtner. Sie sind besser als Insektizide, denn jede Eikapsel enthält zwischen hundertfünfundzwanzig und dreihunderfünfzig Eier. Überleben die Eier Ameisen, Spechte und Mäuse – was meist der Fall ist –, dann kann man das Vergnügen genießen, die jungen Gottesanbeterinnen ausschlüpfen zu sehen, und das zufriedene Gefühl, den ganzen Sommer lang zu wissen, daß sie draußen in deinem Garten hübsch organisch ungeheure Mengen ihrer

Mitinsekten vertilgen. Wenn eine Gottesanbeterin das letzte Fitzelchen ihrer Beute verschlungen hat, wäscht sie sich das glatte grüne Gesicht wie eine Katze.

Im Spätsommer sehe ich oft eine ausgewachsene geflügelte Gottesanbeterin auf der Pirsch bei dem Getier, das mein Verandalicht umschwirrt. Ihr Körper ist von klarem, warmem Grün; der nackte, dreieckige Kopf ist besorgniserregend wendig, so daß ich oft beobachte, wie eine den Kopf verdreht, um mich gleichsam über die Schulter hinweg anzuschauen. Wenn sie ihre Beute schlägt, zuckt sie so plötzlich und mit einem so furchtbar lauten Flügelschlagen vor, daß selbst abgebrühte Entomologen wie Jean-Henri Fabre gestanden haben, daß sie jedesmal vor Schreck zusammenfahren.

Ausgewachsene Gottesanbeterinnen fressen mehr oder weniger alles, was atmet und so klein ist, daß sie es fangen können. Sie fressen Honigbienen und Schmetterlinge, sogar Chrysippusfalter. Sie sind schon gesehen worden, wie sie Nattern, Mäuse, ja sogar *Kolibris* gepackt und verschlungen haben. Frischgeschlüpfte Gottesanbeterinnen fressen erst einmal kleineres Getier wie Läuse oder ihresgleichen. Als ich auf der Grundschule war, brachte eine Lehrerin ein Gottesanbeteringelege in einem Steingutgefäß mit. Ich schaute zu, wie die frischgeschlüpften Gottesanbeterinnen hervorkrabbelten und die Schalen abwarfen; sie waren spindeldürr und durchscheinend, nichts als Gelenke. Von der Eikapsel zogen sie hinunter auf den Boden des Steingutgefäßes und bildeten dabei eine lebendige Brücke, die aussah wie eine arabische Kalligraphie, eine schwer zu entziffernde Stelle aus dem Koran, mit feiner Hand in die Luft geschrieben. Über einen Zeitraum von mehreren Stunden, in dem die Lehrerin weder den Mut noch den Verstand aufbrachte, sie zu befreien, fraßen sie einander auf, bis nur zwei übrig waren. Beide hatten noch winzige zappelnde Beinchen im Maul. Die beiden Überlebenden kämpften und sägten in dem Steingutgefäß; schließlich starben beide an ihren Wunden. Ich hatte das Gefühl, ich sollte die Leichname herunterschlucken, die Augen schließen und sie wie eine bittere Medizin herunterspülen, damit die vielen Leben nicht verschwendet waren.

Wenn Gottesanbeterinnen jedoch auf freiem Feld ausschlüpfen, taumeln sie nett schlaksig herum, weichen Ameisen aus und verschwinden schließlich im Gras. Ich habe also heute nachmittag mein Taschenmesser vor dem Spazierengehen in die Tasche gesteckt, weil ich hoffte, bald welche beim Ausschlüpfen beobachten zu können. Nun, da ich die Eikapseln erkenne, ist mir der Gedanke peinlich, wie viele mir die ganze Zeit entgangen sind. Ich bin durch den Adamsschen Wald ostwärts gelaufen bis an das Maisfeld und habe dort am Feldrand drei unbeschädigte Eikapseln geschnitten. Es war ein klarer Tag wie aus dem Bilderbuch, ein Februartag ohne Wolken, emotions- und seelenlos wie eine schöne Frau mit einem leeren Gesicht. Zwischen meinen Fingern trug ich die dornigen Zweige, an denen die Eikapseln wie Rosen hingen; ich nahm den Strauß mal in die eine, mal in die andere Hand, um die freie Hand in der Tasche zu wärmen. Ich kam am Haus vorbei, beschloß, keine Handschuhe zu holen, und ging nach Norden zu der Stelle, wo die Rinder zum Trinken an den Tinker Creek kommen. Dort am Hügel fand ich auf der Wiese noch einmal acht Eikapseln. Ich war fassungslos – ich laufe mehrmals die Woche über den Hügel, und ich halte hier immer Ausschau nach Eikapseln, weil ich hier sogar einmal eine Gottesanbeterin bei der Eiablage beobachtet hatte.

Es ist schon ein paar Jahre her, daß ich diesen sonderbaren Vorgang beobachtete, aber ich erinnere mich noch – es sei hier gestanden – eines nicht abzuschüttelnden Gefühls, daß ich nicht einem realen Ereignis in der Gegenwart beiwohnte, sondern einem grausigen Naturfilm, einem Kurzfilm über die »Geheimnisse der Natur« mit wunderschönen Farbaufnahmen; daß ich bis zum Ende sitzenbleiben mußte, ohne meine Augen weiter abwenden zu können als bis zu den trüb erleuchteten Ausgangsschildern an den Wänden; und daß sich hinter den Kulissen ein Amateurfilmer dafür beglückwünschte, über dieses kleine Wunder gestolpert zu sein, oder vielmehr, eine so natürlich anmutende Umgebung geschaffen zu haben: so sehr drängte sich mir der Eindruck auf, das Ganze wäre mit äußerster Sorgfalt in einem Terrarium in irgendeinem Gewächshaus gefilmt worden.

An jenem Tag fiel mir, als ich über diesen Hügel schlenderte, ein schneeweißer Fleck auf. Der Hügel ist erodiert; der Hang ist eine zerfurchte Ruine aus rotem Lehm mit ein paar grünen Höckern und niedrigen wilden Rosen, deren Wurzeln einen traurigen Rest Mutterboden festhalten. Ich bückte mich, um das weiße Ding näher zu betrachten, und sah eine blasige, speichelartige Masse. Dann sah ich etwas Dunkles, einem aufgedunsenen Blutegel ähnlich, auf dem Speichel herumstöbern, und dann sah ich die Gottesanbeterin.

Sie war mit den Füßen, die gen Himmel zeigten, kopfüber an einen horizontalen Zweig einer wilden Rose geklammert. Ihr Kopf hing tief im trockenen Gras. Ihr Hinterleib war geschwollen wie ein dicker Finger; er verjüngte sich zu einer fleischigen Spitze, aus der ein nasser, aufgeschlagener Schaum quoll. Ich traute meinen Augen nicht. Ich legte mich mal so, dann so an den Hang, die Knie in den Dornen und die Wangen im Dreck, bis ich so gut sehen konnte, wie es ging. Ich nahm einen Grashalm und spielte damit dicht am Kopf des Weibchens herum; sie ließ sich nicht im geringsten stören, also kroch ich mit der Nase bis auf wenige Zentimeter an den ruckenden Leib heran. Er pumpte wie eine Ziehharmonika, er pulste wie ein Blasebalg; er fuhr pulsierend über der glitzernden, klumpigen Oberfläche der Eikapsel hin und her, prüfte und klopfte, stieß hinein und glättete. Er schien so eigenständig zu handeln, daß ich den keuchenden braunen Stock am andern Ende vergaß. Das Blasengeschöpf schien zwei Augen zu haben, ein hektisches kleines Hirn und zwei geschäftige weiche Hände. Es sah aus wie eine scheußliche, abgehärmte Mutter, die eine dicke Tochter für einen Schönheitswettbewerb herausstaffiert, betulich an ihr herumfummelt, sie bewundert, betätschelt, Säume näht und glättet und ausstreicht.

Das Männchen war nirgends zu sehen. Wahrscheinlich hatte das Weibchen es gefressen. Fabre erzählt, daß ein Weibchen, zumindest in der Gefangenschaft, sich von bis zu sieben Männchen begatten läßt, die sie anschließend verzehrt, ob sie ihre Eikapseln abgelegt hat oder nicht. Das Paarungsverhalten ist gut erforscht: ein im Kopf des Männchens produzierter chemischer

Stoff warnt ihn sozusagen: »Nein, geh nicht in ihre Nähe, sie wird dich bei lebendigem Leib fressen.« Gleichzeitig drängt ein chemischer Stoff in seinem Bauch: »Ja, um jeden Preis, ja, jetzt und immerdar, ja.«

Während das Männchen sich das bildet, was bei einem Menschen die Meinung wäre, kippt das Weibchen die Waagschale zu ihren Gunsten, indem es seinen Kopf verspeist. Er besteigt sie. Fabre beschreibt die Begattung, die bis zu sechs Stunden dauern kann, folgendermaßen: »Das Männchen hält während seiner vitalen Funktion das Weibchen eng umschlungen. Aber das unglückselige Insekt hat keinen Kopf mehr; es hat keinen Hals und fast keinen Vorderleib mehr. Das Weibchen aber fährt mit über die Schulter zurückgedrehtem Kopf ganz gemütlich damit fort, die Reste des süßen Liebhabers zu verzehren. Und dieser männliche, fest an es geklammerte Stumpf fährt in seiner Verrichtung fort. . . . Ich habe es gesehen, mit eigenen Augen, und ich habe mich von meiner Überraschung noch nicht erholt.«

Ich beobachtete die Eiablage über eine Stunde lang. Als ich am nächsten Tag wiederkam, war die Gottesanbeterin verschwunden. Der weiße Schaum war zu einem bräunlich weißen, schmutzigen Schaum ausgehärtet; an den Tagen danach hatte ich schon Schwierigkeiten, die Kapsel zu erkennen, die nur wenige Zentimeter über dem Boden hing. Ich schaute sie mir den ganzen Winter hindurch jede Woche an. Im Frühling wurde sie von Ameisen entdeckt; jede Woche sah ich Dutzende von Ameisen daran herumklettern, ohne daß sie sich einen Eingang hineinfressen konnten. Später im Frühling stieg ich täglich auf den Hügel, weil ich die Jungen beim Ausschlüpfen zu erwischen hoffte. Die Bäume waren längst grün, die Schmetterlinge waren da, und die ersten Drosseljungen waren flügge; immer noch hing die Eikapsel stumm und voll an dem Zweiglein. Ich las, daß ich bis Juni warten müsse, aber ich besuchte die Kapsel trotzdem täglich. Eines Morgens Anfang Juni war alles weg. Ich konnte den untersten Dornenzweig der wilden Rose nicht finden, an dem die Eikapsel befestigt gewesen war. Ich konnte überhaupt die wilden Rosen nicht finden. Im Lehm waren Furchen, und ich sah die gekappten

Zweige. Aus irgendeinem Grunde war mein Nachbar darauf verfallen, einen Traktormäher über den steilen Lehmhang zu jagen, an dem, abgesehen von dem bißchen niedrigen Dornengestrüpp, nichts wuchs, was zu mähen war.

Na schön. Heute habe ich an diesem selben Hügel noch einmal drei unbeschädigte Eikapseln abgeschnitten und wie die andern an den Reisern nach Hause getragen. Außerdem habe ich eine verdächtig leichte Puppe eines Ailanthusspinners mitgenommen. Meine Finger waren steif und rot vor Kälte, und mir lief die Nase. Ich hatte das Gesetz der Wildnis vergessen, das da lautet: »Nie ohne Papiertaschentuch.« Zu Hause angekommen band ich die Reiser mit ihren Eikapseln an verschiedene sonnige Büsche und Bäume im Garten. Sie sind leicht zu finden, weil ich weißen Bindfaden genommen habe; und ohnedies werde ich wohl kaum meine eigenen Bäume mähen. Ich hoffe, die Spechte, die zur Futterstelle kommen, finden sie nicht, aber ich sehe nicht, wie sie drankommen sollten, wenn doch.

Im Tal fällt die Nacht ein; der Fluß ist seit einer Stunde ausgelöscht, und jetzt schießen nur noch die nackten Baumspitzen dünne Kerzen in den Himmel wie Funkenbänder. Die Szene, die mir den ganzen Nachmittag im Hinterkopf herumgegeistert ist, schickt sich an, aus der nächtlichen Lagune aufzusteigen. Sie hat nicht das geringste mit Gottesanbeterinnen zu tun. Doch heute nachmittag knüpfte ich mit meinen eiskalten Händen aus lauter Angst, die Eikapseln auch nur einen Moment zu berühren, ganz vorsichtig winzige Knoten und Ösen, weil ich plötzlich an den Einaugenfalter denken mußte.

Ich hege nicht die Absicht, irgendwen mit all meinen Kindheitserinnerungen zu quälen. Auch will ich keineswegs gegen meine alten Lehrer zu Feld ziehen, die mich mit unvergeßlicher Dusseligkeit in die Welt der Natur eingeführt haben, eine Welt der Chitinpanzer, in der unversöhnliche Wirklichkeiten herrschen. Der Einaugenfalter hat es nie geschafft, Vergangenheit zu werden; er kriecht noch immer in jenem überfüllten, klaren Becken an der Lippe des großen Wasserfalls herum. Er ist so gegenwärtig wie dieser blaue Schreibtisch und diese Messinglampe, wie dieses nachtschwarze Fenster vor mir, durch das ich nicht einmal mehr die weißen Fäden sehen kann, an denen die Eikapseln in der Hecke hängen, sondern bloß mein eigenes blasses, erstauntes Gesicht.

Als ich zehn oder elf war, brachte meine Freundin Judy die Puppe eines Einaugenfalters mit. Es war Januar, an den Fensterscheiben in der Klasse klebten ausgeschnittene Schneeflocken. Die Lehrerin behielt die Puppe den ganzen Vormittag in ihrem Schreibtisch und holte sie erst hervor, als wir vor der Pause unruhig wurden. In einem Buch bekamen wir gezeigt, wie der ausgewachsene Falter aussehen würde; er würde wunderschön sein. Mit einer Flügelspanne von bis zu fünfzehn Zentimetern ist der Einaugenfalter einer der wenigen Riesenseidenspinner Amerikas, viel größer etwa als ein Riesen- oder Tigerschwalbenschwanz. Die gigantischen Flügel des Falters sind mit einem dicken warmbraunen Samt überzogen, mit schmalen aquarellfarbenzarten Rändern in Blau und Rosa. Ein sensationelles »Auge«, riesengroß, und von Tiefblau in ein beinahe lichtdurchlässiges Gelb übergehend, prangt in der Mitte beider Hinterflügel. Der Effekt ist der einer maskulinen Herrlichkeit, die man bei Schmetterlingen sonst nicht kennt, einer zu Kraft entfalteten Zartheit. Der Einaugenfalter auf dem Bild sah aus wie ein mächtiger Waldgeist, eine lebendige Essenz des Laubwaldes, fremdhäutig und braun, mit aufgerissenen blinden Augen. Und dieser riesige Falter steckte in dem blassen Kokon. Wir klappten das Buch zu und widmeten uns dem Kokon. Es war ein zu einem unförmigen ovalen Bündel genähtes Eichenblatt; Judy hatte es in einem Haufen gefrorener Blätter gefunden.

Wir reichten die Puppe herum; sie war schwer. Als wir sie in den Händen hielten, wurde das Tier drinnen warm und bewegte sich. Wir waren begeistert und schlossen sie fester in die Fäuste. Die Larve begann heftig zu zucken, mit ergreifenden Stößen. Wer ist da? Ich kann das Rucken noch heute fühlen, wie es ungestüm durch die Dämmung aus gesponnener Seide und Blatt drang, ungestüm durch die jahrealte Hülle gegen meine gekrümmte Handfläche pochte. Wir reichten sie immer weiter herum. Als sie wieder bei mir ankam, war sie heiß wie ein aufgebackenes Brötchen; sie sprang mir fast aus der Hand. Die Lehrerin griff ein. Sie legte die immer noch heftig arbeitende, zuckende Puppe in das stets bereitstehende Steingutgefäß.

Sie wollte raus. Sie war jetzt nicht mehr zu bremsen, auch wenn erst Januar war. Ein Ende des Kokons wurde feucht und mit wütendem Stoßen und Zerren langsam aufgerissen. Der Kokon als Ganzes wand sich und warf sich auf dem Boden der Schale von einer Seite auf die andere. Die Lehrerin wird blaß, die Klasse wird blaß, ich werde blaß: Ich entsinne mich bloß noch des Kampfes dieses Wesens darum, zum Falter zu werden oder dabei zu sterben. Als es schließlich hervorkam, war es ein triefnasser Klumpen. Es war ein Männchen; seine langen Fühler waren dicht gefiedert und so breit wie sein dicker Hinterleib. Sein Leib war sehr plump, fast drei Zentimeter lang mit einem kräftigen Pelz. Sein Kopf war von einem grauen pelzartigen Plüsch bedeckt; eine lange, braune, pelzartige Behaarung floß von seiner breiten Brust über den pelzigbraunen, gegliederten Hinterleib. Seine vielgelenkigen hellen starken Beine waren zottelig wie Bärenbeine. Er stand stocksteif da, aber er atmete.

Er konnte die Flügel nicht ausbreiten. Der Platz reichte nicht. Der chemische Stoff, mit dem seine Flügel wie mit einem Lack überzogen waren, machte sie steif, trocknete und ließ die Flügel aushärten, wie sie waren. Er war ein Monstrum in einem Steingutgefäß. Auf seinem Rücken klebten die gigantischen Flügel als verkrüppeltes Gebilde aus willkürlich aufgeworfenen Falten und Furchen, zerknittert wie ein schmutziges Papiertaschentuch, steif wie Leder. Sie machten ihn zu einem einzigen Albtraum, einem immer noch von hilflosen, panischen Zuckungen gequälten Klumpen.

Das nächste, woran ich mich erinnere, ist die Pause. Die Schule lag in Shadyside, einem lauten Wohnviertel in Pittsburgh. Alles spielte auf dem eingezäunten Spielplatz Völkerball oder auf dem gepflasterten Schulhof bei den Schaukeln Nachlaufen. Neben dem Spielplatz führte eine lange Auffahrt bergab zum Bürgersteig und bis an die Straße. Irgendwer – es muß die Lehrerin gewesen sein – hatte die Motte ausgesetzt. Ich stand an der Auffahrt, allein, stockstill, aber ich zitterte. Irgendwer hatte dem Einaugenfalter die Freiheit geschenkt, und er hatte sich auf den Weg gemacht.

Er schob sich unendlich langsam beharrlich über den Asphalt der Auffahrt bergabwärts. Die abscheulichen knittrigen Flügel lagen festgeklebt und eingefaltet auf seinem Rücken, mittlerweile vollkommen still wie ein zusammengefallenes Zelt. Es klingelte zweimal; ich mußte gehen. Der Falter entfernte sich die Auffahrt entlang, zog schleppend von dannen. Ich ging; ich rannte hinein. Der Einaugenfalter kriecht immer noch die Auffahrt entlang, kriecht gebeugt über die Auffahrt, kriecht auf sechs pelzigen Beinen die Auffahrt entlang, für immer.

Wenn ich meine Hand an die Scheibe lege, kann ich sehen, wie sich im Tal Schatten gesammelt hat. Er schwappt über die Sandsteinfelsen am Tinker Mountain, und sie erlöschen in der Flut; hie und da fließen Schattenwellen in den Himmel. Ich bin fix und fertig. Bei Plinius habe ich über die Erfindung des Modellierens mit Ton gelesen. Ein Töpfer aus Sikyon kam nach Korinth. Dort verliebte sich seine Tochter in einen jungen Mann, der häufig in die Fremde ging und lange fortblieb. Als er bei ihr zu Hause saß, umzog sie bei Kerzenlicht an der Wand den Schatten seines Gesichts mit Linien. In seiner Abwesenheit verfeinerte sie dann das Profil, um sein Gesicht genießen zu können und sich zu erinnern. Eines Tages drückte der Vater Ton in die Umrisse auf dem groben Putz und machte ein Abbild; als der Ton hart war, nahm er ihn ab, brannte ihn und »stellte ihn aus«. Damit endet die Geschichte. Ist der junge Mann zurückgekehrt? Was hielt die Tochter davon, daß ihr Vater ihren Geliebten überall in der Stadt an den Haaren herumschleppte? Was ich wirklich wissen möchte, ist dies: Ist der Schatten noch da? Wenn ich mich auf die Suche machte und den Schatten des Gesichts an der Wand beim Kamin fände, würde ich das Haus mit den Händen abreißen, um mir das Stück zu holen.

Der Schatten, das ist es. Draußen sind Schatten blau, lese ich, weil sie vom blauen Himmel erleuchtet werden und nicht von der gelben Sonne. Ihr Blau zeugt von unendlich kleinen Teilen, die aus unermeßlicher Entfernung herabströmen. Im Islam ist gegenständliche Kunst als götzenhaft verboten, und auch wenn viele Moslems sich nicht streng an die Regel halten, so halten sie sich doch absolut an das Verbot für Skulpturen, weil sie einen Schatten werfen. Schatten definieren demnach das Reale. Wenn ich Schatten nicht mehr als »dunkle Flecken« sehe wie die Neuoperierten, dann sehe ich sie als etwas, das dem Licht Sinn gibt. Sie geben dem Licht Entfernung; sie setzen es an seinen Platz. Sie sagen meinen Augen, wo ich hier bin, hier Israel, hier in der mit Fehlern behafteten Weltskulptur, hier im flackernden Schatten des Nichts zwischen mir und dem Licht.

Jetzt, da der Schatten das blaue Himmelszelt aufgelöst hat, kann ich Andromeda wieder sehen; ich habe das Gesicht ans Fenster gepreßt, stehe gespannt und klein im kühlen Schein der Galaxie. »Die Sehnsucht nach dem Unendlichen«, di Chirico: zwei Figuren werfen lange Schatten, die über einen sonnenhellen Vorplatz strömen, tief eingeschnittene Schluchten. In gewissem Sinne werden Schatten tatsächlich geworfen, mit Macht geworfen, ausgestoßen wie einst Ismael. Sie sind der blaue Streifen, der durch die Schöpfung läuft, der eisige Fluß am Straßenrand, an dessen Ufern die Gottesanbeterin sich fortpflanzt, in dessen unergründeten Wassern die Riesenwanze Frösche aussaugt. Der Schattenfluß ist der blaue unterirdische Fluß, der Carvin's Creek und Tinker Creek kühlt; er schneidet wie Eis durch die Rippen von Tinker Mountain und Dead Man Mountain. Der Schattenfluß tost unter Wäldern hindurch durch Kalksteinhöhlen oder tritt irgendwo an die Oberfläche, als Feuchtigkeit an der Unterseite eines Blattes. Ich wringe ihn aus Steinen; er tropft in meine Tasse. Ein Blick, und es tun sich Erdspalten auf; der Boden öffnet sich wie eine windzerfetzte Wolke vor den Sternen. Der Schattenfluß: schon auf dem kleinsten Weg zum Briefkasten kann ich bis zu den Knien in seiner reißenden, eiskalten Strömung versinken. Ich muß entweder Gummistiefel anziehen oder tanzen, um mich warm zu halten.

II

Fische müssen schwimmen, und Vögel müssen fliegen; Insekten müssen, wie es scheint, in einem fort Greueltaten begehen. Bei einem Geier oder einem Hai frage ich nie warum, aber bei fast jedem Insekt, das mir begegnet, stelle ich diese Frage. Mehr als ein Insekt – die Möglichkeit fruchtbarer Vermehrung – stellt einen Affront gegen sämtliche menschlichen Werte dar, gegen alle Hoffnung auf einen vernünftigen Gott. Selbst jener fromme Franzose, Jean-Henri Fabre, der sein ganzes Leben dem Studium der Insekten widmete, kann sich einer heillosen Abscheu nicht erwehren. Er beschreibt eine bienenfressende Wespe, den Bienenwolf, wie er eine Honigbiene tötet. Wenn die Biene von Honig schwer ist, drückt der Bienenwolf sie aus, damit sie »den köstlichen Sirup von sich gibt, und trinkt ihn, indem er ihn von der Zunge leckt, die das unselige Opfer im Todeskampf weit zum Maul herausstreckt. Ich habe erlebt, wie der Bienenwolf mitten bei einem solchen mörderischen Bankett mitsamt seiner Beute von einer Gottesanbeterin gefangen wurde: Der Räuber wurde von einem zweiten Räuber geplündert. Und hier gab es ein grausiges Detail: Noch während die Gottesanbeterin ihn an den Zacken ihrer Doppelsäge aufgespießt festhielt und bereits an seinem Bauch knabberte, leckte der Bienenwolf, selbst im Angesicht des Todes außerstande, auf sein köstliches Mahl zu verzichten, weiter den Honig von seiner Biene. Lassen Sie uns schnell einen Schleier über dieses Grauen decken.«

Das Bemerkenswerte an der Insektenwelt ist allerdings gerade, daß kein Schleier über dieses Grauen geworfen wird. Wir haben es hier mit Mysterien zu tun, die sich im hellen Tageslicht direkt unter unsren Augen abspielen. Wenn es so ist, wie Heraklit meint, und Gott »spricht« einem Orakel gleich »nicht aus und verbirgt nicht, sondern gibt ein Zeichen«, dann sollte ich mich tunlichst bemühen, die Zeichen zu lesen. Die Erde widmet einen überwältigenden Anteil ihrer Energie diesem Summen und Hopsen im Gras, diesem raspelnden Knabbern und Umherkrabbeln. Den Insekten gehört das größte Stück der Torte: Warum? Ich sollte eine Riesenwanze in einem Aquarium auf meinem Nachtschrank halten, damit ich darüber nachdenken kann. Wir haben heute Messingkerzenhalter in unseren Häusern; in unsere Kirchen sollten wir Gottesanbeterinnen stellen. Warum wenden wir uns voll Abscheu von den Insekten ab? Unsere Konkurrenten sind nicht nur kaltblütig und grün- oder gelbblütig, sondern auch mit einem knackenden Panzer ausgerüstet. Sie haben nicht die Eleganz, sich wie unsereins mit der weichen Seite nach außen durch die Welt zu bewegen, Wind und Dornen ausgesetzt. Sie haben starre Augen und über den Rücken verteilte Gehirne. Aber sie machen das Gros unserer Lebensgefährten aus, deshalb schaue ich auf sie und suche eine Ahnung von Kameradschaft zu entdecken.

Als letzten Sommer ein Grashüpfer auf dem Fenster in meinem Arbeitszimmer landete, sah ich ihn mir eine ganze Weile an. Die harten Deckflügel waren kurz; der Körper war von totem Wachsgelb, mit schwarzgrünen, nicht zu entziffernden Zeichen. Wie alle großen Insekten gab er mir zu denken, reichlich zu denken, mit seinen abscheulichen waagerechten vielgelenkigen Mundwerkzeugen und den feingliedrigen, mechanisch wirkenden Füßchen, nichts als Kapseln und Dornen. Ich studierte das feste Plattenwerk des spitz zulaufenden, chitingepanzerten Hinterleibs und wollte mich gerade abwenden, als ich ihn atmen sah – schnauf, schnauf – und plötzliche Sympathie empfand. Ja, sagte ich: schnauf, schnauf, nicht wahr? Er sprang mit einem deutlich durch die Scheibe hörbaren Satz davon, einem Raspeln wie von einer Feile, und schnaufte unten im Gras weiter. Das Schnaufen ist es also, und mehr nicht; obwohl auch ich eine Schwäche für Honig habe.

Die Natur ist vor allem andern verschwenderisch. Glaub keinem, der dir weismachen will, die Natur sei ökonomisch und sparsam, weil jedes Blatt wieder zu Erde wird. Wäre es nicht billiger, sie gleich an den Bäumen zu lassen? Der Blattwechsel der Laubbäume ist schon an sich ein radikaler Plan, die Kopfgeburt eines schwer gestörten Manisch-Depressiven mit unbegrenztem Kapital. Luxus! Die Natur ist sich für nichts zu schade, alles darf mindestens einmal sein. Das zeigen uns die Insekten. Keine Gestalt ist zu grausig, kein Verhalten zu grotesk. Organische Verbindungen sind dazu da, weitere Verbindungen einzugehen. Wenn sie funktionieren, wenn sie sich bewegen, dann werden sie klackernd ins Gras gesetzt; für einen mehr ist immer Platz; du bist ja auch nicht gerade schön. Die Natur pflegt eine Ökonomie des Überflusses; zwar geht nichts verloren, aber verbraucht wird alles.

Daß die Insekten sich angepaßt haben, ist offensichtlich. Allerdings gibt es auch verblüffende Anpassungsfehler. Es fällt schwer zu glauben, daß die Natur sich mit derartiger Minderbemitteltheit abgibt. Howard Ensign Evans schreibt von Libellen, die ihre Eier auf glänzenden Kühlerhauben abzulegen versuchen. Andere Libellen scheinen die Oberfläche zu prüfen, um festzustellen, ob es sich wirklich um Wasser handelt, indem sie ihren Hinterleib eintauchen. In den Teergruben von La Brea bei Los Angeles tauchen sie ihren Hinterleib in den stinkenden Teer und bleiben stecken. Eine Libelle, die sich mit unendlicher Mühe befreit, so berichtet Evans, hat meist nichts Eiligeres zu tun, als den Versuch zu wiederholen. Manchmal glänzen die Teergruben von den trockenen Leichen der Libellen.

Verblüffend beschränkt sind auch Jean-Henri Fabres Kiefernprozessionsspinner. Auch wenn neuere Forschungen zeigen, daß manche Insekten ihre Instinkte überwinden und neue Territorien erobern können, bleiben sie in aller Regel blind und engstirnig auf ihre Instinkte eingeschworen, wie die Prozessionsspinner bei Fabre. Prozessionsspinner sind Nachtfalterraupen mit glänzenden schwarzen Köpfen, die nachts auf einer selbstgelegten seidenen Schiene in Kiefern herumkrabbeln. Sie wandern als zusammenhängendes Band über diese Schiene, jede Raupe berührt mit dem Kopf das Ende der vorangehenden, und jede Raupe heftet den von ihr gesponnenen Faden auf die von der Raupe, die zufällig die Spitze des Zuges bildet, angelegte Spur. Fabre greift ein; er erwischt sie tagsüber bei einer Erkundungsreise, als sie kurz davor sind, eine Kreisbahn zu vollenden, auf dem Rand eines breiten Palmenkübels in seinem Gewächshaus. Als die Anführerin des Raupenzuges wieder an ihren Ausgangspunkt zurückgekommen ist und der Kreis sich schließt, entfernt

Fabre die Raupen, die noch am Kübel emporklettern, und alle störenden Seidenfäden. Jetzt hat er eine geschlossene Bahn aus Raupen, führerlos, die auf einer nimmer endenden Schiene auf dem Kübel im Kreis herumwandern. Er will herausbekommen, wie lange es dauert, bis sie merken, was los ist. Zu seinem Schrecken marschieren sie nicht bloß ein, zwei Stunden so weiter, sondern den ganzen Tag. Als Fabre abends das Gewächshaus verläßt, ziehen sie immer noch ihren ermüdenden Kreis, obwohl sie nachts normalerweise auf Futtersuche gehen.

In den kalten Morgenstunden des nächsten Tages sind sie tödlich still; als sie aus ihrer Erstarrung erwachen, setzen sie sich jedoch wieder in Bewegung, setzen, wie Fabre sagt, ihren »Schwachsinn« fort. Sie schleichen den Tag hindurch weiter herum, Kopf an Schwanz. Die darauffolgende Nacht ist bitterkalt; morgens findet Fabre sie auf dem Kübelrand zu zwei ungeordneten Klumpen zusammengedrängt. Als sie wieder losmarschieren, haben sie zwei Anführerinnen, und in der Natur kundschaften die Anführerinnen häufig Strecken seitlich einer bereits gelegten Spur aus. Aber die beiden Trupps treffen aufeinander, und der magische Kreis schließt sich wieder. Fabre traut seinen Augen nicht. Die Raupen haben weder Wasser noch Futter noch Schlaf gehabt; sie sind Tag und Nacht nicht in ihrem Nest gewesen. In der nächsten Nacht lähmt ein starker Frost die Raupen, die sich zu einem Klumpen zusammendrängen. Durch Zufall ist die erste, die die Wanderung wieder aufnimmt, nicht auf der Kreisspur; sie marschiert in einer neuen Richtung los und gelangt auf die Erde im Kübel. Sechs weitere folgen ihr. Nun haben die auf dem Rand eine Anführerin, weil der Kreis eine Lücke hat. Aber sie trotten stur weiter in ihrem Teufelskreis herum. Bald darauf kehren die sieben Rebellen, die an der Palme im Kübel nichts Eßbares gefunden haben, auf ihrer Spur zum Kübelrand zurück und fügen sich wieder in den aussichtslosen Zug ein. Der Ring zerbricht jedesmal, wenn Raupen vor Hunger oder Erschöpfung stehenbleiben; aber sie überbrücken alsbald die Lücken, und es finden sich keine neuen Anführer.

Am darauffolgenden Tag tritt eine Erwärmung ein. Die Raupen beugen sich weit über den Kübelrand, um die Tiefe zu ermessen. Endlich weicht eine von der Bahn. Gefolgt von vier weiteren erkundet sie einen Weg über die lange Außenseite des Kübels. Dort, neben den Kübel, hat Fabre ihnen Kiefernnadeln zum Fressen hingelegt. Sie sind nur noch gut zwei Handbreit von den Nadeln entfernt, als sie sich unglaublicherweise wieder aufwärts wenden und sich erneut dem traurigen Marsch anschließen. Noch zwei Tage lang stolpern die Prozessionsspinner weiter; da endlich probieren sie den Weg, den der letzte Trupp außen am Kübel angelegt hatte. Sie trauen sich auf unbekanntes Terrain und stolpern schließlich in ihr Nest. Sieben Tage hat es gedauert. Fabre ist, obwohl er »über die vollkommene Unbeholfenheit der Insekten, sobald der kleinste Zwischenfall eintritt, Bescheid weiß«, angesichts der erneuten Bestätigung »des Fehlens eines Denkvorgangs in ihrem armseligen Verstand« deutlich erschüttert. »Die in Not geratenen, ausgehungerten, obdachlosen, durchfrorenen Raupen«, schließt er, »bleiben hartnäckig auf ihrem Seidenband, dem sie hundert- und aberhundertmal gefolgt sind, weil ihnen jener Schimmer von jener Intelligenz fehlt, die ihnen raten müßte, es zu verlassen«.

Mir ist es hier zu stickig. Welcher Spielzeugverkäufer an der Straßenecke hat die Blechspielzeuge mit dem Schlüssel auf ihrem Rücken aufgedreht und sie auf dem Gehsteig ausgesetzt, daß sie über den Kantstein rasseln? Elia verspottete die Propheten Baals, die einen Stier aufs Holz legten und Baal anriefen, ihn mit Feuer zu verzehren: »Ruft laut! Denn er ist ja ein Gott; er ist in Gedanken oder hat zu schaffen oder ist über Land oder schläft vielleicht, daß er aufwache.« Ruft laut. Es ist das Starre, das uns entsetzt, das Starre, das uns mit der ungeheuren Gewalt seiner Gedankenlosigkeit angreift. Das Starre ist ein Steingutgefäß, und wir kriegen es nicht aufgebrochen. Die Propheten Baals ritzten sich mit Messern und Spießen, und das Holz blieb Holz. Das Starre ist die Welt ohne Feuer – toter Feuerstein, toter Zunder, und nirgendwo ein Funke. Es ist Bewegung ohne Richtung, Gewalt ohne Macht, der ziellose Zug der Raupen auf dem Rand eines Kübels, und es ist mir verhaßt, weil ich ebensogut selbst jeden Augenblick auf den verzauberten, glitzernden Faden treten könnte. Letzten Frühling sah ich bei Hochwasser einen braunen Rohrkolben in den schlammigen Fluten von Carvin's Creek tanzen, auf und ab, hin und her, jede Sekunde ein Ruck. Am darauffolgenden Tag ging ich wieder hin, und nichts hatte sich verändert; das sinnlose Zucken trommelte immer noch den unerträglichen, endlosen Marsch. Welche Geometrie liest, was der windverwehte Sand auf die Felsen in der Wüste schreibt? Ich lese dort, daß alles durch eine großzügige Macht lebt und zu einer mächtigen Melodie tanzt; oder ich lese dort, daß alles versprengt und geworfen ist, daß keine unserer Arabesken und grand jetés mehr ist als eine verzweifelte Abwechslung in unserem langen freien Fall.

Vor zwei Wochen habe ich mich mitten in der Nacht dick angezogen und bin aus dem Haus gegangen, an den Tinker Creek. Ich hörte ihn mit gedämpftem Rauschen und gurgelndem Platschen über die Sandsteinschnellen schießen. Es war mir schon immer ein glücklicher Gedanke, daß der Fluß die ganze Nacht hindurch weiterfließt, egal ob ich es wünsche oder weiß oder mir etwas draus mache, wie ein geschlossenes Buch im Regal sich weiter leise seine eigene unerschöpfliche Geschichte erzählt. Mir ist an diesen Ufern so vieles gezeigt worden, so viel Licht hat mich hier, wo das Wasser zu Tal fließt, durch sein Spiegeln erleuchtet, daß ich kaum fassen kann, daß diese Gnade nie aufhört, daß sie sich aus unendlich erneuerbaren Quellen ergießt, endlos, unbefangen und frei. Aber in dieser Nacht war der Tinker Creek verschwunden, verdrängt, und der Schattenfluß versperrte das Ufer. In meinen Knochen pochte die nächtliche Kälte. Ich stand auf der gefrorenen Wiese unter dem Osagedorn. Die Nacht war mondlos; die Berge ragten vor den Sternen auf. Wenn ich den Blick halb abwandte, konnte ich eben den grauen Schaumstreifen an den Schnellen erkennen: die Haut um die Mundwinkel wurde steif, und ich blinzelte in der Kälte. In dieser Nacht war mir die Tatsache, daß der Fluß im Dunkeln weiterfließt – von meilenweit her, hoch oben an der abgewandten Seite des Tinker Mountain –, unheimlich. Wo war die einstige Begeisterung hin? Dieses stumme tote Fallen über

Steine war eine scheußliche Parodie wirklich natürlichen Lebens mit seiner Wärme und seinem Eigensinn. Das hier war sinnlos und schrecklich; ich wandte mich ab. Dieses verfluchte Wasser floß, weil es ausgeschüttet worden war.

Das war vor zwei Wochen; heute abend weiß ich nicht. Heute ist Vollmond, und ich zweifle wieder. Ich bin mit meinem »Tagwerk« zufrieden, mit der Puppe und den Eikapseln an der Hecke. Van Gogh hatte die Stirn, diese Welt als verunglücktes Experiment zu bezeichnen, aber ich bin nicht so sicher. Woher nehme ich die Maßstäbe, denen die starre Welt der Insekten in meiner Vorstellung nicht entspricht? Ich habe keine Lust mehr zu lesen; ich nehme ein Buch zur Hand und erfahre, daß »auch Stücke eines Blutegelkörpers noch schwimmen können«. Hol tief Luft, Elia: Mach Feuer unter deinem Stier. Van Gogh ist tot; mag sein, daß die Welt festgeschrieben ist, aber gebrochen ist sie nicht. Und im Schatten selbst kann Schönheit liegen.

Einmal, als der Tinker Creek an einer breiten Stelle in der Nähe der Brücke zentimeterdick zugefroren war, entdeckte ich einen Schopfspecht am Himmel, weil sein riesiger Schatten unten blau über das Eis flatterte. Er flog unter den Schlittschuhen der Nachbarkinder hindurch; er schwang sich unverletzt in wilder Vollkommenheit auf, obwohl sie seine Flügel zerschnitten. Ich hätte gern ein Stück von diesem Schatten, eine Scheibe Süßwassereis, die ich überall mitschleppen könnte, groß und flatternd unter dem Arm, um sie wie die Eskimos als ein Fenster zur Welt zu benutzen. Schatten ist der blaue Fleck, auf den kein Licht fällt. Es ist das Mysterium selbst, und das Mysterium ist das ultima Thule der Alten, der Punkt relativer Unerreichbarkeit der modernen Forschung, der von allen bekannten Orten am weitesten entfernte Punkt des Nordens. Dort treffen die beiden Ozeane der Schönheit und des Grauens aufeinander. Die großen Gletscher kalben. Eis, das zu Christi Zeiten als Schnee zur Erde gefallen ist, bricht krachend von der Masse los und zerbröckelt zu Wasser. Es könnte sein, daß unsere Instrumente noch nicht tief genug gesucht haben. Die DNS tief im Kiefer der

Gottesanbeterin ist eine wunderschöne Schleife. Besaß der davonkriechende Einaugenfalter in seinem wäßrigen Herzen eine Zelle, und in dieser Zelle ein spezielles Molekül, und in diesem Molekül ein Wasserstoffatom, und kreiste um den Kern dieses Atoms ein wildes, fernes Elektron, in dem, wenn man es aufschnitt, ein Wald zu sehen war, der wogte?

Da ich niemand zum Binokelspielen habe, gehe ich vor dem Schlafen noch einen Schritt vor die Tür. Ich frage nicht mehr lange, ob ich Handschuhe anziehen soll; ich hülle mich von Kopf bis Fuß in Wolle und trete in die Nacht hinaus.

Die Luft beißt pfefferscharf in der Nase. Ich gehe ein Stück die Straße entlang, springe über einen Graben und klettere den Hügel hoch, an dem ich heute die Eikapseln geschnitten habe, an dem ich vor Jahren zugeschaut habe, wie das Gottesanbeterinweibchen Schaum ausgestoßen und aufgeschlagen hat. Die Lehmrillen sind heute nacht scherbenhart gefroren; im schrägen Licht ragen die Kanten auf wie Druckrillen im Eis bei Nordlicht. Das Licht des Mondes ist eindrucksvoll, kräftig und fahl zugleich. Nicht die Helligkeit des Mittagsglanzes, sondern das Halbhell von Elfenschein, ein leise tänzelndes, ganz und gar geträumtes Licht. Ich stapfe über brüchige, zerzauste Grasklumpen – und bleibe abrupt stehen. Die gefrorenen Zweige des riesigen Tulpenbaums unten am Hügel klackern in der Kälte wie Metallspäne.

Ich schaue in den Himmel. Was weiß ich von der Weite des Weltraums mit seinen roten Riesen und weißen Zwergen? Ich denke an unser Sonnensystem, an die fünf stummen Monde des Uranus – Ariel, Umbriel, Titania, Oberon, Miranda –, die sich im Schlaf starrer Knechtschaft drehen. »Unsere Spieler warn, wie ich Euch sagte, Geister und sind jetzt aufgelöst in Luft.« Schließlich sehe ich den Mond an; er hängt starr und voll im Osten, blitzsauber und simpel. Unsere ureigene heimatliche ultima luna. Es muß von da oben ein wunderbarer Anblick gewesen sein, als die grünen Kontinente aufbrachen und sich verteilten und das weiße Eis wie eine Jalousie auf und ab rollte. Meine Augen fühlen sich kalt an, wenn ich blinzle; für heute abend bin ich lange genug spazierengegangen. Ich verfüge nicht über das Sensorium, eine Wärme zu spüren, die erst wenige vor mir gespürt haben – aber sie ist da. Koestler behauptet, Kepler habe die gebündelte Wärme mit Hilfe konkaver Spiegel gespürt, als er mit etwas ganz anderem experimentierte. Kepler schrieb dazu: »Ich war mit anderen Experimenten mit Spiegeln beschäftigt, ohne an die Wärme zu denken; ich drehte mich unwillkürlich um, um zu sehen, ob jemand auf meine Hand atmete.« Es war die Wärme des Mondes.

5. Kapitel

Den Knoten lösen

Gestern ging ich hinaus, um die neue Jahreszeit zu erhaschen, und fand statt dessen eine alte Schlangenhaut. Es war im sonnigen Februarwald am Steinbruch; die Schlangenhaut lag in einem Blätterhaufen direkt neben einem Aquarium, das jemand weggeworfen hatte. Ich weiß nicht, warum dieser Jemand das Aquarium tief in den Wald geschleppt hat, um es loszuwerden; das Glas war nur auf einer Seite kaputt. Der Schlange muß es zupaß gekommen sein; Schlangen reiben sich gern an festen Flächen, um sich aus der Haut zu helfen, und das kaputte Aquarium sah mir aus, als wäre es das erste beste Mittel zum Zweck gewesen. Nebeneinander bildeten die Schlangenhaut und das Aquarium ein ansprechendes Stilleben auf dem Waldboden. Es wirkte wie eine Präsentation von Indizienbeweisen bei einer Gerichtsverhandlung, von Zeugnissen einer wilden Szene, als wäre eine Schlange durch die kaputte Scheibe im Aquarium gebrochen, aus der häßlichen alten Haut gefahren und verschwunden, womöglich in einem Schönheits- und Freiheitsrausch direkt in die Luft.

Die Schlangenhaut hatte ungerippte Schuppen, gehörte demnach einer ungiftigen Schlange. Sie war, mit dem Zollstock gemessen, ungefähr ein Meter fünfzig lang, aber ich bin nicht sicher, weil sie verschrumpelt und sehr brüchig war und jedesmal riß, wenn ich versuchte, sie glattzustreichen. Zum Schluß hatte ich sieben oder acht Stücke in einer feinen Schicht Waldstaub verstreut auf dem Küchentisch liegen.

Wichtig ist mir an dieser Schlangenhaut, daß sie, als ich sie fand, heil und zu einem Knoten geschlungen war. Nun gibt es, sogar von seriösen Wissenschaftlern, Geschichten über Schlangen, die absichtlich einen Knoten schlagen, damit sie nicht von größeren Schlangen verschlungen werden – aber es war mir schleierhaft, wie es einer Schlange, die sich häuten will, nützen konnte, sich zu einem einfachen Knoten zu schlingen. Vorsichtig wie immer überlegte ich mir, daß einer der Jungen aus der Nachbarschaft vielleicht schon im Herbst einen Knoten in die Haut gemacht hatte, aus irgendeinem wunderlichen jungenhaften Grund, und sie dann liegengelassen hatte, so daß sie trocknete und Staub ansammelte. Deshalb hielt ich die Haut im Weitergehen gedankenlos in der Hand, und sie verfing sich, wie es kommen mußte, an einem niedrigen Zweig und riß mir zum ersten, noch häufig wiederholten Mal entzwei. Ich sah, daß unten auf dem Baggersee noch dickes Eis lag und daß auf den Lichtungen schon der stinkende Zehrwurz spitzte, und dann ging ich nach Hause und schaute mir die Schlangenhaut und den Knoten näher an.

Der Knoten hatte keinen Anfang. Versonnen wendete ich ihn in der Hand hin und her und suchte eine Stelle, von der aus er sich lösen ließ; ich kam mit einem Ruck zu mir, als mir aufging, daß ich das Ding mindestens zehnmal herumgedreht hatte. Da zeichnete ich den Bogen des Knotens mit dem Finger nach: er war endlos. Ich konnte ihn ebensowenig aufbinden wie einen Kringel; ich hatte es mit einer Schlinge ohne Anfang und Ende zu tun. Schlangenzauber, dachte ich einen Moment lang, und dann fiel mir natürlich ein, was passiert sein mußte. Die Haut hatte sich mehrere Zentimeter weit umgekrempelt wie eine Socke beim Ausziehen; dann hatten sich ein paar Zentimeter des umgedrehten Stücks – zufällig genau in der Länge des Hautdurchmessers – wieder richtig herum gedreht und eine ansehnliche Verdickung gebildet, deren Ränder in den Furchen verschwunden waren und die einem Knoten zum Verwechseln ähnlich sah.

Gut. Ich habe mich in Gedanken mit dem Wechsel der Jahreszeiten beschäftigt. Ich will dieses Jahr auf keinen Fall den Frühling verpassen. Ich möchte den Unterschied zwischen dem letzten Winterfrost mitbekommen und dem, der für die Jahreszeit zu kalt ist, dem Frühlingsfrost. Ich möchte in dem Augenblick zur Stelle sein, wenn das Gras grün wird. Immer entgeht mir diese radikale Revolution; ich sehe es am Tag danach aus einem Fenster, wenn der Garten plötzlich so saftig grün ist, daß ich wie Nebukadnezar auf alle viere sinken könnte, um Gras zu essen. Dies Jahr möchte ich eine Schlinge um die Zeit legen und »jetzt« sagen, so wie Männer in Schnee und Eis Fahnen aufstellen und »hier« sagen. Aber mir ist aufgegangen, daß ich keine besseren Aussichten habe, den Frühling bei der Schwanzspitze zu erwischen, als den scheinbaren Knoten in der Schlangenhaut zu lösen; es gibt keinen Zipfel, der sich ergreifen ließe. Beides sind fortlaufende Schlingen.

Ich frage mich, wie lange es wohl dauern würde, bis man den regelmäßigen Turnus der Jahreszeiten mitbekäme, wenn man der erste Mensch auf Erden wäre. Wie würde es sich in unbegrenzter, nur von Tagen und Nächten gebrochener Zeit leben? Es wäre möglich zu sagen: »Es ist wieder kalt; es war schon mal kalt«, aber es wäre nicht möglich, die entscheidende Verbindung zu ziehen und zu sagen: »Es war letztes Jahr um diese Zeit kalt«, weil man eben keinen Begriff eines »Jahres« hätte. Angenommen, man hätte noch nicht gemerkt, daß die Himmelskörper sich auf geordneten Bahnen bewegen, wie lange würde man auf der Erde leben müssen, bevor man mit irgendwelcher Sicherheit davon ausgehen könnte, daß eine bestimmte langanhaltende Kältephase zu Ende gehen wird? »Solange die Erde steht, soll nicht aufhören Saat und Ernte, Frost und Hitze, Sommer und Winter, Tag und Nacht«: Diese Zusage macht Gott weiter vorn im ersten Buch Mose den Menschen, deren Befürchtungen in dieser Hinsicht vielleicht noch nicht vollkommen zerstreut worden waren.

Es muß in den ersten Anfängen menschlicher Kultur unermeßlich wichtig gewesen sein, solche lebenswichtigen jahreszeitlichen Informationen aufzuzeichnen und weiterzugeben, damit die Leute für trockene oder kalte Jahreszeiten planen konnten und sich nicht im November in der jämmerlichen Hoffnung auf einem Fels zusammenscharten, daß der Frühling gleich um die Ecke sei. Noch heute wird in der Schule großer Wert darauf gelegt, die schlichte Tatsache zu vermitteln, daß es vier Jahreszeiten gibt; selbst die modernsten der modernen neuen Lehrer, denen es gleichgültig zu sein scheint, ob ihre Zöglinge lesen oder schreiben oder zwei Produkte aus Peru aufzählen können, kramen noch ein paar Geschichten über die Jahreszeiten hervor und lassen die Kinder Kürbisse oder Tulpen aus Papier ausschneiden, um sie an die Wand zu hängen. »Die Menschen«, schrieb van Gogh in einem Brief, »reagieren sehr empfindlich auf den Wechsel der Jahreszeiten.« Daß wir sehr empfindlich auf die Jahreszeiten reagieren, ist übrigens einer der wenigen guten Gründe, das Reisen zu scheuen. Wenn ich zu Hause bleibe, erhalte ich mir die Illusion, daß das, was am Tinker Creek passiert, das Allerneueste ist, daß ich genau am Ursprung und auf der Schneide jeder neuen Jahreszeit stehe. Ich will dieselbe Jahreszeit nicht zweimal hintereinander erleben; ich will nicht wissen, daß ich das Wetter von letzter Woche bekomme, gebrauchtes Wetter von Wetterberichten überall in Nord und Süd, einen alten Hut.

Aber es gibt immer auch Wetter, das nicht der Jahreszeit gemäß ist. Unsere Ansichten über das Wetter und die Lebensvorgänge auf dem Planeten zu verschiedenen Jahreszeiten sind im Grunde genommen das Produkt statistischer Wahrscheinlichkeiten. Zu jedem Zeitpunkt kann alles passieren. Jede Jahreszeit birgt Elemente aller Jahreszeiten. Grüne Pflanzen – laubwechselnde Pflanzen – wachsen überall, den ganzen Winter lang, und zu jeder Jahreszeit sprießen junge Schößlinge, blaß und neu. Blätter sterben im Mai an den Bäumen, werden braun und fallen in den Fluß. Zwischen dem Kalender, dem Wetter und dem Verhalten wilder Tiere besteht eine denkbar schwache Verbindung. Zu jeder Jahreszeit überschneiden sich die Dinge nur wenige Wochen lang glatt, und dann gerät wieder alles durcheinander. Die Temperatur hinkt natürlich weit hinter den Kalenderjahreszeiten hinterher, weil die Erde Wärme langsam aufnimmt und abgibt, wie ein Leviathan atmet. Zugvögel brechen allem Anschein nach mit Panik im Nacken bei milder Witterung gen Süden auf, wenn die Felder noch voller Insekten und Samen sind; sie kehren im Januar, allem Anschein nach voll Eifer zurück und picken lustlos im Schnee herum. Vor einigen Jahren hätte unser Wald im Oktober ein tristes Farbphoto für einen Sadistenkalender abgegeben: noch ehe die ersten Blätter braun wurden, gab es starken Frost, und sie hingen schwarz und schlapp an den Bäumen wie Kreppapier. Im ganzen gesehen sind die Jahreszeiten bestenfalls eine riskante, unordentliche Angelegenheit, wie nun mal anscheinend die meisten Dinge hier unter den Sternen.

Die Zeit ist eine fortlaufende Schlinge, die Schlangenhaut, deren Schuppen sich immerfort, ohne Anfang und Ende, überlagern. Oder die Zeit ist, wenn du so willst, eine ansteigende Spirale wie dieses Kinderspielzeug, der Slinky. Natürlich haben wir keine Ahnung, welcher Bogen der Schlaufe unsre Zeit ist, und schon gar nicht, wo sich die Schlinge selbst befindet, oder wessen lange Treppe der Slinky Schritt für unbegreiflichen Schritt hinunterläuft.

Auch bei der Macht, die wir ergründen wollen, scheint es sich um eine fortlaufende Schlinge zu handeln. Ich habe immer etwas für die alte Vorstellung von einer göttlichen Macht übrig gehabt, die an einem bestimmten Ort sitzt oder über den Erdball wandert wie ein Mann auf der Walz – der, wenn er »da« ist, ganz bestimmt nicht hier ist. Einem Mann, den du im Wald triffst, kannst du die Hand schütteln; aber der Geist scheint dahinzurollen wie Ouroboros, die mythische Schlange, die sich in den Schwanz beißt. Nirgends Hände zum Schütteln oder Enden zum Aufknoten. Er rollt über die Bergkämme wie eine Feuerkugel, läßt hie und da Funken sprühen und läßt sich weder fangen, bremsen, anfassen, erwischen, erhaschen noch aufspüren. »Und die Räder wurden vor meinen Ohren ›das Räderwerk‹ genannt.« Er ist der Flammenreif, der über die Schnellen im Fluß springt oder über die schwindligen Wiesen tanzt; er ist der Brandstifter in den sonnigen Wäldern: halt ihn, wenn du kannst.

6. Kapitel

Die Gegenwart

I

Halt ihn, wenn du kannst.

Es ist Anfang März. Ich bin von einem langen Tag auf der Autobahn Richtung Zuhause benommen; ich mache an einer Tankstelle in Nowhere, Virginia, nördlich von Lexington halt. Der junge Bursche, der mich bedient (»Öl nachsehen?«), bietet bei jedem Tanken eine Tasse Kaffee gratis an. Wir unterhalten uns in dem rundum verglasten Büro, während mein Kaffee so weit abkühlt, daß ich ihn trinken kann. Er erzählt mir unter anderem, daß die Konkurrenztankstelle ein Stück weiter, deren Schild FREE COFFEE von der Autobahn zu sehen ist, fünfzehn Cents nimmt, wenn man seinen Kaffee in einem Styroporbecher haben will, und nicht, nehme ich an, auf die hohle Hand.

Während wir uns unterhalten, schlittert der kleine Beagle des Jungen die ganze Zeit im Büro umher, schnüffelt unbefangen an meinen Schuhen und am Metallständer mit den Landkarten. Die muntere menschliche Unterhaltung macht mich wach und holt mich, nicht in meinen normalen Geisteszustand, sondern in eine Art quicklebendige Tatenlust. Ich gehe hinaus, der Hund kommt hinterher.

Ich bin mutterseelenallein. Es sind keine weiteren Kunden da. Die Straße ist leer, die Autobahn ist weder zu sehen noch zu hören. Ich bin in eine neue Ecke der Welt vorgedrungen, an einen unbekannten Flecken, ein Brigadoon. Vor mir erstreckt sich ein flacher, von gelber Trespe zitternder Hügel, und hinter dem Hügel steigt, den ganzen Himmel ausfüllend, ein gigantisches Gebirge auf, bewaldet, lebendig und ehrfurchtgebietend, mit leuchtenden, verwehten Lichtstrahlen. Ich habe noch nie etwas so vor Leben Berstendes gesehen. Über mir jagen riesige Wolkenstreifen und -brocken im Goldrausch nach Nordwesten.

Hinter mir geht die Sonne unter – wieso habe ich vorher nicht gemerkt, daß die Sonne untergeht? Ich habe seit Stunden nichts als eine nackte schwarze Asphaltbahn im Kopf, aber das hält die Sonne in ihrem wilden Lauf nicht auf. Ich stelle meinen Kaffee neben mich auf den Bordstein; ich rieche Lehm im Wind; ich streichle den kleinen Hund; ich betrachte die Berge.

Meine Hand arbeitet sich automatisch über das Fell des Hundes, folgt der Linie der Haare unter den Ohren, über den Hals, an der Innenseite der Vorderbeine, an seinem heißhäutigen Bauch entlang.

Schatten galoppieren über die gerieften Bergflanken; sie ziehen sich in die Länge wie Wurzelspitzen, wie Wellen von sich ergießendem Wasser, schneller und schneller. Ein warmes violettes Farbpigment sammelt sich in jeder Gesteinsnische; es wird tiefer und breitet sich aus, schneidet Spalten und Schluchten. Wie es springt und rutscht, streicht das Violett den blätterlosen Wald und die gerieften Felsen goldfarben an und macht glühende Flecken mit unsteten Formen. Diese goldenen Lichter strömen vor und ziehen sich ein, zersplittern und gleiten in einer Serie strahlend heller Spritzer dahin, die schrumpfen, lecken, zerplatzen. Die Höcker und Höhen der Bergkette sprießen wie Beulen aus ihren Hängen; der ganze Berg rückt bedrohlich näher; das Licht wird wärmer und roter; der nackte Wald knickt und faltet sich vor meinen Augen wie lebendes Protoplasma, wie eine laufende Tabelle, ein Oszillograph, der wild kritzelnd den aktuellen Augenblick aufzeichnet. Die Luft kühlt ab; die Haut des kleinen Hundes ist heiß. Ich bin lebendiger als alles andere auf der Welt.

Das ist es, denke ich, das ist es, jetzt, die Gegenwart, diese menschenleere Tankstelle, hier, dieser Westwind, dieser scharfe Kaffeegeschmack auf der Zunge, und ich streichle diesen Hund, ich betrachte den Berg. Und in der Sekunde, wo ich dieses Bewußtsein im Kopf in Worte fasse, sehe ich den Berg und fühle ich den Hund nicht mehr. Ich bin opak, ein Stück schwarzer Asphalt. Doch im selben Augenblick, in der Sekunde, wo ich merke, daß es mir entglitten ist, geht mir auch auf, daß das Hündchen sich noch unter meiner Hand auf dem Rücken wälzt.

Für ihn hat sich nichts geändert. Er reckt die Beine, bis die Haut straff ist, damit er jede Fingerspitze über das Fell seiner hingestreckten Seite, seiner Flanke, seines zurückgeworfenen Halses streichen spürt.

Ich nehme einen Schluck Kaffee. Ich betrachte den Berg, der weiter seine Nummern abzieht, wie wir das noch immer schöne Gesicht eines Menschen betrachten, den wir vor Jahren in einem anderen Land geliebt haben: mit liebevoller Wehmut und einem Wiedererkennen, aber ohne richtiges Empfinden abgesehen von einem heimlichen Staunen darüber, daß wir nun Fremde sind. Danke. Für die Erinnerungen. Welch Ironie, daß das eine, das alle Religionen als dasjenige erkennen, das uns von unserem Schöpfer trennt – das Bewußtsein unserer selbst –, auch das eine ist, was uns von unseren Brüdern und Schwestern, den anderen Lebewesen, trennt. Es war ein bitteres Geburtstagsgeschenk der Evolution, uns an beiden Enden abzuschneiden. Ich steige ein und fahre nach Hause.

Halt sie, wenn du kannst. Die Gegenwart ist ein unsichtbares Elektron; seine schwache Spur schießt leuchtend über einen geschwärzten Schirm und ist, ehe man sich versieht, verschwunden.

Daß ich dieses Erlebnis selber vorzeitig abgebrochen habe – daß ich mir Schuppen über die Augen gezogen habe, zwischen mich und den Berg, und einen Handschuh zwischen mich und den Hund –, ist nicht das einzige. Schließlich wäre es ohnedies bald zu Ende gegangen. Ich habe noch nie einen Sonnenuntergang gesehen oder einen Wind gespürt, bei dem es nicht so war. Auch die levitierenden Heiligen sind zu guter Letzt wieder auf den Boden gekommen, und ihre Füße mußten echtes Gewicht tragen. Nein, das eigentlich Erstaunliche ist nicht nur, daß die Zeit fliegt und wir sterben müssen, sondern daß wir unter diesen unglaublichen Bedingungen überhaupt am Leben sind und daß uns für die Dauer gewisser unerklärlicher Momente vergönnt ist, es zu merken.

Stephen Graham hat mich durch seine Beschreibung eben dieser Gabe in seinem alten, eleganten Buch *The Gentle Art of*

Tramping verblüfft. Er schrieb: »Und wenn man an einem Berghang sitzt oder rücklings unter den Bäumen im Wald liegt oder sich naßbeinig am Kieselsteinufer eines Gebirgsbachs aalt, dann geht die große Tür, die gar nicht wie eine Tür aussieht, auf.« Diese große Tür öffnet sich zur Gegenwart, taucht sie gleichsam mit einer Vielzahl aufflammender Fackeln in helles Licht.

Mir war es, da ich den Baum gesehen hatte, in dem die Lichter brennen, vorgekommen, als öffne die große Tür sich per definitionem zur Ewigkeit. Jetzt, da ich »das Hündchen gestreichelt« habe – da ich die Gegenwart allein durch meine Sinne erfahren habe –, entdecke ich, daß die Tür zum Baum, in dem die Lichter brennen, obwohl sie von der Ewigkeit her aufgegangen ist und ewiges Licht auf den Baum hat scheinen lassen, sich trotzdem zur echten Zeder in der Gegenwart geöffnet hat. Sie hat sich zur Zeit hin geöffnet: Wohin sonst? Daß die Fleischwerdung Christi sich unwahrscheinlicherweise, lächerlicherweise zu dieser und dieser Zeit an diesem und diesem Ort ereignet hat, wird – sogar unter Gläubigen – mit großem Ernst als »der Skandal der Besonderheit« gehandelt. Nun, »der Skandal der Besonderheit« ist die einzige Welt, die ich, in meiner Besonderheit, kenne. Welche Verwendung hat die Ewigkeit für Licht? Wir stehen alle bis zum Hals in diesem besonderen Skandal. Warum, könnten wir mit Recht fragen, nicht eine Platane anstelle eines heiligen Bo? Ich habe noch nie einen Baum gesehen, der kein besonderer Baum war; ich bin noch nie einem Mann begegnet, keinem noch so berühmten Theologen, der die Unendlichkeit ausfüllte oder der beispielsweise auch nur eine Hand hatte, die ungegliedert und fingerlos war wie ein Pfannkuchen und nicht seiner Eigenart entsprechend aufgeteilt und von den Spuren der Zeit zerfurcht.

Ich will diesem Punkt kein allzu großes Gewicht beimessen. Den Baum zu sehen, in dem die Lichter brennen, war der Qualität wie der Bedeutung nach ein völlig anderes Erlebnis als das Hündchenstreicheln. Auf diese Zeder schienen, wenngleich nur kurz, die gleichmäßigen, tieferen Flammen der Ewigkeit; über die Berge an der Tankstelle jagten die vertrauten Flammen der sinkenden Sonne. Aber bei beiden Anlässen dachte ich mit wachsender Freude: das ist es, das ist es; gelobt sei der Herr; gelobt sei das Land. Die Gegenwart unverstellt zu erleben, heißt leergemacht und hohl werden; heißt Gnade empfangen, wie ein Mann seinen Becher unter einem Wasserfall füllt.

Das Bewußtsein an sich hindert uns nicht daran, in der Gegenwart zu leben. Ja, die große Tür zur Gegenwart öffnet sich überhaupt erst einer erhöhten Geweckheit. Auch ein gewisses Quantum inneren Wortefindens ist nützlich, um die Erinnerung daran festzuhalten, was da stattfindet, sei es was es will. Es kann sogar sein, daß der kleine Beagle an der Tankstelle diese selben Minuten reiner erlebt hat als ich, aber er verfügte über weniger Instrumente zur Verarbeitung des gleichen Materials, er hatte keine Vergleichsdaten, und er hat lediglich auf die plumpeste aller möglichen Arten etwas davon gehabt, indem ich ihm eine Reihe seiner juckenden Stellen gekratzt habe.

Was uns daran hindert, die Gegenwart zu erleben, ist die Selbstbeobachtung. Sie ist das eine Instrument, das alle anderen auskoppelt. Solange ich mich beispielsweise in einen Baum verliere, kann ich seinen blättrigen Atem riechen oder die Festmeter Holz ausrechnen, kann ich seine Früchte malen oder auf seinen Ästen Tee kochen, und der Baum bleibt Baum. Doch in der Sekunde, wo ich mir einer dieser Tätigkeiten bewußt werde – indem ich mir gleichsam über die eigene Schulter gucke –, verschwindet der Baum, ist mit den Wurzeln ausgerissen und so wenig zu sehen, als wäre er nie dagewesen. Und die Zeit, die in den Baum geströmt war und niederschwebenden Blättern gleich jeden Moment neue Enthüllungen gebracht hatte, bleibt stehen. Sie ist gestaut, steht still, stagniert.

Die Selbstbeobachtung ist der Fluch der Stadt und all dessen, was man mit Weltklugheit verbindet. Sie ist der Blick auf sich im Schaufenster, die ungebetene Wahrnehmung von Reaktionen in den Gesichtern anderer – die Welt des Romanciers, nicht des Dichters. Ich habe dort gelebt. Ich erinnere mich gut, was die Stadt zu bieten hat: menschliche Gesellschaft, Nationalliga-Baseball und eine Flut anregender Reize, wie in einem kräftigen Drogenrausch, nach dem du vollkommen ausgelaugt bist. Ich erinnere mich gut, wie man in der Stadt immer auf den richtigen Augenblick wartet und denkt, wenn man sich denn die Muße zum Denken gönnt: »nächstes Jahr ... fange ich an zu leben; nächstes Jahr ... fange ich mit meinem Leben an.« Unschuld ist eine bessere Welt.

Die Unschuld sieht, daß wir nur dies haben, und findet darin Welt und Zeit genug. Unschuld ist nicht das Vorrecht kleiner Kinder und junger Hunde, und weniger noch von Bergen und Fixsternen, die erst gar keine Vorrechte haben. Sie ist uns nicht verloren; so schlecht ist die Welt nicht. Wie alle andern guten Gaben Gottes ist sie bei Bedarf umsonst und auf einfaches Bitten hin zu haben, wie andere schon mit eindrücklicheren Worten gesagt haben als ich. Es ist möglich, der Unschuld nachzujagen wie Hunde den Hasen: die zielstrebig, von einer Art Liebe getrieben, krachend über Bäche setzen, kläffend und verloren durch Wälder und Felder irren, mit weit aufgerissenen Augen über Hecken und Hügel springen und dabei vollkommen unbewußt der tiefsten, unfaßbarsten Sehnsucht, einer Urflamme des Herzens, Stimme verleihen, während der jaulende Chor von den Bergen widerhallt, von Kamm zu Kamm über das Tal schallt, mal leise, mal laut und klar, daß die Luft schwirrt, durch die die Hunde mit offenem Maul toben, während ihnen das Echo ihres eigenen Heulens gedämpft in den Lungen hämmert.

Was ich Unschuld nenne, ist der von Selbstbeobachtung ungestörte Zustand des Geistes in jedem Moment reiner Hingabe an ein beliebiges Objekt. Sie ist Empfänglichkeit und totale Konzentration in einem. Man muß und sollte nicht zu einem Hündchen reduziert sein. Wenn du mir erzählen willst, daß die Stadt Kunstgalerien hat, werde ich dir einen Drink einschenken und deine Gesellschaft genießen, solange du da bist; mit ins Grab nehmen werde ich aber jene reinen Momente in der Tate Gallery (war es in der Tate?), als ich wie angewurzelt mit offenem Mund, neu geboren, vor dieser einen Leinwand stand, einem Fluß: bis zum Hals im Wasser tauchte ich atemlos, verloren, in wasserfarbene Tiefe um Tiefe ein bis hinten zum Fluchtpunkt, wo ich von Staunen erfüllt schwamm, bis man mich buchstäblich wegschleppte. Das sind unsre wenigen lebendigen Momente. Laßt uns sie so intensiv leben, wie wir können, in der Gegenwart.

Die Farbflecken, die ich sehe, teilen, verschieben und ordnen sich neu, wenn ich mich durch Zeit und Raum bewege. Die Gegenwart ist mein Betrachtungsobjekt, und was ich in einem bestimmten Moment vor mir sehe, ist ein volles, so und so verteiltes Feld von Farbflecken, deren Konfiguration sich nie wiederholen wird. Leben ist Bewegung; die Zeit ist ein dahinrauschender Fluß, auf dem Lichter tanzen. Wenn ich mich bewege, oder die Welt um mich herum sich bewegt, zerfällt die Fülle dessen, was ich sehe. Der Moment des Zerfalls ist ein *Augenblick*, eine bestimmte Konfiguration, ein Lichteinfall in das geöffnete Auge. Goethes Faust würde alles riskieren, wenn er dem Augenblick zuriefe: »Verweile doch!« Wer hat dieses Gebet noch nicht gesprochen? Aber der Augenblick wird nicht verweilen. Es ist schon ein Glück, ihn überhaupt zu erleben. Die Gegenwart ist eine freimütig dargebotene Leinwand. Daß sie in einem fort zerrissen und mit dem Strom davongetragen wird, versteht sich von selbst; trotzdem bleibt sie eine Leinwand.

Ich liebe die Momente einfallenden Lichts; ich bin eine Sammlerin. Das ist ein schönes Exemplar, sage ich, das Uferstück da, die Schlangenhaut und das Aquarium, dieser Lichtfleck vom Fluß auf der Rinde. Manchmal forme ich mir mit den Fingern einen Sucher; häufiger linse ich durch ein winziges Quadrat oder Rechteck – einen Schattenrahmen – aus den Spitzen beider Zeigefinger und Daumen, die ich mir direkt vors Auge halte. Auf die Entwicklung der Collagetechnik im späten Kubismus eingehend, sprach Picasso davon, daß man versucht habe, den *trompe-l'oeil* zugunsten eines *trompe-l'esprit* zu überwinden. Trompe-l'esprit! Ich verstehe nicht, warum die Welt diesen Begriff nicht übernommen hat. Unser ganzes Leben ist ein Spaziergang – oder ein Gewaltmarsch – durch eine Galerie, in der nichts als Trompes-l'esprit hängen.

Ich war mal in einer berühmten Universität zu Gast und geriet, ohne mich auszukennen, in die Kellergewölbe des weltbekannten Biologie-Instituts. Ich las ein Schild an einer Tür:

Ichthyologie. Die Tür stand einen Spalt auf, und ich schaute im Vorbeigehen hinein. Ich erhaschte nur einen kurzen Blick. Zwei Männer in weißen Kitteln saßen sich an einem beschichteten Tisch auf hohen Laborhockern gegenüber. Sie waren über zwei identische weiße Emailteller gebeugt. Auf der einen Seite machte der eine Mann mit einer Lanzette gerade einen Schnitt in einen gewaltigen konservierten Fisch, den er aus einem Glas entnommen hatte. Auf der anderen Seite machte sich der andere Mann mit einem silbernen Löffel über eine Pampelmuse her. Ich lachte noch, als ich wieder zu Hause in Virginia war.

Michael Goldman schrieb in einem Gedicht: »Wenn die Muse kommt, sagt sie dir nicht, schreib;/Sie sagt, steh auf, ich will dir was zeigen, stell dich hier hin.« Was hat mich veranlaßt, in den Baum am Straßenrand hinaufzuschauen?

Die Straße nach Grundy in Virginia ist, wie wohl zu erwarten, ein schmaler Strich, der kreuz und quer über die denkbar spitzesten und buckligsten Berge gekritzelt ist, die du je gesehen hast. Die wenigen an der Straße lebenden Menschen wirken ebenfalls spitz und bucklig. Aber was in aller Welt – ? Es war ein heißer, sonniger Sommertag. Die Straße machte gerade einen scharfen Knick nach rechts. Ich hatte schon etliche Kilometer kein Haus mehr gesehen, und noch immer war keins in Sichtweite. Am Scheitelpunkt der Kurve wuchs eine riesige Eiche, eine ungeheure, zweihundert Jahre alte Großfrüchtige Eiche von 35 Metern Höhe, eine Eiche, deren niedrigster Ast von der höchsten Leiter nicht zu erreichen wäre. Ich sah hinauf: der ganze Baum hing voller Kleider. Rote Hemden, blaue Hosen, schwarze Hosen, Babykleidchen – sie waren nicht über die Zweige gehängt. Sie lagen sorgfältig wie zum Trocknen ausgebreitet außen auf den äußeren Blättern der riesigen Eichenkrone. Waren Kissenbezüge und Decken dabei? Ich weiß es nicht mehr. Es war eine bunte Mischung aus Baumwollunterwäsche, gelben Kleidern, grünen Kinderpullovern, Schottenröcken ... Du weißt doch, wie Straßen sind. Die nächste Kurve kommt, und man nimmt sie gedankenlos im Weiterfahren. Ich schaute mich noch den Bruchteil einer Sekunde um und staunte; beide Seiten der Baumkrone trugen bis oben an die Spitze Kleider. Trompe!

Aber die Gegenwart ist mehr als nur eine Reihe Schnappschüsse. Wir sind nicht bloß empfindliche Filme; wir haben Empfindungen, ein Erinnerungsvermögen für aufgenommene Informationen und ein eidetisches Gedächtnis für die Bilder aus unserer eigenen Vergangenheit.

Unser schichtweise angeordnetes Bewußtsein bietet einer unvergleichlichen Vielzahl von konzentrisch gewickelten Spulen Platz. Jede von ihnen spult ein Leben lang ihr Wunderwerk durchscheinender Schattenbilder ab; jede von ihnen summt zu jedem Augenblick ihre eigene geheime Melodie in ihrer eigenen, einzigartigen Tonlage. Wir blenden uns ein und aus. Aber Momente gehen nicht verloren. Nicht wahrgenommene Zeit bleibt dennoch Zeit, kumulativ, und sie reichert die Gegenwart an. Manchmal wacht man aus dem tiefsten Schlummer mit einem Ruck auf – älter, dem Tod näher, weiser und dankbar, daß man noch atmet. Du stehst von deinem Sitz in einem dunklen Kino auf, schreitest durch die leere Halle zu den doppelten Glastüren hinaus und trittst wie Orpheus auf die offene Straße. Und da erschlägt dich die kumulative Gewalt der eben noch vergessenen Gegenwart, und du schwankst, als hätte dich jemand seitlich mit einer Planke getroffen. Du wirst von Erinnerungen überflutet. Ja, sagst du, als hättest du hundert Jahre geschlafen, das hier ist es, so ist das Wetter wirklich, das schwindende blauviolette Licht, die Feuchtigkeit der Luft in den Lungen, die Wärme vom Pflaster auf den Lippen und an den Handflächen – nicht der trockene rötliche Staub von den Pferdehufen, die salzige See, die saure Cola, sondern diese kräftige Luft, das wieder durch die Schenkel pulsende Blut, die belebten Finger. Und auf dem Heimweg fährst du in Hochstimmung, voll frischer Energie unter duftenden Baumsilhouetten dahin.

II

Ich sitze unter einer Platane am Tinker Creek. Es ist Vorfrühling, einen Tag nachdem ich das Hündchen gestreichelt habe. Ich bin zur Mittagszeit an den Fluß gekommen – hinterm Haus, am Ende des Gartens –, um die leise Erwärmung in der Luft zu spüren, echte Sonnenwärme, und zuzuschauen, wie neues Wasser den Fluß herunterkommt. Erwarte nicht mehr als das und ein paar schweifende Gedanken. Ich bin auf die Gegenwart aus, das Präsens; ich halte die Augen auf und bin mit jedem Jahr mehr darauf erpicht. Wer welche zu verkaufen hat, hat leichtes Spiel, oder glaubst du nicht, daß ich alles, was ich habe, dafür geben würde? Thomas Merton schrieb in seinem Gethsemane Journal: »Vorschlag zur Korrektur des Vaterunser: ›Dein Reich komme‹ streichen und durch ›Schenke uns Zeit!‹ ersetzen.« Dabei ist Zeit das eine, was uns geschenkt ist, und wir sind der Zeit geschenkt. Die Zeit wirbelt uns herum. Wir wachen ständig aus einem Traum auf, an den wir uns nicht erinnern, schauen uns staunend um und schlafen wieder ein, endlose Jahre lang.

Mein einziges Ziel ist es, wach zu bleiben, den Kopf oben zu behalten, die Augen aufzuhalten, mit Streichhölzern, zur Not mit Bäumen.

Zu meinen Füßen rauscht der gut fünf Meter breite Fluß über ein paar flache Sandsteinfelsen zwischen verstreuten Wackersteinen. Ich habe Glück; der Fluß ist an dieser Stelle der Steine wegen laut und wild. Im Sommer und im Herbst, wenn er wenig Wasser führt, kann ich von Stein zu Stein ans andere Ufer springen. Stromauf steht eine Lichtwand, die durch glatte, quer zum Fluß verlaufende ebenmäßige Sandsteinstufen in einzelne Balken unterteilt ist. Stromab wird das strudelnde Wasser vor mir still, erstirbt plötzlich wie ausgelöscht und verschwindet um eine sommers wie winters von überhängenden Tulpenbäumen, Robinien und Osagedornen beschattete Biegung. Überall, wo ich hinschaue, stehen am Fluß Bäume, deren aufragende Stämme vor dem Wasser und dem Gras den jähen Anstieg des Landes an dieser Stelle betonen. Im Fluß kann sich das Auge ausruhen, er ist ein Hafen, eine Brust; die beiden steilen Ufer steigen aus dem Fluß auf wie Schwingen. Selbst die Krone der Platane kann an keiner Seite über den Rand gucken.

Meine Freundin, die Lyrikerin Rosanne Coggeshall, ist der Ansicht, *sycamore* – Platane – sei das in sich schönste Wort der englischen Sprache. Diese Platane ist alt; unten, wo das Hochwasser vieler Jahre den Stamm umspült hat, ist die Rinde immer staubig. Wie viele Platanen hat auch diese etwas Schrulliges, eine Neigung zu Höhenflügen und Auswüchsen. Ihr Stamm steht beängstigend schief über dem Fluß, und aus diesem Stamm ragt ein langer, dünner Ast, der ohne Verzweigungen hoch über das gegenüberliegende Ufer hinausschießt. Im Fluß spiegelt sich die gesprenkelte Außenseite des Astes selbst gegen die höchsten Wolken blaß, und dieses Bild wird in seinem Verlauf über den Fluß weißlich hell und schmaler, zerreißt über den Schnellen und verschmilzt wieder zitternd und fleckig, wie ein gigantisches urzeitliches Reptil unter dem Wasser.

Ich möchte über Bäume nachdenken. Bäume haben eine merkwürdige Beziehung zum Thema des gegenwärtigen Moments. Viele der erschaffenen Dinge im Universum leben länger als wir, sogar länger als die Sonne, aber sie entziehen sich meinem Denken. Ich lebe mit Bäumen. Es gibt Lebewesen, die unter unseren Füßen leben, und welche über unseren Köpfen, doch Bäume bewohnen ziemlich überzeugend die selbe Luftschicht wie wir und erstrecken sich außerdem eindrucksvoll in beide Richtungen, nach oben wie nach unten, wo sie Felsen rasieren und Luft fächeln, sich eben außer Reichweite ihren wahren Aufgaben widmen. Für einen Blinden ist der Inbegriff von Größe ein Baum. Sie haben ihre kräftigen Körper und besonderen Fähigkeiten; sie speichern Süßwasser; sie halten aus. Diese Platane über mir, unter mir am Tinker Creek ist ein typischer Fall; ihr Anblick setzt in meinem Kopf ein ganzes Bündel unterhaltsamer Gedanken in Gang, die mir allesamt so präsent sind wie der Druck dieser Grashalme an meiner Haut am Ellbogen. Ich möchte das Thema Gegenwart angehen, indem ich vorführe, wie das Bewußtsein durch die labyrinthischen Bahnen des Geistes flitzt und schlendert und dabei immer wieder, sei es noch so flüchtig, durch die Sinne geistert: »Wenn nur ein einziger Baum aufrecht und fest im Wald stünde, würden alle Geschöpfe zu ihm kommen, um sich an ihm zu reiben und Halt unter den Füßen zu finden.« Doch solange ich in Gedanken bleibe, gleitet mein Fuß unter Bäumen aus; ich falle, oder ich tanze.

Platanen gehören zu den letzten Bäumen, die grün werden; im Herbst sind sie die ersten, die ihre Blätter abwerfen. Sie bereiten sich mit ihren flachen grünen Blättern – tellergroßen Blättern – eine Zeitlang süße Nahrung und wedeln dann wild mit ihren langen weißen Armen. Im alten Rom verehrten Männer die Platane – in Gestalt ihrer örtlichen Variante, der Morgenländischen Platane –, indem sie Wein an ihre Wurzeln gossen. Und ich habe gelesen, daß Xerxes mit seinem schwerfälligen Heer tagelang haltmachte, um die Schönheit einer einzelnen Platane ausgiebig zu genießen.

Du bist Xerxes in Persien. Dein Heer ist über eine weite, aride Rumpfebene verstreut ... du rufst alle deine traurigen Hauptleute zusammen und gibst den Befehl zum Halt. Du hast den Baum gesehen, in dem die Lichter brennen, stimmt's? Du mußt ihn gesehen haben. Xerxes, in einer Ebene vom Donner gerührt, aller Ehrgeiz mit einem Schlag verflogen. Die Feuersalve bringt jedes Heer im Nu zum Stehen. Deine Männer wissen nicht, was sie davon halten sollen; sie stützen sich auf ihre Speere und lutschen Flaschenkürbisrinde. Auf dieser platten Ebene fängt nichts den Blick, nichts als eine Senke, glutheißer Himmel, ein bißchen Riedgras auf der Leeseite windzerfressener Felsen, ein armseliges Band Buschweiden an einem schlummernden Wasserlauf ... und die Platane. Du hast sie gesehen; du stehst immer noch stumm in Betrachtung versunken da, innerlich jubelnd, tagelang nur hin und wieder daran denkend, dir zum Schutz vor der Sonne den Kopf zu bedecken.

»Er ließ ihre Form auf eine Goldmünze prägen, damit sie ihn sein Leben lang an den Baum erinnerte.« Deine Zähne klappern; es ist kurz vor Sonnenaufgang, und du bist für einen Moment aus deiner Benommenheit erwacht. »Goldschmied!« Der Goldschmied ist schlaftrunken, mißmutig. Er macht Feuer in seiner

Esse, er wickelt seine halbvergessene Zange und den Griffel aus den staubigen Baumwollappen, er wartet auf die Sonne. Wir sollten alle einen Goldschmied haben, der überall mitkommt. Aber keine um den Hals getragene Goldmünze, das weißt du genau, Xerxes, nicht wahr, kann die frohe Stunde wiederbringen, die Lichter dein Leben lang brennen lassen, immerzu gegenwärtig. Pascal sah sie. Er griff zu Papier und Stift; er schrieb das eine Wort: FEU; er trug den Zettel sein Leben lang eingenäht in seinem Hemd. Ich weiß nicht, was Pascal gesehen hat. Ich habe eine Zeder gesehen. Xerxes sah eine Platane.

Diese Bäume rühren mich an. Die Vergangenheit steckt einen Finger in einen Riß in der Haut der Gegenwart und zieht. Ich entsinne mich, wie Platanen in der Stadt wuchsen – und vermutlich immer noch wachsen –, in Pittsburgh, selbst an den verkehrsreichsten Straßen. Ich habe früher Stunden im Garten verbracht und in Gott weiß was für Gedanken versunken an der gefleckten Rinde einer Platane gepult, daß der Rasen von getrockneten Lappen und Streifen übersät und der Stamm auf Augenhöhe feucht, dünnhäutig und gelb war – bis mich jemand hinter dem Küchenfenster dabei erwischte und ich merkte, was ich tat, erstaunt mein Werk betrachtete und dachte: oh je, diesmal habe ich die Platane sicher umgebracht.

Hier in Virginia erreichen die Bäume ungeheure Ausmaße, vor allem im Tiefland an Flußufern. Es ist schwer zu begreifen, wie ein und derselbe Baum sowohl in der schlechten Luft an Pittsburghs Penn Avenue und knietief im Tinker Creek stehend gedeihen kann. Dabei habe ich, jetzt wo ichs mir überlege, es natürlich nicht anders gemacht. Weil die primitive Rinde einer Platane nicht elastisch ist, sondern reißt, wird sie im Wachstum kontinuierlich abgestoßen; von weitem gesehen wirkt eine Platane, als würde sie mit wachsender Höhe bleicher und verletzlicher; die nackten obersten Zweige stehen weiß vor dem Himmel.

Der Himmel ist tief und weit entfernt, wie von einem Spitzenwerk aus gekreuzten Schwerten mit Platanenästen überzogen. Ich kann ihn kaum sehen; ich schaue nicht hin. Ich komme nicht an den Fluß, um den freien Himmel zu genießen, sondern um

Schutz zu suchen. Ich lehne mit dem Rücken an einer steilen Uferböschung unter der Platane; vor mir glitzert der Fluß – der Fluß, der nicht viel heller sein dürfte, oder ich könnte nicht mehr hingucken –, und dahinter ragt das andere, ebenfalls steile, baumbestandene Ufer auf.

Ich habe nie verstanden, warum so viele Mystiker aller Glaubensrichtungen die Gegenwart Gottes auf einem Berg erleben. Haben sie keine Angst, daß sie davongeweht werden? Als Gott auf dem Sinai zu Moses redete, sprach er, daß die Priester, die sich dem Herrn nahen, sich heiligen sollen, damit sie nicht fürchten müssen, daß sie der Herr zerschmettere. Diese Furcht meine ich. Es ist oft am besten, wenig Aufsehen zu erregen, sich unauffällig zu verhalten, anstatt wie ein Blitzableiter von erhöhten Plätzen mit seiner Seele zu winken. Denn wenn Gott in einer Hinsicht der Zünder ist, ein Feuerball, der über den Boden ganzer Kontinente wirbelt, so ist er in anderer Hinsicht der Zerstörer, das Gewitter, blinde Macht, unparteiisch wie die Atmosphäre. Oder Gott ist ein »G«. An einem ausgehöhlten, geschützten Ort überkommt einen das tröstliche Gefühl, daß man nur einer relativ kleinen Säule von Gott als Luft ausgeliefert ist.

Draußen im Freien kann alles passieren. Die Mediävistin Dorothy Dunnett stellt kategorisch fest: »Auf offenem Gelände gibt es keinen Schutz vor einem gut gedeckten Bogenschützen.« Jede Mokassinschlange ist ein gut gedeckter Bogenschütze; wieviel mehr gilt das für Gott! Unsichtbarkeit ist die absolut unschlagbare »Deckung«; und daß die eine unendliche Macht so freimütig und unergründlich mit dem Tod umgeht – morgens, mittags und abends Tod, Tod in allen Formen –, macht diese Macht zu einem Bogenschützen, da gibt es kein Vertun. Und wir, sein Volk, sind so leicht verwundbar. Unsere Körper sind von Sterblichkeit gezeichnet. Unsere Beine sind Angst, und unsere Arme sind Zeit. Diese kalten Säfte sickern durch unsere Kapillargefäße und trüben Zelle für Zelle mit einem eisigen Tropfen Nichtsein, und dieser Tropfen wächst, schwillt an, saugt die Zelle trocken. Deshalb ist physischer Mut etwas so Wichtiges – er füllt gleichsam die Löcher auf – und etwas so Kräftigendes. Es braucht nur die kleinste mutige Tat, beherzt gewagt und durchgefochten, und du fühlst dich laut wie ein Kind.

Aber es wird schwieriger. Die Courage der Kinder und Tiere ist eine Funktion der Unschuld. Wir lassen zu, daß unsere Körper dem Weg unserer Ängste folgen. Ein junger Bursche, noch ganz der strahlende Held, kann Wochen vor dem Spiegel zubringen, um irgendeinen komplizierten Trick mit einem Feuerzeug, einem Muskel, einem Tennisball, einer Münze zu vervollkommnen. Warum verlieren wir das Interesse an physischer Meisterschaft? Wenn ich Rad schlagen möchte – und danach fühle ich mich oft –, warum bringe ich es mir nicht bei, anstatt zu bedauern, daß ich als Kind nie Rad schlagen gelernt habe? Wir könnten alle Luftakrobaten sein wie die Eichhörnchen, Taucher wie die Seehunde; wir könnten ganz gespannte Geduld oder pfeilschnell sein, ja auf den Händen laufen, wenn das Leben oder unsere Statur uns dies abverlangte. Wir können nicht einmal gerade sitzen oder die müden Köpfe halten.

Wenn wir die Unschuld verlieren – wenn wir das Gewicht der Atmosphäre zu spüren beginnen und uns aufgeht, daß der Tod mit im Topf ist –, schwinden uns die Sinne. Nur Kinder können das Lied der männlichen Hausmaus hören. Nur Kinder halten die Augen auf. Sie haben noch nichts als ihre Sinne; sie besitzen hochentwickelte »Input-Systeme«, die wahllos alle Daten aufnehmen. Matt Spireng hat Tausende von Pfeil- und Speerspitzen gesammelt; er sagt, wenn man wirklich Pfeilspitzen finden will, muß man ein Kind mitnehmen – Kinder heben alles auf. Schon mein ganzes Erwachsenenleben lang wünsche ich mir, das Gehäuse einer Köcherfliegenlarve zu finden. Ich mußte warten, bis Sally Moore, die kleine Tochter von Freunden, eins auf dem kiesigen Grund eines seichten Flusses fand, an dessen Ufer wir nebeneinander saßen. »Was ist das?« fragte sie. Das, hätte ich am liebsten gesagt, als ich ihren Schatz sah, ist ein memento mori für Leute, die zu viele Bücher lesen.

Sally und ich fanden an dem Tag noch mehr Köcherfliegengehäuse, als ich einmal gelernt hatte, meine Augen fein genug einzustellen, und ich habe eins davon verwahrt. Es ist ein zwei

Zentimeter langer, hohler Zylinder, ein kleines Meisterwerk der Baukunst ganz und gar aus groben Sandkörnern, die zu einer einzigen dünnen Schicht verklebt sind. Einige der Sandkörner sind rot, und dieses Rot war es, woran ich die Gehäuse zuerst erkennen lernte. Die Köcherfliege benutzt zum Hausbau alles Kleinmaterial, das sie finden kann; ja, es haben sich schon Insektenforscher damit vergnügt, daß sie eine nackte Larve zum Beispiel in ein Aquarium mit ausschließlich rotem Sand gesetzt haben. Wenn die Larve sich einige Reihen roten Sand um den Körper herum gebaut hat, versetzt der Insektenforscher sie in ein anderes Aquarium, in dem nur weiße Sandkörner zu haben sind. Die Larve baut fleißig weiße Reihen auf die rote Wand, und dann kommt der Insektenforscher wieder, mit einem dritten und letzten Aquarium, diesmal voller blauem Sand. Soweit, so gut, was ich mit diesem Beispiel sagen möchte, ist, daß diese winzige unreife Kreatur auf einen Instinkt reagiert, etwas zwischen seine Haut und die hartkantige Welt zu setzen. Wenn man einer Köcherfliege, die normalerweise Baustoffe wie Steinchen oder Muschelschalen verwendet, nur große tote Blätter vorlegt, wird die mit etwas völlig Neuem konfrontierte Larve diese Blätter dennoch kleinbeißen und die Stücke zu einem mosaikartigen Köcher zusammenfügen.

Die allgemeine Regel in der Natur lautet, daß Lebewesen innen weich und außen hart sind. Wir Wirbeltiere leben gefährlich, wir Wirbeltiere sind geradezu jämmerlich, wie ein Haufen geschälter Bäume. Das ist schon oft gedacht, aber nie so gut ausgedrückt worden wie von Plinius, der von der Natur schreibt: ». . . alle anderen versah sie in mannigfacher Weise mit Bedeckungen, mit Schalen, Rinden, Lederhäuten, Stacheln, zottigen Haaren, Borsten, Haarfäden, Flaum, Federn, Schuppen und Wolle; Stämme und Bäume hat sie sogar mit einer Rinde, manchmal sogar einer doppelten, gegen Frost und Hitze geschützt: nur den Menschen setzt sie am Tage seiner Geburt und auf der bloßen Erde sogleich dem Wimmern und Weinen aus, und kein anderes von so vielen Lebewesen den Tränen, und zwar bereits mit dem Eintritt in das Leben.«

Ich sitze unter einer Platane. Weichhäutig und ohne Schale

bin ich dem kleinsten Windhauch und Staubregen ausgesetzt. Die Gegenwart unseres Lebens sieht unter Bäumen anders aus. Bäume haben die Oberherrschaft. Die Platane im Garten damals habe ich nicht umgebracht; auch die zarteste Innenrinde diente noch als Schild. Bäume sammeln nicht Leben an, sondern Totholz, wie ein dicker werdendes Panzerhemd. Ihre Chancen verbessern sich regelrecht mit dem Älterwerden. Einige Bäume, die Mammutbäume etwa, sind praktisch unsterblich, verwundbar höchstens durch eine neue Eiszeit. Nicht einmal Feuer kann ihnen etwas anhaben. Das Holz der Mammutbäume ist schwer entflammbar, und die Rinde ist »fast so feuersicher wie Asbest. Vor ein paar Jahren schwelte die Spitze eines Mammutbaums, der im Juli bei einem Gewitter vom Blitz getroffen worden war, leise vor sich hin, allem Anschein nach, ohne den Baum zu beschädigen, bis der Brand im Oktober durch einen Schneesturm gelöscht wurde.« Einige Bäume graben Pfahlwurzeln in den Fels; einige krallen sich mit großen Wurzelmatten in den Acker. Sie lassen sich nicht umwehen. Wir laufen schwankend auf weichen, kleinen Füßen unter diesen Obeliskwesen herum. Wir sind auf einem kurzen Trip, auf einem Picknick, fressen uns wie junge Hunde dick für den Tod. Soll ich in diesen Stamm einen Namen ritzen? Wenn *ich* in einem Wald umfiele: Würde ein Baum es hören?

Ich sitze unter einer Platane am Flußufer; mein Verstand ist eine Böschung. Arthur Koestler schrieb: »In seinem Bericht über die Literatur zur psychologischen Gegenwart stellte Woodrow fest, daß ihre maximale Dauer schätzungsweise zwischen 2,3 und 12 Sekunden beträgt.« Wie hat man diesen Zeitraum gemessen? Sobald man seiner gewahr wird, ist er vorbei. Ich denke wie früher schon: Berge haben dünne Spitzen. Alsbald brechen die dünnen Bergspitzen vulkangleich aus meinem Gehirnkasten hervor. Ich kann sie sehen; zu meiner Überraschung sind sie sägeförmig gezackt – wie die Schneide eines Küchenmessers – und braun wie Laub. Die gezackten Ränder sind so dünn, daß sie durchscheinend sind; durch die Oberkante einer Seite im braunen Kamm kann ich, als Scherenschnitt, einen kreisenden

Eckschwanzsperber sehen; durch eine andere tiefe, feine Adern metallischer Erze. Dies ist nicht der Tinker Creek. Wo wohne ich überhaupt? Ich verliere mich, ich schwebe... Ich bin in Persien und versuche gerade, auf deutsch eine Wassermelone zu bestellen. Es ist verrückt. Der Maschinist hat den Kontrollraum verlassen, und ein Idiot flickt die Spulen zusammen. Was hätte ich zu der »Literatur über die psychologische Gegenwart« beizutragen? Wenn ich daran denken könnte, auf das Knöpfchen an der Stoppuhr zu drücken, wäre ich nicht mehr in Persien. Vor der Erfindung der Sekunde als Zeiteinheit war es üblich, kurze Zeitspannen mit Hilfe des eigenen Pulses zu messen. Ach, aber was war dann das Wogen in meinem Handgelenk, als ich den Baum sah, in dem die Lichter brennen, und mir stockte das Herz, und doch bin ich noch da?

Szenen treiben von nirgendwo über die Leinwand. Ich kann weder die Verbindung zwischen irgendeiner Szene und dem, was ich bewußter denke, herstellen, noch gelingt es mir jemals, mir die Szene in aller Lebendigkeit wieder vor Augen zu holen. Sie ist wie ein Gespenst in großer Gala, das, von den Hauptfiguren unbemerkt, über die Bühne gleitet. Sie taucht komplett, in voller Farbe, wortlos auf, und ist gleich wieder im Schwinden begriffen: die Tennisplätze an der Fifth Avenue in Pittsburgh, ein Reiterdenkmal in einem Park in Washington, eine Kellerboutique in New York – lauter Szenen, von denen ich dachte, daß sie mir nichts bedeuten. Es sind keine Standfotos; die Kamera ist ständig in Bewegung. Und die Szene entgleitet immer gerade dem Blick, als ob ich, ohne es zu wollen, immer gerade einen Berg hinunterkäme, um eine Ecke böge, mit einem Begleiter, der mich zum Weitergehen drängt, vom Bordstein auf die Straße träte, während ich über die Schulter auf die Szene zurückblicke, die sich verflüchtigt, verschwindet. Die Gegenwart meines Bewußtseins ist selbst ein Rätsel, das ebenfalls wie ein bei Hochwasser davongetragener Ast immer gerade um die nächste Biegung verschwindet. Wo bin ich? Aber da bin ich gar nicht. »Zu Trümmern, zu Trümmern, zu Trümmern will ich sie machen ...«

Nun gut. Reiß dich zusammen. Bringe ich denn mein Leben im »Kriechtiergehirn« zu, dieser Lampe, die oben auf der Wirbelsäule sitzt wie ein Leuchtturm, der aufs Geratewohl wilde Strahlen in die Dunkelheit sendet, auf die behaarten Thoraxe von Nachtfaltern, die Rücken von fliegenden Fischen und die Wracks gesunkener Schoner? Steig eine Ebene höher. Komm an die Oberfläche.

Ich sitze unter einer Platane am Tinker Creek. Ich bin wirklich und wahrhaftig hier, lebendig auf dem feinteiligen Erdreich unter Bäumen. Doch unter mir, direkt dort, wo das Gewicht meines Körpers auf das Gras drückt, befinden sich andere, genauso reale Lebewesen, für die dieser Baum in diesem Augenblick ebenfalls »die Sache« ist. Nehmen wir nur die obersten paar Zentimeter Boden, die unmittelbar unter meinen Handflächen krabbelnde Welt. In dem obersten Zoll Waldboden fanden Biologen »durchschnittlich 1356 lebende Tiere pro Quadratfuß, darunter 865 Milben, 265 Springschwänze, 22 Tausendfüßler, 19 ausgewachsene Käfer und verschiedene Exemplare von zwölf anderen Arten ... Hätte man den Bestand der mikroskopischen Lebewesen geschätzt, so wäre man wohl auf zwei Milliarden Bakterien und viele Millionen Pilze, Protozoen und Algen – in jedem Teelöffel Erde – gekommen.« Auch Schmetterlingspuppen schlafen hier, eingefaltet, steif und traumlos. Ich will versuchen, diese Lebewesen, so gut ich kann, in diesen Augenblick zu integrieren. Sie zu ignorieren wird ihnen nicht die Realität rauben, und sie eins nach dem andern in mein Bewußtsein einzulassen könnte die meine bereichern, könnte mein Bewußtsein, wie es ist, um ihr schwaches Wahrnehmungsvermögen erweitern und ein Summen auslösen, eine Schwingung, die von diesem Moment, von diesem Baum ausgeht wie die rhythmischen, von einer untergetauchten Bisamratte im Fluß ausgelösten Kräusel auf dem Wasser. Chassidischer Überlieferung nach besteht eine der Aufgaben des Menschen darin, Gott bei seinem Erlösungswerk zu helfen, indem er alles Geschaffene »heiligt«. Durch eine gewaltige geistige Anstrengung befreit der Fromme die göttlichen Funken, die in den stummen zeitlichen

Dingen gefangen sind; er hebt die Formen und Triebe der Schöpfung empor in die Höhenluft und das heiligende Feuer, worin alle Lehmgebilde zerspringen müssen. Die unterirdische Welt unter Bäumen im Sinn, im Kopf zu behalten ist das allermindeste, was ich tun kann.

Regenwürmer schieben sich in verblüffenden Mengen durch die kieselige Erde unter mir, verschlingen tote Blätter und hinterlassen tonnenweise Ausscheidungen. Maulwürfe graben bis ins feinste ausgeklügelte Tunnelnetze; hier am Fluß gibt es so viele dieser Maulwurfstunnel, daß ich bei Spaziergängen auf Schritt und Tritt einsacke. Ein Maulwurf kann sich in seiner Haut fast völlig frei bewegen und besitzt ungeheure Kräfte. Wenn du einen Maulwurf fängst, wird er dir, abgesehen davon, daß er tüchtig zubeißt, kaum daß du ihn erwischt hast, mit einer einzigen zuckenden Kraftanstrengung aus der Hand springen und verschwinden. Man bekommt ihn nie wirklich zu sehen; man fühlt nur seinen Druck und den Absprung in der Hand, als hielte man darin ein klopfendes Herz in einer Papiertüte fest. Was könnte ich alles tun, wenn ich die Stärke und die Willenskraft eines Maulwurfs hätte! Aber der Maulwurf wühlt sich durch das Erdreich.

Letzten Sommer hatten ein paar Bisamratten einen Bau am Ufer unter den Wurzeln dieses Baumes; ich glaube, sie sind auch jetzt noch da. Das nasse Fell der Bisamratten rundet die gewölbten Lehmwände des Baus aus und streicht sie glatt wie den schönsten Iglu. Sie verstreuen Schalen und Samen auf dem Boden, vermehren sich stoßweise und schlafen dichtgedrängt und pudelnaß, zu Bällen aufgerollt. Auch sie sind Teil dessen, was bei Buber »das unendliche Ethos des Augenblicks« heißt.

Ich bin noch nicht richtig hier; es gelingt mir nicht, den Tag auf der Autobahn abzuschütteln. Meine Gedanken sind verästelt und verzweigt wie ein Baum.

Tief unter meiner Wirbelsäule saugen die Wurzeln der Platane wäßrige Salze auf. Wurzelspitzen strecken sich schlängelnd zwischen Erdpartikel, sondieren jeden Millimeter; aus ihrem wuchernden, knospenden Gewebe sprießen verschwindend kleine, durchsichtige und hohle Wurzelhärchen, die sich an

Erdkörnchen heften und trinken. Diese Kanäle fließen still und tief; die ganze Erde bebt, aufgewühlt und zerrissen, umgegraben und ausgelaugt. Ich frage mich, was aus dem Wurzelwerk wird, wenn Bäume sterben. Verhungern die weitgespannten blinden Netze, verhungern sie inmitten der Fülle und verdorren, nach Erdkörnchen hangelnd?

Unter den Koniferen der Welt – unter der Zeder am Fluß hinter meinem Sitzplatz hier – hüllt ein Pilzgeflecht die Erde in ein aus blindem Fädchen um zartes Fädchen gewirktes Gewebe von denkbar blassem, verdünntem Weiß. Von Wurzelspitze zu Wurzelspitze, von Wurzelhärchen zu Wurzelhärchen schlängeln und winden sich die Fäden; wenn ich an sie denke, fällt mir immer Rimbaud ein: »Ich habe Saiten gespannt von Kirchturm zu Kirchturm, Girlanden von Fenster zu Fenster; und Ketten aus Gold von Stern zu Stern. Und ich tanze.« König David tanzte und jauchzte, nur mit einem Priesterschurz umgürtet, in der nackten Wüste vor der Lade des Herrn. Hier ist das vielschichtige Erdreich selbst eine treffliche Lobesversammlung. Ziehe Verbindungen; laß sie zerreißen; und tanze, wo du kannst.

Die Insekten und Regenwürmer, Maulwürfe, Bisamratten, Wurzeln und Pilzgeflechte sind noch nicht alles. Unter mir vollzieht sich in diesem Augenblick eine noch unmerklichere Bewegung, eine Pavane. Die Zikadenlarven regen sich träge. Man sieht ihre gespaltenen Häute, gut zwei Zentimeter lang, braun und durchsichtig, gekrümmt und wie Krabben gegliedert, bucklig an Baumstämmen kleben. Und man sieht die Vollkerfe gelegentlich, groß und kräftig, mit dem glänzend grünschwarzen Leib, den künstlich wirkenden knallroten Augen, die farblosen, geäderten Flügel über dem Rücken eingeklappt. Aber die trägen Larven sieht man nie. Sie leben unterirdisch, klammern sich an Wurzeln und trinken den süßen Saft der Bäume.

Im Süden benötigt die Siebzehnjahr-Zikade für ihre Entwicklung dreizehn Jahre, und nicht wie im Norden siebzehn. Schon daß ein Lebewesen dreizehn Jahre lang ohne Unterbrechung im Wurzelwerk von Bäumen herumkraxelt, wo es immer feucht und dunkel ist – dreizehn Jahre! –, verschlägt mir die Sprache. Vier mehr oder vier weniger können an dem Bild gar nichts ändern. Irgendwann im April kommen die Larven in tiefer Nacht hervorgekrabbelt, alle auf einen Schlag, bis zu vierundachtzig von ihnen drängen aus jedem Quadratfuß Erde an die Luft. Sie arbeiten sich an Bäumen und Büschen empor, häuten sich, und das hohle und schrille Zirpen, das den ganzen Sommer andauert, beginnt. Ich vermute, daß sie als Larven niemals die Sonne sehen. Die Vollkerfe legen Eier in Risse in der Rinde kleiner Zweige; die geschlüpften Larven fallen zu Boden, graben sich ein und verschwinden für dreizehn Jahre von der Erdoberfläche, bis zum rechten Augenblick. Wie viele sind im Augenblick unter mir, und was haben sie für Wünsche? Worüber würde ich dreizehn Jahre lang nachdenken? Sie krümmen sich, kriechen, klammern sich an Wurzeln fest und saugen, saugen, saugen blind die Bäume aus und tappen bei Sonne und Regen, Hitze und Frost, jahraus, jahrein im Dunkeln.

Und unter den Zikaden, viel weiter unten als die längste Pfahlwurzel, rinnt zwischen und unter den rundgeschliffenen schwarzen Steinen und den schrägen Sandsteinplatten das Grundwasser durch die Erde. Grundwasser sickert und rieselt in winzigen Tropfen mit einer Geschwindigkeit von anderthalb Kilometern im Jahr tiefer und tiefer in die Erde hinein. Was ist das für ein Tauziehen! Da geht es zu allen Zeiten in alle Richtungen, ohne Unterlaß. Die Welt ist ein wilder Ringkampf unter der Grasnarbe: Die Erde will bewegt sein.

Was geht in diesem Augenblick, während unter mir das Grundwasser sickert, sonst vor? Die Milchstraße dreht sich langsam, gedämpft in ihrem Tanz der Ausdehnung. Wenn jede Stunde eine Million Sonnensysteme neu entstehen, dann werden mit Sicherheit Hunderte geboren, während ich mein Gewicht auf den anderen Ellbogen verlagere. Die Oberfläche der Sonne explodiert jetzt, andere Sterne implodieren und verschwinden schwer und schwarz in die Unsichtbarkeit. Meteoriten schießen den ganzen Tag lang auf die Erde zu, ohne daß wir sie sehen. Auf dem Planeten wehen die Winde: die polaren Ostwinde, die Westwinde, der Nordost- und der Südostpassat. Irgendwo in den Roßbreiten, im Kalmengürtel, gerät jemand unter vollen

Segeln in eine Flaute; hoch im Norden wird ein Trapper vom unheimlichen Geruch des Chinook verrückt gemacht, jenes schneefressenden Fallwindes, der mehr als einen halben Meter Schnee am Tag schmelzen lassen kann. Der Pampero weht und der Tramontane und der Bora, der Scirocco, der Levante und der Mistral. Leck einen Finger an: halte ihn ins Jetzt.

Der Frühling wandert mit einer Geschwindigkeit von fünfundzwanzig Kilometern am Tag nach Norden, auf mich zu und wieder von mir fort. Karibus zockeln von den Fichtenwäldern im Süden über die Tundra, die trächtigen Kühe eilig voran, dahinter die alten und die nicht tragenden Kühe, wieder dahinter, plötzlich dichtgedrängt, die Böcke und zuletzt die kranken und verletzten, einzeln hintereinander. Irgendwo sehen Leute aus Flugzeugen zu, wie die Sonne untergeht, und schauen ergriffen auf erleuchtete Häusergruppen hinunter. Im Bergland von Peru, an den Regenwaldhängen der Anden, kniet eine Frau auf einer staubigen Lichtung vor einer dunklen Hütte aus überlappenden breiten Blättern; zwischen ihren Brüsten hängt ein Kreuz aus glatten Hölzchen, die sie mit den Zähnen geschält und mit Kletterranken umwickelt hat. An den Flußmündungen in aller Welt, wo der Wasserstand mit den Gezeiten wechselt, gleiten Schnecken in schwarzen, an Johannisbeeren erinnernden Trauben an Schilfrohr- und Riedgrasstengeln auf und nieder, ihre Wanderschaft in jedem Moment von Ebbe und Flut bestimmt. Der Tinker Mountain hinter mir und der Dead Man Mountain zu meiner Linken werden Jahr für Jahr um zweieinhalb Millimeter abgetragen.

Der Kater, der mich früher immer weckte, ist tot; er ist längst als Mahlgut durch die Verdauung eines Regenwurms gegangen und fließt jetzt als klarer Saft in einer Pittsburgher Platane, oder er ist Honigtau, von Läusen aus den obersten Zweigen der Platane gesaugt und als klebrige Tropfen auf ein fremdes Auto geregnet. Auf der andern Straßenseite stolpert ein Bulle zum Trinken in den Fluß; er zwinkert, er schleckt; ein in der Strömung treibendes Blatt verfängt sich an seiner Fessel und gleitet wieder weiter. Die Riesenwanze, die ich beobachtet habe, ist tot, lange tot, und ihre feuchten Innereien und der harte

Panzer haben sich beide aufgelöst und sind wie die von ihm ausgelutschte Froschhaut zerflossen, zerfließen auch jetzt noch in den Kapillargefäßen des Ochsen, in den windgezausten Wolkenfetzen droben, in der Sargassosee. Die Spottdrossel, die sich mit angelegten Flügeln vom Dach geschwungen hat ... aber es ist jetzt nicht die Zeit, meine Toten zu zählen. Das ist Nachtarbeit. Die Toten liegen mit starren Augen unter der Erde, die schlafenden Fersen in der Luft.

Die Haie, die ich beobachtet habe, strolchen vor der Küste auf und ab. Wenn die Haie das Strolchen lassen, wenn sie nicht mehr toben und einen Moment zur Ruhe kommen, müssen sie sterben. Sie brauchen stets neues Wasser an den Kiemen; sie brauchen den Tanz. Irgendwo, von mir aus gesehen im Osten, auf einem anderen Kontinent, ist Sonnenuntergang, und hoch am Himmel winden sich atemberaubende Starenscharen ihrem abendlichen Schlafplatz entgegen. Stromabwärts, unter dem Wasser grad hinter der Biegung, wühlt das Bleßhuhn mit einem Fuß im Flußgrund und verdreht die roten Augen. Im Haus döst eine Spinne an ihrem Netz wie eine alte Jungfer, die es sich den ganzen Tag in einer Ecke gemütlich macht. Die Eikapseln der Gottesanbeterinnen hängen an der falschen Jasminhecke; in jeder Kapsel, in jedem Ei, ziehen sich Zellen in die Länge, schnüren sich zusammen und spalten sich; Zellen bilden Blasen und klappen nach innen um, bilden Reihen, werden hart oder hohl oder lang. Der Einaugenfalter mit den auf den Rücken gequetschten Flügeln kriecht die Auffahrt hinunter, die Auffahrt hinunter, die Auffahrt hin ... Die Schlange, deren Haut ich weggeworfen habe, deren selbstgemachte, ganz persönliche Haut jetzt im Abfall auf der Müllkippe liegt – diese Schlange im Wald am Steinbruch rührt sich jetzt, wird wieder lebendig, wird unter dem Blattkompost vom Sonnenlicht geweckt, von den suchenden Wurzeln des Maiapfels, vom knospenden Blutwurz. Und wo bist du jetzt?

Ich stehe auf. Alles Blut in meinem Körper sackt in die Füße und schießt sofort wieder in den Kopf, daß mir erst schwarz vor Augen wird und ich dann erröte, wie ein Baum mit dem Wasser, das aus den Wurzeln emporsteigt, Blätter treibt. Was geschieht mit mir? Ich stehe benommen vor der Platane; ich starre auf den kolossalen Stamm.

Große Bäume lösen Erinnerungen aus. Du stehst unter ihnen im Dämmerlicht, wo das Licht selbst blau ist, und betrachtest, ohne scharf hinzugucken, den dicksten Teil des Stammes, als wäre er ein langer, dämmriger Tunnel –: der Tunnel durch den Squirrel Hill. Du bist weg. Der eiförmige Lichtfleck am Ende des finsteren Tunnels wächst und rückt näher; das Singen der Reifen auf dem Pflaster wird ohrenbetäubend laut; das Licht schlägt auf die Kühlerhaube und klatscht dir voll ins Gesicht. Du bist in der Vergangenheit angekommen.

Eskimo-Schamanen pflegten sich mit Seehundlederriemen am Boden des Iglu festzumachen und ihren Körper zu verlassen, aus der Haut zu fahren, um »muskelnackt« wie ein abgezogener Seehund durch das Kontinentalgestein zu schwimmen und ein altes Weib versöhnlich zu stimmen, das auf dem Meeresboden wohnte und Wild schickte oder versagte. Wenn er seine anstrengende Mission ausgeführt hatte, wachte der Schamane auf, kehrte, von den dunklen Leidenschaften seines hautlosen Ringens mit dem Fels erschöpft, in seine Haut zurück und fand sich in einem hellen Iglu wieder, von lieben Gesichtern umgeben, bei einer Art Fest.

Wie er zwinkere ich, nachdem ich mich durch einen Platanenstamm gebohrt und unter einem Berg in Pennsylvania durchgegraben habe, vom hellen Licht geblendet und finde mich in einem zwielichtigen Viertel der Stadt wieder, in einem leergeräumten Eßzimmer, vor Jahren, beim Tanzen. Ich höre Trompetenlärm, fröhlich und verwaschen wie eine Filmmusik für eine Liebesszene auf einem Stadtbalkon; ein unendlich fernes Licht leuchtet von halberinnerten Gesichtern her ... Ich bewege mich. Ein Schulterrucken versetzt mich in die Gegenwart zurück, zu dem Baum, zur Platane, und ich reiße mich los, mache mich auf den Weg, suche frisches, sprudelndes Wasser.

III

Frisches Wasser heilt Erinnerungen. Ich schaue flußauf, und da kommt sie, die Zukunft, dargebracht wie eine lange Reihe hoch mit Köstlichkeiten beladener Tabletts. Es kann passieren, daß du aufwachst und aus dem Fenster schaust und die frische Luft einatmest und voll Befriedigung oder Sehnsucht sagst: »Das ist es.« Aber wenn du stromaufwärts schaust, wenn du, gleich bei welchem Wetter, den Fluß hinauf schaust, dann füllt sich deine Seele, und du sagst frohlockend: »Da kommts!«

Da kommt es. Ein ganzes Stück oberhalb sehe ich die Betonbrücke, auf der die Straße über den Fluß verläuft. Unter dieser Brücke und dahinter ist der Fluß unbewegt und stumm, durch die Entfernung blau und durch die Tiefe still. Er ist ein Stück Himmel, ein abgerissener, zwischen zwei Ufer geklemmter Fetzen. Aber er strömt. Das Flußbett ist dort pfeilgerade; der Inbegriff von Anmut ist ein Bogenschütze. Zwischen den hängenden Zweigen der Uferweiden, unter den weit übers Wasser ragenden Ästen von Tulpenbäumen, Walnüssen und Osagedornen sehe ich den Fluß heranströmen. Er ergießt sich über eine Reihe von Sandsteinstufen, tiefer, tiefer, tiefer mir entgegen. Ich habe das Gefühl, am Fuß einer unendlichen hohen Treppe zu stehen, auf der ein übermütiger Geist, ohne je müde zu werden, einen Tennisball nach dem anderen von oben herunterwirft, und das, was ich mir auf der Welt am meisten wünsche, ist ein Tennisball.

Mit jemandem, der sich an einen Fluß setzt und ohne besonderen Grund beschließt, flußabwärts zu schauen, kann etwas nicht stimmen. Es kommt mir vor, als beschmutzte er das eigene Nest. Dafür und für eine Ledercouch soll man fünfzig Dollar die Stunde hinlegen? Tinker Creek kommt nicht, in den eigenen Schlund geschoben, vom Roanoke River bergauf; er fließt, nachgebend, von der nördlichen, nicht sichtbaren Seite des Tinker Mountain bergab. »Für Kopernikus ist die Schwerkraft die Sehnsucht der Dinge, wieder zu Kugeln zu werden.« Das ist eine seltsam verzerrte Sicht der großen Kette der Wesen. Nachgeben, sich fallenlassen ist der Weg der Perfektion. Doch wie in der klassischen Darstellung der großen Kette wird das klare Rinnsal, das aus dem unergründlichen Herzen des Tinker Mountain entspringt, dieser Tinker Creek, breiter, indem er, mit den lebendigen und feinteiligen Unreinheiten der Zeit angereichert, Form gewinnt und Ufer gräbt, während er zu mir herabfließt, dahin, wo ich mich zufällig befinde, an diesem Ort auf halber Strecke zwischen Hier und Dort. Schau stromauf. Dreh dich einfach um; hast du keinen eigenen Willen? Die Zukunft ist ein Geist, der auf mich zukommt, oder eine Essenz des Geistes. Sie liegt im Norden. Die Zukunft ist das Licht auf dem Wasser; sie kommt, gebrochen, nur auf der Haut des real existierenden Flusses jetzt daher. Meine Augen können ein helleres Licht nicht ertragen; und ohne dieses Licht können sie nicht sehen, nicht einmal die Unterseite der Blätter.

Bäume sind zäh. Sie bleiben, samt Pfahlwurzel und Rinde, und wir werden zu ihren Füßen weich. »Denn wir sind Fremdlinge und Gäste vor dir wie unsere Väter alle. Unser Leben auf Erden ist wie ein Schatten und bleibet nicht.« Wir können keinen Blitz aushalten, nicht das gleißende Licht auf Kulthöhen und nicht die Höhenluft. Aber das Licht, das reflektierte Licht, das in die hohen Täler und Bäche scheint, das können wir aushalten. Bäume lösen Erinnerungen aus; fließende Wasser heilen sie. Der Fluß ist der Mittler, gütig, unparteiisch, er nimmt meine schäbigsten Missetaten und löst sie auf, verwandelt sie in lebende Maulwürfe und Weißfische und Platanenblätter. Ihn hat nicht einmal mein Unglaube kränken können; er zeigt mir weiter, jetzt und immerdar, das feinteilig blitzende, unschuldige Gesicht. Er bewässert eine unwürdige Welt, tränkt Zellen mit Licht. Ich stehe am Fluß, auf Felsen unter Bäumen.

Es ist purer Zufall, daß mein Abschnitt des Flusses mit Felsbrocken übersät ist. Ich habe diese Gnade nicht verdient, daß ich, wenn ich stromauf schaue, die unverbrauchte Luft der Berge rieche, einen feinen Sprühregen auf den Wangen und den Lippen spüre, ein unablässiges Plätschern und Säuseln höre, das Geräusch von Wasser, welches nicht bloß im glatten Strahl aus der Luft in ein ruhiges Becken strömt, sondern munter über, unter, zwischen und um fein verteilte Felsblöcke herum springt.

Es ist purer Zufall, daß das Flußbett von mir aus stromauf mit horizontalen Sandsteinbänken verstrebt ist. Ich habe diese Gnade nicht verdient, daß ich jedesmal, wenn ich stromauf schaue, das Licht auf dem Wasser über gestaffelte Terrassen frei auf mich zutanzen sehe, wie über die sorgfältig ausbalancierten, von Seite zu Seite abwechselnden Stufen eines nie versiegenden, unerschöpflichen Brunnens. »Wohlan, alle, die ihr durstig seid, kommt her zum Wasser! Und die ihr kein Geld habt, kommt her, kauft und eßt!« Das ist sie, die Gegenwart, endlich. Ich kann das Hündchen jederzeit streicheln, wenn ich will. Dies ist das Jetzt, dieses glitzernde, gebrochene Licht, diese Luft, die mir der Zukunftswind in die Lungen pustet, der mich mit Lobpreis vollpumpt, daß mir ganz leicht und schwindlig wird.

Mein Gott, ich schaue auf den Fluß. Er ist die Antwort auf Mertons Gebet: »Schenk uns Zeit!« Er versiegt nie. Wenn ich mich um kindliche Sinne und Geschicklichkeit bemühe, die Kenntnisse aus tausend Büchern, die Unschuld junger Hunde, ja die Einsichten aus meiner städtischen Vergangenheit, dann tue ich das einzig und allein, um mir den Fluß gut anschauen zu können. Die Gegenwart läßt sich nicht aufspießen, mit Köderhaken oder Netzen einfangen. Du mußt mit leeren Händen auf sie warten und wirst reichlich belohnt. Du wirst mehr Fisch haben, als du brauchen kannst. Der Fluß ist es, der alles schenkt. Er ist per definitionem Weihnachten, die Fleischwerdung. Die Gegenwart ist das Geschenk, das dieser alte Felsplanet jeden Tag zu seinem Geburtstag kriegt.

Nehmen wir das Wort eines Kernphysikers: »Alles, was bereits vorüber ist, sind Teilchen, alles, was noch kommt, Wellen.« Ich will den Sinn verdrehen, und zwar auf folgende Weise. Die Teilchen sind gebrochen; die Wellen sind lichtdurchlässig, in ihnen tanzt und peitscht die Schönheit jener Haifische. Die Gegenwart ist die Welle, die sich über meinem Kopf bricht, auf dem Höhepunkt ihres atemlosen Entrollens schleudert sie Teilchen in die Luft. Sie ist das fließende Wasser und Licht, das uns aus unbekannten Quellen die allerneuesten Neuigkeiten zuträgt, immer frisch und erneuernd, von Ewigkeit zu Ewigkeit.

7. Kapitel

Frühling

Als ich noch ziemlich klein war, hegte ich die Vorstellung, daß alle fremden Sprachen Codierungen des Englischen waren. So dachte ich etwa, daß »hat« der eigentliche Name für einen Hut sei, daß aber Leute in anderen Ländern, die stur darauf beharrten, die Codesprachen ihrer Vorfahren zu sprechen, beispielsweise das Wort »ibu« sagten, nicht nur als Bezeichnung der Sache selbst, sondern auch des englischen *Wortes* »hat«. Ich kannte nur ein Wort aus einer fremden Sprache, »oui«, und da es drei Buchstaben hatte wie das Wort »yes«, für das es stand, schien es rührenderweise meine Theorie zu bestätigen. Ich überlegte mir, daß jede Fremdsprache ein anderer Code war und daß ich in der Schule die Schlüssel bekommen würde, mit denen ich einige der wichtigsten systematisch knacken konnte. Natürlich war mir klar, daß es Jahre dauern konnte, bis ich eine andere Sprache so fließend konnte, daß ich sie ohne Mühe im Kopf ver- und entschlüsseln und aus Kauderwelsch schnell einen Sinn herstellen konnte. In meiner ersten Französischstunde nahmen die Dinge jedoch schlagartig eine unerwartete Wendung. Mir ging auf, daß ich noch einmal von Anfang an sprechen lernen mußte, Wort für Wort, ein Wort nach dem andern – und meine Empörung war grenzenlos.

Im Tal singen schon die Vögel. Die heiseren Schreie und das nackte Zirpen vom Februar sind jetzt voll ausgereift, und lange Gesänge schallen durch die Luft. Vogelrufe fangen sich an Bergkämmen und sammeln sich im Tal; winden sich durch Wälder, segeln Flüsse hinunter. Am Haus geschieht etwas ganz Wundervolles. Die Spottdrossel, die jedes Jahr vorne im Garten in der Fichte nistet, setzt sich an erhöhte Plätze, um ihr Lied anzustimmen, und einer dieser erhöhten Plätze ist mein Schornstein. Wenn sie dort singt, funktioniert der hohle Schornstein als Schallkörper, wie der sorgsam konstruierte Hohlraum in einem Cello oder einer Geige, und die Töne des Liedes werden voller und hallen durch das Haus. Sie singt eine Phrase und wiederholt sie Ton für Ton; dann singt sie eine neue und wiederholt diese, dann eine dritte. Der Phantasie der Spottdrossel sind keine Grenzen gesetzt; sie streut Neues mit der Lässigkeit eines Gottes aus. Und sie ist unermüdlich; zum Juni hin wird sie um zwei Uhr morgens mit ihrem täglichen Marathon beginnen und sich bis elf Uhr abends kaum eine Pause zum Atemholen gönnen. Ich weiß nicht, wann sie schläft.

Wenn ich an irgendeinem Vogel das Interesse verliere, versuche ich es wieder zu wecken, indem ich den Vogel auf zweierlei Weise betrachte. Ich male mir aus, wie Neutrinos durch die Federn bis ins Herz und die Lungen wandern, oder ich stelle die Evolution auf den Kopf und mache ihn mir zur Eidechse. Ich sehe seine schuppigen Beine und den nackten Ring um ein glänzendes Auge; ich lasse seine Federn zu Eidechsenschuppen schrumpfen, ich enthorne seinen lippenlosen Schnabel und schicke ihn auf Libellenjagd, kühlen Blickes, unter einer Fächerpalme. Dann kehre ich den Prozeß schnell abermals um; seine Vorderbeine strecken sich, aus seinen Schuppen entspringen Federn, und sie werden weich. Er schwingt sich auf der Suche nach kühlen Wäldern in die Lüfte; er stimmt seinen Gesang an. So einer sitzt auf meinem Dach; mag er mich doch vor Staunen wachhalten, nicht vor Wut.

Noch heute gibt es angesehene Wissenschaftler, die sich nicht mit der Vorstellung zufriedengeben, daß der Gesang der Vögel einzig und allein ihrer territorialen Behauptung dient. Das ist ein wichtiger Punkt. Wir leben schon so lange auf der Erde und wissen noch immer nicht mit Sicherheit, warum Vögel singen. Wir brauchen jemanden, der uns diese fremde Sprache entschlüsselt; wir brauchen noch einmal einen Stein von Rosette. Oder sollten wir, wie ich damals, jedes neue Wort Schritt für Schritt lernen? Es könnte sein, daß ein Vogel, wie Gerard Manley Hopkins vermutet, singt: ich bin ein Sperling, Sperling, Sperling. »Ich spricht und sagt er, Und ruft *Was ich tu, bin ich: dazu bin ich da.*« Manchmal klingt Vogelgesang grad wie wirres

Kindergeplapper. In einem bestimmten Alter können einen Kinder vollkommen ernst anschauen und selbstzufrieden eine lange Rede halten, in der sämtliche Tonfälle der gesprochenen Sprache stimmen, aber nicht eine Silbe zu verstehen ist. Es gibt keine Möglichkeit, dem Kind zu erklären, daß es die Sprache, wenn sie denn eine Melodie wäre, hervorragend gemeistert hätte, aber, da sie ein Sinngebilde sei, habe es leider vollkommen versagt.

Heute habe ich einem Zaunkönig, einem Sperling und der Spottdrossel beim Singen zugeschaut und gelauscht. Nach einer Weile trällerte es in meinem Kopf warum warum warum, was soll das heißen heißen heißen? Es ist nicht, daß sie etwas wissen, was wir nicht wissen; wir wissen viel mehr als sie, und sie wissen mit Sicherheit selber nicht einmal, warum sie singen. Nein, wir haben wie üblich die ganze Zeit die falsche Frage gestellt. Es ist piepegal, was die Spottdrossel auf dem Schornstein singt. Auch wenn die Spottdrossel tirilierte, um uns die langgesuchte Formel für eine einheitliche Feldtheorie zu übermitteln, wäre dies nur geringfügig weniger irrelevant. Die eigentliche und richtige Frage lautet: Warum ist es schön? Ich spreche das Wort zögernd aus, aber die Frage stellt sich. Die Frage stellt sich, weil ich es wie gesagt als Tatsache ansehe, daß Schönheit etwas objektiv Gegebenes ist – der Baum, der im Wald umfällt – mit einem eigenen Dasein, von dem man etwas mitbekommt oder auch nicht, das so real vorhanden ist wie beide Seiten des Mondes. Das aus dem Kamin ertönende Lied der umgewandelten Eidechse hat einen wilden, durch und durch fremden Klang; es wird immer schöner und schöner, je besser man es kennt. Wenn die Worte nichts heißen als »mein mein mein«, wozu dann die extravagante Partitur? Das Lied hat den perlenden, feinen Klang aller über jeden erdenklichen steinernen Grund plätschernden Bäche im ganzen Land. Wer würde, wenn er eine Botschaft telegraphierte, sich der Mühe unterziehen, ein Stück mit fünf Akten oder Coleridges »Kubla Khan« zu senden, und welcher Empfänger einer solchen Botschaft könnte sie verstehen? Die Schönheit an sich ist die Sprache, zu der wir keinen Schlüssel haben; sie ist die stumme Chiffre, das Kryptogramm, der ungeknackte Code.

Und es könnte gut sein, daß es für die Schönheit, wie es sich für Französisch herausstellte, keinen Schlüssel gibt, daß »oui« in unserer Sprache nie einen Sinn geben wird, sondern nur in der eigenen, und daß wir wieder ganz von vorne anfangen müssen, auf einem neuen Kontinent, wo wir die fremden Silben Schritt für Schritt erlernen.

Der Frühling ist da. Ich habe vor, mich dieses Jahr zu beherrschen und den Fortschritt der Jahreszeiten in ruhiger und geordneter Manier zu beobachten. Im Frühling neige ich zu entsetzlichen Exzessen. Ich überlasse mich Höhenflügen und Zwangshandlungen; lasse mich mal mehr, mal weniger verkommen. Ein ganzes Frühjahr lang spielte ich Binokel; ein anderes Frühjahr stand ich im Baseball am zweiten Mal. Ein Frühjahr habe ich durch eine lobäre Lungenentzündung verpaßt; eine Baseballspielzeit habe ich durch eine Schleimbeutelentzündung verpaßt; und jedes Frühjahr ungefähr um die Zeit, wenn die ersten Blätter an den Weiden spitzen, verliere ich den Appetit und werde blaß, wie ein Silberaal kurz vor der Wanderung. Ich kann mich nicht konzentrieren. Das zweite Mal wird zum Broadway oder zur Kreuzung von Hollywood und Vine; aber wenn ich draußen im rechten Feld stehe, können sie mich vergessen. Bei Sonnenuntergang leuchten Nebensonnen – regenbogenfarbige Flecken auf beiden Seiten der Sonne, aber häufig sehr weit von ihr entfernt – über der Weide am Carvin's Creek. Wes Hillman ist mit seinem Doppeldecker unterwegs; die elegante Silhouette der kleinen Waco ist die unbestrittene Siegerin über die Stille. Könnte sein, daß es morgen regnet, wenn sich die Eiskristalle da oben ranhalten. Ich habe keine Ahnung, wie viele Schlagleute schon aus sind; mein Glück, daß so viele Linkshänder dabei sind und ich in Ruhe die Regenbogen betrachten kann. Das Feld sieht für mich aus, wie es für Wes Hillman von oben im Doppeldecker aussehen muß: alles läuft, und ich höre keinen Laut. Die Spieler wirken so dünn da auf dem Rasen, und die Schatten so lang, und der Ball ist ein mystisches Ding, so farblos, beinahe unsichtbar ... Im Innenfeld bin ich besser aufgehoben.

Im April machte ich einen Spaziergang in den Wald auf dem Land der Adams. Das Gras war eines Morgens, während ich blinzelte, grün geworden; ich hatte es wieder einmal verpaßt. Beim Weggehen schaute ich nach der Eikapsel der Gottesanbeterin. Ich hatte alle Kapseln außer eine an Freunde verschenkt für ihre Gärten; jetzt sah ich, daß kleine schwarze Ameisen die übriggebliebene entdeckt hatten, die an der falschen Jasminhekke vor meinem Arbeitszimmerfenster. Eine Seite der Kapsel war abgenagt, entweder von den Ameisen oder von anderen Viechern, so daß im erstarrten Schaum schmale Zellen wie Schlitze zu sehen waren. Über diese Schicht krabbelten die Ameisen aufgeregt, ohne etwas zu fressen zu finden; die Eier lagen noch sicher und unsichtbar wartend tiefer in der Kapsel.

Der Morgenwald war vollkommen neu. Ein kräftiges gelbes Licht schien auf den Grund zwischen den Bäumen; mein Schatten tauchte auf dem Weg auf und verschwand, weil ein Drittel der Bäume, unter denen ich einherging, noch kahl war. Ein Drittel der Bäume verbreitete, wo sie wuchsen, einen lichten Dunst, und ein weiteres Drittel ließ durch neue, heile Blätter kein Sonnenlicht mehr durch. Die Schlangen waren aufgewacht – ich sah eine bunte zerquetscht auf dem Weg –, und die Schmetterlinge flatterten und tanzten; der Phlox stand in schönster Blüte, und selbst die Immergrüne wirkten grüner, neu geschaffen und frisch gewaschen.

An den Robinien hingen lange weiße Blütentrauben. Letzten Sommer hörte ich eine Cherokee-Legende über die Robinie und den Mond. Die Mondgöttin macht zuerst einen großen Ball, den Vollmond, und den schleudert sie über den Himmel. Sie bringt den ganzen Tag damit zu, ihn wiederzuholen; dann hobelt sie eine Scheibe ab und wirft ihn wieder los, holt ihn zurück, hobelt ein Stück ab, wirft und so weiter. Sie verbraucht einen Mond im Monat, das ganze Jahr hindurch. Wenn der Frühling kommt, so erzählt der Geologe des National Park Service, Bill Wellman: »steht sie natürlich bis zu den Knien in Mondspänen«, deshalb geht sie zu ihrem Lieblingsbaum, der Robinie, und hängt ihm die langen dünnen Hobelspäne an die Zweige. Und das waren sie, die Robinienblüten, helle, sichelförmige Trauben.

Die Wassermolche waren wieder da. Sie schwammen leuchtend und bebend in dem kleinen Waldteich oder hingen wachsam eben unter der Wasseroberfläche. Ich stellte fest, wenn ich einen Finger ins Wasser steckte und ihn langsam hin und her bewegte, dann wurde er von einem Molch inspiziert; wenn ich dann den Finger stillhielt, knabberte er an meiner Haut, zart, wie mein Goldfisch – und schwamm dann ebenfalls wie mein Goldfisch davon, als wäre er von der Qualität entsetzt. Dies ist ein Salamanderparadies. Wenn du eine Gattung finden willst, die der Wissenschaft völlig neu ist, damit dein Name auf latein in eine säkulare Fassung einer ewigen Schriftrolle eingetragen wird, dann komm am besten in die südlichen Appalachen und steige auf einen entlegenen, von Schlangen wimmelnden Berg, der, wie man so schön sagt, »noch von keines Menschen Hand je betreten worden ist«, und fang an, Steine umzudrehen. Die Berge funktionieren als Inseln; alles übrige macht die Evolution, und es gibt überall x verschiedene Salamander. Die Peaks of Otter am Blue Ridge Parkway verfügen über ihre eigene, einmalige Spezies, schwarzgefleckt auf dunkelgoldenem Grund; die Förster dort halten stets ein lebendiges Exemplar bereit, indem sie es in einen Gefrierbeutel stecken und im Kühlschrank aufbewahren wie ein Stück Käse.

Molche sind die weitverbreitetsten Salamander. Ihre Haut hat einen Stich ins Hellgrün wie das Wasser in einem sonnenbeschienenen Teich, und über ihren Rücken verlaufen in Linien leuchtend rote Punkte. Als Larven besitzen sie Kiemen; mit dem Größerwerden nehmen sie ein lumineszierendes Rot an, verlieren die Kiemen und verlassen das Wasser, um ein paar Jahre an feuchten Stellen auf dem Waldgrund herumzutrapsen. Ihre Füße sehen aus wie Babyhände, und sie bewegen ihre Beine beim Gehen in der gleichen Reihenfolge wie alle andern Vierbeiner – Hunde, Maultiere und notabene auch die Katzenbären. Endgültig ausgewachsen, werden sie wieder grün und strömen scharenweise ans Wasser. Ein Molch kann sein Heimatgewässer aus einer Entfernung von über zehn Kilometern riechen. Sie sind überhaupt wunderbare Kreaturen, wenn auch ziemlich feucht, aber niemand schenkt ihnen die geringste Beachtung, mit Ausnahme von Kindern.

Vor einer Weile hatte ich mein Zelt hier in der Nähe aufgeschlagen, »allein« im Douthat State Park in den Allegheny Mountains, und dort brachte ich den größeren Teil eines Nachmittags damit zu, Kinder und Molche zu beobachten. Es waren x-mal so viele rot gefleckte Molche am Seeufer wie Kinder; das Angebot übertraf bei weitem die ausgesprochen starke Nachfrage. Ein Kind sammelte welche in eine Thermoskanne, um sie zu Hause in Lancaster in Pennsylvania an einen kranken Kaiman zu verfüttern. Andere Kinder kamen mit Händen voller zappelnder Tiere zu ihren Müttern gerannt. Ein Junge mißhandelte die Molche besonders scheußlich: Er hielt sie am Schwanz fest und warf sie, einen nach dem andern, auf einen Stein am Wasser. Ich versuchte, vernünftig mit ihm zu reden, konnte aber nichts erreichen. Schließlich fragte er mich: »Ist das hier ein Männchen?«, und ich sagte auf eine plötzliche Eingebung hin: »Nein, es ist ein Baby.« Er rief: »Ach, ist es nicht *süß!*« und legte den Molch zärtlich wieder ins Wasser.

Hier im Adamsschen Wald störte die Molche niemand außer mir. Sie hingen wie an Schnüren aufgereiht im Wasser. Durch ihr spezifisches Gewicht schwebten sie eben unter der Wasseroberfläche, und sie konnten dem Anschein nach mit gesenktem Kopf wie mit gesenktem Schwanz gleichermaßen entspannt daliegen; ihre winzigen Gliedmaßen hingen schlaff im Wasser. Ein Weibchen sonnte sich in einer derart extravaganten Haltung auf einem Stecken, daß ich sie für tot hielt. Sie lag halb aus dem Wasser, die Vorderbeine um den Stecken geklammert, die Nase noch ein Stück über den Zenith nach hinten gereckt. Durch das Hohlkreuz, das sie machte, war ihr Hals so weit zurückgebogen, daß es schier unglaublich war; die dünne Haut auf der Bauchseite war strahlend stramm und leuchtend gelb. Ich hätte sie nicht anstupsen sollen – dadurch entspannte sich der Winkel ihrer Ruhehaltung –, aber ich mußte probieren, ob sie tot war. Im Mittelalter glaubte man in Europa, Salamander seien so kalt, daß sie Feuer löschen könnten, ohne selbst darin zu verbrennen; die alten Römer glaubten, Salamandergift sei so kalt, daß jemand, der die Frucht von einem Baum aß, den ein Salamander auch bloß berührt hatte, an einer schrecklichen Kälte sterben müsse. Doch ich überlebte diese sanften Begegnungen – das Angeknabbertwerden und meinen Stups an den Salamanderhals – und stand wieder auf.

Die Wälder stehen in voller Blüte. Die Judasbäume waren aufgeblüht und der Sassafraslorbeer; außerdem die Tulpenbäume, die Catawbareben und die komischen Papaubäume. Auf dem Boden des kleinen Waldes waren die Leberblümchen und der Gemeine Hundzahn schon verblüht; jetzt sah ich hier und da zartrosa Portulak und Salomonssiegel mit seinen hängenden Blüten, Blutwurz, Veilchen, Wachslilien und üppige Maiapfelgruppen. In den Bergen müssen jetzt die Breitblättrigen Kalmien, Rhododendren und Feuerazaleen erstrahlen, und auf dem Appalachian Trail dürfte es vor Picknickausflüglern wimmeln. Auf der Ochsenweide hatte ich Margeriten, Ehrenpreis und gelbblütrigen Sauerklee gesehen; am Stacheldrahtzaun schossen Gänsedisteln und Herbstliche Sonnenbraut in die Höhe. Werden Blüten von irgendwem gefressen? Ich kann mich nicht erinnern, jemals wirklich ein Tier Blüten fressen gesehen zu haben – sind sie die besonderen Schützlinge der Natur?

Aber weitaus interessierter war ich an den grünenden Bäumen. Am Weg entdeckte ich einen wunderschönen, einen Meter hohen Tulpenbaumschößling. Oben an der Spitze wuchsen tränenförmig zwei schmale grüne Gewebestücke; sie umschlossen, wie schützend um eine Flamme gelegte Hände, ein winziges eingerolltes Tulpenblatt, das in der Mitte hübsch ordentlich einmal gefaltet war. Das Blättchen war so dünn und farblos, daß es beinahe durchsichtig war, und strahlte bei aller Winzigkeit dennoch ein fahles, kraftvolles Licht aus. Es war nicht naß, nicht einmal feucht, aber im Innern deutlich saftig; der Kniff, an dem es zusammengeklappt war, wirkte weniger wie ein Falz als wie ein Grübchen, wie die flüssige Vertiefung, die ein Wasserläufer mit seinem Bein auf dem Oberflächenfilm eines stillen Gewässers macht. Ein kaum verborgener, starker Saft füllte die Zellen, und das Blatt entrollte sich und stieg zwischen den grünen Gewebestückchen empor. Ich schaute mich nach ähnlichen Blättern um – in diesem Teil des Adamsschen Waldes schien fast nichts als Tulpenbäume zu wachsen –, aber alle andern Blätter hatten sich erst jüngst geöffnet und winkten an blassen Stengeln wie neue kleine Hände.

Das Tulpenbaumblatt erinnerte mich an ein frischgeborenes Säugetier, das ich vor ein paar Tagen gesehen hatte, eine Wüstenrennmaus bei einem Nachbarskind. Es war nicht einmal drei Zentimeter lang, mit einem Schweineschnäuzchen, zugekniffenen Augen und geschwollenen weißlichen Knöpfen da, wo ihm Ohren wachsen würden. Die Haut war abgesehen von unendlich winzigen Schnurrhaaren vollkommen unbehaart; die Haut wirkte so dünn wie die Zwischenhaut einer Zwiebel, prall gefüllt wie eine Wurstpelle und randvoll mit nassem, blutigem Fleisch. Sie wirkte, als wollte sie schier vor Möglichkeiten platzen wie Zahnfleisch, das sich über einem kommenden Zahn spannt. Dieser ein Meter hohe Schößling ging ebenfalls zur Sache; er meinte es ernst.

Hier steckt wirkliche Kraft. Es ist erstaunlich, daß Bäume steinigen Boden und bittere Salze in diese weichrandigen Zipfel verwandeln können, wie wenn ich in ein Stück Granit beißen und aufgehen, knospen und Blüten treiben würde. Bäume scheinen ihre Kraftakte so mühelos zu vollbringen. Ein Baum bringt neunundneunzig Prozent seiner lebenden Teile Jahr für Jahr von Grund auf neu hervor. In Baumstämmen aufsteigendes Wasser kann bis zu fünfzig Meter in der Stunde zurücklegen; im Hochsommer kann ein Baum täglich eine Tonne Wasser heben und tut es auch. Eine große Ulme kann in nur einem Jahr sage und schreibe *sechs Millionen* durch und durch perfekte Blätter treiben, ohne sich einen Zentimeter von der Stelle zu rühren; ich könnte kein einziges hervorbringen. Ein Baum steht, Totholz anlagernd, stumm und starr da wie ein Obelisk, aber insgeheim schäumt er, spaltet und saugt er und streckt sich; er zieht Tonne um Tonne empor und schleudert sie in einen grünen Saum hinaus. Kein Mensch vermag diese freie Kraft anzuzapfen; der Dynamo in den Tulpenbäumen treibt immer mehr Tulpenbaum hervor, sonst nichts, und er läuft mit Regen und Luft.

John Cowper Powys schrieb: »Wir haben keinen Grund, der Pflanzenwelt ein gewisses langsames, dumpfes, verschwommenes, großes, geruhsames Halbbewußtsein abzusprechen.« Er mag sich irren, aber mir gefallen seine Adjektive. Das Büschel Engelsaugen im Gras mag nicht viel Grips haben, aber könnte immerhin, zumindest auf seine kleine Art, wach sein. So scheinen gerade die Bäume eine Großzügigkeit des Geistes erkennen zu lassen. Ich vermute, daß die wirklich moralischen Denker, egal wo sie anfangen, bei der Botanik enden. Wir wissen nichts mit Sicherheit, aber es kommt uns so vor, als drehte die Welt sich durch das Wachsen, als wüchse sie dem Wachsen entgegen und würde im Wachsen grün und schön.

Ich schaute von dem Tulpenblatt an der Spitze des Schößlings fort und sah wieder hin. Ich wollte feststellen, ob ich tatsächlich sehen konnte, wie die umgebogene Blattspitze sich hob und die Hülsenklappen aufpreßte. Ich konnte nicht unterscheiden, ob ich einen Fortschritt sah oder ihn mir nur einbildete, aber ich wußte, daß das Blatt sich binnen einer Stunde ganz entfaltet haben würde. Ich konnte es nicht abwarten.

Als ich den Wald verließ, breitete sich eine Welle der Stille vor mir aus, als wäre ich nicht durch den Wald gegangen, sondern draufgetreten. Ich ließ einen stillen Wald zurück, doch ich selber war aufgestachelt und quicklebendig. Ich gehe in die Nordwestterritorien, dachte ich, oder nach Finnland.

»Jauchzet dem Herrn alle Welt! Das Meer brause und was darinnen ist, der Erdkreis und die darauf wohnen.« Die Erde war ein Ei, neu und berstend; eine neue Saite war angeschlagen worden, und ich vibrierte mit. Plinius, du erinnerst dich, der mit den lusitanischen Windfohlen, muß seine Töchter wohl an windigen Tagen eingesperrt haben, denn er glaubte auch, daß die Befruchtung der Pflanzen im Frühling durch den Westwind Flavonius stattfinde. Im Februar beginnt die Brunstzeit; der Wind schwängert sie, ihre Knospen schwellen an, und eine jede bricht zu ihrer Zeit auf, um Blüten, Blätter und Früchte hervorzubringen. Ich konnte die lehmige Kraft im Wind riechen. Ich gehe nach Alaska oder nach Grönland. Ich erblickte überall, wo ich hinschaute, Hunderte von Löchern in der Erde; Lebewesen aller Art kamen aus dem düsteren Erdreich hervorgekrochen, einige davon zum erstenmal, um sich direkt von der Sonne bescheinen und wärmen zu lassen. Es ist eine Tatsache, daß die Männer und Frauen auf der ganzen Nordhalbkugel, die sich mit Plänen für ein perpetuum mobile befassen, im Frühjahr auf die fruchtbarsten Ideen kommen. Wenn ich einen Kern und ein bißchen Erde verschluckte, könnten in meinem Mund dann Trauben wachsen? Ich grub einmal ein Loch, in das ich eine Kiefer pflanzen wollte, und fand eine alte Goldmünze auf einem Stein. Das kleine Amerika, der Yukon ... »Jauchzet dem Herrn alle Welt.«

Auf dem Heimweg hatte jeder Vogel, den ich sah, etwas im Schnabel. Ein Englisches Spatzenmännchen hüpfte mit vollgestopftem Schnabel an einem alten Nest in einem kahlen Baum herum und machte sich auf dem Nestboden zu schaffen. Eine aufgeregte Wanderdrossel im Gras, der ein halber Wurm aus dem Schnabel hing, hüpfte, unbewußt den Trick der Drosseln in aller Welt machend, drei Schritte weiter und richtete sich auf. Eine Spottdrossel flog mit einer roten Beere im Schnabel vorbei; die Beere blitzte in der Sonne und glühte wie Glut aus einer Schmiede oder der Küche der Götter.

Schließlich sah ich ein paar kleine Kinder, die mit einem orangefarbenen Tigerkätzchen spielten, und hörte ihren geheimnisvollen Wortwechsel, der mir seitdem wie ein Gong durch den Kopf tönt. Das Kätzchen lief in einen Garten, und das Mädchen rief ihm nach: »Schöner Traum! Schöner Traum! Wo bist du?« Und der Junge sagte böse zu ihr: »Du sollst zu Schöner Traum nicht ›du‹ sagen!«

II

Jetzt ist Mai. Die Walrosse sind unterwegs nach Süden; Eskimos von der Insel Diomede verfolgen sie mit Booten durch die Beringstraße. Die Netsilik-Eskimos jagen Seehunde. Asen Balikci zufolge aalt sich ein Seehund den ganzen Tag in der Sonne und schlüpft um Mitternacht ins Wasser, nur um bei Tagesanbruch zurückzukehren und aus dem selben Loch wieder hervorzukommen. Im Frühling schlüpft auch die Sonne nur eine kleine Weile hinter den Horizont, und der Himmel glüht weiter. Ein

Jäger der Netsilik muß im Frühling nichts weiter tun, als um Mitternacht hinauszugehen, irgendeinen Seehund beim Verschwinden in sein Loch zu beobachten und dort still die kurze Dämmerung lang auf einem ausgebreiteten Bärenfell zu warten. Der Seehund wird bald wieder auftauchen, mit der Sonne. Die Gletscher kalben; Packeis und Eistrümmer verstopfen die Buchten. Vom Land aus kann man zuschauen, wie offene Wasserwege weit draußen im Packeis sich verbreitern, indem man den »Wasserhimmel« beobachtet – die dunklen Stellen und Streifen an der blendend hellen Wolkendecke, die Brüche im vom Packeis reflektierten Licht darstellen.

Man sollte meinen, die Eskimos freuten sich über den Frühling und die Vorboten des Sommers; das taten sie schon, aber mehr noch freuten sie sich, wenn der Winter kam. Ich rede wie üblich von den verschiedenen Eskimokulturen, wie sie vor der Modernisierung waren. Einige Eskimovölker begrüßten die Sonne bei ihrem ersten Erscheinen über dem Horizont mit gebanntem Schweigen und mit erhobenen Armen. Aber sie wußten sehr wohl, daß sie im Sommer magere Fische und Vögel essen mußten. Der Schnee vom Winter würde schmelzen und als Wasser die dünne Erdschicht bis hinunter zum Dauerfrostboden aufweichen; das Wasser konnte nicht ablaufen, und es würde den Boden unter ihren Füßen in ein einziges Meer aus Schlamm und Pfützen verwandeln. Dann würden die Mücken kommen, jene Mücken, die ziehende Karibuherden derart verrückt machen konnten, daß sie ihre neugeborenen Kälber tottrampelten, jene berühmt-berüchtigten arktischen Mücken, von denen man sagt: »Wenn es mehr von ihnen gäbe, dann müßten sie kleiner sein.«

Im Winter konnten die Eskimos mit Hundeschlitten reisen und Besuche machen; mit dem Eintreffen der wärmeren Jahreszeit wurden ihre Wege unpassierbar, wie meine in Virginia. Im Inland von Alaska und im nördlichen Kanada ist es das Ereignis schlechthin, wenn das Eis bricht. Alte Hasen und Cheechakos schließen Wetten darüber ab, wann, an welchem Tag und zu welcher Stunde genau es soweit sein wird. Denn dort oben schmilzt das Eis auf den Flüssen nicht einfach; es reißt mit unglaublichem Getöse auf. Am Oberlauf des Flusses bricht dünnes Eis vom Ufer los und saust stromabwärts. Wo es festes Eis rammt, reißt dieses und schießt purzelnd und segelnd flußab: Eis türmt sich auf Eis, bis es mit einem großen Knall einen ganzen Moloch in Bewegung bringt. Ein Knirschen und Dröhnen zerreißt die Luft, die Eismaschine reißt Brücken und Zäune und Bäume mit, und das Eis eines ganzen Jahres pest wie die Eisenbahn in einer Stunde davon. Ich gäbe alles dafür, das Bersten des Eises mitzuerleben. Danach sind die Wasserwege für die Leute in der Wildnis zwar schiffbar, für Schneeschuhe und Schneemobile jedoch unpassierbar, und die Wege werden auch für sie beschwerlicher.

Hier strotzt das Tal im Mai vor Fülle wie nie. Alle Blätter sind gekommen, aber die Schädlinge halten sich noch zurück. Die Blätter sind frisch, ganz und makellos. Das Licht des Himmels ist klar, dunstfrei, und die Sonne läßt das Gras noch nicht welken.

Mir rücken die Pflanzen jetzt auf die Pelle. Die Kinder aus der Nachbarschaft werden erwachsen; sie halten die Wege nicht mehr offen. Ich möchte am liebsten allen Motorräder schenken. Die Wälder sind von Grün verstopft, und ich muß wie die Menschen im Norden oder in alten Zeiten auf die Wasserwege ausweichen, um irgendwohin zu kommen. Aber vielleicht mache ich es auch nur schlimmer, als es ist, denn einmal, als ich mich im Tinker Creek mit Turnschuhen durchs Wasser watend ein paar hundert Meter stromauf gekämpft hatte, winkte mir ein Junge vom zugewucherten Ufer aus zu. Er war aus lauter Langeweile hinter mir hergeschlichen, und er war barfuß.

Als ich bis zu den Knien in Jelängerjelieber stehe, gebe ich mich geschlagen und beschließe, dem Ententeich einen Besuch abzustatten. Der Ententeich ist ein kleiner nährstoffreicher Teich auf gerodetem Land in der Nähe des Carvin's Creek. Er erstickt vor Algen und wimmelt von Fröschen; jedesmal, wenn ich ihn sehe, muß ich an Jean Whites Pferd denken.

Vor einigen Jahren starb Jean Whites alte Stute Nancy. Sie starb auf einem privaten Gelände, wo sie auf der Weide stand, und Jean konnte keine Genehmigung bekommen, das Tier dort zu begraben. Das war gut so, weil es Juli und seit einigen Wochen extrem trocken und der Lehmboden demzufolge steinhart gebrannt war. Trotzdem blieb das Problem bestehen: Wohin mit einem toten Pferd? Ein anderer Freund hatte einmal versucht, ein totes Pferd zu verbrennen, ein Experiment, das er kein zweites Mal machte. Jean White führte Telephonate und beauftragte Freunde, weitere Telephonate zu führen. Alle Experten machten den selben Vorschlag: sie sollte es mit der Fuchsfarm probieren. Die Fuchsfarm liegt südlich von hier; dort werden verschiedene Tiere gezüchtet, aus denen man Pelzmäntel macht. Es stellte sich heraus, daß man auf der Farm gern tote Pferde von fern und nah nimmt, um sie als »Frischfleisch« an die Füchse zu verfüttern. Aber es stellte sich merkwürdigerweise ebenfalls heraus, daß die Fuchsfarm bereits mehr tote Pferde hatte, als sie verwerten konnte.

Es war, wie gesagt, Juli, und das Problem der letzten Ruhestätte für die tote Stute drängte zunehmend. Schließlich schlug jemand vor, Jean solle sich nach der Aufschüttung dort unten erkundigen, wo die neue Autobahn gebaut wurde. Wieder wurde mit offiziellen Stellen telephoniert, und zur allgemeinen Überraschung waren die Staatsbeamten bereit, das tote Pferd zu nehmen. Sie freuten sich sogar über das tote Pferd, brauchten das tote Pferd seines Volumens wegen, das übrigens mit jeder Stunde, die verging, wuchs. Ein Milchbauer aus der Gegend stellte seine Zeit zur Verfügung; ein Kran hob das tote Pferd in den Laster des Bauern, und er fuhr gen Süden. Er kippte die Stute ohne jede Feierlichkeit in die Aufschüttung für die neue Autobahntrasse – und das war das Ende von Jean Whites Pferd. Wer je auf der neuen Autobahn zwischen Christiansburg und Salem durch Virginia braust und irgendwo eine leichte Bodensenke spürt, den bitte ich: Zieh deine Schuhe von deinen Füßen, denn der Ort, darauf du stehst, ist Jean Whites Pferd.

Dies alles kommt mir am Ententeich in den Sinn, weil der Ententeich sich ebenfalls rapide zu einer Art Aufschüttung entwickelt, einer mit Fröschen gepflasterten Aufschüttung. Hier leben Millionen von Fröschen, Ochsenfrösche, die auf verfilzten Algenmatten auf- und übereinander herumhüpfen. Und der Teich verlandet. Kleine Teiche leben nicht sehr lange, und im Süden schon gar nicht. Verwesungsreste sammeln sich auf dem Grund, verbrauchen den Sauerstoff, und die Uferpflanzen marschieren zur Mitte. In ein paar Jahrhunderten wird der Ententeich, wenn niemand eingreift, ein Hickorywald sein.

Eines Abends Ende Mai saust ein feuchter Wind oben aus der Carvin's Cove durch die Lücke zwischen dem Tinker und dem Brushy Mountain, fegt durch das Tal des Carvin's Creek und pustet mir, als ich am Ententeich steh, ins Gesicht. Die Oberfläche des Ententeichs kräuselt sich nicht einmal. Die Algenschicht bildet eine feste Panzerung; ich glaube, wenn der Wind stark genug wehte, könnte sie vernehmlich knarren. An warmen Februartagen beginnen die primitiven Pflanzen über den Teich zu kriechen, triefende Stränge faseriger grüner und blaugrüner Algen. Sie grünen an einem sonnigen seichten Rand und breiten sich von dort aus, wobei sie sich überall im Wasser wie eine Gallertmasse verdicken. Wenn sie den ganzen Teich überwuchert haben, sperren sie das Sonnenlicht aus, blockieren die Atmung und verheddern Tiere in hoffnungslosen Knoten. Libellenlarven können beispielsweise relativ leicht ein, zwei Beine abwerfen, um aus einer schwierigen Situation zu entkommen, aber selbst Libellenlarven verfangen sich in den Algenfäden und verhungern.

Schon mehrmals habe ich einen Frosch gesehen, der unter den Algen gefangen war. Ich starrte vor mich hin auf den Teich, und plötzlich hob sich der grüne Schlick vor meinen Füßen in die Luft und senkte sich wieder. Es sah aus, als wäre er von unten mit einem Besenstiel gestoßen worden. Dann hob er sich an einer andern Stelle wieder, vollkommen lautlos, nur ein grünes Aufblitzen – einen Abend so zu verbringen, muß ziemlich beklemmend sein. Der Frosch fand zu guter Letzt immer eine offene Stelle und brach, mit langem grünem Schleim behangen, siegreich zur Oberfläche der Masse durch und stieß ein hohlen Laut aus, wie ein Rohr, das in eine Höhle fällt. Heute abend bin ich um den Teich gelaufen, um Frösche aufzuschrekken; ein paar von ihnen sprangen mit einem Laut wie Igitt davon, die meisten grunzten, und der Teich war wieder still. Nur ein dicker Frosch, knallgrün wie auf einer Farbenreklame, sprang nicht los, weshalb ich mit den Armen wedelte und aufstampfte, um ihn zu erschrecken, und plötzlich sprang er los, und ich machte einen Satz, und dann machte der ganze Teich einen Satz, und ich lachte und lachte.

Im Sonnenlicht wohnt eine der spirituellen Kraft des Windes entsprechende physische Kraft. An einem sonnigen Tag kann die Sonnenenergie auf einem Quadratkilometer Land oder Gewässer bis zu 1200 Pferdestärken betragen. Diese »Pferde« ziehen, wie Sklaven beim Pyramidenbau, mit allen erdenklichen Mitteln eine neue, stabile Welt vom Fundament auf hoch.

Der Teich sprüht vor Leben. Über der Mitte schwirren Schnaken, und an den Rändern liegen dicke Klumpen gallertartiger Schneckeneier. Ein Frühjahr sah ich eine Schnappschildkröte schwerfällig aus dem Teich klettern, um Eier zu legen. Jetzt pickt ein Grünreiher im Laichkraut und Wasserhelm herum; zwei Bisamratten lagern am seichten Ende einen Rohrkolbenvorrat ein. Kieselalgen, die unter dem Mikroskop wie Kristalle aussehen, vermehren sich so schnell, daß man praktisch zuschauen kann, wie sich ein grünes Blatt unter Wasser in einen braunen Flaum verwandelt. Im Plankton wimmelt es von einzelligen Algen, Spiralpilzen, Bakterien und Saprophyten. Überall im Teich gehen Insektenlarven ihren Freßgeschäften nach. Köcherfliegenlarven, Rattenschwanzlarven, Kleinlibellen und Libellenlarven schleichen im Unrat auf dem Grund umher; Eintagsfliegenlarven verstecken sich im Gras. Mückenlarven zappeln dicht unter der Oberfläche, und Fliegenmaden strecken ihre Atemröhren aus dem faulen Laub am Ufer. Ebenfalls am schlickigen Rand des Teiches lassen sich die winzigen Tubifexwürmer und die roten Federmückenlarven gut beobachten; das krampfartige Zucken von Hunderten und Aberhunderten fällt mir ins Auge.

Einmal, als der Teich jünger war und die Algen ihn noch nicht übernommen hatten, habe ich ein bemerkenswertes Tier gesehen. Zuerst bemerkte ich nur eine längliche, schmale Bewegung. Dann sah ich, daß sich da ein wurmartiges Wesen mit kräftigen Peitschenschlägen durch das Wasser katapultierte und daß es sechzig Zentimeter lang war. Und dünn wie ein Nähfaden. Es sah aus wie ein Tintenstrich, den jemand nervös ein ums andere Mal zog. Später erfuhr ich, daß es sich um einen Saitenwurm handelte. Die Larven einiger Saitenwürmer leben als Schmarotzer in Landinsekten; die ausgewachsenen Tiere werden bis zu achtzig Zentimeter lang. Ich weiß weder, wie sie von ihrem Wirtstier, dem Landinsekt, in den Teich gelangen, noch, was das angeht, wie sie aus dem Teich in das Insekt gelangen, noch, wozu in aller Welt sie eine derart extreme Form brauchen. Wenn mein Saitenwurm damals auch nur ein Stückchen länger oder einen Hauch dünner gewesen wäre, hätte es gut sein können, daß ich nie wieder hingegangen wäre.

Im Moment interessiert mich die Planktonblüte. Im Plankton leben die mikroskopisch kleinen Schwebetierchen, die uns zahlenmäßig so unendlich überlegen sind. Im Frühling sollen sie »blühen« wie die Mohnblumen. Die Zahl dieser wimmelnden Kleinstlebewesen kann im Frühjahr bis zu fünfmal so hoch sein wie im Sommer. Zu ihnen gehören die Einzeller – Amöben und andere Wurzelfüßler, Millionen verschiedener Geißeltiere und Wimperntiere, gallertartige Moostierchen oder Bryozoa –, die einzeln oder in Kolonien umherschwimmen, sowie die Rädertierchen und die unzähligen verschiedenen Kleinstformen der Krebstiere – Ruderfußkrebse, Muschelkrebse und Wasserflöhe wie die reichlich vorkommenden Daphniden. Diese Schwebetierchen vermehren sich auf die unterschiedlichsten wundersamen Weisen, ernähren sich von winzigen pflanzlichen Wesen oder voneinander, sterben und sinken auf den Grund nieder. Viele von ihnen haben ziemlich ausgeklügelte Fortbewegungsmethoden – sie wirbeln, paddeln, schwimmen, schlagen, peitschen und winden sich fort –, aber da sie so klein sind, können sie nicht einmal gegen die kleinste Strömung im Wasser an. Selbst ein so nüchterner Limnologe wie Robert E. Coker charakterisiert die Fortbewegung der Planktontiere als »sich herumtreibenlassen«.

Ein Becher Ententeichwasser sieht aus wie eine Brühe, in der es grimmelt und wimmelt. Wenn ich den Becher mit nach Hause nehme und warte, bis sich der Schlick setzt, trennen sich die Tierchen vom Rest, und ich kann sie noch weiter sortieren, indem ich sie auf zwei klare Glasschalen verteile. Die eine Schale male ich, abgesehen von einem kleinen Kreis, durch den das Licht scheint, schwarz an; die andere Schale lasse ich mit Ausnahme eines einzigen schwarzen, schattenspendenden Kreises klar. Innerhalb weniger Stunden wandern die lichtliebenden Tierchen, so gut ihre schwachen Kräfte es zulassen, zum klaren Kreis, und die schattenliebenden Tierchen zum schwarzen. Dann kann ich sie, wenn mir danach ist, mit der Pipette herausholen und unter dem Mikroskop betrachten.

Dort tauchen sie als Riesenschatten auf und verschwinden wieder, während ich an der Einstellung fummle. Ich drehe am Okular, bis ich den Tropfen in dreihundertfacher Vergrößerung sehe, und schaue mir blinzelnd das Rädertierchen *trichocerca* an. Es saust aufgeregt umher, stößt sich an den Strängen der Spyrogyra-Alge oder flitzt um die ausgefaserten Ränder eines Fäulnisklümpchens. Das Tierchen ist abgeplattet und eiförmig; um den »Kopf« sitzt kreisförmig ein Rand aus wogenden Wimpern, und am »Schwanz« hat es einen einzelnen langen Stachel, so daß es grob die Form einer Schwertschwanzkrabbe hat. Aber es ist so unglaublich klein, für einen Vielzeller so unvorstellbar klein, daß es durchscheinend, ja regelrecht durchsichtig ist und es mir schwerfällt, festzustellen, ob es über oder unter einer ähnlich durchsichtigen Alge schwimmt. Zwei *trichocerca* steuern vor meinen Augen frontal aufeinander zu; sie begegnen einander, stoßen zusammen, kehren um, trennen sich. Ich werde das Gefühl nicht los, daß ich, wenn ich genau hinhöre, das Sirren winziger Motoren vernehmen werde. Der Tropfen erhitzt sich durch das Licht auf dem Spiegel, und die Rädertierchen sausen immer hektischer umher; als er eintrocknet, bleichen sie aus und taumeln nur mehr, und zuletzt bringen sie bloß noch ein stockendes Zucken zustande. Dann kippe ich entweder die gesamte Ernte in den Ausguß oder mache mich, Opfer einer plötzlichen Gefühlsaufwallung, bei Sternenlicht zur nächsten Pfütze auf und lasse sie dort frei. Der Tinker Creek an meinem Haus ist für die meisten von ihnen zu schnell und rauh.

Eigentlich freue ich mich auf diese Abenteuer mit dem Mikroskop nicht: Ich bin dabei schon mehrmals fast von meinem Küchenstuhl gefallen, wenn ich angestrengten Auges das winzigkleine Fortkommen eines Rädertierchens verfolgte und plötzlich ein riesiger roter Schlauchwurm ins Bild sprang, den Blick auf alles andere versperrte und sich in gewaltigen, peitschenden Zuckungen wand, die mir übers Gesicht zu fegen und die ganze Küche auszufüllen schienen. Sie sind für mich moralische Exerzitien; das Mikroskop vor meiner Stirn ist eine Art Phylakterion, eine ständige Erinnerung an die Realitäten der Schöpfung, die ich ganz gern vergäße. Du kannst deinem Kind ein Mikroskop kaufen und großartig verkünden: »Schau, mein Kind, in einem kleinen Tropfen steckt ein ganzer Dschungel.« Der Junge schaut hinein, spielt ein, zwei Monate mit Teichwasser und Brotschimmel und Zwiebeltrieben und fängt danach an, Basketball oder mit Rennautos zu spielen. Das Mikroskop bleibt auf dem Tisch im Keller stehen und stiert für alle Zeiten unablässig auf seinen eigenen Spiegel – und du sagst, er wird erwachsen. Doch in jeder Pfütze und in jedem Teich, im Stadtsee, im Straßengraben oder im Atlantischen Ozean kreisen und mampfen die Rädertierchen, filtern die Daphniden und werden gefiltert, und schleppen die Ruderfußkrebse ihre Eiersäckchen mit. Sie sind alle miteinander richtige Lebewesen mit richtigen Organen, die jeder für sich ein richtiges Leben führen. Ich kann nicht so tun, als wären sie nicht da. Habe *ich* ein Leben, Sinne, Kräfte, einen Willen, so auch ein Rädertierchen. *Trichocerca* wandert zum dunklen Flecken in der Schale: Auf welchen Kreis bewege ich mich zu? Bei Windstille verfüge ich über ein schönes Maß an Bewegungsfreiheit; aber bei wirklichem Wind, bei einem Wettersturz, bei richtigem Wellengang – bewege ich mich da, oder »werde ich herumgetrieben«?

Ich bin aus einem Lehmklumpen geschaffen und zu stolzer, freier Bewegung befähigt worden: sie nicht anders. Auch dieses Rädertierchen wurde geschaffen, diese *trichocerca* mit ihrem glühbirnenförmigen Körper, in dem die farblosen Organe schlingenförmig schweben; auch dieses Pantoffeltierchen, dessen Antriebshärchen zu Tausenden einträchtig zucken und es flink in einem Tropfen hin und her schicken. *Ad maiorem Dei gloriam?*

Irgendwo, und ich kann die Stelle nicht finden, habe ich von einem Eskimojäger gelesen, der den Pfarrer und Missionar in seinem Dorf fragte: »Wenn ich nichts von Gott und Sünde wüßte, würde ich dann in die Hölle kommen?« – »Nein«, entgegnete der Pfarrer, »nicht, wenn du nicht davon wüßtest.« – »Warum«, fragte der Eskimo ernsthaft, »hast du mir dann davon erzählt?« Wenn ich nichts von Rädertierchen und Pantoffeltierchen wüßte und nichts von der Planktonblüte im sterbenden Teich, wäre alles in Ordnung; aber da ich sie gesehen habe, muß ich irgendwie damit umgehen, sie irgendwie ins Bild holen. »Niemals die heilige Neugier verlieren«, hat Einstein gesagt; und so nehme ich mein Mikroskop aus dem Regal, streiche einen Tropfen Ententeich auf einen gläsernen Objektträger und versuche, dem Frühling ins Auge zu schauen.

8. Kapitel

Feinheit

I

Gegen Ende dieser länger werdenden Junitage erstrahlt meine Küche in rosigem, komplexem Licht. Von einer seit acht Minuten vergangenen Explosion auf einem nahen Stern saust das Licht als Teilchen-Welle durch den Raum, trifft auf den Planeten, schießt im schiefen Winkel über den Kontinent und sickert durch einen Filter aus Erdenstaub nieder: Lehmkrumen, Pflanzenkrumen, winzige vom Wind getragene Insekten, Bakterien, Flügel- und Beinfetzen, Kieselstaub, Kohlenstaub, getrocknete Gras-, Rinden- und Blattzellen. Rötlich verfärbt fällt das Licht schräg über die grünen westlichen Berge in dieses Tal; es wird von den Kiefernnadeln an den nördlichen Hängen und von den vielen Schwarzeichen und den Mehlbeerbäumen gefiltert, deren Blätter sich nacheinander entfalten und einen feinen, gezahnten und lappigen Dunst bilden. Das Licht durchquert das Tal, zwängt sich durch das Fliegengitter an meinem Küchenfenster und vergoldet die gestrichene Wand. Ein heller Streif neigt sich von der Wand bis hin zum Goldfischglas auf dem Tisch, an dem ich sitze. Die Längsseite des Goldfischs fängt das Licht und wirft es in meine Richtung; mir gehen die Augen über von Fischschuppe und Stern.

Dieser Ellery hat mich einen Vierteldollar gekostet. Er ist tieforange, dunkler als die meisten Goldfische. Zur Überwindung kurzer Distanzen setzt er vornehmlich die schlanken roten Seitenflossen ein; sie scheinen den Schwung zum Auf-, Ab-, Vorwärts- und Rückwärtsschwimmen zu geben. Es dauerte ein paar Tage, bis ich seine Bauchflossen entdeckte; sie sind vollkommen durchsichtig und nahezu unsichtbar – Traumflossen. Er hat auch eine kurze Hinterflosse und eine tief eingeschnittene Schwanzflosse, die an den beiden spitz zulaufenden Enden ganz durchsichtig sind. Er kann sein Maul vorstülpen, so daß es wie ein Stück Rohr aussieht; er kann den Winkel seiner Augen verstellen, so daß er nach vorn und hinten schauen kann und nicht nur zu je einer Seite. Das bißchen Bauch, das er hat, ist unten weiß, und dieses Weiß zieht sich ein Stück weit die Seite hinauf – Ellery, der Gescheckte. Wenn er die Kiemenschlitze öffnet, blitzt eine schmale silberne Sichel auf, wo die Haut überlappte – als handelte es sich bei der bunten Farbe um Sonnenbrand.

Für dieses Tier habe ich, wie gesagt, einen Vierteldollar bezahlt. Ich hatte bis dahin noch nie ein Tier gekauft. Es war ganz einfach; ich bin in ein Geschäft in Roanoke gegangen, das »Wet Pets« heißt; ich gab dem Mann einen Vierteldollar, und er überreichte mir eine verknotete, prall mit Wasser gefüllte Plastiktüte, in der eine grüne Pflanze schwebte und der Goldfisch schwamm. Dieser Fisch für ein paar Cents hat einen gewundenen Darm, eine Wirbelsäule, aus der feine Gräten ragen, und ein Gehirn. Kurz bevor ich ihm seine Futterflöckchen in das Glas streue, klopfe ich dreimal oben an den Rand; jetzt ist er konditioniert und schwimmt, sobald ich klopfe, an die Oberfläche. Und ein Herz hat er auch.

Einmal vor Jahren habe ich gesehen, wie rote Blutkörperchen einzeln nacheinander durch die Kapillaren im durchsichtigen Schwanz eines Goldfisches sausten. Der Goldfisch war mit Äther betäubt. Sein Kopf lag auf einem nassen Stück Watte; sein Schwanz lag auf einem Objektträger unter einem Elektronenmikroskop, einem dieser wundervollen lichtstarken Mikroskope mit zwei Okularen wie bei einem Stereoskop, unter denen sämtliche Fragmente – selbst die Haut an meinem Finger – mit abertausend bunten Lichtern erstrahlen und so abgründig wirken wie eine Gebirgslandschaft. Die roten Blutkörperchen im Goldfischschwanz schwärmten und strömten durch schmale Schläuche, die in der lichtdurchlässigen Umgebung nur als glitzernde bandförmige Verdickungen zu erkennen waren. Sie wankten und stockten nicht und hörten, wie der Fluß draußen, nicht auf zu fließen; sie strömten rot hinein, hinauf und weiter, eins nach dem anderen, mehr und mehr, ohne Ende. (Die Kraft dieses Pulses erinnert mich an ein Phänomen des menschlichen Körpers: wenn man vollkommen im Gleichgewicht auf dem Steißbein sitzt, entweder im Schneidersitz oder mit angezogenen Beinen, und die Arme nach vorn auf die Beine legt, dann wird der Körper, selbst wenn man die Luft anhält, allein durch die Kraft des Herzschlags ohne eigenes Zutun vor und zurück schaukeln, solange man in dieser Haltung verharren mag.) Diese roten Blutkörperchen strömen auch jetzt durch Ellerys Schwanz, auf die gleiche Weise, und durch sein Maul und seine Augen, und durch meine. Den Anblick jener Zellen habe ich nie vergessen; ich denke jedesmal daran, wenn ich den Fisch in seinem Glas sehe; ich denke an sie, wenn ich abends im Bett liege und mir vorstelle, daß es mir, wenn ich mich scharf genug konzentriere, vielleicht gelingen könnte, das kleine Pochen und Strömen dieser kreisförmigen Punkte in den Kapillaren meiner Finger zu spüren, wie eine Perlenkette, die durch meine Hand gezogen wird.

Es geschieht noch etwas in diesem Goldfischglas. Dort auf dem Küchentisch blüht, genährt durch den simplen Strahl komplexen Lichts, das Plankton. Das Wasser wird gelb und trübe; ein durchsichtiger Schleim legt sich auf die Blätter der Wasserpflanze Elodea; ein blaugrüner Film aus einzelligen Algen klebt am Glas. Und ich muß das verflixte Glas saubermachen. Ich erspare dir die Einzelheiten: was mich interessiert, ist die Pflanze. Während Ellery in dem verstöpselten Spülbecken schwimmt, gieße ich die Algen in den Ausguß eines zweiten Beckens, wasche die Kiesel und reibe die vielen farnartigen Blätter der Elodea unter fließend Wasser, bis sie sich sauber anfühlen.

Die Elodea gilt als Pflanze nicht viel. Aquarienbesitzer nehmen sie, weil sie leicht zu kriegen ist und weil sie unter Wasser Sauerstoff abgibt; Labore nehmen sie, weil ihre Blätter nur zwei Zellschichten dick sind. Sie ist reichlich vorhanden, leicht zu halten und billig – wie der Goldfisch. Und, ebenfalls wie der Goldfisch, hat sie mich ahnungslos auf der Bühne eines Mikroskops mit ihren Zellen unterhalten.

Ich saß in einem Labor vor einem außerordentlich wertvollen Mikroskop. Ich schaute durch das lange Okularenpaar und betrachtete wieder einmal die farbenfrohe, glitzernde Welt. Ein dünnes, gut sechs Millimeter langes Blatt der Elodea lag triefnaß auf einem Objektträger und war von unten hell angestrahlt. In dem von den beiden auf das durchscheinende Blatt eingestellten Okularen gebildeten Lichtkreis sah ich ein sauberes Mosaik aus nahezu farblosen Zellen. Die Zellen waren groß – acht oder neun vierhundertfünfzigmal vergrößert, füllten den Kreis aus –, so daß gut zu sehen war, was ich gern sehen wollte: das Strömen der Chloroplasten.

Chloroplasten sind die Träger des Chlorophylls; sie geben der grünen Welt ihre Farbe, und in ihnen findet die Photosynthese statt. Am Innenrand einer jeden gigantischen Zelle zog sich ein fortlaufendes Band dieser leuchtend grünen Punkte entlang. Sie drehten sich wie Pantoffeltierchen um die eigene Achse; sie pulsierten, schoben und drängelten. Eine andere Einstellung bot plötzlich einen Blick auf die strudelnden Ströme des transparenten Zytoplasmenflusses, einer Art »Äther« für die Chloroplasten oder eine »Raum-Zeit«, in der sie ihr winziges Dasein verbringen. Zurück zu den grünen Punkten: sie schimmerten, sie schwärmten in ständig wechselnden Formationen immer innen am Zellrand entlang; sie zottelten, sie schossen, sie trödelten, sausten und rannten um die Wette, scheinbar immer am Rand des Nichts, des leer aussehenden Zellinnern entlang; sie flossen und strömten grün, an die vegetative Wand gepreßt, im Kreis.

Alles Grün der Pflanzenwelt besteht aus diesen vollen, runden, sich durchs Wasser schiebenden Chloroplasten. Die Analyse eines Chlorophyllmoleküls ergibt hundertsechsundfünfzig Wasserstoff-, Kohlenstoff-, Sauerstoff- und Stickstoffatome, die in einer genau festgelegten, komplexen Reihe um einen zentralen Ring angeordnet sind. Im Mittelpunkt des Rings sitzt ein einziges Magnesiumatom. Und jetzt kommts: wenn man das Magnesiumatom entfernt und ein Eisenatom an genau die selbe Stelle setzt, wird daraus ein Hämoglobinmolekül. Das Eisenatom verbindet sich mit all den anderen Atomen zu rotem Blut, den fließenden roten Punkten im Schwanz des Goldfisches.

Es ist mithin eine kleine Welt dort in dem Goldfischglas, und zugleich eine sehr große. Angenommen, der Kern eines der Atome im Glas wäre kirschkerngroß: das nächstliegende Elektron würde sich in einhundertsechzig Metern Entfernung um ihn drehen. Strömende Luft in der Schwimmblase gleicht das Gewicht des Goldfisches im Wasser aus; seine Schuppen überlappen sich, die gefiederten Kiemen pumpen und filtern; seine Augen funktionieren, sein Herz schlägt, seine Leber filtert, seine Muskeln ziehen sich mit einem wellenförmigen Kräuseln zusammen. Die Daphniden, die er frißt, haben Augen und gegliederte Beine. Die von den Daphniden gefressenen Algen haben grüne, in langen Säulen aus Leere wie Dame-Steinchen gestapelte oder sich wie schmale Wendeltreppen windende grüne Zellen. Und so weiter zu immer kleineren Teilchen. Den Punkt, der so klein ist, daß er nicht gestaltet ist und etwa blank wie Metall oder bloß grob schraffiert ist, haben wir noch nicht gefunden – und wir werden ihn auch nie finden. Wir arbeiten uns schrittweise, von Landschaft zu Mobile, Skulptur zu Collage bis hinunter zu Molekularstrukturen vor, die einem Tanz der Menge bei Breughel gleichen, bis hinunter zu Atomen, die so luftig und ausgewogen wirken wie ein Bild von Klee, bis hinunter zum Herz der Materie, den subatomaren Teilchen, die mutwillig und wild sind wie El Grecos Heilige. Und alles fügt sich in eins. »Die Natur«, schrieb Thoreau in seinem Journal, »ist stets mythisch und mystisch, und sie verwendet ihren ganzen Genius noch auf das kleinste Werk.« Der Schöpfer, so möchte ich hinzufügen, bringt die feine Struktur jener kleinsten Werke, die die Welt ausmachen, mit verschwenderischem Genie und maßloser Sorgfalt hervor. Darum geht es mir.

Ich sitze hier und glotze auf das Goldfischglas und zerbreche mir den Kopf. Gott helfe mir, ich kann nicht anders. Ich sitze hier, du sitzt dort. Nehmen wir ruhig an, du säßest mir in diesem Augenblick an diesem Küchentisch gegenüber. Unsere Blicke begegnen sich; ein Bewußtsein flackert hin und her. Wir merken zuallermindest, daß wir – absolut unbestreitbar – hier sind. Dies ist unser Leben, dies sind unsere lichten Jahre, und danach sterben wir. (Wir sterben, wir sterben; erst werden wir feucht, dann wieder trocken.) In der Zwischenzeit, solange wir in der Zeit leben, können wir sehen. Die Schuppen sind uns von den Augen gefallen, der Star ist gestochen, und wir können uns daran machen, die Farbflecken, die wir sehen, zu verstehen, um dadurch zu entdecken, wo wir so unbestreitbar sind. Das befiehlt der gesunde Menschenverstand: wenn man wo hinzieht, versucht man, die Umgebung kennenzulernen.

Ich bin so leidenschaftlich daran interessiert, wo ich bin, wie ein einsamer Seemann ohne Sextant in einer Ketsch auf offener See. Woran sollte er sonst denken? Glücklicherweise stecke ich, wie der Seemann, in einer Situation, die es mir gestattet, beträchtliche Mengen Zeit darauf zu verwenden, herauszufinden, was ich sehen kann, und mir darauf einen Reim zu machen. Ich habe die Bezeichnungen einiger Farbflecken gelernt, aber nicht die Bedeutungen. Ich habe Bücher gelesen. Ich habe fieberhaft Statistiken gesammelt: Die Durchschnittstemperatur auf unserem Planeten beträgt 13,9° Celsius. Von den 29 Prozent der Landflächen über Wasser werden mehr als ein Drittel als Weideland genutzt. Die Durchschnittsgröße aller lebenden Tiere, den Menschen eingerechnet, entspricht fast der Größe einer Hausfliege. Die Erde besteht größtenteils aus Granit, der seinerseits größtenteils aus Sauerstoff besteht. Die zahlreichsten der mit dem bloßen Auge zu erkennenden Tierarten sind die Ruderfußkrebse, die Milben und die Springschwänze; bei den Pflanzen sind es die Algen, die Riedgräser. Hier in den Appalachen haben wir ein Kohlenlager mit 120 Flözen gefunden, was bedeutet, daß da 120 Wälder rein zufällig ins Wasser gefallen sind und wie Leichen in Schubladen übereinander liegen. Und so weiter. Diese Statistiken und die vielen Fakten über subatomare Teilchen, Quanten, Neutrinos und so weiter sind sozusagen das infrarote und das ultraviolette Licht an den entgegengesetzten Enden des Spektrums. Sie sind zu groß und zu klein, als daß man sie sehen könnte, und für mich in einem wirklichen Sinne peripher, weil ich nicht einmal das verstehe, was ich mit bloßem Auge sehen kann. Ich würde gern die Gesamtheit sehen und verstehen, aber ich muß irgendwo anfangen, deshalb versuche ich es mit der Riesenwanze im Tinker

Creek und mit dem Auffliegen der dreihundert Rotschulterstärlinge aus einem Osagedorn, mit dem Goldfischglas und der Schlangenhaut, und überlasse die Sorge um die Geburtenrate und die Bevölkerungsexplosion in den Sonnensystemen denjenigen, die sich da herantrauen.

Deshalb denke ich über das Tal nach. Und es entsteht bei mir immer mehr der Eindruck, daß alles, was ich zu sehen bekommen habe, Überfluß und Luxus ist. Die Raubzüge der Riesenwanze, das Quaken der Frösche, der Baum, in dem die Lichter brennen – an sich ist nichts davon im eigentlichen Sinne für die Welt und ihren Schöpfer notwendig. Nicht einmal ich. Eigentlich ist das einzig Notwendige, für das ich sterben würde und auch sterben werde, die Schöpfung als Schöpfung selbst. Wobei sie sich mir nach allem, was ich hier sehe und begreife, wenn ich darüber nachdenke, im Kopf zunehmend als eine große Lust an kleinsten Einzelheiten darstellt. Das schiere Beiwerk und Netzwerk der Details nimmt den höchsten Stellenwert ein. Daß es dermaßen viele Details gibt, erscheint als wichtigstes und sichtbarstes Faktum der Schöpfung. Wenn ich den Wald vor lauter Bäumen nicht sehen kann, muß ich mir die Bäume ansehen; wenn man sich genug Bäume angesehen hat, hat man einen Wald gesehen und es also doch geschafft. Wenn die Welt voll Überfluß ist, wieviel mehr gilt das für den Rand einer Goldfischflosse! Die erste Frage – die eine entscheidende Frage – zur Erschaffung der Welt und zur Existenz von etwas als Zeichen und Affront gegen das Nichts ist und bleibt offen. Ich kriege sie nicht zu fassen. Deshalb richte ich meine Aufmerksamkeit auf den Rand der Frage, den Rand der Fischflosse, die Feinheit eines einzigen fleckigen, gesprenkelten Details dieser Welt.

Das alte kabbalistische Wort lautet »das Geheimnis des Zerbrechens der Gefäße«. Es bezieht sich auf die Einschrumpfung der Essenzen oder ihren Einschluß in die verschiedenen von Hülsen umschlossenen Emanations- oder Zeitformen. Die Gefäße zerbrachen, und die Sonnensysteme kreisten; bewimperte Rädertierchen wirbelten durch stille Gewässer, und bekiemte Molche malten Spuren in den schlickigen Flußgrund. Die Gefäße zerbrachen nicht bloß: sie zersplitterten in feinste

Teilchen. Feinheit ist demnach das Thema, die Feinheit der erschaffenen Welt.

Du bist Gott. Du willst einen Wald erschaffen, etwas, das den Boden festhält, Sonnenenergie speichert und Sauerstoff abgibt. Wäre es nicht einfacher, bloß ein paar Chemikalien, ein Feld aus grobgrüner Masse, hinzuklatschen?

Du bist ein Mann, ein pensionierter Eisenbahnarbeiter, der zum Zeitvertrieb originalgetreue Modelle baut. Du beschließt, einen bestimmten Baum nachzubauen, die Jeffrey-Kiefer mit den langen Nadeln, die dein Urgroßvater gepflanzt hat – es soll bloß eine Nachbildung werden –, sie muß nicht funktionsfähig sein. Wie stellst du es an? Wie lange hast du deiner Ansicht nach noch zu leben, wie gut ist dein Kleber? Als erstes wirst du ein Loch graben und deinen Modellstamm halb bis nach China in den Boden rammen müssen, wenn du willst, daß er steht. Denn du wirst einen ziemlich großen Maßstab wählen müssen; wenn du ihn zu klein wählst, wirst du die dünnen, dreischenkligen Nadeln nicht handhaben können, um immer je drei zu bündeln und die auf diese Weise zusammengefaßten Bündel an biegsamen kleinen Zweigen zu befestigen. Die Zweige selbst müssen mit unzähligen »silbrigweißen, ausgefransten, langgestreckten Schuppen« abgedeckt werden. Sind die Schuppen der Zapfen »schmal, flach, mit abgerundeter Spitze, die sichtbaren Flächen (beim geschlossenen Zapfen) rötlich braun, mit einem kleinen, nach hinten gerichteten, zum Fuß der Schuppe geneigten Stachel an der Rückseite«? Wenn du den Kupferdraht losmachst, mit dem du die nachgebildeten Äste am Stamm befestigt hast, klappt der ganze Baum zusammen wie ein Regenschirm.

Du bist ein Star. Ich habe dich schon durch eine Jeffrey-Kiefer fliegen sehen, ohne daß du auch nur einen Flügelschlag aussetzen mußtest.

Du bist ein Bildhauer. Du steigst auf eine riesige Leiter; du übergießt eine Jeffrey-Kiefer über und über mit Fett. Dann baust du einen hohlen Zylinder caissonartig um die ganze Kiefer und fettest die Innenwände ein. Sodann steigst du wieder auf deine Leiter und gießt eine Woche lang flüssigen Gips in den Caisson über die Kiefer und zwischen alle Zweige. Nun wartest du ab; der Gips härtet aus. Dann öffnest du die Wände des Caissons, spaltest den Gips, sägst den Baum der Länge nach durch, entfernst ihn, wirfst ihn weg, und die feine Skulptur ist fertig: du hast vor dir die Form eines Teils der Luft.

Du bist ein Chloroplast, der in Wasser schwimmt, das aus dem Erdboden gut dreißig Meter hochgepumpt worden ist. Wasserstoff, Kohlenstoff, Sauerstoff, Stickstoff in einem Ring um Magnesium. ... Du bist die Evolution; du hast eben erst begonnen, Bäume zu machen. Du bist Gott – bist du müde? Kaputt?

Feinheit bedeutet, daß das anstelle des Nichts existierende Etwas mit Kanneluren versehen ist, mit einem Saum, der in die Höhe und in die Breite geht und von Details überquillt. Vollzieh noch einmal, wie beim Gipsabguß der Kiefer, gedanklich die Umkehrung von positivem und negativem Raum, und stell dir die Leere gleichsam als Person vor, als grenzenlosen Menschen aus elastischem, ungeformtem Lehm. (Vergiß für den Augenblick, daß die Luft in unserer Atmosphäre »etwas« ist, und nimm sie als »nichts«, als des Bildhauers negativen Raum.) Der Lehmmensch umschließt vollständig alle in ihm enthaltenen Löcher: die Gestirne und Sonnensysteme. Die Löcher in ihm teilen sich, dehnen sich aus, schrumpfen, driften, kreisen, drehen sich um die eigene Achse. Er gibt nach wie Wasser, fließt und füllt blind alle Lücken aus. Hier haben wir ein gezacktes Loch, unsere Erde, ein Loch, das ihm Spitzen und Kanten in die Seite drückt, aus Bergen und Kiefern. Und hier haben wir die Form einer flink gezogenen, schnell sich wieder auflösenden Kante, ein Federnloch an der gebogenen, über die Erde ausgebreiteten Schwinge einer fliegenden Gans. In den Lehm bohren sich von beiden Seiten eines zentralen, biegsamen Kiels je fünfhundert Spitzen aus Leere. Jede Spitze hat zwei Kanten mit je fünfhundert Häkchen, insgesamt also eine Million Häkchen, die zu einem System geschlossener Hohlheit verhakt und ausgekehlt sind. Die Struktur dieser Form fährt der Lehmmann bis in den kleinsten Winkel ab, wie auch die anderen Federnlöcher und die Gans, den Kiefernwald, den Planeten und so weiter.

Anders gesagt: selbst auf der durch und durch gewöhnlichen, deutlich sichtbaren Ebene geht die Schöpfung mit einer unergründlichen und dem Anschein nach unnötigen Feinheit vor. Der einsame Sturz des ersten Wasserstoffatoms ex nihilo ins Dasein war so unausdenkbar, so unglaublich radikal, daß er sicher gereicht, mehr als gereicht hätte. Doch sieh dir an, was geschieht. Wir brauchen bloß die Tür aufzumachen, schon brechen Himmel und Hölle los.

Die Evolution ist, versteht sich, das Medium der Feinheit. Die Stabilität einfacher Formen bildet den soliden Grundstock, aus dem sich komplexere stabile Formen herausbilden können, die ihrerseits wiederum komplexere Formen bilden und so fort. Dieser Aufbau der Stabilität, sozusagen der eines Stein auf Stein gebauten Hauses, erfüllt, um mit Jacob Branowski zu sprechen, den Zweck einer »Ratsche«, die verhindert, daß der ganze Laden »rückwärts rollt«. Bring eine Feder ins Haus und ein Klavier; stell eine Skulptur aufs Dach, warum nicht, und Fähnchen an die Fensterstürze – das Haus wird halten.

So hat eine ganz alltägliche Raupe beispielsweise zweihundertachtundzwanzig verschiedene, deutlich getrennte Muskeln im Kopf. Dann wieder lese ich von einem Muschelkrebs, einem gewöhnlichen Süßwasserkrebstier der Sorte, von der ich, wenn ich einen Fuß in den Tinker Creek setze, jedesmal ein paar tausend zertrete: »Am Vorderende des Tiers sitzt ein Auge. Die Speiseröhre liegt eben unterhalb des Gelenks, und um die Mundöffnung liegen die gefiederten Fortsätze, die die Nahrung herbeifächeln ... Dahinter liegt ein Bein, das in einer Kralle endet, die unter anderm dazu dient, die Futterfortsätze von unerwünschten Resten zu befreien.« Dann wieder hat, wie gesagt, eine große Ulme sechs Millionen Blätter. Na gut ... aber sie sind gezahnt, und jeder Sägezahn ist seinerseits gezahnt.

Wieviele Zacken und Kerben macht das auf der Welt? Rein und raus, rein und raus gehen die feingezackten Blattränder, und keiner weiß warum. Sämtliche Theorien, die Botaniker zur Erklärung der Funktionen der unterschiedlichen Blattformen entwickelt haben, brechen unter Lawinen von Widersprüchen zusammen. Sie wissen es schlicht nicht, können sich keine Vorstellung davon machen.

Es ist mir schon oft aufgefallen, daß diese Dinge, von denen ich besessen bin, andere Leute nicht im geringsten quälen oder beeindrucken. Ich habe die entsetzliche Neigung, in einer harmlosen Versammlung auf einen Unschuldigen zuzugehen, ihn wie Coleridges alter Matrose mit einem wilden Blitzen in den Augen zu fixieren und ihn mit der Frage zu überfallen: »Wußten Sie, daß die Raupe des gemeinen Weidenbohrers zweihundertachtundzwanzig verschiedene Muskeln im Kopf hat?« Der arme Kerl macht, daß er wegkommt. Dabei will ich nicht plaudern, sondern sein Leben verändern. Ich scheine ein Organ zu besitzen, das anderen fehlt, eine Art Trivialitätenmaschine.

Als ich klein war, dachte ich, alle Menschen hätten in beiden unteren Augenlidern ein Organ, das dafür zuständig war, Dinge zu fangen, die man ins Auge bekommen hatte. Ich weiß nicht, woher ich diese anatomische Information zu haben meinte. Ich bekam Dinge ins Auge, und dann waren sie wieder weg, deshalb nahm ich an, sie wären in meine Augentasche gefallen. Diese Augentasche war ein schmaler, dünnwandiger Beutel mit subtilen Verdauungsfunktionen, die es ihm ermöglichten, Augenwimpern, Stoffasern, Dreckstückchen und alles andere, was sich in ein Auge verirren konnte, langsam zu resorbieren. Nun, es stellte sich heraus, daß diese Augentasche nur in meiner Phantasie existierte, aber wie sich jetzt herausstellt, scheint sie mir doch erhalten geblieben zu sein, als Gehirntasche zum Auffangen und Absorbieren von kleinen Dingen, die mir tief in die offenen Augen fallen.

Das einzige, woran ich mich beispielsweise noch aus einem Pflichtkurs in Zoologie vor vielen Jahren erinnere, ist der bleibende Eindruck, daß es irgendwo im Universum etwas gibt, das man als Henle-Schleifen bezeichnet. Ihre irdische Wohnstatt ist die menschliche Niere. Ich habe soeben mein Gedächtnis diesbezüglich aufgefrischt. Eine Henle-Schleife ist ein sich verjüngender Bogen oder eine u-förmige Wende in einem unglaublich winzigen Kanälchen in einem Nephron. Das Nephron seinerseits ist ein mehrteiliges Filtergewebe, in dem Urin produziert und Nährstoffe resorbiert werden. Daß dies geschieht, ist so wichtig, daß ein Fünftel des gesamten Blutes vom Herzen in die Niere gepumpt wird.

Ein Nephron kann man nicht beschreiben; vielleicht ließe sich eine passable Annäherung an seine Struktur erreichen, indem man eine etwa fünfzehn Meter lange Schnur auf den Boden wirft. Wenn die Hälfte der Schnur eine sehr enge u-förmige Schleife bildete, wäre das die Henle-Schleife. Zwei andere verknäuelte, gewundene Stücke der Schnur wären die Nierenkanälchen oder -tubuli beiderseits, die eben diese Form haben. Aber das Herz des Ganzen bildete ein sehr dichtes Knäuel, »eine beinahe kugelförmige Ansammlung paralleler Blutkapillarschlingen«, Glomerulus geheißen und im Malphigi- oder Nierenkörperchen enthalten. Dieser beste aller möglichen Filter ist mit zuführenden und wegführenden Arteriolen ausgestattet und von einer doppelwandigen Kapsel geschützt. Verglichen mit dem Glomerulus ist die Henle-Schleife ziemlich unbedeutend. Indem sie auf einem so verschlungenen Umweg von hier nach dort führt, zwängt die Henle-Schleife ein sehr langes Filterkanälchen in einen sehr engen Raum. Doch eigentlich handelt es sich bei diesem feinen Gewebebogen, der so weit hinunter- und wieder hinaufführt, um eine periphere Extravaganz, und als solche hat er sich mir eingeprägt, als eine sehr schöne Extravaganz, wie ein mäandrierender Fluß.

Worauf ich aber hinauswill, ist, daß jede menschliche Niere eine Million Nephronen enthält. Ich besitze zwei Millionen Glomeruli, zwei Millionen Henle-Schleifen, und die habe ich alle selbst gemacht, ohne die geringste Mühe. Sie sind ohne Zweifel mein feinstes Werk. Welch elaborate Details, welch Extravaganz! So ist das proximale Segment des Kanälchens etwa »aus unregelmäßigen, annähernd würfelförmigen Zellen mit charakteristischen bürstenartigen Streifen an der inneren, der Röhre zugewandten Wand«. Da habe ich meine ureigenen, bis ins kleinste verzierten Notwendigkeiten, einen veritablen Kiefernwald.

Van Gogh hat, du wirst dich erinnern, den Verdacht geäußert, die Welt sei womöglich ein verunglücktes Experiment. Ob sie »geglückt« ist, ist eine schwierige Frage. Die Chloroplasten strömen in der Tat durch das Blatt, als würden sie von einem mächtigen, unsichtbaren Atem angetrieben; doch andererseits entsteht immer wieder eine Traurigkeit, steigt aus dem Schattenfluß empor, und von seinen verlassenen Ufern sieht die Welt aus, als wären unsere ganzen feinverzierten Säume, und seien sie noch so schön, in Wirklichkeit bloß die Schrammen einer universellen und unverdienten Geißelung. Aber, van Gogh: ein *Experiment* ist sie nicht. Die Wahrheit der jedem Detail der Welt innewohnenden Feinheit lautet: Die Schöpfung ist kein Experiment, keine grobe Skizze; sie ist mit höchster Sorgfalt geschaffen, herrlich und in Freuden geschaffen, bis in die kleinste Einzelheit.

Neben der Feinteiligkeit hat mich auf meinen Streifzügen ein weiterer Aspekt der Schöpfung beeindruckt. Schauen wir uns noch einmal den Saitenwurm an, der achtzig Zentimeter lang und dünn wie ein Faden durch den Ententeich schnellt oder sich mit anderen Exemplaren seiner Art zu einem glitschigen Gordischen Knoten verbindet. Schauen wir uns eine Wintertraube aus summenden Bienen an oder eine Schildkröte unter dem Eis, die durch ihre pulsierende Kloake atmet. Schauen wir uns die Frucht des Osagedorns an, groß wie eine Pampelmuse, grün, verknäuelt wie ein menschliches Gehirn. Oder den durchscheinenden Verdauungstrakt eines Rädertierchens: da stößt etwas Orangefarbenes, Kräftiges auf und nieder wie ein Kolben, und etwas Kleines, Rundes dreht sich auf der Stelle wie ein Schwungrad. Es ist, kurz gesagt, praktisch egal, was wir uns anschauen – die Füße des Bleßhuhns, das Gesicht der Gottesanbeterin, eine Banane, das menschliche Ohr –, überall springt nicht nur ins Auge, daß der Schöpfer wirklich alles erschaffen hat, sondern auch, daß ihm zuzutrauen ist, noch alles mögliche andere zu schaffen. Er schreckt vor nichts zurück.

Niemand wacht mit einem Korrekturstift über die Evolution und sagt: »Nein, das da, das ist nun wirklich zu lächerlich, das gibt's bei mir nicht.« Wenn das Geschöpf nicht beanstandet wird, bekommt es sein placet. Ist unser Geschmack so viel besser als der des Schöpfers? Der einzige ästhetische Maßstab der Evolution ist die Nützlichkeit für die Kreatur. In der geschaffenen Welt folgt, soweit ich weiß, die Form der Funktion, und jede noch so sonderbare Kreatur, die funktioniert, überlebt, um ihre Form zu erhalten. Was die differenzierte Feinheit der Formen betrifft, kenne ich einige Antworten und andere nicht: Ich weiß, warum die Häkchen an einer Feder sich verhaken, und warum die Henle-Schleife ihren Bogen macht, aber nicht, warum das Blatt der Ulme Zacken, ein Schmetterling Schuppen, und Pollen ausgerechnet diese Form hat. Doch was die *Vielfalt* der Formen selbst, die Fülle der Formen betrifft, bin ich ratlos. Abgesehen davon, daß anscheinend alles erlaubt ist. Das gilt für Verhaltensformen wie für Bauformen – die Gottesanbeterin, die das Männchen vertilgt, den Frosch, der im Schlamm überwintert, die Spinne, die einen Kolibri umwickelt, den Pinienprozessionsspinner, der seinen Faden spinnt. Willkommen an Bord. Der diese kunterbunte Mannschaft anheuert, ist ein großzügiger Geist.

Nehmen wir zum Beispiel den afrikanischen Herkuleskäfer, der Edwin Way Teale zufolge so groß ist, daß er »abends laut über die Landschaft dröhnt wie ein herannahendes Flugzeug«. Oder noch besser, führen wir uns Teales Schilderung der südamerikanischen Honigtopfameise zu Gemüte. Der Hinterleib dieser Ameisen kann sich zu einem Vielfachen seiner ursprünglichen Größe ausdehnen. »Einige Tiere in der Kolonie dienen als Vorratsgefäße für den von den Arbeiterinnen gesammelten Honigtau. Sie verlassen das Nest niemals. Die Hinterleiber sind so dick angeschwollen, daß sie nicht laufen können, sie hängen mit den Füßen am Dach ihrer unterirdischen Kammer und speien die Nahrung bei Bedarf wieder aus.« Ich lese so etwas und habe die Ameisen so lebendig vor Augen, als hingen sie in meiner Küche an der Decke oder in meinen Schädelkammern, pulsierende lebende Vorratsgefäße, prallvolle Fässer, Zitzen, an deren Haupt ein Tier mit Augen – was wohl? – denkt.

Blake hat gesagt: Wer Form nicht vor Farbe setzt, ist ein Feigling! Ich wünsche mir oft, der Schöpfer wäre feiger gewesen und hätte uns weit weniger Formen, dafür aber viel mehr Farben geschenkt. Nimm zum Beispiel eine interessante Form, die auch bei uns zu finden ist, die Larve, oder Nymphe, einer Libelle. Die flügellosen Larven sind fast drei Zentimeter lang und regenwurmdick. Sie pirschen überall auf dem Grund tief gelegener Teiche und Bäche herum und saugen Wasser in den mit Tracheen versehenen Enddarm ein. Doch was mich interessiert, sind ihre Gesichter, von Howard Ensign Evans wie folgt beschrieben: »Die Unterlippe der Libellenlarve ist eigenartig verlängert und mit einem Doppelgelenk ausgestattet, so daß sie in der Ruhe aufeinander geklappt nach hinten unter den Kopf gezogen werden kann; am freien Ende des langgestreckten äußeren Teils sitzen kräftige Greifzangen; in Ruhestellung bedeckt diese Maske einen erheblichen Teil ihres Gesichts. Die Lippe kann blitzschnell aufgeklappt und vorgeschnellt werden, so daß die Larve mit Hilfe der Zangen eine Beute in einiger Entfernung erfassen und sich in die scharfen, gezackten Mandibeln schieben kann. Libellenlarven jagen viele Arten kleiner Wasserinsekten, und die größeren werden auch mit kleineren Fischen fertig.«

Die Welt ist voller Lebewesen, die uns aus irgendeinem Grunde seltsamer erscheinen als andere, und die Bibliotheken sind voll von Büchern, in denen sie beschrieben stehen Schleimaale, Schnabeltiere, eidechsenhafte Schuppentiere von über einem Meter Länge mit leuchtend grünen, überlappenden Schuppen, die aussehen wie Schirmbaumblätter auf dem Dach einer Buschhütte, Schmetterlinge, die aus Ameisenhaufen hervorkrabbeln, Jungspinnen, die an winzigen Seidenballons durch die Luft wehen, Königskrabben ... der Schöpfer schöpft. Bückt er sich, spricht er, rettet, hilft er, greift er durch? Vielleicht. Auf jeden Fall aber schöpft er; er erschafft alles und jedes.

Von allen uns bekannten Lebensformen leben heute nur noch etwa zehn Prozent. Alle andern Formen – phantastische und ganz gewöhnliche Pflanzen, lebende Tiere mit unvorstellbar unterschiedlichen Flügeln, Schwänzen, Beißwerkzeugen, Gehirnen – sind ein für allemal untergegangen. Das macht eine beachtliche Menge geschaffener Formen. Die Zahl der heute lebenden Formen mal zehn, das ist eine Fülle, die für mein Gefühl jedes Vorstellungsvermögen übersteigt. Wozu so viele Formen? Warum nicht nur das eine Wasserstoffatom? Der Schöpfer folgt einem wilden spezifischen Einfall nach dem andern oder Millionen gleichzeitig mit einer Begeisterung, die durch nichts zu begreifen ist und mit hemmungsloser Energie, die aus einer unergründlichen Quelle sprudelt. Was geht hier vor? Das Entscheidende an der schrecklichen Fangmaske der Libellenlarve, der Riesenwanze, dem Gesang der Vögel oder dem wunderhübschen Blinken und Blitzen der Weißfische in der Sonne ist nicht, daß alles zusammenpaßt wie bei einem Uhrwerk – denn es paßt nicht sonderlich gut zusammen, nicht einmal in meinem kleinen Goldfischglas –, sondern daß es so wild und frei fließt wie der Fluß, daß alles in einem so freien, detailverliebten Wirrwarr gedeiht. Freiheit ist das Wasser und Wetter der Welt, ihr großzügig geschenkter Nährboden, ihr Saft: und der Schöpfer liebt den Knalleffekt.

II

Ich habe weniger vor, die Namen der in diesem Tal gedeihenden Schnipsel der Schöpfung auswendig zu lernen, als mich ihren Bedeutungen zu öffnen und mich jederzeit möglichst unmittelbar der vollen Kraft ihrer Realität auszusetzen. Ich möchte die Dinge auch in Gedanken möglichst vielfältig und differenziert und präsent vor Augen haben. Dann könnte ich vielleicht auf dem Hügel mit den verbrannten Büchern sitzen, über den die Stare fliegen, und nicht nur die Stare sehen, die Wiese, den Steinbruch, den Rankenwald, Hollins Teich und dahinter die Berge, sondern gleichzeitig auch die Häkchen an den Federn, die

Springschwänze im Boden, Kristalle im Stein, strömende Chloroplasten, pulsierende Rädertierchen und die Form der Luft in den Kiefern. Und wenn ich mich dann noch bemühe, in der Quantenphysik auf dem laufenden zu bleiben und in Astronomie und Kosmologie mitzuhalten, und all dem wirklich traue, dann wäre ich zu guter Letzt vielleicht in der Lage, zu erkennen, wie die Landschaft des Universums angelegt ist. Warum nicht?

Landschaft setzt sich aus den unzähligen, sich überlagernden Feinheiten und Formen zusammen, die an einem bestimmten Ort zu einer bestimmten Zeit existieren. Landschaft ist das Gefüge, die Textur der Feinheit, und Textur habe ich mir im Augenblick als Thema vorgenommen. Aus den Feinheiten der Details und der Vielfalt der Formen bilden sich Texturen. Eine Vogelfeder ist eine Feinstruktur; der Vogel ist eine Form; der Vogel im Raum in Relation zu Luft, Wald, Landmasse und so fort ist eine Faser in einer Textur. Auch der Mond hat seine Textur, seine Trichter- und Kraterlandschaften noch in den flachsten Seen. Die Planeten sind mehr als nur glatte Kugeln; die Galaxis selbst ist ein gebundenes, bindendes Texturensprengsel. Doch hier auf Erden interessiert uns Textur über alles. Wo Leben ist, herrscht Wirrnis und Unordnung: Die Kräusel einer arktischen Flechte, das Gewirr von Strauchwerk an einem Ufer, die Krümmung eines Hundebeins, die Art, wie eine Linie im Bogen verläuft, sich teilt oder verdickt. Der Planet ist durch seine eigentümliche Zerklüftung, seine verstreuten Gebirgsklumpen, seine bizarren Ufersäume gekennzeichnet.

Denk dir einen Globus, einen drehbaren Globus auf einem Ständer. Denk dir einen Reliefglobus, dessen Gebirgszüge Schatten werfen, dessen Kontinente sich über die Meere erheben. Und stell dir dann vor, wie es *in Wirklichkeit* ist. Diese Höhen sind nicht bloß angedeutet; sie sind da. Plinius, der wußte, daß die Welt rund ist, hat sich gedacht, daß die Welt, wenn sie erst überall vermessen wäre, der Form nach keine Kugel wäre, sondern eine Ananas mit unregelmäßigen Ausbuchtungen. Wenn ich daran denke, wie es wäre, einen Kontinent zu durchwandern, denke ich an die vielen Hügel in der unmittelbaren Umgebung, die winzigen Höhenunterschiede, die

Kinder mit ihren Schlitten überwinden. Es ist alles so durchmodelliert, dreidimensional, alles wirft Schatten. Was wäre, wenn man einen riesigen Reliefglobus hätte, der so groß wäre, daß man darauf Straßen und Häuser erkennen könnte – einen geologischen Globus im Maßstab eins zu fünfzehnhundert –, von der ganzen Welt mitsamt dem Meeresboden! Darauf könnte man genau sehen, was ausgelassen werden mußte: die freistehende plastische Anordnung der Möbel in den Zimmern, das Sammelsurium kleiner Steine im Flußbett, Werkzeuge in ihren Kästen, labyrinthische Ozeandampfer, die Formen von Löwenmäulchen oder Walrossen. Wo ist das eine, das dir auf der Welt wichtig ist, die Form eines bestimmten Gesichts? Nicht einmal ansatzweise abbilden könnte der Reliefglobus Bäume, in deren gestuftem Astwerk Vögel ihre Jungen aufziehen, oder die Furchen in der Rinde, in denen kleine Lebewesen, die leicht mit bloßem Auge zu erkennen sind, ihr Leben verbringen und denen sie Welt genug sind.

Was fange ich mit soviel Textur, diesen unendlichen Feinstrukturen, an? Was sagt sie mir über das Wesen der Welt, in die ich gesetzt worden bin? Der Textur der Welt, ihrem Filigranwerk und ihren Schnörkeln, ist es zu verdanken, daß es hier die Möglichkeit der Schönheit gibt, einer in ihrer Komplexität unerschöpflichen Schönheit, die sich mir öffnet, wenn ich anklopfe, die auf einen Ruf in mir antwortet, von dem ich nicht weiß, daß ich ihn ausgestoßen habe, und die mir eine Spur des wilden, verschwenderischen Wesens des Geistes zeigt, den ich suche.

Wenn gebildete europäische Reisende des achtzehnten Jahrhunderts in die Alpen fuhren, verbanden sie sich die Augen, um sich vor dem Anblick der entsetzlichen Unebenheit der Erde zu schützen. Es ist schwer zu sagen, ob das nicht vielleicht nur Heuchelei war, denn heute zeigen Tests mit neugeborenen Kindern, denen unser Schönheitsbegriff noch nicht vermittelt worden ist, daß sie komplexe Muster einfachen vorziehen. Gleichwohl haben sich mit der romantischen Revolution und, wie ich hinzufügen möchte, mit Darwin unsere bewußten Schönheitsvorstellungen verändert. Wäre die Welt so glatt wie eine Kugel aus einem Kugellager, wäre sie vielleicht von einem andern Planeten aus gesehen schön, wie die Ringe des Saturn. Doch wir leben und bewegen uns hier; wir spazieren am Flußufer auf und ab, wir fahren mit der Eisenbahn über die Alpen, und die Landschaft wechselt und verändert sich. Wäre die Erde glatt, wären unsere Gehirne ebenfalls glatt; wir würden aufwachen, blinzeln, zwei Schritte machen und vollkommen im Bilde sein und wieder in einen traumlosen Schlaf sinken. Da wir aber als lebendige Menschen die Schönheit in uns aufnehmen, kommt noch ein weiteres Element hinzu. Die Textur des Raumes ist eine Funktion der Zeit. Die Zeit ist der Kett- und die Materie der Schußfaden der Gewebetextur der Schönheit im Raum, und der Tod ist das sausende Schiffchen. Meinten diese Menschen des achtzehnten Jahrhunderts, sie wären unsterblich? Oder steckten ihre Kutschen so fest, daß sie wußten, sie würden sich nie wieder rühren, und deshalb verbanden sie sich vor Panik die Augen?

Ich möchte hier nun Zeit und Textur zusammenfügen, die Landschaft auf eine ablaufende Schriftrolle malen und den gigantischen Reliefglobus auf seinem Ständer drehen.

Letztes Jahr widerfuhr mir etwas sehr Außergewöhnliches. Ich war mit geschlossenen Augen wach, als mir ein Traum kam. Es war ein kleiner Traum über die Zeit.

Ich war, denke ich, tot in einem tiefen schwarzen Raum hoch droben zwischen zahllosen weißen Sternen. Mein eigenes Bewußtsein war mir aufgedeckt worden, und ich war glücklich. Dann sah ich weit unter mir ein langes bogenförmiges Farbband. Beim Näherkommen sah ich, daß es sich in beide Richtungen endlos weit erstreckte, und mir ging auf, daß ich da die gesamte Zeit des Planeten, auf dem ich gelebt hatte, vor mir sah. Sie sah aus wie ein Frauenschal aus Tweed; je länger ich eine Stelle betrachtete, um so mehr Farbflecken zeigten sich. Die Tiefe und Vielfalt der Flecken nahm kein Ende. Schließlich machte ich mich auf die Suche nach meiner Zeit, doch obwohl mehr und mehr Farbsplitter und tiefere, feinere Strukturen in dem Gewebe auftauchten, konnte ich weder meine Zeit finden noch überhaupt eine Zeit, die mir aussah, als könnte sie sich in der Nähe meiner Zeit befinden. Nicht einmal eine Pyramide konnte ich entdecken. Trotzdem ging mir, während ich das Band der Zeit betrachtete, mit großer Eindrücklichkeit auf, daß in jedem Augenblick alle Menschen je zu ihrer Zeit und je an ihrem Ort mit der ganzen Intensität ihrer Gefühle in feinste Details vertieft lebten, und daß, wenn sie starben, immer mehr Menschen an ihre Stelle traten, einer nach dem andern, wie Stiche in einem Tuch ohne Ende, in denen ganze Welten von Gefühlen und Kraft gebündelt waren. Ich entsann mich plötzlich der Farbe und Textur unseres Lebens, wie wir es kannten – das war mir vorher vollkommen entfallen –, und ich dachte, während ich das endlose Band danach absuchte: »Das war damals eine gute Zeit, eine gute Zeit, am Leben zu sein.« Und ich fing an, mich unserer Zeit zu erinnern.

Ich entsann mich der grünen Felder, auf denen Möhren wuchsen, hintereinander, in langen schmalen Reihen. Männer und Frauen in bunten Westen und Halstüchern kamen und zogen die Möhren aus der Erde und trugen sie in Körben in schattige Küchen, wo sie sie mit gelben Bürsten unter fließendem Wasser schrubbten. Ich sah Rinder mit weißen Gesichtern muhend durch Bäche waten, die weißen Locken zwischen den Ohren voll Staub. Ich sah Maiäpfel in den Wäldern, die an frisch belaubten Wegen ausschlugen. Zellen an den Wurzelhärchen von Platanen teilten sich, und Äpfel entwickelten im Herbst rote Flecken und Streifen. Berge hüteten ihre kühlen Höhlen, und Eichhörnchen flitzten durch Sonnenschein und Schatten heim in ihre Nester.

Ich erinnerte mich der Meere, und ich schien selbst im Meer zu schwimmen, über orangefarbene Krebse hinweg, die wie Korallen aussahen, oder vor den steilen Ufern des Atlantik, wo die Renken schwärmen. Dann wieder sah ich Pappelwipfel und den ganzen Himmel von fahlen Wolkenstrichen gestreift, und darunter flogen Wildenten mit langgestreckten Hälsen und schrien und flatterten, eine nach der andern, davon.

All diese Dinge sah ich. Die Szenen gewannen vor meinen Augen tiefe und sonnenhelle Vielfalt und wurden von immer neuen Szenen abgelöst, da ich mich mit wachsender innerer Beteiligung an das Leben zu meiner Zeit erinnerte.

Zuletzt sah ich die Erde als Ball im Weltraum, und ich erinnerte mich an die Form der Meere und die Form der Kontinente und sagte erstaunt vor mich hin, während ich den Planeten betrachtete: »Ja, so sah er damals aus; das Stück dort nannten wir ... ›Frankreich‹.« Ich war von tiefer Zuneigung und Wehmut erfüllt – und dann schlug ich die Augen auf.

Wir sollten alle in der Lage sein, Ansichten wie diese willentlich heraufzubeschwören, um uns die Art und Weise, wie sich Textur zur Zeit verhält, vor Augen zu führen. Schade, daß wir es uns nicht auf einer Leinwand anschauen können. Der elisabethanische Geograph und Mathematiker John Dee dachte sich etwas Wundervolles aus, das wir wirklich gebrauchen könnten. Er wollte einen Spiegel in den Weltraum schießen, so daß er schneller dahinflöge als das Licht (das ist der Haken). In diesen Spiegel könnten wir schauen und die gesamte bisherige Weltgeschichte wie auf einer Filmleinwand vor uns ablaufen sehen. Diese Leute, die Zeitrafferfilme über aufblühende Rosen und Tulpen drehen, haben ihren Blick auf das Falsche gerichtet. Sie wären besser beraten, wenn sie ihre Kameras auf schmelzendes Packeis, den Algenwuchs in Teichen, den Tidenhub an der Mündung des Severn hielten. Sie sollten die grönländischen Gletscher filmen, von denen einige mit einem solchen Tempo dahinkriechen, daß sogar die Hunde sie anbellen. Sie sollten filmen, wie der nördlichste Fichtenwald auf die südlichste kanadische Tundra übergreift, eine Invasion, die just in diesem Augenblick mit einer Geschwindigkeit von anderthalb Kilometern in zehn Jahren vor sich geht. Als die letzte Eisschicht sich vom nordamerikanischen Kontinent zurückzog, hob die Erde sich um drei Meter. Wäre das nicht ein lohnender Anblick gewesen?

Manche Leute behaupten, daß ein guter Platz im eigenen Garten einen genausoguten inspirierenden Aussichtspunkt zur Beobachtung des Planeten Erde darstelle wie ein Observatorium auf Alpha Centauri. Das stimmt nicht. Wir sehen ein dunkles Bild durch einen Spiegel. Wir befinden uns mitten in einem Film oder, Gott steh uns bei, in den Aufnahmen für eine einzelne Szene, und wir wissen nicht, was uns im Rest des Films erwartet.

Angenommen, wir könnten in John Dees durch den Weltraum sausenden Spiegel schauen; angenommen, wir könnten unseren Reliefglobus wie einen Kreisel in Bewegung setzen und seiner Oberfläche Leben einhauchen; angenommen, wir könnten uns einen Zeitrafferfilm über unseren Planeten anschauen: Was würden wir sehen? Transparente, sich durch Licht bewegende Bilder, »einen unendlichen Sturm der Schönheit«.

Der Anfang ist in Nebel gehüllt, durch den hier und da blendendhelle Blitze zucken. Lava strömt und erkaltet; Meere brodeln und fluten. Wolken entstehen und ziehen; jetzt kannst du das Antlitz der Erde nur durch verstreute klare Flecken sehen. Das Land erschauert und zerplatzt wie Packeis, das von einer anschwellenden Wasserrinne zerschmettert wird. Berge heben sich jäh, sind erst schroff und werden vor deinen Augen rund und weich, von Wäldern wie mit Filz verkleidet. Das Eis schiebt sich vor und begräbt dabei grünes Land für immer unter Wasser; das Eis weicht zurück. Wälder schießen aus dem Boden und verschwinden wie Hexenringe. Das Eis schiebt sich vor – Berge werden zu Kies zermahlen, der Seen füllt, Land hebt sich naß aus dem Meer wie ein auftauchender Wal –, das Eis weicht zurück.

Ein Blaugrün legt sich auf die höchsten Höhenzüge, ein Gelbgrün breitet sich von Süden aus wie eine Welle über ein Gestade. Rote Farbe scheint von Norden über die Höhenzüge und in die Täler zu sickern, Richtung Süden; Weiß folgt dem Rot, dann fließt ein Gelbgrün nach Norden, dann breitet sich abermals Rot aus, dann Weiß, und so weiter, es entstehen Farbmuster, zu flink und zu fein, als daß sie sich verfolgen ließen. Laß den Film langsamer ablaufen. Du siehst Sandstürme, Heuschrecken, Überschwemmungen in schwindelerregender Abfolge.

Hol dir eine regenreiche Küstenzone heran und sieh dir den Rauch an, der von den Feuern aufsteigt. Steinerne Städte entstehen, breiten sich aus und fallen in sich zusammen, wie alpine Blumenteppiche, die einen Tag lang wenige Zentimeter über dem Dauerfrostboden erblühen, jenem eisigen Boden, aus dem keine Wurzel trinken kann, und innerhalb einer Stunde wieder verwelken. Neue Städte tauchen auf, und Flüsse schieben Treibsand über ihre Dächer; mehr Städte steigen auf und breiten sich flechtenförmig über das Gestein. Die großen Gestalten der menschlichen Geschichte, diese feinen, beseelten Gewebe, die über das Gesicht der Erde streiften, sind ein verschwommenes Flackern, deren Sekundenbruchteile am Licht zu kurz waren, um mehr zu hinterlassen als verkrümmte schattenlose Geisterbilder. Die großen Karibuherden ergießen sich wie Schlacke in die Täler und tröpfeln zurück und ergießen sich, eine braune Flüssigkeit.

Laß den Film noch langsamer ablaufen, gehe noch näher heran. Ein Punkt erscheint, ein Fleischflöckchen. Es schwillt an wie ein Ballon; es bewegt sich, kreist, wird langsamer und verschwindet. Das ist dein Leben.

Unser Leben ist eine schwache Spur auf der Haut des Mysteriums. Die Haut des Mysteriums ist nicht glatter als unser Planet; nicht einmal ein isoliertes Wasserstoffatom hat eine glatte Oberfläche, und eine Kiefer schon gar nicht. Sie ist auch nicht nahtlos gefügt; nicht einmal die Chlorophyll- und die Hämoglobinmoleküle passen genau zusammen, denn auch wenn das Eisenmolekül das Magnesium ersetzt hat, hängen lange Schleifen disparater Atome lose an den Rändern der Molekülschleifen. Die Freiheit ist ein zweischneidiges Schwert. Das Mysterium ist genauso zergliedert und fein gestaltet wie die Form der Luft in der Zeit. Vorstöße in das Mysterium schaffen Buchten und schmale Fjorde, aber das bewaldete Festland bleibt unzugänglich, sowohl von seiner Masse her als auch in den filigransten Säumen. »Jede Religion, die nicht ausdrücklich erklärt, daß Gott verborgen ist, ist nicht wahr«, hat Pascal klipp und klar gesagt.

Was ist der Mensch, daß du seiner gedenkst? Das ist die Frage, in der die großen modernen Religionen so unvorstellbar radikal sind: in der Frage nach der Liebe Gottes! Denn wir können sehen, daß wir so viele sind wie die Blätter an den Bäumen. Und doch könnte es sein, daß unsere Ungläubigkeit eine Ausgeburt unserer Kleinheit ist, geduckte Feigheit, ein massives Versagen unserer Einbildungskraft. Die Natur jedenfalls scheint sich an überschießender Radikalität, an Extremismus und Anarchie zu freuen. Wenn wir die Natur nach ihrer Vernunft oder Plausibilität beurteilen wollten, würden wir nicht glauben, daß die Welt existiert. Unwahrscheinlichkeiten sind das Markenzeichen der Natur. Die Schöpfung besteht aus nichts als extremistischen Randgruppen. Wenn man mir die Schöpfung überlassen hätte, hätte ich mit Sicherheit nicht die Phantasie oder den Mut gehabt, mehr als ein einziges schneeballglattes Atom von angenehmer Größe zu formen, und es damit gut sein lassen. Kein noch so wundervolles Offenbarungserlebnis kann so weit hergeholt sein wie eine einfache Giraffe.

Die Frage des Agnostizismus lautet: Wer hat das Licht angemacht? Die Frage des Glaubens lautet: Wozu bloß? Thoreau besteigt den Mount Katahdin und zeigt sich von der Realität der Dinge dieser Welt fast empört: »Ich fürchte mich vor Körpern, ich zittere davor, ihnen zu begegnen. Was ist das für ein Titan, der von mir Besitz ergriffen hat? Reden wir nicht von Mysterien! – Denk nur an unser Leben in der Natur – die tägliche Berührung mit der Materie, das tägliche darauf Gestoßenwerden – Felsen, Bäume, der Wind an unseren Wangen! die feste Erde! die konkrete Welt! das *gemeinsame* Wirken! *Berührung! Berührung!* Wer sind wir? Wo sind wir? Der starke Gott der Herr, der starke Gott der Herr, weiß es . . .«

Der englische Physiker und Astronom Sir James Jeans hat gesagt, seiner Ansicht nach lasse sich das Universum eher als ein großer Gedanke vorstellen denn als eine große Maschine. Auf dieses Bild stürzten sich die Geisteswissenschaftler, obwohl es eigentlich nichts Neues war. Wir wußten aus der Anschauung, daß ein Gedanke sich verzweigt und Blüten treibt, daß ein Baum Schlüsse zieht. Aber die Frage, wer den Gedanken denkt, ist fruchtbarer als die Frage, wer die Maschine gebaut hat, denn ein Maschinist kann natürlich seine Hände abwischen und gehen, während seine einfache Maschine weitersummt; doch wenn die Aufmerksamkeit des Denkers einen Augenblick nachläßt, verstummt auch sein einfachster Gedanke. Und wie ich deutlich betont habe, ist der Ort, an dem wir uns so unbestreitbar befinden, sei er ein Gedanke oder eine Maschine, zumindest in keinster Weise einfach.

Nein, das Landschaftsbild der Welt ist »sprenklig, gefleckt und bunt«, wie Jakobs aus Labans Herde ausgesonderte Tiere. Laban war hart gewesen, hatte Jakob sieben Jahre um Rahel dienen lassen und ihm dann Rahels Schwester Lea zur Frau gegeben und Rahel zurückgehalten, bis er weitere sieben Jahre gedient hatte. Als Laban Jakob endlich entlohnen wollte, erklärte er sich bereit, Jakob alle Schafe und Ziegen aus der Herde zu überlassen, die sprenklig, gefleckt und bunt waren – die Ausnahmetiere also. Jakob trickste ein bißchen herum, und bald wurden die kräftigsten Lämmer und Zicklein aus Labans reichen Herden sprenklig, gefleckt und bunt geboren. Jakob brach mit seinen Frauen und zwölf Söhnen, den Vätern der zwölf Stämme Israels, nach Kanaan auf und zog später mit diesem Vieh, das das Erbe Israels ist, nach Ägypten und wieder heim, gerade wie die differenzierte sprenklige und gefleckte Welt unser Erbe ist.

Feinheit ist das von Anfang an Gegebene, das Geburtsrecht, und die Feinheit gibt der Komplexität die Robustheit, die Gewähr gegen das Scheitern allen Lebens. Das ist unser Erbe, das gescheckte Landschaftsbild der Zeit. Wir laufen herum; wir sehen einen Bruchteil der unendlichen möglichen Kombinationen einer unendlichen Vielfalt von Formen.

Alles ist möglich; in einer unaufhörlich vor Neuigkeiten funkelnden Welt kann jedes Fleckenmuster entstehen. Ich sehe rotes Blut als schimmernde Pünktchen durch den Schwanz eines Goldfisches strömen; ich sehe die kräftige, ausklappbare Lippe einer Libellennymphe, die einen Goldfisch anstechen und festhalten kann; und ich sehe die verklumpten Knäuel leuchtend grüner Algen, in denen sich die Nymphe verfängt und verhungert. Ich sehe aufgeblähte, reglose Honigtopfameisen, die von gierig tastenden Arbeiterinnen angezapft werden, und ich sehe in Licht getauchte Haie, die sich in einer aufgeworfenen, smaragdgrünen Welle tummeln.

Das Wunder ist – angesichts der Verschlungenheit der Freiheit und des Gestaltenwandels in der Zeit – das Wunder ist, daß nicht alle Formen monströs sind, daß es überhaupt Schönheit gibt, unverhoffte Anmut, gefundene Pennie, wie den freien Fall der Spottdrossel. Die Schönheit ist die Frucht des Überschwangs des Schöpfers, der diese Wirrnis hervorgebracht hat, und das Groteske und Grausige blüht aus dem selben freien Wuchern, dem feinen Krabbeln und Schlängeln im Auf und Ab der Zeit.

So ist sie also, die verschwenderisch ausgegossene Landschaft der Welt, mit großer Geste eingeschenkt, Maß für Maß ausgegossen, fest gepreßt, gut verrührt, überfließend.

9. *Kapitel*

Hochwasser

Es ist Sommer. Wir hatten vor einem Monat eine Zeitlang warmen Frühlingssonnenschein, bei Trockenheit; die Nächte waren kalt. Seitdem war es zeitweise grau, aber nicht drückend, und eine Woche regnerisch, und ich dachte immer wieder: wann kommt endlich die Bullenhitze, die hirnerweichende, mürbemachende Zeit? Heute morgen war es wieder regnerisch, der gleiche Frühlingsregen, und dann kam heute nachmittag ein anderer Regen: ein drei Minuten langer Schauer mit dicken, prasselnden Tropfen. Und als er vorbei war, löste sich die Wolke in einen Dunst auf. Ich kann den Tinker Mountain nicht sehen. Jetzt ist der Sommer da: und mit ihm die Hitze. Von jetzt an ist es Sommer, den ganzen Sommer lang.

Vor zwei Stunden hat die Jahreszeit gewechselt. Wird sich mit ihr auch mein Leben ändern? Es ist eine Zeit für Vorsätze und Umwälzungen. Die Tiere drehen schier durch. Ich muß in den letzten zehn Minuten mindestens zehn Kaninchen gesehen haben. Die Baltimore-Trupiale sind da; auf der andern Straßenseite scheinen unten am Tinker Creek Rotsichelspötter zu nisten. Das Bleßhuhn ist noch da, dick wie ein Truthahn zu Erntedank und genauso unbekümmert; es dreht sich nicht einmal nach einem bellenden Hund um.

Der Fluß führt viel Wasser. Als der Regen heute aufhörte, ging ich über die Straße zu dem umgestürzten Baumstamm, der an der Ochsentränke liegt. Die Ochsen waren auf der anderen Seite, ein schwarzer Klumpen auf einem entfernten Hügel. Das Hochwasser war bis an meinen Stamm gestiegen, den Stamm, auf dem ich sonst sitze, und hatte an der Leeseite einen glatten Schlammwulst abgelagert. Das Wasser selbst war trüb blaßgrün, wie zerpulverte Jade. Es ging noch hoch und reißend, lichtlos, wie nicht von dieser Erde. Ein spindeldürrer Hund, den ich vorher noch nie gesehen hatte, jagte Kaninchen.

In der Nähe des Stammes wuchs ein dichtes Knäuel aus undefinierbaren gelben, fleischigen Dingern. Sie schienen weder richtige Stiele noch richtige Blüten zu haben, sondern nur blinde, planlose Auswüchse, wie geile Kartoffeltriebe im Keller. Ich versuchte, einen aus der bröckeligen Erde zu ziehen, aber sie schienen alle aus einer einzigen festverwurzelten Knolle zu kommen, deshalb ließ ich los.

Trotzdem hatte der Tag etwas Bedrohliches. Eine zerbrochene Whiskeyflasche am Baumstamm; die braune Schwanzspitze einer Schlange, die hinter mir zwischen zwei Felsen am Hang verschwand; das Kaninchen, das der Hund beinahe erwischte; die Tollwut, die, wie ich wußte, im Bezirk herrschte; die Bienen, die mich nervös machten, indem sie mir ständig mit ihren behaarten Füßen an der Stirn krabbelten...

Ich machte mich auf in den neuen Wald am Fluß, den Motorradwald. Er war seltsam still. Die Luft war so dunstig, daß ich kaum etwas sehen konnte. Der tiefe Graben zwischen dem Wald und dem Feld war beim Hochwasser vollgelaufen und jetzt mit einer toten hellbraunen Matschschicht überzogen. An der ausgehöhlten Grabenkante waren die knorrigen orangefarbenen Wurzeln eines Baumes freigespült worden; jetzt hingen die Wurzeln als leeres Netz in der Luft und umklammerten eine sinnlose Glühbirne, die das abfließende Wasser dort zurückgelassen hatte. Die ganze Zeit, während ich in dem Wald war, umkreisten mich ganz langsam vier Häher, die sich ausgesprochen seltsam verhielten und immer die gleichen zwei langanhaltenden Töne ausstießen. Es wehte kein Hauch.

Als ich aus dem Wald trat, hörte ich laute Schüsse; sie hallten bedrohlich durch die feuchte Luft. Aber als ich die Straße hinaufging, sah ich, woher sie kamen, und die unheilschwangere Atmosphäre des Nachmittags löste sich mit einem Schlag auf. Sie kamen von zwei Müllastern, riesigen Müllschluckern mit Gürteltierbuckeln, deren Fahrer den Motoren laute Fehlzündungen entlockten, um den hübschen Nachbarstöchtern zu imponieren, High-School-Mädchen, die eben aus dem Schulbus gestiegen waren. Die langhaarigen Mädchen wanderten an die Straßenecke, wo sie als kicherndes Häuflein stehenblieben; die

Müllaster brausten im Triumph davon, als wären sie die Tarleton-Zwillinge, die ihren Vollblütern vor den Toren von Tara die Sporen geben. In der Ferne stieg aus den Wassern der Carvin's Cove ein weißer Nebel auf, von dem sich langgezogene Streifen an den Berghängen fingen. Ich stand frohgestimmt auf meiner Veranda und hatte keine Lust, ins Haus zu gehen.

Um diese Zeit im letzten Jahr hatten wir gerade das große Hochwasser. Eigentlich war es der Hurrikan Agnes, aber als er endlich bis in unsere Breiten vorgedrungen war, hatten ihn die Meteorologen bereits zu einem tropischen Sturm degradiert. Einem Zeitungsausschnitt, den ich aufbewahrt habe, entnehme ich das Datum: der einundzwanzigste Juni, Sommersonnenwende, Mittsommer, der längste Tag des Jahres; aber das war mir damals gar nicht aufgefallen. Es war alles so aufregend, und so tief, tief dunkel.

Den ganzen Tag gab es nichts als Regen. Es regnete, und der Fluß begann zu steigen. Der Fluß steigt natürlich jedesmal, wenn es regnet; das war diesmal nichts Neues. Aber es hörte nicht auf zu regnen, und am Morgen des einundzwanzigsten stieg der Fluß immer höher.

An jenem Morgen stehe ich am Küchenfenster. Tinker Creek ist über seine gut einszwanzig hohen Ufer getreten, ein ganzes Stück schon, und er steigt noch immer. Der überflutete Fluß sieht nicht aus wie unser Fluß. Unser Flüßchen plätschert klar über die Steine; der hohe Fluß deckt alles unter einer planen undurchsichtigen Fläche zu. Er sieht aus wie ein Fluß von anderswo, der unseren Fluß gestohlen oder gefressen hat und jetzt panisch zu fliehen versucht, groß und häßlich wie eine Schwarznatter, die sich in einer Küchenschublade gefangen hat. Er hat eine scheußliche Farbe, ein rostiges Beige. Wasser, das lehmige Erde mitgeschwemmt hat, ist häßlicher als andere schlammige Gewässer, weil die Lehmpartikelchen so fein sind; sie breiten sich aus und trüben das Wasser, daß man nicht einmal hindurchsehen kann, wenn es zwei Finger hoch in einem Trinkglas steht.

Alles sieht anders aus. Wo meine Augen Tiefe gewöhnt sind, sehe ich eine Wasserfläche, nahe, zu nahe. Ich sehe Bäume, die mir bisher nicht aufgefallen sind, die schwarzen Senkrechten ihrer regendurchtränkten Stämme ragen aus dem hellen Wasser wie Pfähle für ein verrottetes Dock. Verschwunden ist die Stille der grasigen Ufer und der felsigen Vorsprünge; ich sehe Rauschen, ein wildes Strömen und Reißen in eine Richtung, schnell und unerbittlich wie ein Wasserfall. Die Atkins-Kinder sind in ihren winzigen Regensachen draußen und staunen das Flußungeheuer an. Es ist bis an ihre Gartenpforte gestiegen; die Nachbarn versammeln sich, ich gehe hinaus.

Ich höre ein Tosen, ein hohes windiges Geräusche mehr wie Luft als Wasser, wie das diffuse Knattern eines Hubschrauberpropellers, wenn der Motor gerade ausgestellt worden ist, ein hohes millionenfaches Rauschen. Die Luft riecht feucht und beißend, nach Heizöl oder Insektiziden. Es regnet.

Mir droht keine Gefahr; mein Haus liegt hoch. Ich laufe eilig die Straße hinunter zur Brücke. Nachbarn, die sich den Winter über kaum gesehen haben, stehen da und schütteln die Köpfe. Das haben nur wenige von ihnen schon einmal gesehen: das Wasser fließt über die Brücke. Selbst wenn ich die Brücke jetzt sehe, und ich sehe sie täglich, kann ich es nicht glauben; das Wasser stand höher als die Brücke, etwa einen halben Meter höher als die Brücke, die zu normalen Zeiten dreieinhalb Meter über der Wasseroberfläche verläuft.

Jetzt geht das Wasser leicht zurück; irgendwer kommt mit leeren Blechtrommeln, die wir an die Brücke rollen und zu einem Viereck aufstellen, um sie für Autos zu sperren. Es braucht einen gewissen Mut, die Brücke überhaupt zu betreten; die Fluten haben einen Betonkeil weggerissen, der die Brücke am Ufer abgestützt hat. Jetzt hängt eine Ecke der Brücke scheinbar ohne Stütze in der Luft, während das Wasser nur wenige Zentimeter tiefer in einem Bogen drunter herschießt.

Es ist schwer, alles zu erfassen, weil alles so neu ist. Ich betrachte den Fluß zu meinen Füßen. Er kracht unter die Brücke wie eine Faust, aber seine Kraft ist ohne Anfang und Ende; er saust weiter, so weit mein Blick reicht, bis er um die Biegung schlingert, das Tal füllt, ausflacht, plattwalzt, unaufhaltsam getrieben, breiter und schneller, bis er meinen Kopf ganz gefüllt hat.

Er ist wie ein Drache. Vielleicht liegt es daran, daß die Brücke, auf der wir stehen, nicht sicher ist, jedenfalls fällt mir auf, daß alle nicht anders können, als sich vorzustellen, daß sie von den Fluten mitgerissen werden, und die Überlebenschancen durchzuspielen. Es wäre aussichtslos. Selbst Mark Spitz könnte nicht überleben. Das Wasser türmt sich, wo die Brückenpfeiler an den Ufern verhindern, daß die enormen Massen in die Breite ausweichen, und es in die Höhe zwingen. Der so entstehende Bogen stößt in die Tiefe wie ein abtauchender Wal und zertrümmert alles, was er mitreißt, auf dem Flußgrund. »Da kriegst du nicht mal mit, was dir den Schlag versetzt hat«, sagt einer der Männer. Aber wenn du es doch schafftest, wieder an die Oberfläche zu kommen ...? Wie schnell kannst du leben? Du bräuchtest eine Windschutzscheibe. Du könntest den Kopf nicht oben halten; direkt unter der Oberfläche ist das Wasser am schnellsten. Du würdest herumwirbeln wie eine Socke im Wäschetrockner. Du könntest dich nicht an einem Baumstamm festhalten, ohne den Arm zu verlieren. Nein, du könntest nicht überleben. Und wenn sie dich je fänden, wären deine Eingeweide prall mit rotem Lehm ausgestopft.

Ich muß schon alle Kraft zusammennehmen, um aufrecht zu stehen. Mir ist schwindelig, ich fühle mich ausgezehrt, groggy. Unter mir schlagen die brodelnden Wasser wilden Schaum auf, der aussieht wie verdreckte Spitzenborte, die in einem fort vor meinen Augen aufquillt und reißt. Wenn ich wegschaue, bewegt sich die Erde rückwärts, steigt und schwillt von der Stelle aus an, auf die ich meinen Blick fixiere, in Gegenrichtung zu den Fluten. Das vertraute Land sieht aus, als wäre es nicht fest und real, sondern auf eine Leinwand gemalt wie eine Kulisse, und die ausgerollte Leinwand hat jemand geschüttelt, so daß die Erde wankt und die Luft dröhnt.

Alles, was man sich vorstellen kann, saust vorbei, beinahe zu schnell, um es zu sehen. Wenn ich auf der Brücke stehe und stromab schaue, wird mir schwindelig; aber wenn ich mich stromauf wende, habe ich das Gefühl, einer Lawine bei der Arbeit zuzusehen. Da schwimmen Puppen, Holzscheite und Anmachholz, tote junge Singvögel, Flaschen, ganze Büsche und

Bäume, Rechen und Gartenhandschuhe. Hölzerne, grob behauene Eisenbahnschwellen schießen schneller vorbei als jeder Expreßzug. Ein Lattenzaun schaukelt dahin und ein hölzernes Gartentor. Es kommen so viele weiße gallonengroße Plastikmilchflaschen daher, daß sie, als das Hochwasser zurückgeht, an den grasigen Ufern hängenbleiben und aus der Entfernung aussehen wie ein weißer Gänseschwarm.

Ich rechne damit, alles mögliche zu sehen. In dieser einen Hinsicht ist der Fluß bei Hochwasser mehr er selbst als zu jeder andern Zeit: ein Medium zwischen hier und dort. Ich wäre nicht im geringsten überrascht, wenn John Paul Jones um die Biegung käme, an Deck der *Bon Homme Richard*, oder wenn Amelia Earhart fröhlich aus dem Cockpit ihrer vorbeischwimmenden Lockheed winkte. Warum kein Cello, kein Korb mit Brotfrucht, keine Truhe mit antiken Münzen? Da kommt die Franklin-Expedition auf Schneeschuhen, und die drei Weisen aus dem Morgenland mitsamt ihren Kamelen, auf einer Barkasse mit Baldachin!

Die ganze Welt ist überflutet, das Land wie das Wasser. Wasser strömt die Baumstämme hinab, tropft von Hutkrempen, läuft über Straßen. Die ganze Erde scheint wie Sand über eine Förderrinne abwärts zu rutschen; selbst an den flachsten Abhängen legt das abfließende Wasser das Gras flach, daß es mit der silbernen Seite nach oben in Fließrichtung zeigt. Überall sind Fallholz und gestrandete Zweige und belaubte Äste, Holz aus Holzhaufen, Flaschen und triefendes Stroh über den Boden zerstreut oder als wellenförmige Bänder abgelagert. In plattgewalzten Gärten schwimmen Tomaten buchstäblich im Schlamm; sie sehen aus, als hätte sie jemand unzerteilt in einen kochenden braunen Eintopf geworfen. Das Wasser geht mir an den Schuhen bis über die Zehenspitzen. Auf den ebenen Flächen steht hellbraunes Wasser so hoch, daß das Gras kaum noch zu sehen ist; es sieht aus wie eine groteske Parodie von leichtem Schnee auf dem Feld, wenn nur noch die dunklen Spitzen der Grashalme herausschauen.

Wenn ich über die Straße gucke, traue ich meinen Augen nicht. Unmittelbar hinter der Straßenböschung stehen Wellen, zu rhythmischen Spitzen aufgepeitschte Wellen, die stromabwärts jagen. Der Hügel, an dem ich der Gottesanbeterin beim Eierlegen zugeschaut habe, ist ein Wasserfall, der sich in ein braunes Meer ergießt. Ich weiß nicht einmal mehr, wo der Fluß sonst fließt – jetzt ist er überall. Mein Baumstamm ist auf jeden Fall weg, denke ich – dabei hält er, wie ich später entdecke, eingeklemmt zwischen lebenden Bäumen. Nur das Kabel, an dem der Ochsenzaun hängt, ist zu sehen, nicht der Zaun selbst; die Rinderweide ist vollständig überflutet, ein brauner Fluß. Der Fluß sprengt seine Ufer und rast durch die Wälder, in dem die Motorräder sonst fahren, und reißt alle, außer die kräftigsten, Bäume aus. Das Wasser ist so tief und weit, daß man den Eindruck hat, man könnte es mit der *Queen Mary* befahren, bis oben an den Tinker Mountain.

Was machen die Tiere bei solch einem Hochwasser? Ich sehe eine ertrunkene Bisamratte vorbeischwimmen, die Beine wie zum Fliegen ausgebreitet, aber sie können doch nicht alle sterben; das Wasser steigt nach jedem kräftigen Regenguß, und der Fluß ist trotzdem voller Bisamratten. Dieses Hochwasser reicht höher als ihre erhöhten Schlafplattformen in den Uferböschungen; sie müssen wohl einfach in höheres Gelände sausen und ausharren. Wohin gehen die Fische, und was machen sie? Vermutlich können ihre Kiemen aus diesem Schlamm Sauerstoff herausfiltern, aber ich weiß nicht wie. Sie müssen sich wohl hinter allen Barrieren, die sie finden können, vor der Strömung verstecken und ein paar Tage fasten. So muß es sein, sonst hätten wir keine Fische mehr; sie wären alle im Atlantischen Ozean. Was ist mit Reihern und Eisvögeln zum Beispiel? Sie können keine Beute sehen. Es kommt mir, wenn ich Tiere sehe, für gewöhnlich vor, als wären ihre Geschäfte so dringend, daß sie nicht einfach um achtundvierzig Stunden aufzuschieben wären. Flußkrebse, Frösche, Schnecken, Rädertierchen? Die meisten dürften einfach sterben. Sie können unmöglich überleben. Und ich nehme an, wenn das Wasser sinkt und wieder klar wird, genießen die Überlebenden das Leben in vollen Zügen, ohne Konkurrenz. Aber man sollte doch meinen, daß das letzte Glied der Nahrungskette verloren wäre – daß die ganze Pyramide keine Planktonbasis mehr hätte und bröckeln oder mit einem dumpfen Knall in sich zusammenbrechen würde. Vielleicht werden ständig genug Sporen und Larven und Algen aus langsameren Gewässern von weiter oben herangetragen, um die Populationen wieder aufzufüllen ... ich weiß es nicht.

Ein paar kleine Kinder haben eine tablettgroße Schnappschildkröte gefunden. Es ist schwer zu glauben, daß dieser Fluß ein Raubtier von dieser Größe ernähren kann: ihr Panzer hat einen Durchmesser von fünfundvierzig Zentimetern, und ihr Kopf ragt fast zwanzig Zentimeter aus dem Panzer. Als die Kinder – in Begleitung eines eingeschüchterten Terriers – sich ihr am Ufer nähern, bäumt sich die Schildkröte auf ihren dicken Vorderbeinen auf und faucht ausgesprochen eindrucksvoll. Ich hatte irgendwo gelesen, daß Schildkröten dank ihres festen Panzers keine ausdehnbaren Lungen haben; sie müssen nach Luft schnappen. Und aus dem selben Grund haben sie im Innern nur beschränkt Platz, so daß sie, wenn sie Angst bekommen und den Rückzug antreten wollen, Luft aus der Lunge ausstoßen müssen, um für Kopf und Füße Platz zu schaffen – daher das böse Fauchen.

Als ich das nächste Mal hinschaue, sehe ich, daß die Kinder die Schildkröte irgendwie in einen Waschbottich bugsiert haben. Sie wedeln ihr mit einem Besenstiel vor der Nase herum, in der Hoffnung, daß sie zuschnappen und ihn wie ein Streichholz durchbrechen wird, aber das Tier denkt nicht daran, ihnen den Gefallen zu tun. Die Kinder sind am Boden zerstört; ihr Leben lang haben sie gehört, was man mit einer Schnappschildkröte machen muß: man muß ihr einen Besenstiel hinhalten, und schnapp ist er durchgebrochen, wie ein Streichholz. Das ist Natur; ein bombensicherer Trick. Aber die Schildkröte verweigert sich total. Sie weicht dem Besenstiel mit scheinbar langmütig unterdrückter Wut aus. Sie lassen sie frei, und sie läuft schnurstracks ans Ufer, springt ohne Zögern in das reißende Hochwasser, und das ist das letzte, was wir von ihr sehen.

Von der Menschenmenge auf der Brücke ertönt ein Jubeln. Der Lastwagen mit einer Pumpe für den Keller der Bowerys ist eingetroffen, hurra! Wir rollen die Blechtrommeln beiseite, zu meinem Erstaunen schafft der Laster es über die Brücke – die Menge schreit noch einmal hurra. Die Staatspolizei fährt vorbei; hier oben ist alles in Butter; weiter stromabwärts haben Leute Probleme. Die Brücke über den Tinker Creek bei den Bings sieht aus, als wollte sie jeden Augenblick einstürzen. Ein Baumstamm hat sich ins Geländer geklemmt, und ein großes Stück Beton ist rausgebrochen. Die Bings sind verreist, und ein junges Paar wohnt dort, »um auf das Haus aufzupassen«. Was können sie tun? Der Mann ist morgens wie gewöhnlich zur Arbeit gefahren; ein paar Stunden später wurde seine Frau an der Haustür mit einem *Motorboot* evakuiert.

Ich ging zu den Bings. Die meisten Leute von unserer Brücke landen mit der Zeit dort; das Haus liegt nur ein kleines Stück die Straße hinunter. Wir zockeln im Regen dahin und werden immer mehr. Auch die Männer, die nicht zu Hause arbeiten, sind hier; ihre Frauen haben sie heute morgen am Arbeitsplatz angerufen, um ihnen mitzuteilen, daß der Fluß schnell steigt und daß sie lieber nach Hause kommen sollen, solange es noch geht.

Bei den Bings haben sich bereits eine Menge Leute eingefunden; alle wissen, daß ihr Grundstück tief liegt. Der Fluß steht bis über die Hobbyraumfenster, die Garagentür ist nur noch halb zu sehen. Im Laufe des Tages werden ein paar Leute alles herausholen, was zu retten ist, und es zu trocknen versuchen: Bücher, Teppiche, Möbel – im Erdgeschoß stand das Wasser bis an die Decke. An der Brücke vorm Haus versucht ein Straßenbautrupp mit einer langstieligen Axt den eingeklemmten Baumstamm freizuhacken. Der Stiel ist nicht so lang, daß sie dabei nicht auf der Brücke stehen müßten, im Tinker Creek. Ich laufe ein Stück auf einem Ziegelmäuerchen, das gebaut wurde, um den Fluß bei Hochwasser vom Haus fernzuhalten. Das Mäuerchen hält prima, doch jetzt, wo der Wasserpegel sinkt, verhindert es das Abfließen des Wassers, das um das Haus steht. Auf dem Mäuerchen kann ich mitten in die Fluten hinausspazieren. Auf dem Rückweg treffe ich jetzt einen jungen Mann, der mir entgegenkommt. Das Mäuerchen ist einen Stein breit; wir können nicht aneinander vorbei. Also nehmen wir uns bei den Händen und lehnen uns rückwärts über das reißende Wasser hinaus; wir verzahnen die Füße nach dem Reißverschlußverfahren, ziehen die Arme an, stehen wieder und setzen unsere Wege fort. Die Kinder haben eine Klapperschlange entdeckt, die sich zum Schutz vor dem Wasser in einen Busch gehängt hat; jetzt wollen sie alle über das Mäuerchen zu dem Busch, um sich von der Schlange beißen zu lassen.

Die Atkins-Kinder sind da, sie hopsen auf und ab. Ich frage mich, ob ich die Brücke durch Auf- und Abhüpfen zum Einsturz bringen könnte. Ich könnte mich ans Geländer stellen, wie an die Reling eines Dampfschiffs, und aufgeregt schreien: »Drei Faden! Zweidreiviertel! Zweieinhalb Faden! Zwei!«, während die Strömung die zerborstene Brücke außer Sichtweite um die Biegung trüge, bevor sie unterginge ...

Alle andern stehen herum. Einige der Frauen haben merkwürdige Plastikschirme, die aussehen wie Taucherglocken, Schirme, die sie nicht aufklappen, sondern überziehen; sie stehen nicht drunter, sondern drin. Sie sehen alles verschwommen, wie aus einem Goldfischglas. Ihre Stimmen aus dem Innern klingen weit entfernt, aber in ihnen schwingt eine Heiterkeit mit, die deutlich sagt: »Lächerlich, nicht?« Einige der Männer tragen ihre Anglerhüte. Andere halten ihre Köpfe gebückt unter zusammengelegte Zeitungen, die sie nicht besonders hoch halten, weil sie einen Kompromiß suchen, der ihnen erlaubt, einen trockenen Kopf zu behalten, während möglichst wenig Wasser in die Ärmel läuft. Vermutlich aus Höflichkeit senken sie diese Zeitungen, wenn sie mit jemandem sprechen, und blinzeln freundlich in den Regen.

Frauen bringen den Straßenarbeitern Kaffee in Bechern. Sie haben kaum eine Kerbe in den Baumstamm geschnitten, und sie geben auf. Da muß eine Motorsäge her; der Wasserpegel sinkt ohnehin, und die Gefahr ist vorüber. Ein Kind fängt an, Kunststükke auf dem Skateboard vorzuführen; ich gehe nach Hause.

Am selben Tag, als ich hier auf den Brücken über den Tinker Creek stand, stand ein Freund von mir, Lee Zacharias, auf einer Brücke über den James River in Richmond. Dort war es ein windstiller Tag, ohne eine Wolke am Himmel. Der James River war nur knappe drei Meter über Normal, was nicht allzu spektakulär aussah. Aber im Wasser schwamm schier alles unter der lieben Sonne. Während Lee zuschaute, sausten Hühnerställe vorüber, halbe Häuser, Veranden, Treppen, ganze entwurzelte Bäume – und schließlich eine aufgedunsene Pferdeleiche. Lee wußte es, und mit ihm wußte es ganz Richmond: es kommt.

Der James River erreichte dort den Höchststand von neun Meter sechzig. Die ganze Stadt stand unter Wasser, und überall fiel der Strom aus. Als Gouverneur Holton die Soforthilfeverordnung unterschrieb – in dem unser Bezirk als eines der nationalen Notstandsgebiete aufgeführt war –, mußte er es bei Kerzenlicht tun.

In jener Nacht geschah in der stockfinsteren Gouverneursvilla etwas Seltsames. Gouverneur Holton ging über einen der Flure im Obergeschoß und traute seinen Augen nicht, als er eine Glühbirne in einer Fassung an der Decke leuchten sah. Es war eine von drei Birnen, die alle tot waren – die ganze Stadt war tot –, aber diese eine Birne gab ein schwaches elektrisches Licht. Er starrte sie an, kratzte sich am Kopf und ließ einen Elektriker kommen. Der Elektriker starrte die Birne an, kratzte sich am Kopf und traf die Feststellung: »Unmöglich.« Der Gouverneur ging wieder ins Bett, und der Elektriker fuhr wieder nach Hause. Es wurde nie eine Erklärung gefunden.

Später zog Agnes weiter nach Maryland, Pennsylvania, New York, forderte Todesopfer und richtete Schäden in Höhe von mehreren hundert Millionen Dollar an. Allein hier in Virginia kostete der Sturm zwölf Menschen das Leben und zerstörte Sachwerte in Höhe von 166 Millionen Dollar. Aber in Pennsylvania schlug er zweimal zu, im Kommen und im Gehen. Ich unterhielt mich mit einem Hubschrauberpiloten, der mitgeholfen hatte, verweste Leichname von einem überfluteten Friedhof in Wilkes-Barre in Pennsylvania zu bergen. Das Hochwasser hatte die Leichen auf Dächer gespült und in Bäume; die arg mitgenommenen Piloten mußten alle paar Stunden abgelöst werden. Der, mit dem ich mich in einem kleinen Imbiß an den Peaks of Otter am Blue Ridge Parkway unterhielt, hatte Vietnam weniger schlimm gefunden. Wir hier waren glücklich dran.

Diesen Winter hörte ich eine letzte Hochwassergeschichte, über eine besondere Belohnung, die das Hochwasser den Bings brachte, eine Überraschung, die so unerwartet war wie ein vor der Haustür abgesetztes Baby in einem Korb.

Die Bings kehrten zurück, und ihr Haus war hin, doch es gelang ihnen trotzdem irgendwie, fast alles wieder herzurichten und so weiterzuleben wie zuvor. Eines Nachmittags im Herbst besuchte sie ein Freund von mir; als er kam, ging gerade ein Mann, ein Professor mit einem dicken Buch unterm Arm. Die Bings führten meinen Freund in die Küche, wo sie voll Stolz die Ofentür öffneten und ihm einen gigantischen Pilz zeigten – den sie brieten, um ihn am nächsten Tag ihren Gästen vorzusetzen. Der Professor mit dem Buch hatte gerade bestätigt, daß er eßbar war. Ich stellte mir vor, wie der Pilz schrumplig, schwarz und tellergroß auf geheimnisvolle Weise über Nacht im Wohnzimmer der Bings – aus der Rücklehne der Polstercouch etwa oder aus einem immer noch leicht klammen Läufer unter einem Sessel – emporschoß.

Leider war die Geschichte, wie ich sie für mich ausgeschmückt hatte, nur teilweise wahr. Die Bings essen häufig Pilze aus dem Wald, und sie wissen, was sie tun. Dieser spezielle Pilz war draußen unter eine Platane gewachsen, auf erhöhtem Gelände, das vom Hochwasser unberührt geblieben war. Demnach hatte er nichts mit dem Hochwasser zu tun. Trotzdem ist es eine gute Geschichte, und mir gefällt der Gedanke, daß das Hochwasser ihnen ein Geschenk hinterlassen hat, einen Trostpreis, dergestalt, daß sie auf Jahre hinaus hier und dort im Haus immer mal wieder eßbare Pilze finden, ein Abendessen im Bücherregal, hors d'œuvres im Klavier. Das wäre doch nett gewesen.

10. Kapitel

Fruchtbarkeit

I

Heute nacht wurde ich von meinen eigenen Schreien wach. Schuld muß die gräßliche gelbe, aus der hochwassernassen Erde wuchernde Pflanze gewesen sein, die ich gestern in der Nähe des Baumstammes am Tinker Creek gesehen habe, diese fleischige, schneckenartig konturlose Pflanze, die sich durch den Boden meines Gehirns gearbeitet hat, während ich schlief, und zu dem Traum der Fruchtbarkeit erblüht ist, der mich geweckt hat.

Ich beobachtete zwei riesige Mondspinner bei der Paarung. Mondspinner sind diese zarten gespenstischen Nachtfalter, Feenfalter, deren handtellergroße Flügel schwalbenschwanzartig zulaufen, pastellgrün mit seidigem Lavendel gesäumt. Aus dem behaarten Kopf des Männchens sprossen zwei gigantische, pelzige Fühler, die ihm bis über die ätherischen Flügel hingen. Es saß auf dem Weibchen und krümmte sich wiederholt mit schrecklicher animalischer Heftigkeit.

Es war das perfekte Bild vollkommener Vergeistigung bei vollkommener Erniedrigung. Ich war fasziniert und konnte die Augen nicht abwenden. Tatsächlich ermöglichte mein Zuschauen ihnen erst die Paarung, also erklärte ich mich innerlich bereit, die Folgen zu akzeptieren – nur weil ich sehen wollte, was geschah. Ich wollte in ein Geheimnis eingeweiht werden.

Und dann brachen die Eier auf, und das Bett war voller Fische. Ich stand am andern Ende des Zimmers in der Tür und starrte auf das Bett. Die Eier platzten vor meinen Augen auf, auf meinem Bett, und schon schwammen dort tausend dralle Fische in einem zähen Schleim. Die Fische waren fest und feist, schwarz und weiß, mit dreieckigen Leibern und Glubschaugen. Ich beobachtete voll Entsetzen, wie sie sich fast einen Meter dick in schimmerndem, transparentem Schleim wanden, wie sie umherquitschten und schwammen. Fische im Bett! – und ich wachte auf. In meinen Ohren schrillte noch der fremde Schrei, den meine Stimme ausgestoßen hatte.

Gegen Albträume ißt man wilde Möhre, *Daucus carota*, oder man zerkaut die schwarzen Samen der wilden Pfingstrose. Aber zur Vorbeugung war es zu spät, und eine Heilkur gibt es nicht. Welche Wurzel oder welcher Same kann diese Szene aus meinem Gedächtnis tilgen? Närrin, dachte ich, Kindskopf, du Kindskopf, du dumme, unschuldige Närrin. Was hast du zu sehen erwartet – Engel? Denn es war im Traum klar, daß ich an dem Bett voller Fische selbst schuld war, daß sie, wenn ich mich von den sich paarenden Nachtfaltern abgewendet hätte, gar nicht oder zumindest irgendwo im Verborgenen, anderswo, ausgeschlüpft wären. Ich hatte ihn mir selbst zuzuschreiben, diesen Glibber, dieses Gewimmel.

Ich weiß nicht, was an Fruchtbarkeit so erschreckend ist. Ich vermute, es ist der wuselnde Augenschein, daß Geburt und Wachstum, von uns wertgeschätzt, allgegenwärtig und blind sind, daß das Leben selbst so erstaunlich billig ist, daß die Natur so leichtsinnig wie freigebig ist und daß mit der Extravaganz eine niederschmetternde Verschwendung einhergeht, der auch unser eigenes billiges Leben eines Tages zum Opfer fallen wird, mitsamt Henle-Schleifen und allem. Jedes glitzernde Ei ist ein memento mori.

Nach einer Naturkatastrophe wie einem Hochwasser macht die Natur »ihr Comeback«. Die Leute benutzen diesen optimistischen Ausdruck ohne wirkliche Vorstellung von den Belastungen und der Verschwendung, die dieses Comeback mit sich bringt. Jetzt, Ende Juni, geht es draußen hoch her. Tiere legen Eier und werfen Junge; Larven werden fett, brechen aus ihren Schalen und fressen sie auf; Keimzellen vergehen oder wuchern los; Wurzelhaare vervielfachen sich, Maiskolben schwellen am Stiel, Gras schießt in Saat, Triebe brechen prall in ihren Scheiden aus der Erde hervor; nasse Bisamratten, Kaninchen und Eichhörnchen gleiten wimmernd und blind ans Licht der Sonne; und überall teilen sich wäßrige Zellen und schwellen an, schwellen an und teilen sich. Ich kann Gefallen dran finden und von Geburt und Regeneration sprechen, oder ich kann den Advocatus Diaboli spielen und von maßloser Fruchtbarkeit sprechen – und sagen, daß die Hölle los ist.

Und genau das habe ich vor. Zum Teil als Folge meines furchtbaren Traums laboriere ich daran herum, daß das von mir gezeichnete Bild der feingestalteten Welt ungenau und schief ist. Es ist zu optimistisch. Denn die Vorstellung von der unendlichen Vielfalt der Details und der Vielheit der Formen ist eine gefällige Vorstellung; der Komplexität wohnt die Schönheit inne, der Vielfalt Großzügigkeit und Überschwang. Doch in all dem ist etwas Wesentliches ausgelassen. Ich sehe nicht eine Kiefer, sondern tausend. Auch ich bin nicht eine, sondern Legion. Und wir müssen alle sterben.

In dieser Vervielfältigung von Individuen liegt ein hirnloses Stottern, eine idiotische Starre, die mit ins Bild muß. Die treibende Kraft hinter dieser ganzen Fruchtbarkeit ist ein schrecklicher Zwang, den ich ebenfalls bedenken muß, der Zwang zu Geburt und Wachstum, ein Druck, der die Rinde der Bäume spaltet und Samen hervorstößt, der das Ei auspreßt und den Kokon aufbricht, der die Kreatur unaufhaltsam hungern und gieren läßt und sie dem eigenen Tod entgegen treibt. Ich habe also über Fruchtbarkeit nachgedacht, über Fruchtbarkeit und Wachstumszwang. Fruchtbarkeit ist ein häßliches Wort für ein häßliches Thema. Es ist zumindest häßlich, wo es um die Eierwelt der Tiere geht. Bei Pflanzen ist das, glaube ich, anders.

Mir ist noch nie ein Mensch begegnet, der von einer Wiese voller identischer Grashalme erschüttert war. Bei einem Feld voller Mohn und einem Wald voller Fichten kriegt niemand zuviel. Selbst der Anblick von zwanzig Quadratkilometern Weizen macht die meisten Menschen froh, obwohl er eigentlich genauso unnatürlich und abnorm ist wie Frankensteins Monster; wenn die Menschen ausstürben, habe ich irgendwo gelesen, würde Weizen sie nicht länger als drei Jahre überleben. Nein, in der Pflanzenwelt, und vor allem in der Welt der blühenden Pflanzen, stellt üppige Fruchtbarkeit keinen Angriff auf menschliche Werte dar. Mit Pflanzen stehen wir nicht in Konkurrenz; sie sind unsere Beute und unser Nistmaterial. Wir verzweifeln angesichts ihrer Ausbreitung ebensowenig wie eine Eule über eine Bevölkerungsexplosion unter den Feldmäusen.

Nach dem Hochwasser im letzten Jahr fand ich einen großen Ast eines Tulpenbaums, den der Wind in den Tinker Creek geschleudert hatte. Die Strömung hatte ihn auf ein paar Steine am Ufer gespült, wo das sinkende Wasser ihn zurückließ. Einen Monat nach dem Hochwasser entdeckte ich, daß er neue Blätter trieb. Beide Enden des Astes hingen in der Luft und waren vollständig ausgetrocknet. Ich war verblüfft. Es war wie das alte Märchen vom Bartwuchs der Leichen; es war, als würde der Holzhaufen in meiner Garage mit einemmal ausschlagen. Die Art, wie Pflanzen unter den schwierigsten Umständen überdauern, ist wahrlich ermutigend. Ich kann mich kaum davor zurückhalten, diesen Pflanzen einen Willen zuzuschreiben, einen draufgängerischen Mut, und muß mich mühselig daran erinnern, daß codierte Zellen und schlichter Wasserdruck keine Ahnung davon haben, wie großartig sie dem Schicksal trotzen.

In der finstersten Bronx fanden Naturfreunde zum Beispiel einen Götterbaum, der fünf Meter lang aus der Ecke eines Garagendaches wuchs. Er wurzelte in und ernährte sich von »Straßenstaub und Dachpappenschlacke«. Noch bemerkenswerter ist eine Wüstenpflanze, *Ibervillea sonorae* – aus der Kürbisfamilie –, die bei Joseph Wood Krutch beschrieben ist. Wenn man diese Pflanze in der Wüste sieht, sieht man nur ein ausgetrocknetes, loses Stück Holz. Sie hat weder Wurzeln noch Stiele; sie ähnelt einem alten grauen Knorren. Aber sie lebt. Jedes Jahr vor der Regenzeit schickt sie ein paar Wurzeln und Triebe aus. Wenn der Regen kommt, sprießen ihr Blüten und Früchte; diese verwelken und verwittern bald wieder, und sie fällt in ihren treibholzstillen Zustand zurück.

Nun, eine solche ausgetrocknete *Ibervillea sonorae* stellte der New Yorker Botanische Garten in einem Glaskasten aus. »Sieben Jahre lang«, berichtet Joseph Wood Krutch, »sandte sie, ohne Erde oder Wasser nackt im Kasten liegend, Jahr für Jahr in Erwartung der Regenzeit ein paar Triebe aus und vertrocknete wieder, als kein Regen kam, und hoffte auf mehr Glück im nächsten Jahr.« Das nenne ich dem Schicksal trotzen.

(Es ist schwer zu verstehen, warum niemand im New Yorker Botanischen Garten das Erbarmen hatte, dem armen Ding ein bißchen Wasser zu geben. Dann hätten sie auf das Schild am Glaskasten schreiben können: »Hier liegt eine lebende Pflanze.« Doch nach acht Jahren hatten sie nur noch eine tote Pflanze, so tot, wie sie schon die ganze Zeit ausgesehen hatte. Durch das Schild mit der Aufschrift »Tote *Ibervillea sonorae*« verstärkt, hätte ihr Anblick die Besucher des Botanischen Garten zutiefst melancholisch gestimmt. Ich vermute, sie werden sie schlicht in den Müll geworfen haben.)

Der Wachstumszwang der Pflanzen kann eine eindrucksvolle Vielzahl an Kunststücken vollbringen. Bambus kann in vierundzwanzig Stunden einen Meter schießen, eine Leistung, die man sich, wie gern erzählt wird, bei der erlesenen asiatischen Foltermethode zunutze macht, wo ein Opfer nur dreißig Zentimeter über einem Beet mit gesunden, oben angespitzten Bambuspflanzen auf ein geflochtenes Bett gefesselt wird. In den ersten acht Stunden setzt ihm nur die Angst zu; dann wird das Opfer nach und nach durchlöchert wie ein Sieb.

Unten am Wurzelende der Dinge erreicht blindes Wachstum erstaunliche Ausmaße. Soweit ich weiß, ist bisher erst ein einziges Experiment durchgeführt worden, um die Geschwindigkeit und die Länge von Wurzelwachstum zu bestimmen, und wenn man die Zahlen liest, leuchtet einem ein, warum. Mir sind schon mehrere Berichte über dieses Experiment untergekommen, und das einzige, was sie nicht sagen, ist, wie viele Laborassistenten dabei für den Rest ihres Lebens erblindet sind.

Die Wissenschaftler nahmen sich eine einzige Getreidepflanze vor: Winter-Roggen. Sie ließen sie vier Monate lang in einem Treibhaus wachsen; dann entfernten sie behutsam die Erde – unter dem Mikroskop, denke ich mir – und zählten und maßen sämtliche Wurzeln und Wurzelhärchen. In diesen vier Monaten hatte die Pflanze 605 Kilometer Wurzeln getrieben – das macht circa fünf Kilometer am Tag –, aufgeteilt auf 14 *Millionen* einzelne Wurzeln. Das ist mächtig imposant, aber bei den Wurzelhärchen setzt mein Vorstellungsvermögen endgültig aus. In den selben vier Monaten brachte die Roggenpflanze vierzehn

Milliarden Wurzelhärchen hervor, und hintereinander gelegt waren diese kleinen Fasern schier endlos. Die Länge der Wurzelhärchen in einem Kubikzentimeter Erde betrug 400 Kilometer.

Andere Pflanzen nutzen die gleiche Wasserkraft aus, um Stein und Erde umherzuwuchten, als streiften sie lässig ein Seidencape ab. Rutherford Platt berichtet von einer Lärche, die einen anderthalb Tonnen schweren Fels gespalten und dreißig Zentimeter angehoben hatte. Jeder hat schon gesehen, wie Platanenwurzeln das Gehwegpflaster aufbrechen, wie Pilze einen Kellerboden durchstoßen. Doch als die ersten gemessenen Zahlen über diese ehrfurchtgebietende Kraft vorlagen, konnte niemand sie glauben.

In *The Great American Forest,* einem der fesselndsten Bücher aller Zeiten, erzählt Rutherford Platt die folgende Geschichte: »Im Jahre 1875 kettete ein Bauer in Massachusetts, der sich dafür interessierte, mit welcher Kraft Äpfel, Melonen und Kürbisse wachsen, einen Kürbis an einen Apparat zum Gewichteheben, bei dem eine Skala wie an einer Lebensmittelwaage die von der dicker werdenden Pflanze ausgeübte Kraft anzeigte. Tag für Tag stapelte er Gegengewichte auf; er traute seinen Augen kaum, als er sah, daß sein Gemüse still und friedlich eine Stemmkraft von 360 kg pro Quadratzentimeter ausübte. Als niemand ihm glauben wollte, baute er eine Ausstellung auf und lud die Öffentlichkeit ein, sich seine an die Meßinstrumente angeschlossenen Kürbisse anzuschauen. Im Jahresbericht des Landwirtschaftsministeriums von Massachusetts aus dem Jahr 1875 steht zu lesen: ›Viele tausend Männer, Frauen und Kinder aller sozialen Schichten besuchten die Ausstellung. *Mr. Penlow* beobachtete die Geräte Tag und Nacht und nahm stündlich Messungen vor; *Professor Parker* war so bewegt, daß er ein Gedicht darüber verfaßte; *Professor Seelye* erklärte, daß er von Ehrfurcht erfüllt gewesen sei.‹«

Das ist alles sehr hübsch. Solange niemand auf die Idee verfällt, mich über einem Beet wachsender, angespitzter Bambuspflanzen anzufesseln, ist sehr unwahrscheinlich, daß mir die Wachstumskraft oder die Fruchtbarkeit von Pflanzen auch nur im geringsten zu schaffen macht. Selbst wenn Pflanzen der menschlichen »Kultur« in die Quere kommen, läßt mich das kalt. Wenn ich lese, wie viele tausend Dollar eine Stadt wie New York ausgeben muß, um unterirdische Wasserleitungen vor Götterbaum-, Ginkgo- und Platanenwurzeln zu schützen, kann ich einen leisen Jubel nicht unterdrücken. Schließlich sind Wasserleitungen fast immer eine ausgezeichnete Wasserquelle. In dieser Stadt, wo Gewieftheit und die Fähigkeit sich durchzumogeln so hoch angesehen sind, können diese primitiven Bäume gegen die Stadtverwaltung antreten und gewinnen.

Aber in der Tierwelt liegen die Dinge anders und rufen andere menschliche Gefühle hervor. Wo wir gerade in New York sind, denk nur an die Kakerlaken unterm Bett und die früh morgens vor der Schwelle versammelten Ratten. In den Wohnhäusern wimmelt es nur so von Schaben. Oder anders gesagt: aus einem Blickwinkel gesehen ist Manhattan vielgeschossiges Immobilienland mit hohen Mieterträgen; aus einem andern Blickwinkel gesehen ist es eine gigantische Brutstätte für Ratten, Millionen von Ratten. Ich vermute, daß die Ratten und Kakerlaken nicht annähernd soviel Schaden anrichten wie die Wurzeln; trotzdem ist der Gedanke unangenehm. Fruchtbarkeit ist nur beim Tier Anathema. In »Millionen von Ratten« schwingt der Widerwillen angemessen mit, der ganz und gar fehlt, wenn ich beispielsweise von »Millionen von Tulpen« spreche.

Die Landschaft der Erde ist von Massen scheinbar identischer individueller Tiere übersät und beschmiert, von den riesigen Herden, die im Pleistozän über die Graslande zogen, bis zu den klebrigen Bakterienklumpen, die unsere Lungenläppchen verstopfen. In den ozeanischen Brutplätzen der Seevögel grimmelt und wimmelt es wie in einem menschlichen Kalkutta. Lemminge schwärzen die Erde, und Heuschrecken schwärzen die Luft. Ährenfischschulen bevölkern die Meere, Korallen setzen Skelett auf Skelett, und Einzeller blühen als roter Teppich auf dem Wasser. Ameisen erheben sich in großen Schwärmen gen Himmel, Eintagsfliegen schlüpfen zu Millionen aus, und sich häutende Zikaden überziehen die Stämme der Bäume. Hast du schon mal einen Fluß gesehen, der vor Lachsen rot und klumpig daherfloß?

Nehmen wir zum Beispiel die Seepocke, die ganz gemeine Seepocke. In jedem der Millionen harten weißen Kegel an den Felsen – der dich in die Ferse sticht, während du ihnen den Kopf zertrittst – steckt selbstredend ein Tier, das so lebendig ist wie du oder ich. Seine Lebensaufgabe besteht in folgendem: wenn es von einer Welle überspült wird, streckt es sechs befiederte Rankenfußpaare hervor und führt sich seine Nahrung aus dem Plankton zu. Im Wachsen häutet es sich wie ein Hummer, vergrößert seine Schale und vermehrt sich ohne Ende. Die Larven sprudeln in milchigen Wolken in das Meer. Die Seepokken an einem einzigen Uferstreifen von einem Kilometer Länge können eine Million Millionen Larven ins Wasser entlassen. Wie viele macht das pro Menschenschluck? Im Meerwasser wachsen sie, häuten sich, verändern ihre Form radikal und setzen sich schließlich nach einigen Monaten auf den Felsen fest, wo sie sich in die Geschlechtstiere verwandeln und sich Schalen zulegen. In diesen Schalen müssen sie sich häuten. Rachel Carson fand ständig diese alten Häute; sie berichtete: »In fast jedem Gefäß voll Meerwasser, das ich mir vom Ufer hole, schwimmen zahllose weiße, durchscheinende Dinger ... Unter dem Mikroskop ist jedes Detail des Körperbaus deutlich zu erkennen ... Ich kann an den kleinen zellophanartigen Abbildern die Gelenke der Rankenfüße zählen; selbst die unten aus den Gelenken wachsenden Borsten scheinen unversehrt aus ihrer Umhüllung geschlüpft zu sein.« Im allgemeinen dauert das Leben einer gemeinen Seepocke vier Jahre.

Was mir an den Seepocken hier wichtig ist, sind die Million Millionen Larven »in milchigen Wolken« und die abgestreiften Häute. Mit einem Mal ist das Meerwasser, scheint's, nur noch eine Brühe aus Seepockenabsonderungen. Kann ich mir vormachen, daß eine Million Millionen Menschenkinder realer sind?

Was ist, wenn Gott für unsereins die gleiche freundliche Gleichgültigkeit empfindet wie wir für die Seepocken? Ich weiß nicht, ob jede Seepockenlarve in sich einmalig und besonders ist oder ob wir Menschen im Grunde so austauschbar sind wie Ziegelsteine. Mein Gehirn ist voller Zahlen; sie schwellen an und drohen, meinen Schädel zu sprengen wie eine Schale. Ich betrachte die Hautschuppen, die meine Handrücken bedecken wie angewehte, durch Feuchtigkeit zu Lehm gewordene Staubpartikelchen. Auch ich bilde mit Millionen meinesgleichen eine Milchstraße, die sich von einen unbekannten Ufer ausbreitet.

Ich habe gesehen, wie der Hinterleib der Gottesanbeterin Eier in nassen, puddingartigen, an einen Dorn geklebten Bläschen ausstößt. Ich habe einen Film über eine Termitenkönigin gesehen, die so groß war wie mein Gesicht, totenweiß und konturlos, und die pulsierend und vor Schleim glänzend ganze Ströme kugelförmiger Eier hervorpreßte. Arbeitertermiten, die wie winzige Hafenarbeiter beim Entladen der *Queen Mary* aussahen, leckten jedes Ei sauber, sobald es gelegt war, damit es keinen Schimmel ansetzte. Die ganze Welt ist ein Brutkasten für unzählbare, je bis ins letzte Detail codierte, vor Leben berstende Eier.

Das Ei der Erzwespe, eines häufigen kleinen Schmarotzers, vermehrt sich ohne Zutun, indem es zahllose identische Eier produziert. Das Weibchen legt ein einziges befruchtetes Ei in das schlaffe Gewebe ihrer lebendigen Beute, und dieses eine Ei teilt sich endlos. Bis zu zweitausend neue Erzwespen schlüpfen aus, um sich mit gleich großer Gier auf den Wirtsleib zu stürzen. Ähnlich – bloß noch extremer – verhält es sich laut Edwin Way Teale mit Blattläusen, wo eine einzige unbegattete Laus, die sich ein Jahr lang »ungehindert« reproduziert, so viele lebende Blattläuse hervorbringen könnte, daß sie, obwohl jede nur gut zwei Millimeter lang ist, zusammen zweitausendfünfhundert *Lichtjahre* weit in den Weltraum hinausreichen würden. Selbst ein durchschnittliches Goldfischweibchen legt fünftausend Eier, die es, wenn niemand es daran hindert, so schnell auffrißt, wie es sie legt. Der Verkaufsleiter der Ozark Fisheries in Missouri, wo kommerzielle Goldfische für Kunden wie mich gezüchtet werden, sagte: »Wir produzieren, messen und verkaufen unser Produkt tonnenweise.« Die ohne Sinn und Verstand zu Tonnen und Lichtjahren multiplizierte Feinheit Ellerys und der Blattläuse ist mehr als Extravaganz; sie ist das Inferno, die Groteske, der Exzeß.

Bei den Tieren ist der Wachstumszwang eine Art schrecklicher Hunger. Diese vielen Milliarden müssen fressen, um sich zur sexuellen Reife zu entfalten, auf daß sie abermals Milliarden von Eiern ausstoßen können. Und was sollen die Fische auf dem Bett oder die ausgeschlüpften Gottesanbeterinnen im Steingutgefäß anderes fressen als einander? Es liegt eine schreckliche Unschuld in der fühllosen Welt der niederen Tiere, die das Leben unter ihnen zu einem großen Fressen reduziert. In *The Strange Life of Familiar Insects* – einem Buch, ohne das ich nicht leben könnte – beschreibt Edwin Way Teale mehrere Anlässe, bei denen unter dem Druck eines grenzenlosen Hungers gefressen wurde, was das Zeug hielt.

Du erinnerst dich zum Beispiel der Libellenlarve, die auf dem Grund von Bächen und Teichen auf lebende Beute lauert, die sie mit den Greifzangen an ihrer ausklappbaren Fangmaske erfaßt. Libellenlarven sind unersättlich und mächtig. Sie fangen und verschlingen ganze Weißfische und fette Kaulquappen. Eine Libellenlarve wurde laut Teale »sogar dabei beobachtet, wie sie aus dem Wasser auf eine Pflanze kletterte, wo sie eine hilflose Libelle angriff, die eben weich und schrumplig aus ihrer Larvenhaut schlüpfte«. Ist das der Punkt, an dem ich die Grenze ziehe?

Dort, wo Mütter über ihre eigenen Nachkommen herfallen, bekommen diese Mahlzeiten eindeutig einen makabren Beigeschmack. Schau dir die Florfliegen an. Florfliegen sind jene zarten grünen Insekten mit den großen, abgerundeten, durchsichtigen Netzflügeln. Die Larven fressen Unmengen von Blattläusen, die Geschlechtstiere paaren sich in einem flatternden Rausch der Instinkte, legen Eier und sterben zu Millionen im ersten herbstlichen Kälteeinbruch. Manchmal ist ein Weibchen, wenn es seine befruchteten Eier auf einem grünen Blatt am Ende eines langen dünnen Stiels ablegt, hungrig. Es legt eine Pause beim Eierlegen ein, dreht sich um und frißt seine Eier, dann legt es wieder neue und frißt auch diese.

Alles ist möglich, und alles, was möglich ist, geschieht; was soll das alles? Valerie Eliot, die Witwe von T. S. Eliot, schrieb in einem Brief an die Londoner *Times:* »Mein Mann, T. S. Eliot, erzählte gern, wie er eines Abends spät ein Taxi angehalten hat. Als er einstieg, sagte der Fahrer: ›Sie sind T. S. Eliot.‹ Auf die Frage, woher er das wisse, antwortete er: ›Ah, ich habe einen

Blick für berühmte Leute. Erst neulich abend hatte ich Bertrand Russell im Auto, da habe ich ihn gefragt: »Nun, Lord Russell, was soll das alles?«, und wissen Sie was, er konnte es mir nicht sagen.‹« Nun, lieber Gott, fragt die zarte, sterbende Florfliege, deren Freßwerkzeuge vom Saft ihres eigenen Legestachels naß sind: was soll das alles? (»Und wissen Sie was ...«)

Die Planarien im Ententeich verhalten sich ähnlich. Das sind diese aus vielen Laboratorien bekannten dunklen Plattwürmer, die sich aus fast jedem abgetrennten Abschnitt wieder regenerieren können. Arthur Koestler schreibt: »Während der Paarungszeit werden die Würmer zu Kannibalen, die jedes Lebewesen, das ihnen begegnet, verschlingen einschließlich ihrer jüngst abgetrennten Schwänze, denen gerade ein neuer Kopf wächst.« Selbst bei so hochentwickelten Säugetieren wie den großen Wildkatzen kommt es vor, daß sie ihre Jungen fressen. Man kann dann beobachten, wie eine Katzenmutter die Gegend um die Nabelschnur des hilflosen Neugeborenen leckt. Sie leckt, sie leckt, sie leckt, bis etwas in ihrem Gehirn aussetzt, und dann geht sie zum Fressen über, indem sie eben dort, am ungeschützten Bauch, zubeißt.

Obwohl das Verhalten von Müttern, die ihre eigenen Nachkommen fressen, offenkundig das Sinnlosere sind, ist das Gegenteil erschreckender. Im Tod der Mutter durch die Zähne der Nachkommen liegt für mich ein universelles Drama, das durch den Zufall lediglich so komprimiert ist, daß ich alle Beteiligten auf einmal sehen kann. Gallmücken sind zum Beispiel verbreitet vorkommende kleine Mücken. Bei Teale steht, daß die Larve der Gallmücke, die dem Vollkerf nicht im geringsten ähnelt und die mit Sicherheit nicht befruchtet worden ist, bisweilen in ihrem Innern Eier, lebende Eier produziert, die dann in ihrem weichen Gewebe ausgebrütet werden. Manchmal schlüpfen die neuen Larven quicklebendig in dem ruhenden Leib der Puppe aus. Der gleiche unglaubliche Akt vollzieht sich gelegentlich bei den Fliegen der Gattung *Miastor*, wiederum sowohl bei den Larven als auch bei den Puppen. »Dort schlüpfen die heißhungrigen Larven im Innern des Muttertieres aus und machen sich sofort daran, es zu verschlingen.« In diesem Fall weiß ich, was das alles soll, und es wäre mir lieber, ich wüßte es nicht. Die Eltern sterben, die nächste Generation lebt, ad maiorem gloriam, und so weiter und so fort. Wenn die neue Generation den Tod der alten beschleunigt herbeiführt, ist das nebensächlich, die alte hat ihren einzigen Zweck erfüllt, und auf diese Weise bleibt die Weitergabe der Proteine hübsch sauber in der Familie. Aber stell dir die Puppe vor, steif und fest eingewickelt wie die Mumie einer ägyptischen Pharaonin, und in ihr das unsichtbare Anschwellen reifender Eier! Die Eier platzen, sprengen ihren Bauch und kommen lebendig, wach und hungrig aus der Mumienhülle hervorgekrochen und wimmeln wie die Würmer drüber hin und fressen, bis nichts mehr übrig ist. Und dann machen sie sich auf in die Welt.

»Um einem ähnlichen Schicksal zu entgehen«, fährt Teale fort, »müssen einige Schlupfwespen, ebenfalls Schmarotzer, die ihre Eier aber im Körpergewebe von Raupen ablegen, ihre Eier zuweilen im Flug verstreuen, wenn sie kein Opfer finden können und die Eier in ihrem Körper reif zum Ausschlüpfen sind.«

Du bist eine Schlupfwespe. Du hast dich gepaart und deine Eier sind fruchtbar. Wenn du keine Raupe findest, auf der du deine Eier ablegen kannst, werden deine Kinder verhungern. Wenn die Jungen ausschlüpfen, werden sie über jeden Körper herfallen, in dem sie sich befinden, und wenn du sie nicht umbringst, indem du sie über der Landschaft aussäst, werden sie dich bei lebendigem Leib auffressen. Aber wenn du sie über den Feldern ausstreust, wirst du wahrscheinlich selbst an Altersschwäche gestorben sein, noch ehe sie ausschlüpfen und verhungern, und die ganze ohnehin erbärmliche Vorstellung wird aus und vorbei sein. Du fühlst sie kommen und kommen und du quälst dich hoch . . .

Nicht, daß die Schlupfwespe eine bewußte Entscheidung trifft. Müßte sie es tun, wäre ihr Dilemma wahrlich der Stoff für eine Tragödie; Aischylos hätte nicht weiter schauen müssen als bis zur Schlupfwespe. Das heißt, es wäre nur dann ein richtiger Tragödienstoff, wenn Aischylos und ich dich zu überzeugen vermöchten, daß die Schlupfwespe wirklich und wahrhaftig so lebendig ist wie du und ich und daß es uns etwas angeht, was mit ihr geschieht. Würdest du uns das abnehmen?

Hier ist eine letzte Geschichte. Sie zeigt, daß Wachstumszwänge oft irrwitzige Wege gehen. Die Kleidermotte, deren Raupe sich von Wolle ernährt, gerät bisweilen in einen Häutungstaumel, den Teale milde als »merkwürdig« beschreibt: »Ein merkwürdiges Paradox der Häutung ist das Vorgehen einer Kleidermottenlarve ohne ausreichende Nahrung. Diese gerät manchmal in einen ›Häutungstaumel‹, bei dem sie sich ein ums andere Mal häutet und mit jedem Mal kleiner und kleiner wird.« Kleiner und kleiner ... kannst du dir den Taumel vorstellen? Wo sollen wir unsere Pullover hinschicken? Man könnte den Verkleinerungsprozeß in der Phantasie ad infinitum fortsetzen, so daß das Tier in seiner Panik schrumpft und schrumpft und schrumpft, bis es so klein ist wie ein Molekül, dann wie ein Elektron, aber niemals zu nichts werden und seinem furchtbaren Hunger ein Ende machen kann. Mir geht es wie Esra: »Als ich dies hörte, zerriß ich mein Kleid und meinen Mantel und raufte mir Haupthaar und Bart und setzte mich bestürzt hin.«

II

Ich meine es nicht als Witz, wenn ich behaupte, daß dieser überwältigende Zwang zum Fressen und zur Vermehrung ein völliges Rätsel ist. Die abermillionen Seepockenlarven in weniger als einem Kilometer Küstenwasser, die Ströme von Termiteneiern und die Lichtjahre von Blattläusen sichern die lebendige Präsenz immer größerer Mengen von Seepocken, Termiten und Blattläusen – in einer kaum interessierten Welt.

Da draußen lebt es sich gefährlich. Strandschnecken fressen Seepocken, Würmer dringen in ihre Schalen ein, Eisschollen schaben sie von den Felsen und zermahlen sie zu Staub. Kannst du schneller Blattlauseier legen, als eine Meise sie aufpicken kann? Wirst du eine Raupe finden können, kannst du dem tödlichen Frost zuvorkommen?

Für die niederen Tiere scheint zu gelten: wer ein einfaches Leben führt, sieht wahrscheinlich einem langweiligen Tod entgegen. Einige Tiere führen jedoch so komplizierte Leben, daß sich nicht nur die Aussichten jedes dieser Tiere, in jeder Minute zu sterben, ungemein vermehren, sondern auch die Todesarten, durch die es umkommen kann. Die Schicksalswege einiger Tiere sind so steinig, daß sie absurd sind. So ist beispielsweise der Saitenwurm im Ententeich, der so unbeschwert eben unter der Oberfläche daherschlängelt, der knappe Überlebende einer Reihe schier unmöglicher Situationen. Ich habe mich ein wenig über die Lebenszyklen dieser Würmer informiert, die wirklich genauso aussehen wie Saiten, und erfahren, daß Wissenschaftler, auch wenn sie von keiner der Unterfamilien genau wissen, wie ihr Leben verläuft, ungefähr folgendes Bild davon entwerfen:

Es fängt an im Ententeich, mit langen, um Pflanzen gewickelten Eierschnüren. Die Lärvchen schlüpfen aus, und jedes von ihnen sucht sich ein Wassertier als Wirt, sagen wir eine Libellenlarve. Es bohrt sich durch die Haut in den Leib der Libellenlarve, wo es frißt und gedeiht, bis es ihn irgendwie wieder verläßt. Wenn es nicht gefressen wird, schwimmt es dann ans Ufer, wo es sich unter der Wasseroberfläche an einer Pflanze zu einer Zyste verkapselt. Das ist alles ziemlich unwahrscheinlich, ohne jedoch völlig unmöglich zu sein.

Nun beginnen die Zufälle. Zunächst muß vermutlich der Wasserspiegel des Teiches fallen. Dadurch steht die Vegetation so frei, daß ein Landinsekt sie, ohne zu ertrinken, erreichen und die Zyste mit der Nahrung in seinen Organismus aufnehmen kann. Saitenwürmer können in unterschiedlichen Landtieren schmarotzen, in Grillen, Käfern oder Heuschrecken zum Beispiel. Sagen wir, unser Wurm kann nur überleben, wenn eine Heuschrecke vorbeikommt. Schön. Aber die Heuschrecke muß sich schon beeilen, denn der eingekapselte Wurm hat nur eine begrenzte Menge Fett eingelagert, und die Chancen sind groß, daß er verhungert. Nun gut, da kommt gerade die richtige Heuschreckenspezies, und sie knabbert freundlicherweise an der Ufervegetation. Nun habe ich zwar noch nie Heuschrecken ausgiebig an grasigen Ufern grasen sehen, aber es kommt offensichtlich vor. Und bingo! frißt die Heuschrecke zufällig den eingekapselten Wurm.

Die Zyste platzt auf. In der Heuschrecke, von der er sich ernähren wird, kriecht der Wurm in seiner ganzen grausigen Länge – bis zu neunzig Zentimeter – hervor. Ich vermute, der Wurm frißt genug von seinem Wirt, um am Leben zu bleiben, aber nicht so viel, daß die Heuschrecke fernab von einem Gewässer tot umfällt. Insektenforscher haben tote und sterbende Sandlaufkäfer auf dem Wasser gefunden, die innen, abgesehen von weißen, zusammengerollten Saitenwürmern, fast vollkommen hohl waren. Jedenfalls ist der Wurm jetzt beinahe ausgewachsen und reif zum Eierlegen. Doch zuerst muß er aus seiner Heuschrecke heraus.

Biologen wissen nicht, was als nächstes geschieht. Wenn die Heuschrecke im kritischen Moment, was gut der Fall sein kann, auf einer sonnigen Wiese weit von einem Ententeich oder einem Graben umherhüpft, ist die Geschichte aus. Doch nehmen wir einmal an, sie frißt in der Nähe des Ententeichs. Der Wurm bohrt sich vielleicht seinen Weg aus dem Innern der Heuschrecke, und vielleicht wird er ausgestoßen. Jedenfalls liegt er dort im Gras und trocknet aus. Jetzt müssen die Biologen soweit gehen, einen »ergiebigen Regen« zu beschwören, der ausgerechnet in diesem Moment vom Himmel fällt, um den Saitenwurm wieder ins Wasser zu befördern, wo er sich paaren und noch mehr scheinbar todgeweihte Eier legen kann. Bei dem Leben wärst du auch dünn.

Andere Tiere haben es ungefähr genausoleicht. Ein Pärchenegel beginnt sein Leben als Ei in menschlichem Kot. Wenn es zufällig in Süßwasser fällt, überlebt es nur, wenn es eine bestimmte Schneckenart findet. In der Schnecke geschieht die Umwandlung, als Gabelschwanzlarve schwimmt das Tier hinaus und muß nun einen Menschen im Wasser finden, bei dem es sich durch die Haut bohren kann. Auf dem Blutweg gelangt es in die Leber des Menschen und wächst zur Geschlechtsreife heran. Von da an bewohnt es als Männchen oder Weibchen die Blutgefäße des Venensystems im Darmbereich. Nun muß es einen zweiten Pärchenegel des anderen Geschlechts finden, der ebenfalls gerade über die gleichen verschlungenen Wege in die Darmvenen des selben unglückseligen Menschen gelangt ist. Andere Saugwürmer durchleben ähnlich unwahrscheinliche Schicksale, wobei einige bis zu vier Zwischenwirte durchlaufen.

Doch das größte Maß an Ehrfurcht behalte ich den Entenmuscheln vor. Erst kürzlich habe ich mir Fotos angeschaut, die von Mitgliedern der Ra-Expedition aufgenommen worden waren. Auf einem war ein tennisballgroßer Ölklumpen zu sehen, im Meer treibender Abfall von einem größeren Schiff, den Heyerdahl und seine Mannschaft mitten im Atlantik gefunden hatten. Der Klumpen war schon lange im Wasser gewesen; er war mit Entenmuscheln bewachsen. Die Entenmuscheln waren vollkommen nebensächlich, aber für mich waren sie das interessanteste an der ganzen Expedition. Wie viele Entenmuschellarven müssen da draußen auf den Weltmeeren für jede, die einen Ölklumpen findet, an dem sie sich festsetzen kann, zugrunde gehen? Du hast am Strand schon angespülte Entenmuscheln gesehen; sie wachsen an altem Schiffsholz, Treibholz, Gummistücken – an allem, was lange genug im Meer geschwommen hat. Sie haben nicht die geringste Ähnlichkeit mit Seepocken, obwohl die beiden eng verwandt sind. Sie haben rötliche Schalen, die wie ein flacher Schnabel vorne an einem beweglichen, auf der Unterlage festgehefteten »Gänsehalsstiel« sitzen.

Ich habe schon immer eine Schwäche für diese kleinen Tiere gehabt, aber ich hatte immer angenommen, daß sie in Küstennähe leben, wo der Zufall häufiger geeignete Unterlagen im Wasser herbeiträgt. Was machen sie – was machen die Larven – da draußen mitten auf dem Meer? Sie treiben dahin, bis sie eingehen, oder sie setzen sich in einer Welt, in der alles möglich ist, durch einen verrückten Zufall irgendwo fest und wachsen und gedeihen. Wenn ich meine Hand von Bord der *Ra* ins Meer hängen ließe, könnte sich an ihr eine Entenmuschel festsetzen? Wenn ich eine Tasse Wasser aus dem Meer schöpfte, hätte ich dann Hunderte von sterbenden und toten Entenmuschellarven in der Hand? Soll ich ihnen ein Bröckchen hinwerfen? Was für eine Welt ist das überhaupt? Warum nicht weniger Entenmuschellarven machen und ihnen eine anständige Chance geben? Geht es um Leben oder um Tod?

Ich muß mir die Landschaft der blaugrünen Welt noch einmal anschauen. Denk nur: im ganzen wunderschönen sauberen Sonnensystem ist unsere Erde weit und breit der einzige Schandfleck; unser Planet ist der einzige, auf dem es den Tod gibt. Ich muß mir eingestehen, daß der Ozean ein Kelch des Todes ist und das Land ein befleckter Altarstein. Wir, die Lebenden, sind Überlebende, kauern auf Treibgut, leben von Strandgut. Wir sind Flüchtlinge. Wir verbringen den Tag in Angst, essen im Angesicht des Hungers, schlafen mit einem Mund voll Blut.

Tod: Bei W. C. Fields ist der Tod »der Kerl im weißen Nachthemd«. Er schlurft durch das Haus in alle Ecken, die ich vergessen habe, über alle Gänge, an die ich lieber nicht denke und die ich mich nicht zu betreten traue, aus Angst, daß ich den Saum seines abgetragenen, leuchtenden Gewandes um eine Biegung verschwinden sehe. Er ist das Ungeheuer, das von der Evolution geliebt wird. Wie geht das zu?

Je schneller der Tod eintritt, um so schneller schreitet die Evolution fort. Wenn eine Blattlaus eine Million Eier legt, besteht die Chance, daß ein paar überleben. Nun könnte meine rechte Hand all ihrer menschlichen Geschicklichkeit zum Trotz nicht eine einzige Blattlaus hervorbringen, und wenn man ihr tausend Jahre gäbe. Doch diese Blattlauseier – die keinen Penny wert sind, die du absolut nachgeschmissen kriegst – können Blattläuse so mühelos hervorbringen wie das Meer die Wellen. Wunderbare Dinge, vergeudet. Es ist ein miserables System. Der 1944 verstorbene englische Physiker und Astronom Arthur Stanley Eddington vertrat die Ansicht, es sei denkbar, daß die gesamte »Natur« nach dem selben irrsinnigen Plan funktioniere. »Wenn sie wirklich kein höheres Ziel hat als ihrem größten Experiment, dem Menschen, ein Heim zu schaffen, wäre es für sie eine typische Methode, eine Million Sterne auszustreuen, auf daß einer von ihnen vielleicht ihren Zweck erfülle.« Ich bezweifle sehr, daß dies das Ziel ist, aber es sieht an allen Fronten deutlich so aus, als wäre dies die Methode.

Sagen wir, du bist der Direktor der Southern Railroad. Du beschließt, daß du für den Streckenabschnitt zwischen Lynchburg und Danville drei Lokomotiven brauchst. Der Berg ist mächtig steil. Deshalb läßt du in deinen Fabriken unter Aufwendung ungeheurer Energien und Geldmengen neuntausend Lokomotiven bauen. Jede Lokomotive muß bis ins letzte Detail genau gleich, jede Niete und jeder Bolzen festgezogen, jeder Draht gedreht und umwickelt, jede Nadel an jeder Anzeige präzise eingestellt und gleich empfindlich sein.

Du schickst alle neuntausend auf die Strecke hinaus. Obwohl Lokomotivführer an den Hebeln stehen, sind die Weichen unbewacht. Die Lokomotiven krachen aufeinander, kollidieren, entgleisen, rucken, blockieren, gehen in Flammen auf ... Am Ende des Massakers bleibt dir mit drei Lokomotiven die Zahl, für die die Strecke ohnehin ausgelegt ist. Jetzt sind es wenig genug, daß sie sich nicht mehr ins Gehege kommen.

Du gehst vor deinen Aufsichtsrat und erstattest Bericht. Und was wird der sagen? Du weißt, was er sagen wird. Er wird sagen: So kann man keine Eisenbahn betreiben, Mensch.

Und eine Welt soll man so betreiben können?

Die Evolution liebt den Tod mehr, als sie dich oder mich liebt. Das schreibt sich leicht, das liest sich leicht und ist doch schwer zu glauben. Die Worte sind einfach, das Konzept klar – aber du glaubst es nicht, oder? Ich auch nicht. Wie sollte ich das auch können, wo wir beide so liebenswert sind? Sind meine Werte den in der Natur gewahrten so diametral entgegengesetzt? Das ist die Schlüsselfrage.

Muß ich mich demnach von der einzigen Welt lossagen, die ich kenne? Ich hatte vor, hier am Ufer des Tinker Creek zu leben, um mein Leben nach seinem freien Fluß zu gestalten. Aber ich scheine an einen Punkt gekommen zu sein, an dem ich eine Grenze ziehen muß. Es sieht aus, als würde der Fluß mich eher hinunterziehen, als daß er mir Auftrieb gäbe. Schau: Die Wanderdrossel kann den grausigsten langsamen Tod sterben, ohne daß die Natur sich im geringsten grämt; die Sonne geht auf wie immer, der Fluß fließt weiter, und die Überlebenden singen weiter. Deinen Tod kann ich nicht so empfinden, und du meinen nicht und wir beide den der Drossel nicht – und nicht einmal den der Entenmuscheln. Uns ist das Individuum über alles wichtig, und der Natur keinen Deut. Es sieht im Augenblick so aus, als müßte ich dieses Leben am Fluß vielleicht lassen, wenn ich nicht gründlich brutalisiert werden will. Ist die menschliche Kultur mit ihren Werten doch meine einzige wirkliche Heimat? Kann es sein, daß ich meine Einsiedlerklause an die Außenwand einer Bibliothek verlegen sollte? Dieser Gedankengang bringt mich unvermittelt an einen Scheideweg, an dem ich wie gelähmt stehenbleibe und nicht weiter will, weil beide Wege in den Wahnsinn führen.

Entweder ist diese Welt, meine Mutter, ein Ungeheuer, oder ich bin selber eine Mißgeburt.

Spielen wir die erste Möglichkeit durch: die Welt ist ein Ungeheuer. Jeder Dreikäsehoch kann bereits erkennen, wie unbefriedigend und plump dieses milliardenfache Reproduzieren und Sterben ist. Uns ist bisher noch kein Gott begegnet, der so barmherzig ist wie ein Mensch, der einen Käfer wieder auf die Füße dreht. Kein Volk auf der Welt ist so grausam wie die Gottesanbeterinnen. Aber Moment mal, sagst du, in der Natur gibt es kein Recht und Unrecht; Recht und Unrecht ist ein menschliches Konzept. Genau: wir sind also moralische Geschöpfe in einer unmoralischen Welt. Das Universum, das uns gesäugt hat, ist ein Ungeheuer, dem es gleich ist, ob wir leben oder sterben – dem es gleich ist, ob es selbst in die Brüche geht. Es ist starr und blind, ein zum Töten programmierter Roboter. Wir sind frei und sehend; wir können nur versuchen, ihm bei jeder Gelegenheit ein Schnippchen zu schlagen, um unsere Haut zu retten.

Diese Sicht setzt voraus, daß eine ungeheuerliche, auf Zufall und Tod begründete Welt, die blind von nirgendwo nach nirgendwo rast, auf irgendeine Weise uns wundervolle Wesen hervorgebracht hat. Ich bin aus dieser Welt hervorgegangen, ich bin aus einem Meer von Aminosäuren gekrochen, und jetzt muß ich mich wie eine Furie umdrehen, diesem Meer die Faust zeigen und Schande! schreien. Wenn mir irgendwelche Werte heilig sind, dann muß ich mir die Augen verbinden, wenn ich mich den Schweizer Alpen nähere. Wir als Kultur müssen unsere Teleskope auseinandermontieren und einander gemütlich auf die Schultern klopfen. Wir kleinen, weichen Gewebeklumpen, die wir hier auf der Außenhaut dieses einen Planeten herumkrauchen, haben recht, und das ganze Universum hat unrecht.

Oder spielen wir die Alternative durch.

Die große englische Einsiedlerin und Theologin Juliana von Norwich überbrachte nach Art der Propheten die folgende Botschaft von Gott: »Schau! Ich bin Gott: sieh, ich tue alle Dinge! Sieh! Niemals ziehe ich meine Hand von meinen Werken zurück, und in Ewigkeit werde ich das nicht tun . . . Wie kann da irgend etwas falsch sein?« Doch heute sehen nicht einmal die Schlichtesten und Besten von uns die Dinge, wie Juliana sie gesehen hat. Wir haben den Eindruck, daß jede Menge falsch ist. Es ist soviel falsch, daß ich mir überlegen muß, ob der zweite Weg der richtige ist, ob die Schöpfung gerade aufgrund ihrer Freiheit schuld- und arglos daneben ist und allein das menschliche Empfinden abartig und falsch ist. Der von der Riesenwanze ausgelutschte Frosch wurde wahrscheinlich ungefähr eine Sekunde lang von einem Gefühlsrausch gequält, ehe sein Gehirn zu Brei wurde. Ich dagegen werde seit mehreren Jahren seinetwegen fast täglich von verschiedenen heftigen Gefühlen heimgesucht.

Quälen sich die Entenmuschellarven? Quält sich die Florfliege, die ihre Eier frißt? Wenn nicht, warum mach ich so ein Theater? Wenn ich die Mißgeburt bin, warum bin ich nicht still?

Unsere exzessiven Emotionen schmerzen und schaden uns als Gattung so offensichtlich, daß ich kaum glauben kann, daß sie durch Evolution entstanden sind. Andere Lebewesen bringen ohne große Emotionen erfolgreiche Paarungen und sogar stabile Gesellschaftsformen zuwege und brauchen obendrein auch niemals zu trauern. (Wobei einige der höheren Tiere Emotionen haben, die unseren angeblich ähnlich sind: Hunde, Elefanten, Otter und die Meeressäuger trauern um ihre Toten.

Warum tut man das einem Otter an? Welcher Schöpfer könnte so grausam sein, Otter nicht nur zu töten, sondern auch traurig zu machen?) Es scheint sich aufzudrängen, daß Emotionen der Fluch sind, nicht der Tod – Emotionen, die sich bei einigen wenigen Mißgeburten entwickelt haben, als ein besonderer Fluch des Bösen.

Na schön. Unsere Emotionen sind also der Fehler. Wir sind die Abartigen, die Welt ist prima, lassen wir uns doch alle das Gehirn amputieren, um wieder ein natürliches Lebensgefühl herzustellen. Dann können wir der Bibliothek den Rücken kehren, hirnlos wieder an den Fluß ziehen und sorglos wie eine Bisamratte oder ein Schilfrohr an seinen Ufern leben. Bitte nach dir.

Von den beiden lächerlichen Alternativen ist mir die zweite allemal lieber. Auch wenn es stimmt, daß wir moralische Geschöpfe in einer amoralischen Welt sind, macht die Amoral die Welt nicht zu einem Ungeheuer. Nein, das Monstrum bin ich. Vielleicht muß ich mir nicht das Gehirn herausnehmen lassen, aber eine Beruhigung könnte ich gebrauchen, und da ist der Fluß genau das richtige. Ich muß wieder an den Fluß gehen. Dort gehöre ich hin, doch je mehr ich mich ihm nähere, um so monströser erscheinen mir meine Artgenossen, und um so enger wird mir meine Heimat in der Bücherei. Zunächst unmerklich, mittlerweile aber bewußt wächst meine Scheu vor der Literatur, vor dem Brei menschlicher Emotionen. Ich lese alles, was die Männer mit Teleskopen und Mikroskopen über die Landschaft zu sagen haben. Ich lese über das Polareis, und ich treibe mich tiefer und tiefer in die Isolation von meinesgleichen. Doch da ich die Bibliothek – die menschliche Kultur, die mich gelehrt hat, ihre Sprache zu sprechen – nicht ganz und gar meiden kann, bringe ich menschliche Werte mit an den Fluß und bewahre mich auf diese Weise davor, brutalisiert zu werden.

Was ich die ganze Zeit gesucht habe, ist nicht eine Erklärung, sondern ein Bild. So ist die Welt, Altar und Kelch, erleuchtet von dem Feuer eines Sterns, der eben erst zu sterben begonnen hat. Mein Zorn und mein Schrecken angesichts des Schmerzes und des Todes von Individuen meiner Art ist das uralte Mysterium, alt wie die Menschheit, aber stets neu und vollkommen unauflösbar. Meine Vorbehalte gegen die Fruchtbarkeit und die Verschwendung des Lebens bei anderen Lebewesen sind freilich bloße Zimperlichkeit. Schließlich bin ich diejenige mit den Albträumen. Es ist wahr, daß viele Tiere ein elendes Leben führen und elendiglich zugrunde gehen, aber ich bin nicht dazu berufen, mein Urteil abzugeben. Auch verlangt niemand von mir, daß ich genauso ein Leben führe, und die Tiere, die so leben, sind glücklicherweise ohne Bewußtsein.

Ich möchte das nicht zu sehr verkürzen. Ich gehe mit der Kamera zurück und schaue mir den Scheideweg aus der Distanz an, im größeren Kontext der gefleckten und verschlungenen Welt. Es könnte sein, daß die Weggabelung verschwindet oder daß ich sie nur mehr als einen von vielen Knotenpunkten in einem Netz wahrnehme, so daß sich unmöglich erkennen läßt, welches die Hauptlinie ist und welches die Abzweigung.

Das Bild der Fruchtbarkeit und ihrer Exzesse und der Wachstumszwänge und -zufälle unterscheidet sich natürlich nicht von dem zuvor entworfenen Bild der Welt als eines feinen Gefüges aus einer bizarren Vielfalt der Formen. Nur sind jetzt die Schatten tiefer. Extravaganz bekommt einen bedrohlichen Beiklang von Verschwendung, und Überschwang wird zu sinnlosem Geplapper. Als ich die Dimension der Zeit in die Landschaft der Welt einfügte, konnte ich erkennen, wie die Schönheiten und die Schrecken ein und dem selben lebendigen Zweig – der Freiheit – entsprossen. Diese Landschaft ist wiederum die selbe, mit ein paar Details mehr und einer anderen Betonung. In ihr sehe ich Kürbisse mit Druck in die Breite wachsen und Holzklötze gespannt auf dem Wüstenboden warten. Die Roggenpflanze und der Götterbaum in der Bronx bringen sich buchstäblich um, um Samen hervorzubringen, und die Tiere bringen sich um, um Eier zu legen. Statt des einen Goldfisches in seiner fein differenzierten Welt im Glas sehe ich Tonnen und Abertonnen von Goldfischen, die Milliarden und Abermilliarden von Eiern legen und fressen. Jedes der Eier hat natürlich den Zweck, je einen Goldfisch hervorzubringen – die Natur liebt die Idee des Individuums, wenn auch nicht das Individuum selbst –, und jeder einzelne Goldfisch ist für den Knalleffekt da. Wir befinden uns auf vertrautem Terrain. Ich hatte lediglich zu erwähnen vergessen, daß es der Tod ist, der den Globus dreht.

Es ist schwerer zu verdauen, aber es ist bestimmt schon darüber nachgedacht worden. Über die Scheußlichkeit einiger Tiefseequallen und -fische und ihre Verhaltensweisen kann ich mich wirklich nicht sehr aufregen. Dabei bin ich leicht erregbar. Doch wenn es um meinen eigenen Tod geht, werde ich ausgesprochen empfindlich. Gleichwohl sind die beiden Phänomene zwei Zweige des selben Flusses, des Flusses, der die Welt bewässert. Seine Quelle ist die Freiheit, und sein Netzwerk aus Verzweigungen ist unendlich. Die anmutig fallende Spottdrossel trinkt daraus und nimmt in ein und dem selben Tropfen eine Schönheit auf, die ihre Augen tränkt, und einen Tod, der flügge wird und fliegt. Die Blütenblätter der Tulpe sind aus dem selben todgeweihten Wasser, das im Gedärm der Schlupfwespe schwillt und aufplatzt.

Daß immer und überall etwas falsch ist, gehört zum Wesen der Schöpfung selbst. Es ist, als wäre in jede Lehmform ein blauer Streifen Nichtsein, eine schattige Blase der Leere eingebacken oder -gebrannt, die nicht nur ihre Struktur prägt, sondern auch dafür sorgt, daß sie Schlagseite kriegt und zu guter Letzt zerspringt. Wir hätten die Dinge schonender planen können, vielleicht, aber unser Plan würde niemals das Reißbrett verlassen, bis wir uns haarklein auf die kompromittierenden Bedingungen eingelassen hätten, die die einzigen sind, die das Dasein bietet.

Die Welt hat einen Pakt mit dem Teufel geschlossen; sie mußte es tun. Es ist ein Vertrag, an den jedes Ding bis hin zum kleinsten Wasserstoffatom gebunden ist. Die Bedingungen sind klar: wenn du leben willst, mußt du sterben; du kannst keine Berge und Flüsse haben ohne Raum, und Raum ist eine Schönheit, die mit einem Blinden verheiratet ist. Der Blinde ist die Freiheit oder die Zeit, und er geht nie ohne seinen großen Hund Tod aus. Die Welt ist mit der Unterzeichnung des Paktes entstanden. Ein Wissenschaftler hat dafür den Namen »der zweite Satz der Thermodynamik«. Ein Dichter sagt: »Die Kraft, die durch die grüne Kapsel Blumen treibt / Treibt meine grünen Jahre.« Das ist es, was wir wissen. Der Rest ist Soße.

11. Kapitel

Pirschen

I

Sommer: Ich streife wieder am Fluß umher und führe ein Flußleben. Ich lauere und pirsche.

Auch das Leben der Eskimos verändert sich im Sommer. Die Karibus fliehen vor den Moskitos in der binnenländischen Tundra an die windigen Küsten des Nördlichen Eismeers, und dort werden sie von den ansässigen Eskimos gejagt. In der alten Zeit, als sie noch keine Gewehre hatten, mußten die Männer sich den wachsamen Tieren bis auf äußerst geringe Distanz nähern, um sie zu töten. Manchmal, wenn sie auf einen günstigen Wetterumschwung warteten, damit sie sich, ohne daß die Tiere Witterung aufnahmen, ungesehen anpirschen konnten, mußten die Eskimos den flüchtigen Herden tagelang zu Fuß folgen, ohne Schlaf.

Ebenfalls im Sommer fischen sie von wassernahen Lagern aus mit Schleppnetzen nach Heringen. In den offenen Gewässern des Mackenzie Deltas jagen sie den Weißwal (den Beluga) und die Bartrobbe. Sie paddeln mit ihren schlanken Kajaks auch landeinwärts ins Süßwasser, um Bisamratten zu jagen, die sie früher in Fallen gefangen oder mit Stecken erlegt hatten.

Wenn sie im Sommer von Lager zu Lager reisen, fahren Eskimos in großen, von Frauen geruderten Umiaks über das offene Meer. Sie ernähren sich von Fischen, Gänse- oder Enteneiern, frischem Fleisch und allem andern, was sie kriegen können, einschließlich frischem »Salat« aus grünen Blättern, die sie roh und mit zarten Verdauungssäften angerichtet im Magen eines getöteten Karibus finden.

Auf St. Lawrence Island sind die Frauen und Kinder dafür zuständig, kleine Vögel in Netzen zu fangen. Dazu haben sie eine grausame und geniale Methode entwickelt: Wenn sie nach langem Jagen unter großen Mühen ein paar Vögel im Netz haben, fädeln sie diese bei lebendigem Leibe durch die Nasenlöcher an ihren Schnäbeln auf und lassen sie piepsend wie lebende Drachen an langen Leinen fliegen. Die Vögel flattern wie wild, um sich zu befreien, ohne daß sie weg können, und ihr panisches Flügelschlagen lockt neugierige Artgenossen an – so daß die Eskimos sie ohne weiteres fangen können.

Früher fertigten sie aus den Vogelhäuten eine Art Unterhemd an, das sie bei kaltem Wetter unter ihren Felljacken trugen und im Iglu anließen, wenn sie die Jacke ausgezogen hatten. Es war ein größeres Unterfangen, ein solches Vogelhautunterhemd zu nähen, denn dazu waren Tausende von winzigen Stichen erforderlich. Als Faden verwendeten sie die an der Wirbelsäule der Karibus gefundene faserige Sehne. Die Sehne mußte getrocknet, gespannt und zu einem knubbligen Faden gedreht werden. Seine einzigen Vorzüge bestanden darin, daß er im Wasser anschwoll, so daß die Nähte mehr oder weniger wasserdicht waren, und daß er eine geringe Menge Fett enthielt, so daß die Eskimos, wenn sie Hunger litten, ihren Nähfaden auslutschen und ihr Leben womöglich um fünf Minuten verlängern konnten. Als Nadeln verwendeten sie Knochensplitter, die mit jedem Stich durch zähe Häute dünner und kürzer wurden, so daß eine alte Nadel oft kaum mehr war als ein gerade noch umschlossenes Öhr. Bei den ersten Kontakten der Eskimos mit der fortgeschrittenen Kultur des Südens bewunderten die Frauen wie die Männer diese in erster Linie ihrer stabilen Nähnadeln wegen. Denn es ist klar, daß man ohne gute Kleidung stirbt. Ein Matrose von einem Walfänger mit einem Heft Nadeln in der Tasche konnte etliche Leben retten und war wie die Reichen und Mächtigen zu allen Zeiten überall willkommen.

Ich bezweifele, daß sie noch Vogelhauthemden machen, ob mit oder ohne Stahlnadeln. Sie tun überhaupt nicht mehr viele der Dinge von einst, außer in meinem Kopf, wo sie routinierte Jäger und Näher sind, mit animalischer Geschicklichkeit, stets als Silhouette vor weißen Ozeanen aus Eis.

Hier unten herrscht eine Bullenhitze. Selbst ein Vogelhauthemd wäre noch zuviel. In der Abendkühle zieht es mich auf die

Brücken über den Fluß. Ich schnüffle mal wieder in Geheimnissen herum und bin gespannt, was ich finden werde. Ich könnte alles mögliche erleben; es kann passieren, daß ich nichts sehe außer Licht auf dem Wasser. Ich gehe beschwingt oder beruhigt, aber jedesmal verändert, beseelt, nach Hause. »Das was ist, verstreut sich und tritt zusammen«, sagte Heraklit, »und geht heran und geht fort.« Und ich möchte da sein, wo es vorbeikommt, und mich von seinem unsichtbaren Atem kühlen lassen.

Im Sommer gehe ich auf die Pirsch. Sommerlaub nimmt die Sicht, die Hitze flimmert, und Tiere verstecken sich vor der rotäugigen Sonne und vor mir. Ich muß sie ausfindig machen. Die Tiere, nach denen ich suche, haben mehrere Sinne und einen freien Willen; es wird deutlich, daß sie nicht gesehen zu werden wünschen. Ich kann mich auf zweierlei Weise anpirschen. Die erste Methode würde man wohl eigentlich nicht als Pirschen bezeichnen, aber als *via negativa* ist sie genau so ergiebig wie die richtige Jagd. Wenn ich nach dieser Methode vorgehe, stelle ich mich auf eine Brücke und harre, bar aller Erwartungen, der Dinge, die da kommen sollen. Ich stelle mich dahin, wo ein Tier vorbeikommen könnte, wie Eskimos im Frühling ans Atemloch einer Robbe. Es könnte etwas herkommen, es könnte etwas fortgehen. Ich bin Newton unter dem Apfelbaum, Buddha unterm Bo. Wenn ich nach der anderen Methode pirsche, mache ich mich selbst auf den Weg, um das Tier aufzuspüren. Ich wandere die Ufer ab; folge dem, was ich finde, beharrlich wie Eskimos den Karibuherden. Ich bin Wilson, der in seiner Nebelkammer nach Alphateilchen Ausschau hält; ich bin Jakob, wie er in Penuel mit dem Engel ringt.

Fische sind mit beiden Methoden schwer zu sehen. Obgleich ich den größten Teil des Sommers mit der Pirsch auf Bisamratten zubringe, glaube ich, daß Fische durch ihre Heimlichkeit und Verborgenheit mehr noch als Bisamratten die Qualität meines Sommerlebens am Fluß kennzeichnen. Dicker Fischlaich, ein Bett voller Fische ist zuviel, ein Horror; aber ich mache Umwege in der Hoffnung, einen Blick auf drei Sonnenfische zu erhaschen, die verzaubert in einem tiefen Wasserbecken stehen oder zu schwimmenden Blütenblättern oder Blasen emporsteigen.

Allein die Tatsache, daß man versucht, Fische zu sehen, macht es fast unmöglich, welche zu sehen. Meine Augen sind unzulängliche Instrumente mit einer unpraktischen, übergroßen Einfassung. Wenn die Sonne mir an einem Ufer gegenübersteht, kann ich nicht in das Wasser hinein schauen; ich sehe keine Fische, sondern Wasserläufer, die gespiegelten Unterseiten von Blättern, Vogelbäuche, Wolken und blauen Himmel. Deshalb begebe ich mich ans andere Ufer, so daß ich die Sonne von hinten habe. Dann kann ich dort, wo mein Körper seinen blauen Schatten wirft, hervorragend ins Wasser hineinsehen; doch sobald dieser Schatten auf sie fällt, verschwinden die Fische mit hektisch aufblitzenden Schwänzen.

Wenn ich still auf einer Brücke warte oder vorsichtig in den Schatten eines Uferbaumes schleiche, kann ich nach einer Weile gelegentlich Fische im seichten Wasser erkennen, wie sie stumm immer im Kreis herum schwimmen, jeder wie in Himmelsblau getaucht, und sich alle nach hinten verjüngend wie Tränen. Oder ich sehe sie in tiefen stillen Becken aufgereiht stehen, parallel zur lebensspendenden Strömung, buchstäblich in der Stromlinie. Dadurch, daß Fische mit Luft gefüllte Schwimmblasen besitzen, die ihr Gewicht im Wasser ausgleichen, hängen sie sozusagen an ihren eigenen Körpern wie Gondeln an einem Ballon. Sie liegen schwebend und scheinbar reglos in klarem Wasser; sie sehen aus, als wären sie tot, verhext oder in Bernstein eingekapselt. Sie sehen aus wie die ausdruckslos vor sich hin schwebenden Teile eines Mobiles, was den Mobilekünstlern anscheinend zur Inspiration gedient hat. Fische! Sie schaffen es, so wasserfarben zu sein. Sie haben nicht die Farbe des Flußbetts, sondern die Farbe des Lichts selbst, des zu Pulver zerstäubten Lichts im Wasser. Sie verschwinden und tauchen wie durch Urzeugung wieder auf. Fischfertigkeit.

Ich beginne, Fische als geistige Wesen zu sehen. Die Anfangsbuchstaben einiger Namen Christi ergeben das griechische Wort *ichthys*, Christus als Fisch, und Fisch als Christus. Je mehr ich mir die Fische im Tinker Creek anschaue, um so befriedigender erscheint mir die Fügung, um so voller das Symbol, nicht nur, was Christus angeht, sondern auch den Geist. Die Menschen müssen leben. Denk nur, wieviel einfacher es für ein Volk am Mittelmeer ist, freie, wohlgenährte Fische mit Netzen aus dem Meer zu ziehen, als hungrige Viehherden auf ihren kahlen Hügeln zu weiden und im Winter durchzufüttern. Zu sagen, Heiligkeit sei ein Fisch, ist eine Aussage über die Fülle der Gnade; es ist nichts anderes, als wenn man in einer rein materialistischen Kultur behaupten wollte, daß Geld wirklich und wahrhaftig an Bäumen wachse. »Nicht gebe ich euch, wie die Welt gibt«; diese Fische sind geistige Nahrung. Und die Offenbarung kommt zu dem, der da pirscht: »Werft das Netz aus zur Rechten des Bootes, so werdet ihr finden.«

Trotzdem bleibt – natürlich – ein Risiko. Beim Fischen sind im Laufe der Jahrhunderte mehr Männer umgekommen als bei allen anderen menschlichen Tätigkeiten, vielleicht von Kriegen abgesehen. Du fährst so weit hinaus ... und wirst davongeweht oder schlägst leck oder gehst unter und wirst nie wieder gesehen. Wo sind die Fische? Draußen an den Felsvorsprüngen unter Wasser, draußen, wo die Winde wehen, wachsam, flink, unsichtbar. Du kannst auf sie Jagd machen mit Ködern, mit Netzen, mit der Schleppangel, mit der Keule, mit der Hand, du kannst versuchen, sie in einen Flußarm zu jagen, sie mit Pflanzensaft lähmen, sie in einem hölzernen Rad zu fangen, das sich die ganze Nacht dreht – und trotzdem noch verhungern. Sie sind da, sie sind auf jeden Fall da, frei, zum Essen, und ausgesprochen fix. Du kannst sie sehen, wenn du willst; fang sie, wenn du kannst.

Es verstreut sich und tritt zusammen; es geht heran und geht fort. Es kann passieren, daß ich einen Riesenkarpfen aus dem Wasser steigen und in einem Schaumklatscher verschwinden sehe, es kann passieren, daß ich eine Forelle in einer kleinen Welle unter meiner baumelnden Hand auftauchen sehe oder daß nur noch ein fliehender Schwanz aufblitzt. Es ist den ganzen Sommer, das ganze Jahr hindurch das gleiche, egal wonach ich auf der Suche bin. In letzter Zeit habe ich mich fast ausschließlich darauf verlegt, Bisamratten aufzulauern – Augennahrung. Ich habe durch viele Fehler gelernt, daß warten besser ist als verfolgen; jetzt setze ich mich für gewöhnlich an einer Stelle, wo der Fluß seicht und breit ist, auf eine schmale Fußgängerbrücke. Ich sitze allein und mit gespannter Aufmerksamkeit da, aber auf eine besondere Art still, und warte und halte Ausschau nach einer Veränderung im Wasser, nach den leisen, heftiger werdenden Kräuseln, die das Auftauchen einer lebendigen Bisamratte über dem Unterwassereingang ihrer Höhle ankündigen. Bisamratten sind vorsichtig. An vielen, vielen Abenden warte ich, ohne eine zu sehen. Aber manchmal stellt sich heraus, daß der Zweck meines Wartens verfehlt ist, wie wenn Buddha darauf gewartet hätte, daß ein Apfel fällt. Denn wenn sich keine Bisamratten zeigen, zeigt sich etwas anderes.

Letzte Woche habe ich einem Grünreiher gründlich das Abendessen verdorben. Er war ziemlich jung und ziemlich entschlossen, sich weder verjagen zu lassen, noch allzu verwegen zu sein. Deshalb mußte er mich im Auge behalten. Ich beobachtete ihn eine halbe Stunde lang, während er mißmutig im Fluß herumstelzte und den unglaublichen braungestreiften Hals streckte und einzog. Er stieß nur dreimal blitzschnell mit dem Schnabel in Schleimfäden nach einer Beute, und alle drei Mal in einem Moment, als ich meinen Kopf leicht abgewandt hatte.

Der Reiher stand in ruhigem, seichtem Wasser; an der tiefsten Stelle, die er betrat, reichte ihm das Wasser an den orangeroten Beinen fünf Zentimeter hoch. Er ging ein paarmal los und holte sich irgend etwas von den Rohrkolben am Ufer, und wenn er es – den Schnabel hochwerfend und seinen Hals bei jedem gierigen Schlucken zusammenziehend – aufgefressen hatte, stakte er wieder auf eine trockene Sandbank in der Mitte des Flusses, die ihm als Beobachtungsturm zu dienen schien. Er wippte mit dem Stummelschwanz; sein Schwanz war so kurz, daß er nicht unter den angelegten Flügeln hervorragte.

Meistenteils beobachtete er mich mißtrauisch, als könnte ich auf ihn schießen oder ihm die Weißfische für mein eigenes Abendessen stehlen, wenn er mich nicht mit seinen Blicken einschüchterte. Aber meine einzige Waffe war das Stillhalten und mein einziger Wunsch, daß mir sein Anblick erhalten bleiben mochte. Ich wußte, daß er wegfliegen würde, wenn ich die kleinste falsche Bewegung machte. Nach einer halben Stunde hatte er sich an mich gewöhnt – als ob ich ein Fahrrad wäre, das jemand auf der Brücke stehengelassen hatte, oder ein Ast, der beim Hochwasser hängengeblieben war. Er ließ sogar zu, daß ich langsam den Kopf drehte und meine schmerzenden Beine ganz langsam streckte. Aber dann ließ er sich schließlich doch durch irgendeine winzige Bewegung oder Gedankenregung verjagen und erhob sich mit einem letzten Blick auf mich und einem Schrei in die Luft und flog mit langsamen Flügelschlägen flußauf, um eine Biegung und außer Sichtweite.

Es fällt mir schwer, an einem Vogel etwas zu sehen, das er nicht sehen lassen will. Es erfordert meine ungeteilte Aufmerksamkeit. Doch während ich auf Bisamratten wartete, habe ich mehrmals Insekten bei besonderen Tätigkeiten beobachten können, die sich ebensowenig wie die eierlegende Gottesanbeterin von meiner Gegenwart stören ließen. Zweimal war ich nicht sicher, was ich gesehen hatte.

Einmal war es eine Libelle, die in einem ungewöhnlichen Rhythmus dicht über dem Fluß flog. Ich sah genauer hin; sie tauchte das Ende ihres Hinterleibs in schneller Abfolge immer wieder in das Wasser. Sie machte im Fliegen einen kleinen Kreis nach dem andern und berührte jedesmal, wenn sie unten war, leicht das Wasser. Das einzige, was ich mir vorstellen konnte, war, daß sie Eier legte, und das stellte sich hernach als richtig heraus. Ich habe es wirklich gesehen, dachte ich – ich habe wirklich gesehen, wie eine Libelle ihre Eier ablegte, keine zwei Meter von mir entfernt.

Diese seltsame stichelnde Bewegung mit dem Hinterleib hat der Libelle den Namen »Stopfnadel« eingetragen – früher drohten Eltern ihren Kindern damit, daß, wenn sie Lügen erzählten, Libellen nachts im Schlaf über ihrem Gesicht schweben und ihnen die Lippen zunähen würden. Interessanterweise habe ich gelesen, daß nur die große Geschwindigkeit, mit der das eierlegende Weibchen seine Kreise über dem Wasser zieht, verhindert, »daß es von der Oberflächenspannung angesaugt und hinabgezogen wird«. Und mit der gleichen großen Geschwindigkeit entbrauste die Libelle, die ich an jenem Tag sah, flußabwärts: ein Brummen, ein Punkt, weg.

Ein anderes Mal sah ich einen Wasserläufer, der sich seltsam bewegte. Wenn es überhaupt nichts zu sehen gibt, schaue ich den Wasserläufern zu, wie sie über die Wasserfläche fahren, und beobachte dabei die sechs Schattenflecken – von ihren Fußeindrücken auf dem Wasser –, die verträumt über den Bodenschlick gleiten. Bei der Fortbewegung schieben sie kleine Wellen oder Kräusel vor sich her über die Wasseroberfläche, und es war mir schon aufgefallen, daß sie, wenn sie eine solche Welle auf sich zukommen fühlen oder sehen, dem Verursacher der Welle meistens ausweichen. Mit anderen Worten, sie machen einander Platz. Ich denke mir, dieses Verhalten hat den Sinn, sie gleichmäßig über ein Gebiet zu verteilen, damit jedes Tier bessere Chancen hat, etwas Brauchbares zu fressen zu finden.

Aber eines Tages stierte ich friedlich auf das Wasser, als etwas, das anders war als sonst, meine Aufmerksamkeit erregte. Ein Wasserläufer glitt zielsicher über den Fluß, statt wie sonst aufs Geratewohl. Er wich den von einem andern Insekt erzeugten Wellen nicht aus, sondern raste auf sie zu. Im Zentrum der Wellen sah ich eine kleine Fliege, die ins Wasser gefallen war und strampelte, um sich wieder aufzurichten. Der Wasserläufer zeigte sich außerordentlich »interessiert«; er rückte der panisch zappelnden Fliege auf den Leib, indem er sie über das Wasser hin und her verfolgte und sich wie ein Eskimo auf der Karibujagd Stückchen um Stückchen weiter anschlich. Die Fliege konnte die Oberflächenspannung nicht überwinden. Ihre Bemühungen reduzierten sich auf ein gelegentliches Brummen; sie wurde ans Ufer geschwemmt, und der Wasserläufer verfolgte sie dort weiter – aber ich konnte nicht sehen, was passierte, weil überhängende Grasbüschel mir den Blick versperrten.

Wieder erfuhr ich erst später, was ich gesehen hatte. Ich las, daß Wasserläufer von jedem Licht angezogen werden. William H. Amos schreibt: »Oft erweist sich das sie anlockende Licht als

Reflexion der Wellen, die von einem auf der Wasseroberfläche gefangenen Insekt ausgehen, und von diesen Tieren ernähren sich die Wasserläufer.« Sie lutschen sie aus. Noch einer, der von Treibgut lebt! Jedenfalls wird es kein Problem sein, diesen Sommer wieder danach Ausschau zu halten. Vor allem möchte ich sehen, ob die langsamen, von den Wasserläufern selbst erzeugten Wellen weniger Licht reflektieren als die von den gefangenen Insekten erzeugten – aber es kann Jahre dauern, bevor ich zufällig wieder ein Insekt unter die Wasserläufer fallen sehe. Ich kann von Glück reden, daß ich einmal eines gesehen habe. Nächstesmal werde ich wissen, was los ist, und wenn sie den letzten blutigen Akt hinter der Bühne spielen wollen, werde ich einfach den Vorhang aus Gräsern beiseite schieben und hoffen, daß ich trotzdem nachts schlafen kann.

II

Ich habe mehrere Jahre gebraucht, bis ich gelernt hatte, Bisamratten zu finden.

Ich habe immer gewußt, daß im Fluß Bisamratten lebten. Manchmal, wenn ich abends spät im Auto unterwegs war, fiel das Licht meiner Scheinwerfer im Wasser auf die breiten Wellenstreifen, die eine schwimmende Bisamratte macht, eine Bugwelle, die am aufragenden Dreieck ihres Kopfes im Wasser zusammenläuft. Dann hielt ich an und stieg aus: nichts. Sie holen sich nachts auch Mais und Tomaten aus den Gärten meiner Nachbarn, so daß die mir ständig erzählten, daß es im Fluß nur so von ihnen wimmle. Hier in der Gegend wird der englische Name *muskrat* zu *mushrat*; Thoreau hat, wie die Indianer, »Musquash« gesagt. Sie haben natürlich nicht das geringste mit Ratten zu tun. Sie ähneln eher kleinen Bibern, und wie diese sondern sie ein ätherisches Öl aus Moschusdrüsen unter dem Schwanzansatz ab – daher der Name *muskrat*. Ich hatte in mehreren zuverlässigen Quellen gelesen, Bisamratten seien so wachsam, daß es fast unmöglich ist, sie zu beobachten. Ein Wissenschaftler, der eine Langzeitstudie über größere Populationen in erster Linie mit Hilfe von »Spuren« und Autopsien an toten Tieren bestritten hatte, berichtete, daß er oft wochenlang keine einzige lebende Bisamratte zu Gesicht bekommen hatte.

Eines heißen Abends vor drei Jahren stand ich mehr oder weniger *in* einem Busch. Ich stand mucksmäuschenstill und schaute von einer Stelle am Ufer gegenüber des Hauses tief in den Tinker Creek hinein, wo ich einen Schwarm Sonnenfische beobachtete, die reglos glotzend dicht über dem Grund eines tiefen, sonnenbeschienenen Beckens standen. Ich hatte meine Augen auf die Tiefe eingestellt. Ich hatte mich längst verloren, den Fluß verloren, den Tag, alles außer stiller, bernsteinfarbener Tiefe. Plötzlich konnte ich nicht mehr sehen. Und dann doch wieder: eine junge Bisamratte war oben auf dem Wasser aufgetaucht, sie schwamm auf dem Rücken. Die Vorderbeine hatte sie lässig über der Brust gekreuzt; die Sonne schien ihr auf den umgedrehten Bauch. Mit ihrer Jugend, ihrem Nagetiergrinsen und der lächerlichen Fortbewegungsmethode, die nichts war als ein träges Schwanzwedeln, das von Zeit zu Zeit durch ein kurzes Eintauchen eines hinteren Schwimmfußes ergänzt wurde, gab sie ein bezauberndes Bild von Dekadenz, Ausschweifung und sommerlicher Faulheit ab. Ich vergaß die Fische vollkommen.

Doch in meiner Überraschung darüber, daß das Licht so plötzlich angegangen und mein Bewußtsein mit einem Schlag wieder geweckt worden war und eine umgekehrte Bisamratte vor sich hatte, muß ich mich bewegt und verraten haben. Das Junge – denn inzwischen weiß ich, daß es ein ganz junges Tier war – drehte sich um, so daß nur noch der Kopf über dem Wasser zu sehen war, und schwamm flußabwärts davon. Ich befreite mich aus dem Busch und verfolgte es blödsinnigerweise. Es tauchte geschmeidig unter und wieder auf und glitt auf das gegenüberliegende Ufer zu. Ich lief an der Uferböschung hinterher und versuchte, es nicht aus dem Blick zu verlieren. Es sah mich immer wieder ängstlich über die Schulter an. Dann tauchte es abermals ein, unter eine schwimmende, am Ufer hängende Matte aus Gestrüpp, und verschwand. Ich sah es nie wieder. (Auch habe ich, trotz der unzähligen Bisamratten, die ich mittlerweile gesehen habe, nie wieder eine Bisamratte auf dem Rücken schwimmen sehen.) Aber damals kannte ich mich noch nicht mit Bisamratten aus; ich wartete keuchend und beobachtete das im Schatten liegende Ufer. Heute weiß ich, daß ich nicht länger als eine Bisamratte ausharren kann, die weiß, daß ich da bin. Ich kann nicht mehr tun, als mich leise anzuschleichen, während sie noch in ihrem Bau sitzt, so daß sie nichts von mir weiß, und dort warten, bis sie herauskommt. Aber damals wußte ich nur, daß ich mehr Bisamratten sehen wollte.

Ich fing an, Tag und Nacht nach ihnen zu suchen. Manchmal sah ich urplötzlich vom Flußrand her kleine Wellen schlagen, aber sobald ich mich hinhockte, um genauer sehen zu können, erstarben die Wellen. Mittlerweile weiß ich, was das heißt, und habe gelernt, vollkommen zu erstarren und das kleine spitze Gesicht der Bisamratte, das mich beobachtet, hinter überhängenden Uferpflanzen auszumachen. In jenem Sommer lungerte ich ständig auf Brücken herum, ich lief flußauf und flußab, aber nirgends tauchten Bisamratten auf. Du mußt nur an der richtigen Stelle sein, dachte ich. Anscheinend mußt du dich den Rest deines Lebens in den Büschen verstecken. Es war eine Gelegenheit, wie man sie nur einmal im Leben bekommt, und die hast du gehabt.

Dann sah ich eines Abends wieder eine, und mein Leben veränderte sich. Von da an wußte ich, daß es viele waren, und ich wußte, wann ich nach ihnen Ausschau halten mußte. Es war kurz vor dem Dunkelwerden; ich fuhr von einem Besuch bei Freunden nach Hause. Nur auf gut Glück stellte ich das Auto leise am Fluß ab, lief auf die schmale Brücke über der flachen Stelle hinaus und schaute stromaufwärts. Eines Tages, das hatte ich mir schon wochenlang gesagt, eines Tages wird eine Bisamratte geradewegs durch den Kanal zwischen den Rohrkolben schwimmen, und ich werde sie sehen. Genau so geschah es. Ich suchte den Kanal mit den Augen nach einer Bisamratte ab, und schon kam eine direkt auf mich zugeschwommen. Bittet; suchet; klopfet an. Sie schien sich mit einer rudernden Hin- und Herbewegung ihres senkrecht abgeflachten Schwanzes fortzubewegen. Sie wirkte größer als die auf dem Rücken schwimmende, und ihr Gesicht war rötlicher. Im Maul trug sie einen Tulpenbaumzweig. Eins erstaunte mich: sie schwamm mitten im Fluß. Ich dachte, sie würde sich unter dem Gestrüpp am Rand verstecken; statt dessen pflügte sie so offen durch das Wasser wie ein Monoski. Ich konnte mich einfach satt sehen.

Aber ich stand auf der Brücke und saß nicht versteckt da, und sie erblickte mich. Sie wechselte den Kurs, drehte Richtung Ufer ab und verschwand hinter einer Einbuchtung am schilfbestandenen Ufer. Mich erfaßte eine Welle so reiner Energie, daß ich glaubte, ein paar Tage nicht mehr atmen zu müssen.

Diese Unschuld habe ich mittlerweile größtenteils verloren, obwohl mich gestern abend fast der gleiche Energierausch erfaßte. Ich habe viele Bisamratten gesehen, seitdem ich gelernt habe, in diesem Teil des Flusses nach ihnen Ausschau zu halten. Aber ich lauere ihnen noch immer in den kühlen Abendstunden auf, und ich halte immer noch die Luft an, wenn kleine Wellen unter dem Flußufer aufsteigen. Der große Jubel über Tiere in freier Wildbahn gilt der Tatsache, daß es sie überhaupt gibt, und noch mehr zum Jubeln ist der Moment, in dem man sie tatsächlich sieht. Weil sie eine schöne Würde besitzen und es vorziehen, nichts mit mir zu tun zu haben, nicht einmal als reine Anschauungsobjekte. Schon durch ihre Vorsicht zeigen sie mir, was für ein Geschenk es ist, einfach die Augen zu öffnen und sie zu erblicken.

Bisamratten sind ein Grundglied der Nahrungskette der Fleischfresser. Sie sind wie Kaninchen und Mäuse: wer groß genug ist, Säugetiere zu fressen, bedient sich. Habichte und Eulen machen sie zur Beute; Füchse und Otter ebenfalls. Nerze sind ihre ärgsten Feinde; sie leben in der Nähe von größeren Bisamansiedlungen, gehen unbemerkt in ihren Bauen ein und aus und drücken sich davor herum wie Gottesanbeterinnen vor einem Bienenstock. Außerdem werden Bisamratten von einer ansteckenden Blutkrankheit befallen, die ganze Kolonien auslöscht. Manchmal explodiert ihre Zahl allerdings geradezu, wie bei den Lemmingen, ihren nahen Verwandten; dann gehen sie entweder zu Hunderten ein oder schwärmen weit über das Land aus, um neue Flüsse und Seen zu finden.

Sie werden auch von Menschen gejagt. Ein Eskimo, der jedes Jahr ausschließlich zum Nebenverdienst ein paar Wochen auf Bisamjagd geht, berichtet, daß er in vierzehn Jahren 30 739 Bisamratten getötet habe. Die Felle verkaufen sich gut, bei steigenden Preisen. Bisamratten sind die wichtigsten Pelztiere auf dem nordamerikanischen Kontinent. Ich weiß nicht, was sie heutzutage am Mackenzie-Delta bringen, aber hier in der Gegend zahlen Pelzhändler, die 1971 keine drei Dollar bezahlt haben, mittlerweile fünf Dollar für das Fell. Sie machen Mäntel draus, verwenden für den Pelz aber alles andere als den Namen Bisam: »Hudson Seal« ist typisch. In alten Zeiten verkauften Trapper erst das Fell und dann das Fleisch, unter dem Namen »Sumpfkaninchen«. Auch heute kommen Bisamratten noch häufig in den Kochtopf.

Um diesem ganzen Gemetzel zu begegnen, kann ein Weibchen bis zu fünfmal im Jahr Junge werfen, mit jedem Wurf sechs oder sieben oder noch mehr kleine Bisamratten. Das Nest liegt hoch und trocken in der Uferböschung; nur der Eingang liegt zum Schutz vor Feinden normalerweise fast einen Meter tief unter Wasser. Hier in der Gegend sind die Nester an einfachen Löchern in der Lehmwand am Flußrand zu erkennen; anderswo bauen Bisamratten schwimmende, konische Winterbaue, die nicht nur wasserdicht, sondern für Bisamratten auch eßbar sind.

Das Leben der jungen Tiere ist gefährlich. Zum einen werden sie sogar von Schlangen und Waschbären gefressen. Zum andern neigen die Mütter zur Verwirrung, und es passiert ihnen leicht, daß ihnen ein oder zwei Kleine aus einem großen Wurf abhanden kommen, weil sie sozusagen vergessen, Näschen zu zählen. Neugeborene, die an den Zitzen hängen, können abfallen, wenn die Mutter plötzlich ins Wasser springen muß, und manchmal ertrinken sie dann. Auch die gerade Entwöhnten haben es schwer, weil die neuen Würfe so schnell und unerbittlich kommen, daß sie schon entwöhnt werden müssen, ehe sie recht wissen, wie man allein überlebt. Und wenn die eben entwöhnten Jungen kurz vor dem Verhungern sind, kann es gut sein, daß sie die Neugeborenen fressen – wenn sie sie erwischen. Ausgewachsene Bisamratten, die eigenen Mütter eingeschlossen, töten sie häufig, wenn sie zu nahe kommen. Aber wenn sie all diese Gefahren überstehen, können sie zu einem Leben aufbrechen, in dem sie durch die Abenddämmerung schwimmen, an Rohrkolbenwurzeln oder Klee knabbern und hier und da einen Flußkrebs vertilgen. Der eigentlich als nüchterne Autorität bekannte Paul Errington schreibt dazu: »Gegen Ende ihres ersten Monats kann man die Bisamratte in aller Bescheidenheit als unabhängiges Unternehmen betrachten.«

Was ich an Bisamratten so wunderbar finde, ist, daß sie nicht gut sehen können und obendrein ziemlich beschränkt sind. Sie sind ausgesprochen vorsichtig, wenn sie wissen, daß ich da bin, und harren unfehlbar länger aus als ich. Doch mit ein wenig Geschicklichkeit und einem Minimum an menschlichem Würdeverlust kann ich mich unmittelbar in ihrer Nähe aufhalten, ohne daß die Tatsache meiner lebendigen Gegenwart je in ihre schmalen Schädel dringt.

Gestern abend habe ich nicht nur maximale Bisamrattenbeschränktheit, sondern auch die maximale menschliche Annäherung erlebt, den Punkt, über den ich mit Sicherheit nicht mehr hinaus kann. Ich hätte nie geglaubt, daß ich es so weit bringen könnte, tatsächlich so dicht neben einer fressenden Bisamratte zu sitzen wie neben einem Platznachbarn an einem vollbesetzten Tisch.

Das kam so. Erst in der vergangenen Woche habe ich mir angewöhnt, eine andere Stelle aufzusuchen, einen der vielen namenlosen Zuflüsse des Tinker Creek. Er besteht im wesentlichen aus einem seichten Bächlein zwischen mehreren, bis zu einem Meter tiefen Wasserbecken. Über eines dieser Wasserbecken führt eine kleine Fußgängerbrücke, die, wenn überhaupt, in der Gegend als die Trollbrücke bekannt ist. Ich saß mit dem Gesicht bachauf ungefähr eine Stunde vor Sonnenuntergang auf der Trollbrücke und konzentrierte mich auf eine knapp drei Meter entfernte Stelle zu meiner Rechten, wo ich weiß, daß die Bisamratten einen Bau haben. Ich hatte mir gerade eine

Zigarette angesteckt, als kleine Wellenschläge über dem Eingang des Baus erschienen und eine Bisamratte auftauchte. Sie schwamm geradewegs auf mich zu unter die Brücke.

In dem Augenblick, wo die Augen einer Bisamratte unter einer Brücke verschwinden, springe ich in Aktion. Ich habe dann ungefähr fünf Sekunden, um mich so hinzudrehen, daß ich sie möglichst gut sehen kann, wenn sie wieder unter der Brücke hervorgeschwommen kommt. Es wäre durchaus möglich, den Kopf über die Seite zu hängen und ihr auf diese Weise so nahe zu sein, daß ich, wenn sie unter mir auftaucht, ihre Augenwimpern zählen kann, wenn mir danach ist. Der einzige Haken dabei ist, daß ich, sobald die Perlenaugen wieder auftauchen, gefangen bin. Wenn ich mich auch nur einmal bewege, ist das Spiel für den Abend aus. Ich muß sofort in der Haltung erstarren, in der sie mich erwischt, und sei sie noch so bescheuert, und muß, solange sie mich sehen kann, so verharren, so daß alle Muskeln steif werden, ich mir die Knöchel auf dem Beton wund drücke und mir die Finger an der Zigarette verbrenne. Und wenn die Bisamratte ans Ufer geht, um Nahrung zu suchen, hänge ich mit meinem Gesicht ein paar Handbreit über dem Wasser da und kriege außer ein paar Flußkrebsen nichts zu sehen. Deshalb habe ich gelernt, es mit diesen Fünf-Sekunden-Aktionen nicht zu übertreiben.

Als die Bisamratte unter die Brücke schwamm, drehte ich mich so um, daß ich, ohne mich zu verkrampfen, stromab schauen konnte. Sie tauchte wieder auf, und ich schaute sie mir gut an. Ihr Leib war zwanzig Zentimeter lang, und ihr Schwanz noch einmal fünfzehn. Bisamschwänze sind schwarz und schuppig, nicht breit und platt wie Biberschwänze, sondern hoch wie ein aufgestellter Gürtel. Bei Frost im Winter können sie vor Kälte so taub werden, daß die Tiere das abgefrorene Stück bis auf gut zwei Zentimeter vom Körper abfressen. Dann müssen sie allein mit den Hinterpfoten schwimmen, und das Steuern fällt ihnen schwer. Diese Bisamratte benutzte ihren Schwanz als Ruder und gelegentlich als Propeller; sie bewegte sich in erster Linie mit Hilfe der Hinterpfoten voran, die sie ausgesprochen gerade hielt und in einer Kreisbewegung führte, wie ein Radrennfahrer, der in die Pedale tritt. Die Sohlen ihrer Hinterpfoten waren seltsam hell; die Zehnägel liefen lang und kegelförmig spitz zu. Die Vorderbeine hielt sie still vor die Brust geklemmt.

Die Bisamratte kletterte am andern Ufer aus dem Wasser und machte sich ans Fressen. Sie verschlang eine viertelmeterhohe Pflanze, indem sie sie, wie ein Schreiner eine Säge füttert, stetig mit beiden Vorderpfoten nachschob. Ich konnte sie kauen hören; es klang wie jemand, der Selleriestangen knabbert. Dann ließ sie sich mit dem Strunk im Maul wieder ins Wasser gleiten, schwamm unter der Brücke durch und erklomm, statt in ihren Bau zurückzukehren, einen überspülten Stein, wo sie hochaufgerichtet den Rest der Pflanze vertilgte. Sie saß gut einen Meter von mir entfernt. Darauf schwamm sie unverzüglich wieder unter der Brücke durch und hievte sich treffsicher an demselben Grasflecken ans Ufer, um sich über den Stumpf der Pflanze herzumachen.

Während dieser ganzen Zeit machte ich nicht nur, jedesmal, wenn ihre Augen unter der Brücke verschwanden, eine komplette Kehrtwendung, sondern rauchte auch eine Zigarette. Sie merkte nicht, daß die Konfiguration auf der Brücke sich jedesmal vollständig verwandelte, wenn sie drunter durchschwamm. Das ist bei vielen Tieren so; sie sehen nichts, wenn es sich nicht bewegt. So konnte ich auch, jedesmal, wenn sie den Kopf abwandte, an meiner Zigarette ziehen, obwohl ich natürlich nie wußte, wann sie sich plötzlich wieder umdrehen und mich zwingen würde, in irgendeiner unmöglichen Haltung zu erstarren. Das ärgerliche war, daß sie dort, wo sie saß, den Wind von mir und meiner Zigarette abbekam: machte ich wirklich dieses ganze Theater für ein Tier ohne alle Sinne?

Als der Pflanzenstumpf verzehrt war, lief die Bisamratte nervös über das Gras und biß hie und da einen Mundvoll Gras und Klee dicht über dem Boden ab. Bald hatte sie das Maul gestopft voll mit Grün; sie schob sich ins Wasser, schwamm unter der Brücke durch auf den Bau zu und tauchte unter.

Als sie sich, nachdem sie das Gras anscheinend versteckt hatte, kurz darauf wieder auf den Weg machte, wiederholte sie den Vorgang wie gehabt, vollkommen geschäftsmäßig, und kehrte mit einem Schock Gras zurück.

Sie tauchte wieder auf. Ich verlor sie einen Moment aus den Augen, als sie unter der Brücke verschwand; sie kam nicht dort hervor, wo ich sie erwartete. Fassungslos sah ich, daß sie neben mir ans Ufer kam. Die Trollbrücke liegt auf einer Höhe mit dem tieferen Ufer; hier war ich, und da war sie, direkt an meiner Seite. Ich hätte sie mit der flachen Hand berühren können, ohne den Arm auszustrecken. Sie war unmittelbar bei der Hand.

Tief gebückt stöberte sie dicht neben mir herum, vielleicht um einem Wärmeverlust durch Verdunstung vorzubeugen. Sie krümmte sich eigentlich immer, sobald sie aus dem Wasser kam, und machte die Schultern schlank wie die einer jungen Katze. Mit den Vorderpfoten zerteilte sie mit äußerster Sorgsamkeit Grasklumpen; ich konnte das Spiel ihrer kleinen Gelenke sehen. Sie füllte sich das Maul mit Gras und Klee weniger durch Abnagen, als daß sie unmittelbar über dem Boden fest zubiß, wobei sie die Nackenmuskeln anspannte und sich mit Hilfe der Vorderbeine ruckhaft hochstemmte.

Sie hatte Hängebacken, die glitzernden schwarzen Augen standen eng, die kleinen Ohren waren spitz und pelzig. Ich werde schauen müssen, ob sie sie spitzen kann. Ich konnte die vom Wasser angeklatschten langen Fellhaare sehen, die zu üppigen braunen Strängen verklebt waren, die glatten Konturen des Körpers betonten und, wo sie sich teilten, die helleren weicheren Haare des kaninchenartigen Unterfells bloßlegten. Trotz ihrer Nähe bekam ich weder ihre Zähne noch den Bauch zu sehen.

Nach einigen Minuten des Herumwühlens im Gras an meiner Seite ließ sie sich unter der Brücke ins Wasser gleiten und paddelte mit den hochgehaltenen Backen voll Gras zum Bau, und das war das letzte, was ich von ihr sah.

In den vierzig Minuten, die ich sie beobachtete, sah sie, roch sie und hörte sie mich nicht ein einziges Mal. Wenn ich in ihrem Blickfeld war, rührte ich mich selbstverständlich nur, um zu atmen. Auch meine Augen bewegten sich und folgten den ihren, aber das merkte sie nicht. Ich schluckte sogar dann und wann: nichts. Das mit dem Schlucken interessierte mich, weil ich gelesen hatte, daß man sich, wenn man wilde Vögel handzahm zu machen versucht, alles verderben kann, indem man aus Versehen schluckt. Dieser Theorie zufolge glaubt der Vogel, daß du schluckst, weil dir schon das Wasser im Mund zusammenläuft, und fliegt auf und davon. Die Bisamratte zuckte nicht einmal. Nur ein einziges Mal, als sie am gegenüberliegenden Ufer gut zwei Meter von mir entfernt fraß, richtete sie sich unvermittelt auf und sah sich wachsam um – und ging dann sofort wieder zur Futtersuche über. Ohne je zu merken, daß ich da war.

Ich merkte auch nicht, daß ich da war. In jenen vierzig Minuten gestern abend war ich genauso empfindlich und stumm wie eine Photoplatte; ich nahm Eindrücke auf, ohne Bildunterschriften zu verfassen. Ich war ohne Selbstwahrnehmung; es kommt mir jetzt beinahe vor, als hätte, wenn man mich über Elektroden angeschlossen hätte, mein EKG keinen Ausschlag gezeigt. Ich habe dergleichen schon so oft gemacht, daß es mir nicht mehr ins Bewußtsein dringt, wenn ich mich langsam bewege und plötzlich anhalte; es ist mir zur zweiten Natur geworden. Und ich habe oft gemerkt, daß schon nur wenige Minuten dieser Selbstvergessenheit ungeheuer belebend wirken. Ich frage mich, ob wir nicht den größten Teil unserer Energie darauf verschwenden, uns in jeder wachen Minute selber wahrzunehmen. Martin Buber zitiert einen alten chassidischen Meister mit dem Satz: »Wenn du reinen und heiligen Sinnes über die Felder gehst, dann kommen von allen Steinen und allen wachsenden Dingen und allen Tieren die Funken ihrer Seelen zu dir und heften sich an dich, und dann werden sie gereinigt und werden zu einem heiligen Feuer in dir.« So läßt sich diese belebende Energie mit Hilfe der speziellen kabbalistischen Sprache des Chassidismus beschreiben.

Ich habe versucht, anderen Leuten Bisamratten zu zeigen, aber das klappt selten. Wir können noch so leise sein, die Bisamratten bleiben verborgen. Vielleicht spüren sie das nervöse Summen des Bewußtseins, das Surren zweier Menschen, die in der Stille nicht anders können, als des andern und mithin ihrer selbst gewahr zu sein. Außerdem sind meine Begleiter unweigerlich auf eine Weise befangen, die verhindert, daß sie gut pirschen können. Mir ging es früher genauso: Ich konnte es schlicht nicht ertragen, meine Würde soweit aufzugeben, daß ich mich ganz und gar für eine Bisamratte umstellte. Demzufolge bewegte ich mich oder sah mich um oder kratzte mich an der Nase, und nie zeigten sich Bisamratten, sondern ließen mich tagelang mit meiner Würde allein, bis ich beschloß, daß es sich lohnte – von den Bisamratten selbst – das Pirschen zu lernen.

Die alte, klassische Regel für das Pirschen lautet: »Oft stehenbleiben, viel sitzen.« Die Regel ist unübertroffen, aber Bisamratten erlauben ein wenig mehr Spielraum. Wenn die Augen der Bisamratte nicht zu sehen sind, kann ich praktisch einen Stepptanz auf ihrem Schwanz vollführen, ohne daß sie etwas merkt. Vor ein paar Tagen an der Trollbrücke habe ich mich einer am Ufer fressenden Bisamratte einfach genähert, indem ich, immer wenn sie den Kopf abwandte, so viele gleitende Schritte auf sie zu machte wie möglich. Ich verlagerte mein Gewicht möglichst sachte, damit sie mein Kommen nicht durch den Boden spürte und ich, sobald ihr Blick auf mich fiel, ohne allzu unbeholfen auf einem Bein balancieren zu müssen, reglos verharren konnte, bis sie sich wieder abwandte.

Als ich mich bis auf drei Meter angeschlichen hatte, war ich sicher, daß sie fliehen würde, aber sie stöberte kurzsichtig weiter im gemähten Klee und Gras. Da ich so ziemlich alles gesehen hatte, was ich je zu sehen bekommen hoffte, näherte ich mich nur noch weiter, um zu sehen, wann es ihr reichte. Zu meiner unendlichen Verblüffung kam dieser Punkt nie. Ich hatte zuerst genug. Als mein einer Fuß nur noch zwei Handbreit von ihrem Hinterteil entfernt war, wollte ich nicht mehr näher. Sie konnte mich natürlich genau sehen, aber ich hielt mich, außer wenn sie den Kopf senkte, stocksteif. Es blieb nichts mehr zu tun, als ihr einen Tritt zu versetzen. Schließlich ging sie ans Wasser hinunter, tauchte ein und verschwand. Ich weiß bis heute nicht, ob sie mir gestattet hätte, ihr einfach den Rücken hinaufzulaufen.

Es ist nicht immer so einfach. Bei anderen Gelegenheiten habe ich erlebt, daß die einzige Methode, mir eine fressende Bisamratte aus nächster Nähe anschauen zu können, mich zu einem dermaßen lächerlichen Verhalten zwingt, daß ich vollkommen selbstvergessen sein muß, um so mit mir leben zu können. Ich muß den Hut absetzen, mich ein Stück hinter einem flachen Felsen lang auf den Bauch legen und dann im Schneckentempo sechs Meter über nackten Boden robben, ehe ich direkt hinter dem Felsen bin und einen langsamen Blick auf die andere Seite riskieren kann. Wenn mein Kopf in einem Moment hinter dem Felsen hervorkommt, in dem die Bisamratte den ihren zufällig abgewandt hat, ist alles gut. Dann kann ich meine Position eingenommen haben und erstarrt sein, bis sie wieder hinschaut. Aber wenn sie meinen Kopf in Bewegung sieht, springt sie ins Wasser, und die ganze Robberei war umsonst. Im voraus läßt sich nichts sagen; ich muß mich schlicht auf das Risiko einlassen.

Ich habe gelesen, in dem unwahrscheinlichen Fall, daß man einem Grizzlybär Auge in Auge gegenübersteht, sei es das beste, sanft und freundlich auf ihn einzureden. Deine Stimme soll eine besänftigende Wirkung haben. Ich habe noch keine Gelegenheit gehabt, es bei Grizzlybären auszuprobieren, aber ich kann bezeugen, daß es bei Bisamratten nicht funktioniert. Es macht ihnen nur Angst. Ich habe es unzählige Male versucht. Einmal beobachtete ich eine Bisamratte in gut drei Metern Entfernung beim Fressen; als ich lange genug zugeschaut hatte und fand, daß ich nichts mehr zu verlieren hätte, entbot ich ihr einen freundlichen Gruß. Peng. Die zu Tode erschrockene Bisamratte schlug einen Salto in der Luft, tauchte mit der Nase tief ins Gras zu ihren Füßen und ward nicht mehr gesehen. Sie war wie vom Erdboden verschluckt; ihr Schwanz schoß senkrecht in die Höhe und verschwand lautlos im Boden. Zu genau diesem Zweck bauen sich Bisamratten entlang des Ufers mehrere Fluchtlöcher, und sie entfernen sich bei der Nahrungssuche nicht gern allzu weit von ihnen. Mich hat das ganze sehr beeindruckt, als Illustration der relativen Macht des Wortes und des Schleichens in der Natur.

Das Pirschen ist eine reine Frage des Könnens, wie das Werfen oder Schachspielen. Glück spielt selten eine Rolle. Ich mache es richtig oder ich mache es falsch; das wird mir die Bisamratte zeigen, und zwar ziemlich schnell. Noch mehr als Baseball ist Pirschen ein Spiel, das im Moment der Gegenwart gespielt wird. Zu jeder Sekunde entscheidet mein Geschick, ob die Bisamratte kommt oder bleibt oder flieht.

Kann ich mich still verhalten? Wie still? Es ist erstaunlich, wie viele Leute nicht stillhalten können oder wollen. Ich könnte und wollte im Haus keine dreißig Minuten stillhalten, aber am Fluß werde ich langsam, zentriere mich, werde leer. Ich bin nicht aufgeregt; mein Atem geht langsam und gleichmäßig. In meinem Kopf sage ich nicht: Bisam! Bisam! Da! Ich sage nichts. Wenn ich in einer Stellung verharren muß, mache ich mich nicht steif. Wenn ich mich steif mache und meine Muskeln anspanne, ermüde ich und muß mich rühren. Ich versteife mich nicht, sondern werde ruhig. Ich zentriere mich, wo ich gerade bin; ich finde eine Balance und eine Ruhehaltung. Ich ziehe mich zurück – nicht in mein Innenleben, sondern aus mir heraus, so daß ich ein Sinnengewebe bin. Ganz gleich was ich sehe, es ist genug, mehr als genug. Ich bin die Haut auf dem Wasser, wo der Wind spielt; ich bin Blütenblatt, Feder, Stein.

III

Durch dieses Leben am Fluß, wo das Licht auf dem Wasser aufscheint und verschwindet, wo Bisamratten auf- und untertauchen und Rotdrosseln sich zerstreuen, habe ich eine besondere Seite der Natur kennengelernt. Ich schaue auf die Berge, und die Berge schlafen noch, blau und stumm und tief. Ich sage: es tritt zusammen; die Welt ist beständig. Doch dann schaue ich auf den Fluß, und ich sage: es verstreut sich und geht heran und geht fort. Wenn ich aus dem Haus gehe, stieben die Spatzen auseinander und verstummen; am Flußufer kreischen Häher erschrocken auf, Eichhörnchen hüpfen in Deckung, Kaulquappen tauchen ab, Frösche springen, Schlangen stellen sich tot, Grasmücken fliegen davon. Warum verstecken sie sich? Ich werde ihnen nichts tun. Sie wollen schlicht nicht gesehen werden. »Das Wesen der Dinge«, hat schon Heraklit gesagt, »versteckt sich gern.« Eine flüchtende Spottdrossel breitet eine Sekunde einen strahlend weißen Fächer aus ... und verschwindet im Laub. Shane! ... Shane! Die Natur lockt mit dem altmächtigen flüchtigen Blick – komm geschwinde, geschwinde –, läßt das Taschentuch fallen, macht auf dem Absatz kehrt und ist auf und davon. Die mir bekannte Natur ist das ewige Versteckspiel.

Ich frage mich, ob das, was ich in der Natur sehe und zu verstehen meine, bloß ein Akzidenz der Freiheit ist, das sich vor meinen Augen zufällig wiederholt, oder ob es in den Welten jenseits von Tinker Creek ein Gegenstück hat. Ich finde in der Quantenmechanik eine Welt, die eine symbolische Ähnlichkeit zu meiner Welt am Fluß birgt.

Viele von uns leben immer noch in der Welt der Newtonschen Physik, und wir stellen uns gern vor, daß richtige, harte Naturwissenschaftler nichts mit dieserlei nebligen Grübeleien anfangen können, da sie, wie Naturwissenschaftler es nun mal tun, mit dem Meßbaren und dem Bekannten umgehen. Wir denken, daß zumindest die physikalischen Ursachen physikalischer Ereignisse eindeutig auszumachen sein müssen und daß wir, da ständig neue Ergebnisse von allerlei Experimenten hereinkommen, allmählich die Wolke des Nichtwissens zurückdrängen. Wir entfernen gewissenhaft einen Schleier nach dem andern, häufen Wissen auf Wissen und reißen Schleier für Schleier weg, bis wir endlich den Kern aller Dinge bloßlegen, die glitzernde Formel, aus der aller Segen fließt. Sogar der wilde Emerson übernahm den wahrhaft armseligen Irrtum der alten Naturwissenschaft, als er gegen Ende seines Lebens widerwillig schrieb: »Wenn wir bessere Mikroskope haben, werden wir die Zellen analysieren, und alles wird Elektrizität sein oder sonst etwas.« Wir müssen nur unsere Instrumente und unsere Methoden perfektionieren, dann können wir genug Daten sammeln, aufgefädelt wie Vögel auf eine Schnur, um von physikalischen Ursachen auf physikalische Ereignisse zu schließen.

Doch 1927 hat Werner Heisenberg den Teppich weggezogen, und unser gesamtes Verständnis des Universums wackelte und stürzte ein. Aus irgendeinem Grund ist es noch nicht bis zum

Mann auf der Straße hinuntergedrungen, daß einige Physiker heute ein Haufen wild phantasierender Mystiker sind. Denn sie haben ihre Instrumente und Methoden mittlerweile so perfektioniert, daß sie den entscheidenden Schleier wegreißen können, und was da offen vor ihnen liegt, ist das Grinsen der Cheshire-Katze.

Die Unschärferelation, die im Sommer des Jahres 1927 das Licht der Welt erblickte, besagt im wesentlichen, daß man nicht gleichzeitig den Ort und den Impuls eines Teilchens messen kann. Man kann statistisch erraten, wie sich ein Haufen Elektronen wahrscheinlich verhalten wird, aber die Karriere eines einzelnen Teilchens kann man nicht vorhersagen. Sie scheinen so frei zu sein wie Libellen. Du kannst deine Instrumente und Methoden perfektionieren, bis sich Fuchs und Hase gute Nacht sagen, und wirst doch diese eine elementare Sache niemals messen können. Es ist unmöglich. Das Elektron ist eine Bisamratte; es gibt keine perfekte Methode, sich anzupirschen. Und die Natur ist eine Fächertänzerin, die mit ihrem Fächer geboren ist; du kannst sie niederringen, sie auf die Bühne werfen und mit aller Macht mit ihr um den Fächer kämpfen; ihren Griff wird sie niemals lösen. Es gibt sie nur so; der Fächer sitzt fest.

Die Sache ist nicht damit zu begründen, daß uns die Informationen fehlen, um sowohl den Impuls als auch den Ort eines Teilchens zu kennen; das wäre eine vollkommen normale, in der klassischen Physik hinreichend bekannte Situation gewesen. Nein, wir wissen heute mit Sicherheit, daß wir nicht beides kennen können. Du kannst den Ort bestimmen, dann wird die Zahl für den Impuls ungenau; oder du kannst den Impuls genau messen, aber dann geht dir der Ort verloren. Der Einsatz von Instrumenten und das bloße Vorhandensein eines Beobachters scheint die Beobachtungen zu verfälschen; infolgedessen sagen Physiker nunmehr, daß sie die Natur an sich nicht erforschen können, sondern nur ihre eigenen Naturbeobachtungen. Und ich kann Sonnenfische nur in meinem eigenen Schatten sehen, aus dem sie, so schnell sie können, fliehen.

Die Unschärferelation hat die Wissenschaft auf den Kopf gestellt. Mit einem Schlag sind Determinismus und Kausalität weg vom Fenster, und was bleibt, ist ein Universum aufgebaut aus dem, was bei Eddington »mind-stuff« heißt. Man höre sich die Physiker nur an: Sir James Jeans, Eddingtons Nachfolger, beschwört »das Schicksal« und sagt, die Zukunft ruhe im Schoß der Götter, wer immer diese sein mögen. Eddington sagt, die physikalische Welt sei ganz und gar abstrakt und jenseits ihrer Verbindung zum Bewußtsein bar jeder »Aktualität«. Heisenberg selbst sagt: ». . . daß sich die Methode also nicht mehr vom Gegenstand distanzieren kann. *Das naturwissenschaftliche Weltbild hört damit auf, ein eigentlich naturwissenschaftliches zu sein.«* Jeans sagt, die Naturwissenschaft könne sich der Vorstellung eines freien Willens nicht länger verschließen. Heisenberg ist sicher, daß es eine höhere, von unseren Wünschen nicht beeinflußte Macht gibt, die letztendlich entscheidet und richtet. Eddington sagt, daß wir durch den Verlust der Kausalität als Folge der Unschärferelation »ohne klare Unterscheidung zwischen dem Natürlichen und dem Übernatürlichen dastehen«. Und so weiter.

Diese Physiker sind abermals Mystiker, wie Kepler einst, die in der dünnen Luft eines Gebirgspasses stehen und gebannt in einen Abgrund der Freiheit starren. Und sie sind dort mit experimentellen Methoden und ein paar wilden Sprüngen nach Einsteins Art angekommen. Was für eine schöne Aussicht!

Das alles heißt nur, daß die physikalische Welt, wie wir sie heute verstehen, eher der Versteckspielwelt des Flusses gleicht, die ich sehe, als der beständigen, von der die Berge zu zeugen scheinen. Die Teilchen der Physiker flitzen und springen wie die Rädertierchen unter meinem Mikroskop ins Blickfeld herein und wieder hinaus, und daß der Granitbergring um dieses Tal ein luftiger Dunst aus diesen gleichen Teilchen ist, muß ich einfach glauben. Das Universum ist ein einziger Schwarm dieser wilden, flüchtigen Energien: die Sonne, die auf den nassen Rückenhaaren einer Bisamratte glitzert, wie die Sterne, die am Horizont von den Bergen verdeckt sind, sich aber von hoch oben im Tinker Creek spiegeln. Es ist alles ein Versteckspiel. Der Reiher flattert davon; die Libelle saust mit fünfzig Stundenkilometern ab; der Wasserläufer verschwindet unter einem Schirm aus Gras; die Bisamratte taucht unter, und die Wellen kräuseln sich vom Ufer her, und laufen aus und sind nicht mehr zu sehn.

Mose sprach zu Gott: »Laß mich deine Herrlichkeit sehen!« Und der Herr sprach: »Mein Angesicht kannst du nicht sehen; denn kein Mensch wird leben, der mich sieht.« Doch er fuhr fort: »Siehe, es ist ein Raum bei mir, da sollst du auf dem Fels stehen. Wenn dann meine Herrlichkeit vorübergeht, will ich dich in die Felskluft stellen und meine Hand über dir halten, bis ich vorübergegangen bin. Dann will ich meine Hand von dir tun, und du darfst hinter mir her sehen; aber mein Angesicht kann man nicht sehen.« Also stieg Mose auf den Berg Sinai, wartete still in einer Felskluft und sah hinter Gott her. Vierzig Jahre später erstieg er den Berg Pisga und erblickte das Gelobte Land jenseits des Jordan, das er bis zu seinem Tod nicht betreten durfte.

Nur ein Blick, Mose: eine Felskluft hier, ein Berggipfel dort, und alles übrige ist Verweigerung und Sehnen. Du mußt dich überall heimlich anschleichen. Alles verstreut sich und tritt zusammen; und geht heran und geht fort, wie Fische unter einer Brücke. Auch an den Geist mußt du dich anpirschen. Du kannst überall selbstvergessen warten, denn der Weg seines flüchtigen Vorübergehens führt überall vorbei, und kannst hoffen, ihn beim Schwanz zu packen und ihm etwas ins Ohr zu rufen, bevor er sich wieder losreißt. Oder du kannst ihn überall, wo du dich hin traust, verfolgen, und dabei riskieren, daß er dich auf dem Muskel am Gelenk der Hüfte schlägt; du kannst die ganze Nacht an der Tür trommeln, bis der Wirt dich einläßt, wenn er es denn tut; und du kannst schreien, bis du heiser bist oder deine Stimme verlierst, immer noch einmal nach Inkarnation, wie in dem Gedicht von John Knoepfle: »Und Christus ist der Räuber ... und die Kinder rufen / komm rüber, komm rüber.« Ich sitze auf der Brücke wie auf dem Berg Pisga oder Sinai, und ich warte friedlich in einer Felskluft und trommle zugleich mit aller Macht, wie ein Kind, das gegen die Tür hämmert und schreit: Komm jetzt raus! ... Ich weiß, daß du da bist.

Und hin und wieder gehen dann die Berge auf. Der Baum, in dem die Lichter brennen, ist da, die Spottdrossel fällt, und die Zeit breitet sich über den Raum wie eine Oriflamme. Jetzt frohlocken wir. Die Neuigkeit ist schließlich nicht, daß Bisamratten wachsam sind, sondern daß man sie sehen kann. Der Saum des Gewandes brachte Heisenberg den Nobelpreis; er wandte sich nicht entsetzt ab. Ich warte auf den Brücken und gehe die Ufer um jener Momente willen ab, die ich nicht vorhersehen kann, wenn eine Welle im Wasser von unten her aufzusteigen beginnt und Kräuseln sich verdichten und hoch über den Fluß vibrieren und wieder zurück, wie ein pulsierender Teppich. Es ist wie das Aufscheinen einer Kraft, wie das Sichtbarwerden der Fische, dieses Aufsteigen, dieser Moment des Durchbruchs, wie das Reifen der Nußkerne in ihren Hülsen, zum Aufplatzen bereit wie Kastanien im Feld, die vor Frische glänzen. »Fürwahr der Herr ist an dieser Stätte; und ich wußte es nicht!« Die fliehenden Reste, die ich im Hinterherschauen sehe, sind ein Geschenk, ein Reichtum. Als Mose aus der Felskluft am Berg Sinai herabstieg, fürchtete sich das Volk vor ihm: die Haut seines Angesichts glänzte.

Glänzen die Gesichter der Eskimos auch? Ich liege hellwach im Bett: Ich bin mit den Eskimos auf der Tundra, die hinter den trippelfüßigen Karibus herlaufen, tagelang schlaflos und benommen laufen, in Zickzacklinien ausgebreitet über die Gletschersandhügel und das Rentiermoos laufen, in Sichtweite des Meeres unter der langschattigen, bleichen Sonne stumm die ganze Nacht laufen.

12. Kapitel

Nachtwache

Ich stand auf der Lucasschen Wiese inmitten eines Grashüpferhagels. Es muß etwas an der aufsteigenden Hitze, dem Einbruch der Abenddämmerung, der Reife der Gräser gewesen sein – etwas, das diese Heerscharen auf die Wiese trieb, wo sie sich noch nie in solchen Zahlen versammelt hatten. Ich muß tausend Feldheuschrecken gesehen haben, die ringsum wie kniehohes Kriegsgetümmel über den Klee klickten.

Ich war auf die Wiese hinausgetreten, um die Hitze zu spüren und ein Stück Himmel zu sehen, aber diese Grashüpfer lenkten meine Aufmerksamkeit um und wurden zu einem Ereignis in sich. Bei jedem Schritt, den ich machte, detonierte das Gras. Um mich herum explodierte eine Sprengladung Leiber wie Schrot, daß die Luft schwirrte. Es waren Grashüpfer in allen Größen, gelb, grünschwarz, stabförmig, Heuschrecken mit kurzen und mit langen Fühlern, mit spitzen Halsschildern, schräg angesetzten Köpfen, Spitzkegelköpfen, kurzen Flügeln, zwergförmige, gefleckte, längs- oder quergestreifte. Sie hüpften in Salven, fielen aus der Luft, klammerten sich schräg an Stiele und Halme und machten dabei, um das Gleichgewicht zu halten, die Beine breit wie Rotdrosseln, die an Rohrkolben hängen. Sie klackerten mir um die Ohren; sie prallten mit einem flinken Krallen und Loslassen winziger Füße von meinen Schienbeinen ab.

Ich war geschützt und doch zum Himmel hin offen. Die Wiese war sauber, die Welt neu und ich durch meinen Gang durch das Wasser am Damm frisch gewaschen. Ein neues, wildes Gefühl senkte sich über mich und spann mich ein. Und wenn es sich bei diesen Grashüpfern um die gefürchteten Wanderheuschrecken handelte, was dann, dachte ich; und wenn ich der erste Mensch wäre, und stünde mitten in einem Schwarm?

Ich hatte mich gerade mit Wanderheuschrecken befaßt. Sie ziehen seit Menschengedenken in großen Schwärmen durch aride Landstriche und verschwinden so schnell wieder, wie sie gekommen sind. Man hat sie regelrecht dabei beobachtet, wie sie in einer Ebene Millionen von Eiern legten, ohne daß es im nächsten Jahr auf der Ebene Wanderheuschrecken gab. Insektenforscher markierten ihre Exemplare, studierten ihre Struktur und fanden nie ein lebendiges wieder – bis sie Jahre später wieder von einer Plage heimgesucht wurden. Keiner wußte, in welchen Höhlen oder Wolken die Wanderheuschrecken sich zwischen den Plagen versteckten.

1921 löste ein russischer Naturkundler namens Uwarow das Rätsel. Wanderheuschrecken sind gewöhnliche Heuschrecken; sie sind ein und dasselbe Tier. In großen Schwärmen drehen sie durch.

Gewöhnliche Heuschrecken einer Reihe von Spezies aus jeder beliebigen ariden Zone der Erde – einschließlich der Rocky Mountains – gehen, wenn man sie unter beengten Bedingungen in Glasgefäßen zieht, in eine Wanderphase. Das heißt, sie werden zur gefürchteten Wanderheuschrecke. Sie verwandeln sich vor unseren Augen buchstäblich und physisch von Dr. Jekyll in Mr. Hyde. Sie verwandeln sich sogar mutterseelenallein in ihrem Gefäß, wenn man sie in schneller Folge mit künstlichen Berührungen traktiert. Unmerklich zunächst verlängern sich ihre Flügel und Deckflügel. Ihre triste Farbe wird intensiver und dann immer satter, bis sie sich zu den typischen hysterischen Gelb- und Rosatönen gesteigert hat. Auf den Deckflügeln erscheinen Streifen und Punkte; diese vertiefen sich zu einem glänzenden Schwarz. Sie legen mehr Eier als gewöhnliche Heuschrecken. Sie sind unruhig, erregbar, verfressen. Jetzt sitzt im Glasgefäß eine Plage.

Unter gewöhnlichen Bedingungen, drinnen im Labor wie draußen in der Wüste, schlüpfen aus den von diesen Plagenschrecken gelegten Eiern gewöhnliche Heuschrecken. Nur unter Ausnahmebedingungen – wie in Zeiten der Dürre, in denen sie sich in großen Mengen an Stellen versammeln, wo es noch Nahrung gibt – geht mit den Heuschrecken die Verwandlung vor. Von ihnen fällt jede Vorsicht ab, und sie suchen nur noch das Gedränge, das Bad in der Menge ihrer Artgenossen. Sie vermehren sich rasend; in den Tälern grimmelt und wimmelt es. Eines schönen Tages erheben sie sich in die Lüfte.

In vollem Flug kann ihre Millionenzahl den Himmel neun Stunden lang verfinstern, und wenn das Heer landet, heißt es: alle Mann in die Zelte, O Israel. »Vor ihm her geht ein verzehrendes Feuer und hinter ihm eine brennende Flamme. Das Land ist vor ihm wie der Garten Eden, aber nach ihm wie eine wüste Einöde, und niemand wird ihm entgehen.« Wie ein Verfasser berichtet, springen, wenn man einer dieser Heuschrekken einen Grashalm hinhält, »die achtzehn Komponenten der Beißwerkzeuge, geschmiert von einem braunen, wie Motoröl aussehenden Speichelsaft, unverzüglich in Aktion«. Wenn wir diese Aktion mehrere Millionen mal multiplizieren, dringt ein neues Geräusch an unsere Ohren: »Das Mahlen ihrer abermillionen, in ihrem Zerstörungswerk begriffenen Beißwerkzeuge macht einen Lärm, von dem sich jeder eine Vorstellung machen kann, der ein Präriefeuer bekämpft oder gehört hat, wie die Flammen vor einem scharfen Wind wandern, mit tiefem Prasseln und Dröhnen.« Jede Kontur der Landschaft, jedes Zweiglein ist zentimetertief unter Leibern begraben, so daß die Täler wimmeln und die Berge erzittern. Heuschreckenplage: eine alte Geschichte.

Ein Mann legte sich in einem Heuschreckenschwarm schlafen, erzählt Will Barker. Unverzüglich stürzte sich der erstickende Schwarm auf ihn und verstrickte ihn in ein klackerndes Kettenhemd. Die metallenen Mundwerkzeuge verhakten sich ineinander und kniffen zu. Seine Freunde eilten sofort herbei und weckten ihn. Doch als er aufstand, blutete er am Hals und an den Handgelenken.

Die Welt hat Heuschreckenplagen, und die Welt hat Grashüpfer. Ich stand bis zu den Knien in der Welt.

Von den Schrecken hier auf der Wiese könnte sich keine einzige in eine Wanderheuschrecke verwandeln. Ich bin der König der Wiese, dachte ich und hob die Arme. Augenblicklich sprangen überall um mich herum Grashüpfer los und beschrieben in der Luft ein Gewirr aus eckigen Flugbahnen, die vor meinen Füßen in wippenden Gräsern endeten. Und ich will König sein, heidideldei.

Ein großer graugrüner Grashüpfer landete mit einem Klacken auf meinem Hemd und blieb schwer atmend auf meiner Schulter stehen. »Buh«, machte ich, und er sprengte von dannen. Er landete ein paar Meter weiter auf einer Ähre. Der Grashalm bockte und warf sich unter seinem Gewicht wie ein wildes Pferd umher, und der Grashüpfer ließ sich nicht abwerfen. Als sie zum Stillstand kamen, konnte ich den Grashüpfer nicht mehr sehen.

Ich setzte meinen Weg langsam, Schritt für Schritt, fort, jedesmal die Auslöserin und die Zielscheibe dieses Kugelhagels. Ich mußte lachen. Reingelegt. Ich wollte die Viecher sehen, und sie waren weg. Ich konnte die schlauen Tierchen nur zu sehen bekommen, indem ich sie aus ihrer Unschuld aufschreckte. Da war weder mit meinem Charme noch meiner Cleverneß etwas auszurichten; ich konnte sie höchstens aufscheuchen, indem ich durch die physische Derbheit meines Ganges den gröbsten ihrer Instinkte auslöste. Für sie war ich bloß ein Ärgernis, ein Donnergepolter, irgendeine Steinlawine. Wartet! Wo seid ihr hin? Verspürt nicht einer von euch, mit seinen achtzehnteiligen Mundwerkzeugen, den Wunsch, mit mir hier auf der Lucasschen Wiese ein Wort zu wechseln? Wieder hob ich die Arme: da seid ihr. Und wieder weg. Die Gräser bebten. Ich war beglückt, im Taumel. Ich war die Sklavin der Wiese, hingerissen; ich war die Jungfrau, die mit ihrer gefüllten Lampe wartet. Ein neuer Wind kam auf; ich hatte die Grashüpfer genommen, wie ich diesen Wind nahm. Auf allen Seiten der Wiese wogten lautlos die höchsten Bäume.

Ich kehrte um und lenkte, wieder auf das Haus zu gehend, den ganzen Trupp von einem Ende der Wiese zum andern. Ich hatte mich die ganze Zeit reinlegen lassen, von Heuschrecken, Bisamratten, Bergen – und wie alle Dummköpfe komme ich immer wieder. Sie kriegen dich am Ende immer, und wenn du es von Anfang an weißt, mußt du drüber lachen. Du kommst, um sie zu überrumpeln, du kommst, um sie fliehen zu sehen – aber im Grunde ist dir klar, du kommst, um zu lachen.

Jetzt herrscht die Fülle des Spätsommers; das Grün all dessen, was wächst und gewachsen ist, schützt. Ich kann eine Bisamratte zehn Minuten beim Fressen beobachten, wie sie das Gras büschelweise erntet, daß es ihr aus dem Maul starrt und hängt, und wenn sie weg ist, kann ich im Gras keinen Unterschied entdecken. Selbst wenn ich Stellen, an denen intensiv gegrast wurde, mit den Händen ausflache und genau betrachte, fällt es mir schwer, irgendwelche Schäden festzustellen. Es sieht nicht einmal zertrampelt aus. Hinterläßt außer mir niemand Spuren? Als die Eikapseln der Gottesanbeterin im Juni aufbrachen, sah ich mehrere Tage lang zu, wie die winzigen, durchsichtigen Gottesanbeterinnen langbeinig auf der Kapsel umherstakten, über die Zweige der Hecke nach unten kraxelten und im Gras verschwanden. An einigen Stellen konnte ich sie wie eine bewegliche Brücke in einer langen Reihe vom letzten Stöckchen auf die Erde hinuntersteigen sehen. In der Sekunde, wo sie über den Horizont und im Gras waren, lösten sie sich in Luft auf, als wären sie über den Rand der Welt gesprungen.

Jetzt ist Anfang September, und die Wege sind zugewachsen. Ich schaue ins Wasser, um den Himmel zu sehen. Es ist die Jahreszeit, da in jedem abgestellten Auto eine ermattende Honigbiene an der Heckscheibe summt. Bei jedem Schritt am Ufer fliegt ein Frosch hoch, Blasen hängen in dicken blaugrünen Algenschlingen, und auf den Weidenblättern krümmen sich Japankäfer. Die Sonne verdickt die Luft zu Gelee; sie bleicht, trocknet, löst auf. Der Himmel ist ein milchiger Dunst – ein Nirgendwo-Nichts-tu-Sommerhimmel. Alle Kinder, die mir begegnen, haben ein kreisförmiges Netzmuster auf der Stirn, eine perfekte Kreuzschraffierung aus geraden Linien, weil sie den ganzen Tag nichts anderes machen, als sich an Fliegengittertüren zu lehnen.

Ich war zum Lucasschen Hof gekommen, um die Nacht dort zu verbringen – komme, was da mag. Der Lucassche Hof ist ein Paradies. Er hat alles: alten Wald, jungen Wald, Felsklippen,

Wiesen, langsam und schnell fließendes Wasser, Höhlen. Alles, was fehlt, ist ein Gletscher, der seinen knirschenden Fuß hinter das Haus schiebt. Dieser Zaubergarten liegt nicht weit hinter der U-Schlinge im Tinker Creek; er ist einsam, weil man nur schwer hinkommt. Ich hätte den Weg über das Steilufer durch den alten Wald nehmen können, aber im Sommer ist der Weg vor Schößlingen, Gestrüpp, Kuzuranken und Lacksumach nicht zu finden. Ich hätte auf die gemähten Grasterrassen neben den Felsen ausweichen können, aber um dort hinzukommen, hätte ich an einem bissigen Hund vorbei gemußt, der nur auf den Tag wartet, an dem ich keinen Stock dabei habe. Deshalb nahm ich mir vor, den dritten Weg zu nehmen, über den Damm.

Ich schmierte mir ein Butterbrot, füllte eine Thermosflasche und steckte eine handtellergroße Taschenlampe ein. Dann brauchte ich mir nur noch eine Isomatte und meinen Schlafsack zu schnappen, ein Stück die Straße hinunter und über den Lehmhügel zu laufen, wo die Gottesanbeterin ihre Eier gelegt hat, am Ufer flußab bis zum Motorradwald und über den Motorradweg durch den Wald zum Damm.

Ich gehe gerne über den Damm. Wenn ich stürzte, wäre das vielleicht mein Tod. Der Damm ist zwischen neunzig Zentimeter und einszwanzig hoch; dicke grüne, von der Strömung und dem jähen Fall des Flußwassers glattgekämmte Algen hängen an dem vom Wasser bedeckten Betonrand. Darunter tobt ein Chaos aus reißendem Wasser und Steinen. Aber dieser Bedrohung begegne ich jedesmal, wenn ich über den Damm gehe, und ich finde es jedesmal beglückend. Das Schwierigste kommt gleich zu Anfang. An diesem Tag drehte ich mich wie immer mit dem Gesicht zur Strömung, stellte die Füße fest auf, machte, anstatt einfach voranzuschreiten, seitliche Schritte und trat bald tropfend in eine neue Welt hinaus.

Jetzt, nach der Rückkehr von meinem Exkurs auf die Grashüpferwiese, war ich wieder dort, wo ich losgegangen war, am Ufer zwischen dem Häuschen und der Oberseite des Damms, wo mein Schlafsack, meine Isomatte und mein Butterbrot lagen. Die Sonne ging unsichtbar hinter dem Rand der Klippe unter. Ich wickelte das Brot aus und schaute zurück auf den Weg, den ich gekommen war, als meinte ich, sehen zu können, wie die Grashüpfer sich wieder über die Wiese ausbreiteten und tief in ihren Dickichten und Polstern versteckten.

Für dies hier war ich hergekommen, nur für dies und nichts weiter. Für einen Blättertanz auf den Klippen, den Einbruch des Wirklichen, lebendig und still, in seinen Formen und Mächten unter dem Himmel – dies ist meine Stadt, meine Kultur; mehr Welt brauche ich nicht. Ich schaute mich um.

Was bei mir der Lucashof heißt, ist nur ein Teil des riesigen Lucasschen Landbesitzes. Er liegt auf einer der ältesten Rodungen in der Gegend, ein Garten in der Wildnis; jedesmal, wenn ich den Damm überquere und meine Füße am Ufer trocknen lasse, habe ich das Gefühl, eben gerade geboren zu sein. Zu meiner Rechten waren die aufgestauten Wasser des Flusses still und tief unter einem überhängenden Tulpenbaum, einem Papau und einer Esche am Ufer. Der Fluß machte stromauf einen scharfen Bogen, so daß man ihn nicht mehr sehen konnte; dies war das Ende der U-Schlinge, und der Damm überspannte den schärfsten Bogen. Stromab glitt der Fluß über den Damm und rauschte, einen kühlenden Nebelschleier ausatmend, klatschend an Sandsteinvorsprüngen und Felsbrocken vorüber, bis er unter dem bewaldeten Steilufer um die Biegung verschwand.

Ich stand von Höhen umgeben und umstellt, von Wasser eingeschlossen, in einem Tal inmitten eines Tales. Vor dem Steilufer fiel eine Reihe grasbewachsener, hoher Terrassen ab, die gut für die hängenden Gärten von Babylon geeignet wären. Hinter den Terrassen wucherte, überall, wo seine Wurzeln auf dem nackten senkrechten Fels einen mageren Halt finden konnten, wieder der Wald. An einer Stelle waren drei Höhlen in die Felsgewölbe geschnitten, die Eingänge von Jelängerjelieber versteckt. Eine der Höhlen war so klein, daß nur ein Kind geduckt hinein konnte; eine war so groß, daß es noch hinter den ersten Biegungen, die das Licht ausschlossen, etliches zu erkunden gab; die dritte war riesig und niedrig, mit gehacktem Holz und Hühnerdraht gefüllt, und von der unteren Wand ragte eine weitere winzige Höhle in den Fels hinein, in der diesen Frühling ein Murmeltier seine Jungen großgezogen hat.

In einiger Entfernung konnte ich weiter vorn die Stelle sehen, wo die von Höhlen durchzogenen bewaldeten Felsen in die überwucherten Terrassen übergingen, die früher mal gerodet gewesen sein müssen. Heute wächst dort ein undurchdringlicher Dschungel aus jungen Schößlingen unter Jelängerjelieber- und wilden Rosenranken. Ich muß immer daran denken, wie ich mich einen Winter abgestrampelt habe, um den steilen Hang hinauf zu kommen, und dabei zum erstenmal begriff, daß im Süden selbst der Januar dem Laubwald nicht recht etwas anhaben kann. Durch das Unterholz führten deutliche Wege – wie ich sah, sobald ich in das Dickicht eingedrungen war –, aber es waren Kaninchenpfade, die für niemanden geeignet waren, der über zwanzig Zentimeter groß war. Ich war verkratzt und vollkommen außer Atem im Lucasschen Pfirsichgarten angekommen, zu dem man über den parallel zum Ufer verlaufenden steilen Kiesweg wesentlich bequemer gelangt.

In der Ebene im Zentrum der steilen Felsränder lag die sonnenbeschienene Grashüpferwiese, und an dieser Wiese, zwischen die Grasterrasse und den Damm im Fluß geschmiegt, lag das Herz der Stadt, das Häuschen der Lucas'.

Ich trat auf die Veranda. Meine Schritte hallten; von den Klippen hallte das Echo wider, und der Klee und die Gräser absorbierten es. Das Haus bestand im wesentlichen aus der luftigen, umlaufenden Veranda. Graulackierte, fünf mal zehn Zentimeter dicke Balken standen wacklig um drei Seiten des Hauses, gespalten, eingedrückt und irreparabel verzogen. An den vier Ecken der Veranda trugen Balken ein niedriges Spitzdach, das sich übergangslos im gleichen Winkel über die Veranda und das Haus erstreckte und der ohnehin riesigen Veranda eine solche Bedeutung verlieh, daß das eigentliche Haus wie ein nachträglicher Einfall wirkte, so wie Adam im Paradies manchmal wie ein nachträglicher Einfall wirkt. Jahrelang lehnte ein alter Schachtisch mit eingearbeitetem Brett und einem zerbrochenen gedrechselten Sockel in einem Flügel der Veranda an der Hauswand; die verschiedenfarbigen braunen Stücke der verwitterten Einlegearbeit wölbten sich bogenförmig empor wie Blätter.

Das Haus war kaum breiter als die Veranda tief. Es hatte nur ein Zimmer; man könnte darin (das habe ich mir mehrmals genau überlegt – bau dir spartanischere Bleiben, meine Seele) ein Bett, ein Schreibbrett am Fenster, einen Stuhl (einen zweiten für Besuch) und ein paar schmale Regale unterbringen. Das Haus besteht größtenteils aus Fenstern – es hat fünf –, und diese Fenster sind allesamt kaputt, so daß mein Leben drinnen vor allem aus Tinker Creek und Grabwespen besteht.

Es ist ein tolles Leben – ein rechtes Luxusleben. Zum Haus führt eine Stromleitung; an der rohen Holzdecke hängt eine nackte Glühbirnenfassung. Im Dach steckt ein Anschlußstück für ein Ofenrohr. An der flußabgewandten Seite steht außerhalb der Veranda ein großer gemauerter Kamin, in dem sich ganze Ochsen braten ließen. Die Ochsen selbst fressen sich keine fünf Minuten von mir fett, auf der Weide hinter dem Hügel. Die Bäume, die dem Haus Schatten geben, sind Walnuß- und Pekannußbäume. Im Frühling ist das Flußufer stromauf von gelben Narzissen übersät, bis hinauf zum Pfirsichgarten.

An diesem Tag war es, wie üblich, im Haus dunkel; die fünf Fenster umrahmten fünf Filme der lichten, lebendigen Welt. Ich knirschte über die Glasscherbenschicht auf dem Fußboden ans Fenster zum Fluß und stellte mich hin, um dem Fluß zuzusehen, wie er über den Damm stürzte und um die schattige Biegung unterhalb der Klippe floß, während um die duftenden Blumen, die hier und da am Ufer standen, fohlengroße Hummeln torkelten. Ein junges Wildkaninchen kam angehoppelt und erstarrte. Es saß mit eng angelegten Ohren, ohne sich zu rühren, geduckt unter meinem Fenster, das Inbild adaptiver Unsichtbarkeit. Abgesehen von einem lächerlichen Ausrutscher. Es war so jung, und seine Schulter juckte so irrsinnig, daß es mit einem Mal wütend mit der Hinterpfote auf die Stelle eindrosch – und dann wieder stockstill in die Habachtstellung zurückfiel. Über dem Wasserfall am Damm kämpften zwei hundsgesichtige Gelblinge. Sie berührten und trennten sich und stiegen dabei senkrecht empor, als flögen sie um die Wette eine unsichtbar sich windende Ranke hinauf.

Urplötzlich geschah etwas Wunderbares, das zunächst völlig alltäglich wirkte. Ein Distelfinkweibchen kam herbeigeschossen.

Es landete schwerelos auf dem Kopf einer lila Distel am Ufer und machte sich daran, den Samenbehälter leerzurupfen, daß die Flusen flogen.

Der helle Rahmen meines Fensters füllte sich. Die Samenhaare stiegen auf und breiteten sich in alle Richtungen aus, schwebten über den Wasserfall am Damm und tanzten zwischen den Tulpenbaumstämmen auf die Wiese hinaus. Eine dicke Wolke wehte Richtung Obstgarten; sie zögerte über den reifenden Papaus und wankte bergan, über die steilen Stufen der Terrassen. Sie zuckte, schwebte, rollte, schwankte, schaukelte. Die Distelhaare taumelten zögernd auf das Haus zu und wurden bis in den Motorradwald gepustet; sie stiegen auf und mischten sich unter die zotteligen Arme der Pekanbäume. Schließlich fielen sie wie Schneeflocken, blind und hübsch, auf das ruhige Flußwasser stromauf wie in den wild über die Steine hetzenden Fluß stromab. Sie fielen zitternd auf die Spitzen wachsender Gräser und blieben dort sitzen, leicht, noch immer hie und da von einem Schaudern ergriffen. Ich hielt die Luft an. Wohnen wir wirklich hier, dachte ich, an diesem Ort, in diesem Augenblick, wo die Luft so leicht ist und so wild?

Die selbe Starrheit, die Sterne zerpulvert und die Gottesanbeterin dazu treibt, ihr Männchen zu verschlingen, hat diese Lebewesen vor meinen Augen mit leichter Hand zusammengeführt: den dicken, geschickten Schnabel des Distelfinks und die fiedrigen Samenhaare. Wie konnte da etwas falsch sein? Wenn ich selbst leichter und verfranster wäre, könnte auch ich auf diesen kleinen Winden reiten, egal wohin, weil es so schön ist, absolut schwerelos getragen zu werden.

Die Distel ist Teil von Adams Fluch: »Verflucht sei der Acker um deinetwillen! Mit Mühsal sollst du dich von ihm nähren ein Leben lang. Dornen und Disteln soll er dir tragen.« Ein schrecklicher Fluch: Aber ißt der Distelfink mit der Distel dorniges Leid, und tu ich es? Wenn diese wirbelnde Luft gefallen ist, dann war der Fall ein Glücksfall. Wenn dieser Garten am Fluß das Leid ist, dann will ich Märtyrerin werden. Diese Dornenkrone sitzt leicht auf meinem Haupt, wie Flügel. Der barocke venetianische Maler Tiepolo malte Christus als rotmundiges Kind mit einem Distelfink in der Hand; der Distelfink macht den Eindruck, als schaute er nach Dornen aus. Die Schöpfung selbst war der Fall, ein Sturz in die dornige Schönheit des Wirklichen.

Der Distelfink hier auf der gefransten Distelspitze grub seinen Kopf mit jedem kleinen Stoß tiefer in die Samenkapsel. Seine zarten, an den senkrechten, dornigen Stiel gekrallten Füßchen gaben ihm die nötige Stütze; die letzten Distelhaare stoben und wirbelten hervor. Gibt es etwas, das ich so unbeschwert essen könnte, oder könnte ich so schön sterben? Mit einem Plustern der gefiederten Flügel flatterte der Distelfink davon, hinaus aus dem Rahmen des kaputten Fensters auf die tiefblauen Schatten der Felsen zu, wo schon späte Glühwürmchen leuchtend unter den Bäumen aufstiegen. Ich war schwerelos; meine Knochen waren straffe, mit Leichtgas aufgeblasene Häute; es schien, als wenn ich, sobald ich zu tief Luft holte, mit Kopf und Schultern abheben würde.

Später lag ich nur halb zugedeckt in meinem Schlafsack auf einem schmalen ebenen Streifen Erde zwischen der Veranda am Haus und dem Ufer am Damm. Ich lag an einer Stelle, wo ein plötzliches Hochwasser mich erwischen würde, aber wir haben ein Hochwasser hinter uns; die Zeit ist vorbei. Die Nacht war klar; wenn das Laubwerk über mir raschelte und sich auftat, konnte ich die heidnischen Sterne sehen.

Um mich herum ertönten Geräusche; ich vibrierte wie stilles Wasser bei aufkommendem Wind. Zikaden – die bei Donald E. Carr »Augustgeschütze« heißen – machten einen Höllenlärm. Ihr Zirpen erhob sich über der Wiese, hallte von den Felswänden wider und erfüllte die Luft mit einer wehmütigen, mysteriösen Not. Ich hatte sie in der Dämmerung anfangen hören und war davon beeindruckt gewesen, wie sie sich tatsächlich erstmal »aufwärmen«, wie ein Orchester, das aus der Übung ist, mit Knirschen und Quietschen und schiefen Tönen. Es hatte sich angehört wie jemand, der mit einem grobgezahnten Kamm Cello spielt. Die Frösche fielen mit ihren unbestimmbaren Tönen ein, die mir immer so willkürlich und anarchistisch klingen, und Grillen stimmten mit ihrer eigenen Melodie ein, die sie seit Plinius' Zeiten zirpen, der von der Grille schlicht schreibt, daß sie die ganze Nacht hindurch nicht aufhöre, sehr schrill zu schnarren.

Früher am Abend hatte eine Virginiawachtel, auch unter dem Namen Bobwhite bekannt, auf den Felsen am Obstgarten geschrien, mal hier, mal da, und ihre runden Töne schwollen klagend über die Wiese. Ein Bobwhite, der im Sommer noch sein »bob-weit« ruft, ist einsam; er hat nie eine Frau gefunden. Als ich das zuerst gelesen hatte, war jeder Bobwhiteruf, den ich vernahm, in meinen Ohren von Verzweiflung gefärbt, selbstmörderisch unglücklich. Doch mittlerweile heitert mich das einsame Signal irgendwie auf meinen Wegen auf. Die blanke Hilflosigkeit des Bobwhite, sein stures Zweisamkeitsgesinge hat etwas von zähem Mut. Weiß Gott, was er in der nachklingenden Stille zwischen den Schreien denkt. Weiß Gott, was ich denke. Er ruft Bob-weit. (Irgendwer hat mir mal beigebracht, wie man einem Bobwhite mit den trillernden absteigenden Tönen des Weibchens antwortet. Es klappt wie Zauberei. Aber was kann ich in einem Kreis verzauberter Bobwhitemännchen anderes tun als weinen? Trotzdem bin ich abgestumpft genug, gelegentlich den Antwortruf auszustoßen, nur damit Leben in die Felsen kommt und ich bitterböse lachen kann.) Ja, es ist hart, es ist hart, das versteht sich von selbst. Aber ist nicht das Warten und Sehnen selbst auch ein Wunder, mit dem Wind, Sonne und Schatten spielen?

In seinem berühmten Buch *Camping and Woodcraft* schlägt Horace Kephart nur einen einzigen dräuenden Ton an. Er schreibt in Klammern: »Manche Leute können bei Vollmond in einem weißen Zelt nicht gut schlafen.« Jedesmal, wenn ich daran denke, muß ich lachen. Es gefällt mir, wie dieser praktische Tip aus dem Wald uns mit Seelendresche droht.

Ich lag ohne Zelt unter Blättern, schlaflos und froh. Es war überhaupt kein Mond da; an den Küsten in aller Welt mußten die Meerestiden kräftig springen. Selbst die Luft hat Mondtiden: Ich lag still. Konnte ich ein unsichtbares Ziehen und Schwellen in der Luft fühlen, und als Antwort darauf ein Pochen in den Lungen?

Oder konnte ich das Sternenlicht fühlen? In jeder Minute regnet auf jeden Quadratkilometer dieses Landes – auf die Ochsen und den Obstgarten, auf den Steinbruch, die Wiese und den Fluß – ein Tausendstel Gramm Sternenlicht nieder. Wieviel Promille eines Gramms gehen also auf meine Augen und Wangen und Arme nieder, trommelnd und stupsend, pulsierend und streichelnd wie Wellen? Während ich diesen winzigen Empfindungen nachspürte, wäre ich vor Schreck beinahe von der Erde gerollt, als das Knallen und Beben kuppelnder Güterwagen aus der Ferne an mein Ohr drang.

Übergänge zwischen Tag und Nacht gingen mir im Kopf herum, freie unsichtbare Gedankenflüge in der auf und ab schwingenden Luft unter dem Sternenlichtregen. Bei Tag hatte ich die zuckenden Bewegungen der Wasserläufer, ihre Grübchen auf dem tiefen, vom Damm gebremsten Uferwasser beobachtet. Aber ich wußte, daß die Kolonie bisweilen, von einem Hauch oder einem Ruf angeregt, neue Formen mit Flügeln ausbildet. Dann sammeln sie sich abends auf der Oberfläche ihres heimatlichen Gewässers und erheben sich als eine große Schar in die Luft. Auf ihrer Wanderung segeln sie über Wiesen, unter Bäumen hindurch, schwirren im weiten Bogen auf einen beständigen Lichtschimmer zu, ein glitzerndes Flügelgestöber: »Phantomschiffe in der Luft.«

In dieser Talnacht kam nun auch ein Stinktier aus seinem unterirdischen Bau hervor, um in der Dunkelheit bleiche Käferlarven zu jagen. Eine große Ohreule legte die Flügel an und stürzte aus dem Himmel, und die beiden trafen auf einem Flecken blutbeschmierter Erde aufeinander. Über einige Entfernung verdünnte sich die Luft von dieser Stelle zu einem leichten, süßlichen Hauch, einem getränkten Wind, der von wirklichen Lebewesen und wirklichen Begegnungen am Rande zeugte ... von Ereignissen, Erlebnissen. Über mir krabbelten schwarze Jagdkäfer in das hohe Geäst der Bäume und brachten auf ihrem Weg mehr Raupen und Puppen um, als sie fressen wollten.

Ich hatte vor langer Zeit einmal von einem geheimnisvollen Nachtgeschehen gelesen, das mir immer wieder einfällt. Es war ein von Edwin Way Teale beschriebener Vorfall, der so absurd war, daß er nicht mehr in die Welt seltsamer Tatsachen gehört, sondern in jenes wundersame Reich, wo Kraft und Schönheit uneingeschränkt herrschen.

Der Satz bei Teale ist einfach: »An kühlen Herbstabenden kriechen Aale auf ihrem Weg ins Meer bisweilen ein, zwei Kilometer über taunasse Wiesen, um zu Bächen zu gelangen, die sie zum Salzwasser bringen.« Es handelt sich dabei um ausgewachsene Aale, Silberaale, und diese Wanderung hinab zum Meer, die durch meinen Kopf zog, ist der Wiederabstieg von einer langen, viele Jahre zurückliegenden Bergaufwanderung im Frühling. Als wenige Zentimeter lange Jungaale schlängelten und robbten sie sich aus dem salzigen Meer durch die Küstenflüsse Amerikas und Europas, immer weiter stromauf bis in die »stillen Oberläufe von Flüssen und Bächen, in Seen und Teiche – manchmal bis in eine Höhe von zweieinhalbtausend Metern über dem Meeresspiegel.« Dort hatten sie, ohne sich zu vermehren, »die letzten acht Jahre« gelebt. Im Spätsommer des Jahres, in dem sie geschlechtsreif wurden, hörten sie zu fressen auf, und ihre dunkle Farbe verschwand. Sie wurden silbern; jetzt sind sie auf dem Weg zum Meer. Durch Bachläufe hinunter in Flüsse, durch Flüsse hinab ins Meer, durch den Nordatlantik nach Süden, wo sie Milliarden nach Norden strebende Jungaale treffen und hinter sich lassen, kehren sie ins Sargassomeer zurück, wo sie sich im schwimmenden Beerentang in den tiefsten Wassern des Atlantik paaren, Eier legen und sterben werden. Diese, die ganze Geschichte der Aale, die ich hier nur knapp skizziert habe, ist in höchstem Maße absonderlich und bietet Anlaß zum Nachdenken über etwas anderes, über die Bedeutung solcher wilden, unbegreiflichen Gesten. Doch ich war hier unter dem Walnußbaum zwischen dem Lucasschen Häuschen und dem Damm mit meinen Gedanken woanders. Ich war bei der Wiese.

Stell dir einen kühlen Abend und eine Wiese vor; an den gebogenen Grashalmen hängen Tautropfen. Schön: das Gras am Rand der Wiese erzittert und fängt an zu schaukeln. Da kommen die Aale. Die größten sind einsfünfzig lang. Alle sind silbern. Sie strömen auf die Wiese, schieben sich zwischen Gräser und Klee, weichen deinem Weg aus. Es sind unzählbar viele. Alles, was du siehst, ist silbernes Geschlitter wie schlingernde Schläuche stürzenden Wassers, ein in nur eine Richtung über die Wiese walzendes Gemenge, ein Gleiten zum Fluß. Silberaale am Abend: ein kaum zu erkennendes Wimmeln, so weit das Auge reicht, ein schlängelnder, drängelnder Strom Silberaale im Gras. Würde ich einen solchen Anblick überleben? Wenn ich darüber stolperte, würde ich je wieder einen Fuß vor die Tür setzen? Oder würde er mich so packen, daß ich mit müßte, würde ich zu essen aufhören, blaß werden und alles hinter mir lassen, um loszugehen?

War es hier immer schon so gewesen, ohne daß ich es wußte? Hoch in der Luft wie unten im Gras bläst und fliegt, flattert und wogt es. Warum hieß Gott die Tiere Edens nicht dem Mann einen Namen geben; warum rang ich nicht mit dem Grashüpfer auf meiner Schulter und ließ ihn nicht los, bis er mir sagte, wie ich hieß? Ich war ein Distelflaum, und jetzt schien ich Gras geworden zu sein, in dem sich Grashüpfer und Aale und Gottesanbeterinnen tummeln, das windverwehte Gras, das schließlich alles empfängt.

Denn die Grashüpfer und die Distelhaare und die Aale sind aufgestiegen und wieder heruntergekommen. Wenn man die Hände eines Jongleurs sorgfältig beobachtet, sieht man, daß er sie fast nicht bewegt und nur in einem bestimmten Winkel hält, so daß die Bälle wie von selbst einen perfekten Kreis in der Luft zu beschreiben scheinen. Der Aufwärtsbogen ist das, was schwierig ist, aber unsere Blicke sind auf den glatten, runden Niedergang gerichtet. Jeder fallende Ball scheint ein Bild der Schönheit hinter sich herzumalen, das sachte abwärts durch die Luft entschwindet, sich fast auflöst, bis, siehe da, der nächste wirkliche Ball fällt und im Fall seine glashelle Schönheit abstrahlt, und der nächste ...

Und all das geschieht so schwindelnd schnell. Der Distelfink, den ich gesehen hatte, schlief längst in einem Dickicht; als er sich zum Schlafen niederließ, schlossen sich durch das Gewicht seiner Brust seine Krallen um den Ast. Wespen schliefen mit locker hängenden Beinen, die Mundwerkzeuge in weiche Pflanzenstiele verbissen. Halte sich jeder fest, wo er kann: wir trudeln kopfüber abwärts.

Ich bin aufgeblasener Lehm, aufgebläht und abgesetzt. Daß ich wie Adam falle, ist kein Wunder: ich stürze, segle, sinke, ergieße mich und springe mit dem Kopf voran. Überraschend ist, wie schön der Wind in meinem Gesicht ist, während ich falle. Und ebenso überraschend ist, daß ich je wieder hochkomme. Wie das Gras gehe ich auf, wenn ich empfange.

Ich weiß nicht, ich habe nie gewußt, welcher Geist da in meine Lungen hinabsteigt und dicht an meinem Herzen flattert wie ein aufsteigender Adler. Ich habe ihn Wunder-Voller, höchstes Gut, Stimmen genannt. Ich schloß die Augen und sah einen vom Wind getragenen Baumstumpf fliegen, einen riesigen Baumstumpf, der seitlich durch mein Blickfeld segelte, mit einem weiten, kreisförmigen Wurzelkranz voller Erde, der einem zerbeulten Zylinder glich.

Und wenn diese Grashüpfer nun eine Heuschreckenplage gewesen wären, dachte ich, und wenn ich wachen Auges in einem solchen Schwarm gestanden hätte? Ich kann nicht mehr verlangen, als genauso rückhaltlos von Schwärmen angegangen und angeflogen, beschnüffelt, beklopft, ja gebissen zu werden. Ein bißchen Blut aus Hals und Handgelenken ist der Preis, den ich gern zu zahlen bereit wäre, für den Druck klackernder Gewichte auf meinen Schultern, für den Geruch der Wüste, das Präriefeuer in meinen Ohren – dafür, derart mitten im wildesten Geschehen zu sein, so in der aufsteigenden und fallenden wirklichen Welt aufzugehen.

13. Kapitel

Die Hörner des Altars

I

Heute abend war eine Schlange mit mir am Steinbruch. Sie lag im Schatten der Felsen auf einem flachen Sandsteinsims über dem dunklen Wasser des Baggersees. Ich saß knapp zehn Meter weiter am Aussichtspunkt über dem Waldweg, als der dunkle Krakel auf den Steinen, die träge Sehnigkeit, die nur Schlange bedeuten kann, meinen Blick fing. Ich näherte mich, um sie besser anschauen zu können, indem ich vorsichtig an der steilen Bruchfläche hinunterkletterte, und sah, daß die Schlange nur dreißig bis fünfunddreißig Zentimeter lang war. Ihr Körper war für ihr Länge relativ dick. Ich wagte mich noch näher und erkannte die unverwechselbaren braunen Wellenlinien, die Sanduhren: eine Mokassin.

Ich mache, selbst im Winter, nie einen Schritt vor die Tür, ohne ein Schlangenmittel in der Tasche zu haben. Meins steckt in einem kleinen Gummikästchen, groß wie eine Schrotflintenpatrone; ich klopfte mir instinktiv auf die Hose, um mir die Stelle zu merken, wo ich es hatte. Dann stampfte ich ein paarmal fest auf und setzte mich neben die Schlange.

Die junge Mokassin lag reglos auf ihrem Stein. Obwohl sie lässig hingestreckt war, sah ich zunächst bloß ein tarnfarbenes Muster aus unregelmäßigen bunten Klecksen, die sich verwirrend mit den huschenden Lichtsprenkeln im Gras zwischen uns und dem tiefen Dämmerdunkel des Baggersees hinter dem Stein mischten. Dann tauchte plötzlich die Form ihres Kopfes aus dem Wirrwarr auf: in blankem Braun, dreieckig, stumpf zulaufend wie eine Steinaxt. Ihr Kopf und die vordersten zehn Zentimeter ihres Körpers ruhten auf luftigem Nichts gut zwei Fingerbreit über dem Stein. Ich bewunderte die Schlange. Ihre Schuppen erstrahlten frisch und neu, hell und gelbbraun. Ihr

Körper war vollkommen, unversehrt und makellos. Es fiel mir schwer zu glauben, daß sie nicht eben erst hier an Ort und Stelle erschaffen worden oder frisch aus ihrer Mutter geschlüpft war, so einwandfrei und sauber war ihr Körper, so frei von allen Wundmalen.

Sah sie mich? Ich saß nur gut einen Meter entfernt auf dem grasbewachsenen Feld hinter dem Sandsteinsims; die Schlange war zwischen mir und dem Baggersee. Ich winkte in ihre Richtung: nichts rührte sich. Ihr starrer Blick unter der niedrigen Stirn und ihr lippenloses Reptiliengrinsen verrieten nichts. Wie konnte ich wissen, wo es hinschaute, was es sah? Ich kniff die Augen zusammen und fixierte ihren Kopf, starrte in diese Augen, die wie die Glasaugen eines ausgestopften Singvogels wirkten, auf diese Schuppen, die wie Schilde gerade so überlappten und geneigt waren, daß sie ein unglaubliches, unergründliches Gesicht umrahmten.

Ja, sie wußte, daß ich da war. Es lag etwas in ihrem Blick, eine fremde Wachheit ... wie in aller Welt ist es wohl, ein geschupptes Gesicht zu haben? Schön, kleine Mokassin, ich weiß, daß du hier bist, du weißt, daß ich hier bin. Dies ist ein großer Abend. Ich grub die Ellbogen in rauhen Fels und trockenes Erdreich und lehnte mich rücklings an den Hang, um es mit der Geduld der Schlange aufzunehmen.

Die einzige andere giftige Schlange in dieser Gegend ist die Waldklapperschlange, *Crotalus horridus horridus*. In den Bergen werden sie bis zu ein Meter neunzig lang und schenkeldick. Ich habe nie eine in freier Wildbahn gesehen; ich weiß nicht, wieviele mich gesehen haben. Dafür sehe ich Mokassins, die sich im Staub sonnen, in Felsspalten verschwinden, Feldwege in der Dämmerung überqueren. Mokassins haben keine Klapper – natürlich –, und sie weichen einem, zumindest nach meiner Erfahrung, nicht aus. Du machst einen Bogen um eine Mokassin – wenn du sie siehst. Mokassins sind nicht groß und nicht giftig genug, um für ausgewachsene Menschen eine wirkliche Lebensgefahr darzustellen, aber sie sind für weitaus die meisten giftigen Schlangenbisse in Nordamerika verantwortlich; so viele leben in den Wäldern des Ostens, und so viele Menschen. Es macht mich immer neugierig, wenn ich von neuen Forschungsprojekten über Grabenottern lese; die Herpetologen scheinen sich für ihre Feldstudien immer ausgerechnet meine Ecke der Welt auszusuchen. Ich schließe daraus, daß wir hier giftige Schlangen haben, wie Afrika Zebras oder die Tropen Orchideen – sie sind unsere Spezialität, unser Markenzeichen. Deshalb versuche ich die Augen offenzuhalten. Aber ich mache mir keine Sorgen: man muß ziemlich weit vom Schuß wohnen, um mehr als eine Tagesreise von einem Krankenhaus entfernt zu sein. Sich darüber Sorgen zu machen, daß einem eine Waldklapperschlange ins Gesicht springen könnte, ist so, als machte man sich Sorgen, daß man von einem Meteoriten getroffen werden könnte: dafür ist das Leben zu kurz. Außerdem ist der Biß selbst vielleicht schmerzlos.

Unlängst unterhielt ich mich mit Mrs. Mildred Sink, die in einer Telephonzentrale arbeitet, über Schlangen. Eine große Glasscheibe trennte uns, und wir unterhielten uns durch ein kreisrundes Loch in der Scheibe. Sie saß in einem dunklen Zimmerchen, kaum größer als eine Kabine. Während wir uns unterhielten, blinkten auf ihrem Tisch rote Lämpchen auf. Sie nahm sie flüchtig zur Kenntnis, sah mich wieder an und fixierte mich, während sie das, was sie sagen wollte, in aller Ruhe zu Ende brachte, mit einem langen, bedeutungsvollen Blick, um meine Aufmerksamkeit zu halten, während ihre Hand geschickt den Knopf fand und drückte. Auf diese Weise schaltete sie die Anrufer durch und erzählte mir dabei ihre Schlangengeschichte.

Als kleines Mädchen lebte sie nicht weit nördlich von hier auf dem Land. Sie hatte einen vierjährigen Bruder. Eines schönen Sommertages saßen ihr Bruder und ihre Mutter ruhig in dem großen Zimmer des Blockhauses. Ihre Mutter hatte eine Näharbeit auf dem Schoß und war konzentriert drüber gebeugt. Der kleine Junge spielte mit Bauklötzen auf dem Fußboden. »Ma«, sagte er, »ich habe eine Schlange gesehen.« – »Wo?« – »Unten an der Quelle.« Die Frau nähte den Saum eines Baumwollkleides, indem sie den Stoff mit ihrer Nadel aufnahm und mit der Hand glattstrich. Der kleine Junge stapelte seine

Klötze sorgfältig aufeinander, mal längs mal quer. Nach einer Weile sagte er: »Ma, es ist zu dunkel hier, ich kann nichts sehen.« Sie blickte auf, und das Bein des Jungen war so dick geschwollen wie sein Leib.

Mrs. Sink nickte mich emphatisch an und kümmerte sich dann um das blinkende Licht auf dem Schaltbrett vor ihr. Sie wandte sich ab; dieser Anrufer brauchte Zeit. Ich winkte und fing ihren Blick; sie winkte, und ich ging.

Die Mokassin vor mir regte sich nicht; ihr Kopf hing immer noch in der Luft über dem Sandsteinfels. Ich überlegte, ob ich sie mit einem Grashalm traktieren sollte, verwarf die Idee aber. Trotzdem wünschte ich, daß sie etwas täte. Marston Bates erzählt von einem englischen Ökologen, einem Charles Elton, der auf seine unnachahmliche englische Art gesagt hat: »Alle wechselwarmen Tiere ... verbringen einen überraschend großen Teil ihrer Zeit damit, überhaupt nichts oder zumindest nichts Bestimmtes zu tun.« Genau wie diese Schlange.

Mir fiel ihr Schwanz auf. Er verjüngte sich ins Nichts. Ich fing wieder hinten am Kopf an und ließ meinen Blick langsam über ihren Körper gleiten: dünner, dünner, dünner, Schuppen, Schüppchen, Luft. Plötzlich erschien mir der Mokassinschwanz das Bemerkenswerteste, was ich je gesehen hatte. Ach, könnte ich mich auch irgendwo so verjüngen. Vielleicht, wenn ich ein Ballon mit Figur wäre, den man durch eine Fingerspitze aufbläst?

Hier war dieses blutvolle, wache Geschöpf, dieses mutvolle Materienband, wirklich hier, alles andere als nicht hier, gegen jede Wahrscheinlichkeit weich und solid auf den Stein gestreckt. Es war eine von einer Spitze ausgehende Verdickung der Luft, wie ins Dasein geschossen, mit allem, was dazu gehört, durch ein nadelstichgroßes Loch. Jedesmal, wenn ich sonst diese Felsplatte gesehen hatte, war sie ein flacher Sandsteinfels über einem Baggersee gewesen; jetzt beherbergte sie diesen prallen Brocken, der die Luft um sich herum teilte wie ein getriebener Keil. Ich betrachtete sie aus der anderen Richtung. Vom Schwanz zum Kopf verbreiterte sie sich wie die Linien eines Crescendo, wuchs aus der Stille an zu einem lauten Tusch; von den prallen Kiefern aus verschmälerte sie sich wieder, diminuendo, bis sich die Linien an der Spitze ihres Mauls wieder in dem unendlichen Punkt trafen, der jeden Winkel abschließt, und damit hörte dieser Raum abermals auf, eine Schlange zu sein.

Während dieses Wunder mich beschäftigte, geschah etwas so Außergewöhnliches und Unerwartetes, daß ich kaum glauben kann, es gesehen zu haben. Es war absurd.

Die Dunkelheit war wie ein Bodennebel aus dem verfinsterten Baggersee aufgestiegen. Ich hörte eine Mücke in meinem Ohr summen; ich winkte sie fort, ohne meine Augen von der Mokassin zu wenden. Die Mücke landete auf meinem Knöchel; wieder wischte ich sie beiläufig ab. Zu meiner völligen Verwunderung landete sie auf der Mokassin. Sie setzte sich auf ihren Rücken in der Nähe ihres »Genicks« und beugte den Kopf vor, um zur Tat zu schreiten. Ich war hingerissen. Ich konnte die Mücke nicht in allen Einzelheiten sehen, aber den gesenkten Kopf, der sich wie ein Brunnenbohrer durch das Oberflächengestein zur Flüssigkeit durchzufressen schien, konnte ich erkennen. Schnell sah ich mich um, ob jemand zu finden war – irgendein Jäger, der losgegangen war, um an Bierdosen zu üben, irgendein Junge auf einem Motorrad –, dem ich diesen bemerkenswerten Anblick zeigen konnte, solange er dauerte.

Wenn ich recht überlege, hat der Moment zwei bis drei volle Minuten gedauert; es kam mir vor wie eine Stunde. Ich stellte mir schon vor, wie die Schlange, dem von der Riesenwanze ausgesaugten Frosch gleich, zu einem leeren Hautsack zusammenfiel. Aber die Schlange regte sich nicht ein einziges Mal, zeigte durch nichts an, daß sie etwas merkte. Schließlich richtete sich die Mücke auf, strich sich wie eine Fliege mit den Vorderbeinen über den Kopf und erhob sich schwerfällig in die Luft, wo ich sie sofort aus dem Blick verlor. Ich sah die Schlange an; ich schaute hinter die Schlange auf die rohe Wunde im Berg, wo Männer viele Jahre zuvor Stein gehauen hatten; ich erhob mich, bürstete mich ab und ging nach Hause.

Ist es so, dachte ich da, und denke ich jetzt: ein bißchen Blut hier, eine Wunde dort, und trotzdem leben wir und zertrampeln das Gras? Muß alles, was ganz ist, angeknabbert werden? Hier fiel ein neues Licht auf das feine Gefüge der Dinge in der Welt, das tatsächliche Geschehen zum gegenwärtigen Moment in der Zeit nach dem Sündenfall: darauf, wie wir, die Lebenden, knabbern und angeknabbert werden – nicht hoch oben auf einer Wolke in der Luft geschont werden, sondern vernarbt und zerkratzt und lädiert durch ein abgenutztes und wunderschönes Land tapern.

II

Als ich zu Hause ankam, ging ich als erstes ans Bücherregal, um herauszufinden, ob ich tatsächlich gesehen haben konnte, was ich gesehen zu haben glaubte. Alles, was ich finden konnte, war dieser Satz in Will Barkers *Familiar Insects of North America*: »Der Stich der weiblichen Mücke *(Culex pipiens)* erfolgt durch einen kleinen Bohrer, der vielerlei Arten von Außenhäuten zu durchstoßen vermag – selbst die ledrige Haut eines Frosches oder die überlappenden Schuppen einer Schlange.« Na schön; vielleicht hatte ich es wirklich gesehen. Alles ist überall möglich; die Welt ist angefressener, als ich es mir hätte träumen lassen.

Jetzt ist es Mitte September; ich kann in dem schwindenden Licht die ausgefransten Löcher in den Blättern der falschen Jasminhecke vor meinem Arbeitszimmerfenster sehen. Je näher ich hinschaue, um so mehr wachsen meine Zweifel, daß an dem Busch noch ein einziges, unversehrtes Blatt hängt. Ich gehe wieder hinaus und untersuche die Blätter einzeln, zunächst am falschen Jasmin vor meinem Arbeitszimmer, dann am Kirschbaum im Garten. In dem blauen Licht sehe ich angekratzte und geschälte Blattstengel, Blätter, die halb zerfressen, von Rost oder Brand oder Mehltau befallen, blasig, durchwurmt, angeschnippelt, vernarbt, aufgebläht, angesägt, durchbohrt und verschrumpelt sind. Wo bin ich den ganzen Sommer gewesen, während die Welt gefressen wurde?

Ich erinnere mich an noch etwas, das ich diese Woche gesehen habe. Ich bin auf der Straße am Fluß an einem kleinen Jungen vorbeigekommen, der eine riesige Schnappschildkröte vor sich her trug. Der Junge hielt die Schildkröte – die sich reckte und wild um sich schnappte – mit ausgestreckten Armen, und seine Arme müssen müde gewesen sein, denn er fragte mich klagend: »Hast du einen Karton?«, obwohl ich auch zu Fuß unterwegs war und offensichtlich keinen Karton bei mir hatte. Ich bewunderte die Schildkröte, aber der Kleine war besorgt. »Die hat Sauger«, erklärte er. »Sauger?« – »Ja, weißt du, die saugen einem das Blut aus.« Ach so. Ich hatte den schwarzen Blutegel schon bemerkt, der wie eine Teerträne an dem dicken Schildkrötenpanzer hing. Der Junge zeigte mir einen zweiten, fast fünf Zentimeter langen, der sich an der körnigen Haut unter dem Vorderbein festgesaugt hatte. »Können die sie umbringen?« fragte der Junge. »Überlebt sie das?« Viele, wenn nicht die meisten wilden Schildkröten, die ich sehe, beherbergen Egel. Ich versicherte ihm, daß die Schildkröte es überstehen würde. Für die meisten Lebewesen ist von Schmarotzern befallen zu sein ihre Art zu leben – wenn man es denn leben nennen will.

Ich denke an den Fuchs, von dem mir der Naturparkwächter Gene Parker erzählt hat. Der Fuchs lag, an der Räude sterbend, nackt und rosahäutig hingestreckt auf einer Bergwiese und konnte nicht mehr aufstehen. Ich denke an den Sonnenfisch, den ich bei den Lawsons, ein Stück stromauf am Tinker Creek auf der andern Seite des Tinker Mountain, schwimmen gesehen habe. Eines seiner Augen war durch eine weiße Wasserschimmelwucherung verschlossen, die sich als weiße Fläche in filmigen, wie nasse Watte aussehenden Klumpen über seinen halben Rücken zog. Er war verletzt worden, vielleicht als ein Angler ihn am Haken gehabt und wieder ins Wasser geworfen hatte, vielleicht als ein Hochwasser ihn gegen Felsen geschleudert hatte, und der Pilz hatte sich von der verletzten Stelle her ausgebreitet. Ich denke an Joseph Wood Krutchs Schilderung eines Wissenschaftlers, den er bei seinen Feldforschungen antraf und der überglücklich ein blutverschmiertes Glas mit Meter um Meter irgendeines unausdenklichen, wimmelnden Schmarotzers hochhielt, den er soeben im Bauch eines Kaninchens gefunden hatte. Plötzlich kommt mir das Leben der Schmarotzer in den Sinn – als eine Art höllische Hagiographie. Ich denke wieder an die Pärchenegel und Saugwürmer, die im Laufe ihres parasitären Lebens bis zu vier Wirte brauchen. Wie viele von den Grashüpfern, die mich auf der Lucasschen Wiese umsausten, mögen wohl riesige, aufgewickelte Saitenwurmlarven in ihren Eingeweiden haben?

Mir hat mal jemand einen populären illustrierten Insektenführer geschenkt, der sich ausschließlich mit Schädlingen befaßte. Das sind Insekten, die aus dem einen oder andern Grund der menschlichen Kultur – oder Wirtschaft – im Weg sind. Längst nicht alle sind Schmarotzer. Trotzdem liest sich das Buch wie des Teufels *Summa theologica*. Zu den aufgenommenen Insekten zählen die Wollsacklaus, der mexikanische Bohnenkäfer, der Mehlkäfer, der Rüsselkäfer, die Narzissenfliege, der Fransenflügler, die Eulenfalterraupe, Schildwanze, Sägewespe, Hühnerlaus, Käsefliege, Käsemilbe, die Eulentachine, Gabelschwanzraupe, Milbe und Schildlaus. Von Kakerlaken schreibt das Buch: »Wo sie sehr zahlreich sind, kann es sein, daß sie auch menschliche Haare, Haut und Nägel fressen.« (Das Schlüsselwort, Haut, steht verborgen in der Mitte.) Die farbigen Abbildungen zeigen madenzerfressenes Rindfleisch und von Fliegen wimmelnde Platzwunden und Schinken, von Mehltau befallene Bäume und von Brand vernichtetes Getreide, aufgeblähte Zecken, Schweine mit vereiterten Augen und Schafe mit verwurmten Nasenlöchern.

Aus einem anderen Buch erfuhr ich, daß zehn Prozent aller Spezies der Welt schmarotzende Insekten sind. Das ist schwer zu glauben. Wie, wenn du ein Erfinder wärst und zehn Prozent deiner Erfindungen so konstruiertest, daß sie nur funktionierten, indem sie die andern neunzig Prozent belästigten, entstellten oder vollkommen vernichteten? Diese Dinge sind viel zuwenig bekannt.

So gibt es zum Beispiel eine Läuseart für fast jede andere Tierart. Sie saugen nicht nur Blut, sondern fressen auch Haare, Federn, trockene Mottenschuppen und andere Läuse. Leute, die Vögel beringen, wissen zu berichten, daß fast alle Wildvögel von Läusen befallen sind, jede Art mit ihrer eigenen Sorte. Singvögel hocken sich oft in der Nähe von Ameisenbauten in den Staub und überrieseln sich mit einem lebendigen Ameisenregen; man nimmt an, daß die Ameisensäure Läuse abschreckt. »Jede Alkenart hat ihre eigene Läuseart, die auf allen untersuchten Tieren gefunden wurde.« Der europäische Kuckuck ist der alleinige Wirt für drei Läusearten, und der braune Sichler für fünf, wobei jede auf einen anderen Körperteil des Wirtsvogels spezialisiert ist. Läuse leben in den hohlen Kielen von Vogelfedern, in Warzenschweinborsten, in den Flossen antarktischer Seehunde und in den Schnabelsäcken von Pelikanen.

Flöhe sind fast ebensoweit verbreitet wie Läuse, aber weitaus vielseitiger, was die Wahl ihrer Wirte betrifft. Interessanterweise ernähren sich junge Flöhe fast ausschließlich von den Ausscheidungen ihrer Eltern und anderer ausgewachsener Flöhe, während die ausgewachsenen nur noch Blut saugen.

Zweiflügelige parasitäre Insekten wie Fliegen und Mücken gibt es in Hülle und Fülle. Sie sind schuld, daß Nilpferde im Schlamm leben und rasende Karibus ihre Jungen tottrampeln. In Europa starben 1923 zwanzigtausend Stück Vieh an einem von den Ufern der Donau ausgehenden Schwarm schwarzer Fliegen. Einige parasitäre Fliegen leben in den Mägen von Pferden, Zebras und Elefanten; andere leben in den Nasenlöchern und Augen von Fröschen. Einige ernähren sich von Regenwürmern, Schnecken und Nacktschnecken; einige machen sich erfolgreich über bereits mit gestohlenem Blut vollgesaugte Mücken her. Wieder andere leben von so zarter Kost wie Ameisenhirn, Singvogelnestlingsblut oder dem Saft in den Flügeln von Florfliegen und Schmetterlingen.

Das Leben der Insekten und ihrer Schmarotzer ist aufs schrecklichste verwoben. Üblicherweise fressen die Schmarotzerlarven das andere Insekt, das mehr oder weniger weit entwickelt und bei Bewußtsein sein kann, bei lebendigem Leib. Mehr als alle anderen zeichnen sich die parasitären *Hymenoptera* – die ich der Einfachheit halber als Wespen bezeichnen werde – durch dieses Verhalten aus. Einige Wespenarten sind so »geübte«

Parasiten, daß das Weibchen eine kleine Acht in das Ei eines andern Insekts ritzt, in das sie eben ihr Ei gelegt hat, und andere Wespen daraufhin keine Eier mehr in die markierten, bereits verseuchten Eier legen. Es gibt über einhunderttausend Arten schmarotzender Wespen, so daß, wenn auch viele Lebensgeschichten erforscht sind, gleichwohl unzählige noch rätselhaft sind. Der englische Entomologe R. R. Askew schreibt: »Das Feld ist völlig offen, die Aussicht verlockend.« Das Feld mag weit offen sein, aber die Aussicht ist – auch wenn die meisten meiner liebsten Insektenforscher an diesen Tieren ihre helle Freude haben – zumindest für mich wenig einladend.

Schauen wir uns eine Geschichte an, die Edwin Way Teale erzählt. Er brachte eine Monarchfalterraupe, die sich eben anschickte, sich zu verpuppen, mit ins Haus, um sie zu photographieren. Die blaßgrüne Raupe hatte sich, wie Monarchfalterraupen es seit urdenklichen Zeiten tun, J-förmig mit dem Kopf nach unten an ein Blatt gehängt.

»Die ganze Nacht hindurch blieb sie, wie sie war. Am nächsten Morgen um acht sah ich, daß der Bogen im ›J‹ schwächer geworden war. Dann reckte sich die Larve plötzlich und erschlaffte, als wäre im Innern ein Band gekappt worden. Ihre Haut war matt und klumpig. Dann wogte es in ihr, und die Klumpen schoben und bewegten sich. Um halb zehn stieß die erste von sechs weißen, dickleibigen Maden durch die Haut der Raupe. Jede war einen Zentimeter lang.« Dies war das Werk einer schmarotzenden Wespe.

Es gibt eine schmarotzende Wespe, die auf einer ausgewachsenen Gottesanbeterin lebt und sich zeitlebens aus ihrem Körper ernährt. Wenn die Gottesanbeterin ihre Eier legt, legt die Wespe ihre mit in die schaumige Blasenmasse, bevor sie erhärtet, damit die schneller reifen Wespenlarven in der Kapsel ausschlüpfen und die sich noch entwickelnden Gottesanbeterinneneier fressen können. Andere ernähren sich von Kakerlakeneiern, Zecken, Milben und Hausfliegen. Viele suchen sich Schmetterlings- und Nachtfalterraupen für ihre Eier; manchmal lagern sie gelähmte, lebende Raupen, in die sie Eier gelegt haben, in Erdlöchern, wo sie bis zu neun Monate »frisch« bleiben. Der anscheinend außerordentlich beobachtsame Askew schreibt: »Die Masse der gelblichen Puppen der Brackwespe *Apanteles glomeratus* unter den verschrumpelten Überresten einer großen weißen Schmetterlingsraupe ist ein vertrauter Anblick.«

Es gibt so viele schmarotzende Wespen, daß einige schmarotzende Wespen selbst schmarotzende Wespen haben. Ein verblüffter Entomologe stieß, als er eine von einer pflanzenfressenden Eichengallwespe erzeugte Galle untersuchte, auf Schmarotzertum fünften Grades. Das heißt, er fand die Überreste einer Eichengallwespe mit einer anderen schmarotzenden Wespe, in der wiederum eine saß, und in dieser wiederum eine, und in dieser wiederum eine, und in dieser wiederum eine, wenn ich denn richtig gezählt habe.

Auch zu anderen Insektenarten gehören faszinierende Schmarotzer. Zu den echten Wanzen zählen die Bettwanzen, Wanzen die an Dutzenden von Fledermausarten schmarotzen, und welche, die an Bettwanzen schmarotzen. Schmarotzende Käfer machen sich als Larven andere Insekten zur Beute und als Vollkerfe Bienen und Känguruhs. Es gibt einen blinden Käfer, der auf Bibern lebt. Eine im Volksmund *kissing bug* genannte Raubwanze beißt schlafende Menschen in die Lippen und spritzt ihnen ein außerordentlich schmerzerregendes Gift ein.

Es gibt eine ausschließlich aus Schmarotzern bestehende Insektenfamilie, die unter dem Namen Stylopiden bekannt und ihrer grotesken Formen und Wirkungen wegen interessant ist. Stylopiden lähmen diverse andere Insekten wie Blattkäfer, Ameisen, Bienen und Wespen. Das Weibchen verbringt ihr gesamtes Leben im Körper ihres Wirts, und nur die Spitze ihres bohnenförmigen Körpers schaut heraus. Sie ist ein formloser Klumpen, ohne Flügel, Augen, Beine oder Fühler; ihr rudimentärer Mund und After sind winzig, degeneriert und nicht funktionsfähig. Sie resorbiert Nahrung – ihren Wirt – durch die Haut ihres Hinterleibs, der »aufgedunsen, weiß und weich« ist.

Das Geschlechtsleben der Stylopiden ist ebenfalls degeneriert. Das Weibchen besitzt draußen an der Luft in der Nähe ihrer verkümmerten Mundwerkzeuge eine breite, primitive, als

»Brutkanal« bezeichnete Öffnung. Das Männchen gibt sein Sperma in den Brutkanal ab, von wo aus es in ihren ungestalten Körper fließt und die dort frei herumschwebenden Eier befruchtet. Die ausgeschlüpften Larven finden ihren Weg in den Brutkanal und »gehen in die Welt hinaus«.

Die bedauernswerten Insekten, von denen sich die Stylopiden ernähren, erreichen zwar ein normales Lebensalter, machen aber häufig unerklärliche Veränderungen durch. Ihre Farbe wird leuchtender. Die Geschlechtsdrüsen der Männchen und Weibchen werden »zerstört«, und sie verlieren nicht nur die eigenen sekundären Geschlechtsmerkmale, sondern nehmen tatsächlich die des andern Geschlechts an. Das ist vor allem bei den Bienen mit ihren ausgeprägten Geschlechtsunterschieden der Fall. »Ein von Stylopiden befallenes Insekt«, schreibt Askew, »ist bisweilen am besten als Intersex zu beschreiben.«

Schließlich gibt es, zur Vervollständigung dieses wirbelwindartigen Überblicks über schmarotzende Insekten, wie ich zu meiner Überraschung erfuhr, einige schmarotzende Falter. Eine Nachtfalterraupe kommt regelmäßig in den *Hörnern* afrikanischer Huftiere vor. Ein ausgewachsener, geflügelter Falter ernährt sich von den Hautsekreten zwischen den Haaren im Fell des Dreifingerfaultiers. Ein anderer Falter trinkt das Blut von Säugetieren in Südostasien. Und zu guter Letzt ist von den vielen Augenspinnern zu berichten, die sich als geflügelte Vollkerfe ihre Nahrung an den geöffneten Augen von Hausrindern suchen, wo sie Blut, Eiter und Tränen trinken.

Ich möchte wiederholen, daß die schmarotzenden Insekten zehn Prozent aller bekannten Tierarten ausmachen. Wie ist das zu begreifen? Jedenfalls vermitteln wir unseren Kindern die falsche Vorstellung von ihren Mitgeschöpfen auf der Welt. Teddybären sollten mit winzigen ausgestopften Bärenläusen ausgestattet sein; zehn Prozent aller verkauften Lätzchen und Klappern sollten mit bunten Schmeißfliegen, Maden und Fliegenmaden *callitroga* verziert sein. Was ist das für ein Zehnter, den wir dem Teufel zahlen? Wieviel Prozent Schmarotzer gibt es unter den Arten der Welt, die keine Insekten sind? Könnte es sein, daß wir, wenn wir Bakterien und Viren mitzählen, in einer Welt leben, in der die Hälfte der Tiere vor der anderen Hälfte wegläuft – oder weghumpelt?

Der Schöpfer ist kein Puritaner. Ein Tier muß nicht arbeiten, um zu leben; Tiere dürfen einfach stehlen und saugen und werden doch mit einem Anteil – einem immensen Anteil – des Sonnenlichts und der Luft gesegnet. Diese krabbelnden, durchscheinenden Läuse und weißen, dickleibigen Maden wirken alles andere als überströmend, aber ein Schöpfer, der sie Tier um Tier um Tier erzeugt und in der Welt summen und lauern und fliegen und schwimmen läßt, hat etwas beinahe manisch Überströmendes. Diese Schmarotzer sind unsere Gefährten im Leben, sie wählen ihre dunklen, unergründlichen Wege in die zarten Gewebe ihrer lebenden Wirte wie wir schlicht auf der Suche nach Nahrung, nach Kraft zum Wachsen und zur Fortpflanzung, zum Fliegen oder auf dem Boden Kriechen, und bereichern das Gefüge der Feinheit mit Formen und den universellen Tanz mit Leben.

Schmarotzertum: dieses Jucken, dieses Keuchen in der Lunge, dieser aufgerollte Wurm in den Eingeweiden, dieses reife Ei in der Sehne, dies Madenloch in der Haut – ist eine Art Miete, die alle derzeit mit uns zusammen in der wirklichen Welt lebenden Geschöpfe zu zahlen haben. Es ist keine überhöhte Miete: Wärst du nicht bereit, sie zu zahlen, tust du es nicht? Ein bißchen Blut aus Hals und Handgelenken, um die Luft schmekken zu dürfen? Frag die Schildkröte. Natürlich, für manche Tiere ist es ein langsamer Tod; für andere, wie die Biene, an der ein Stylopid schmarotzt, ist es ein seltsames, verwandeltes Leben. Für die meisten von uns Menschen im Westen direkt ist es ein kleiner Stich hier oder ein unangenehmes Jucken da, aus einer Welt, die, wie wir von Kind an gelernt haben, zwicken kann: nicht weiter überraschend. Oder es ist das schwarze Aufkeimen einer Krankheit, das kalte brackige Taufwasser, in das wir durch blinden Zufall gegen unseren Wunsch wieder und wieder getaucht werden, bis wir auf die eine oder andere Weise sterben. Hamm. Es ist der Stachel im Fleisch der Welt, noch ein

Zeichen, falls wir denn eins bräuchten, daß die Welt wirklich und durchgestaltet und hier und dort und durch und durch von den gezahnten Bedingungen der Zeit und der geheimnisvollen, gespannten Feder des Todes durchstochen ist.

Ausgemachte Raubtiere verstehe ich natürlich. Ich bin selbst eins. Es ist nicht zu leugnen, daß das Treiben der Raubtiere dem der ungeliebten Schmarotzer an Grausamkeit in nichts nachsteht: Wenn Spinnen gefangene Kolibris einwickeln und aussaugen; wenn Schimpansen gelegentlich andere Affen töten und fressen. Wenn ich die gleichen Eßgewohnheiten hätte wie das zarte Marienkäferchen, würde ich mich in nur neun Tagen durch die gesamte Bevölkerung von Boys Town fressen. Nichtsdestotrotz ist das gierigste Lauern, der wüsteste Sprung eines Raubtieres nicht annähernd so unheimlich wie das stille Reifen kaum sichtbarer implantierter Eier. Bei Raubtieren hat man wenigstens eine Chance.

Diesen Sommer war ich eines Abends auf die Suche nach Bisamratten gegangen und stand wartend auf der langen Fußgängerbrücke über dem breitesten Teil des Flusses. Eine Bisamratte tauchte nicht auf, aber in einem Spinngewebe an der unteren Strebe des Brückengeländers fand ein kleines Ereignis statt. Während ich zuschaute, flog ein winziges, blaßgrünes Insekt direkt ins Netz. Es zuckte heftig, und die so alarmierte Spinne sprang herbei. Aber das Tierchen, das höchstens so groß war wie ein Fünftel des Spinnenleibs, kämpfte sich in heller Aufregung aus den klebrigen Fäden frei, fiel schnurstracks dreißig Zentimeter tiefer auf den harten Brückenboden, blieb stehen, schüttelte sich und flog davon. Ich fühlte mich wie bei meiner Heilung von lobärer Lungenentzündung, als ich, mit Penizillin vollgestopft, die ersten paar Schritte an der frischen Luft machte: *vive la chance.*

In letzter Zeit habe ich eine zwanglose Liste derer angelegt, die entkommen sind, eine Liste noch lebender Tiere, die ich in unterschiedlichen Stadien der Auflösung gesehen habe. Mit Spinnen fing ich an. Im Sommer liefen mir eine Reihe Weberknechte oder Schuster über den Weg, und ich gewöhnte mir an, ihre Beine zu zählen. Es dauerte nicht lange, bis mir auffiel, daß kaum eine ausgewachsene Spinne, ganz gleich welcher Größe, noch auf allen acht Zylindern lief. Die meisten hatten sieben Beine, einige sechs. Selbst im Haus fiel mir auf, daß den größeren Spinnen meist ein bis zwei Beine fehlten.

Dann lief ich letzten September im vollen Sonnenlicht über einen Kiesweg und wäre fast auf eine Heuschrecke getreten. Ich stupste sie mit einem Stöckchen ans Bein, um sie hüpfen zu sehen, aber sie hüpfte nicht los. Deshalb ließ ich mich auf Hände und Knie nieder, und siehe da, ihr geschwollener Legestachel steckte im Kies. Sie pulsierte leicht – mit einer Bewegung, die nicht annähernd so angestrengt wirkte wie die der Gottesanbeterin –, und ihr rechter Fühler war dicht am Kopf abgebrochen. Sie hatte einiges durchgemacht. Ich mußte auch auf der Lucasschen Wiese an sie denken, wo so viele Grashüpfer um mich herum hüpften. Einem fehlte deutlich sichtbar eines der großen, sprungfederartigen Hinterbeine – er war nur noch ein Grashoppler. Er schien sich recht geschickt von hier nach da zu bewegen, aber ich konnte natürlich nicht wissen, wohin er eigentlich gewollt hatte.

Die Natur scheint dich am Schwanz zu packen. Ich denke an die vielen Schmetterlinge, deren zerrissene Hinterflügel die schartigen Spuren von Vogelschnäbeln aufwiesen. Vier oder fünf Schwalbenschwänzen fehlte einer der beiden Schwänze, und einem Perlmutterfalter fehlten zwei Drittel eines Hinterflügels. Auch die Vögel, die die Mehrheit der Tiere auf meiner Liste ausmachen, scheinen stets von hinten angegriffen worden zu sein, mit Ausnahme des Schreiregenpfeifers, den ich erst gestern gesehen habe und dem alle Zehen fehlten; seine schlanke Haxe endete in einem glatten grauen Knubbel. Einmal sah ich einen Schwalbenschwanzsperling, der sich auf den zweiten Blick als Spatz erwies, dessen Schwanz am mittleren Federkiel eingerissen war. Ich habe einen vollständig schwanzlosen Sperling gesehen, eine schwanzlose Wanderdrossel und einen schwanzlosen Star. Dann endet meine private Liste mit je einem Eichhörnchen mit gestutztem und ganz ohne Schwanz und einer jungen

Bisamratte, deren Schwanz kurz unter dem Ansatz eine mächtige Scharte hatte.

Expertenberichte bestätigen alle das selbe: es geht rauh zu da draußen. Gerald Durrell sagt zur Verteidigung der Käfighaltung von Tieren in artengerechten Zoos, daß die Tiere, die er aus der Wildnis holt, alle entweder Schmarotzer haben, sich von irgendwelchen Wunden erholen oder beides. Howard Ensign Evans findet in seiner Ecke der Welt genauso abgerissene Schmetterlinge wie ich. Ein Naturbeobachter aus Südwestvirginia notierte im April 1896 in sein Journal: »Viele Trauermäntel, aber alle nach dem Überwintern beschädigt.« Trapper tun sich schwer, einwandfreie Häute zu finden. Walforscher photographieren die zernarbten Häute lebender Wale, die von Schlitzwunden so lang wie mein Körper zerschnitten und mit riesigen wulstigen Krebstiersiedlungen bevölkert sind, die im Volksmund Walläuse heißen.

Und der Südpolforscher und Biologe Paul Siple schreibt über den antarktischen Krabbenfresser, eine Robbe, die im Packeis vor dem Festland lebt: »Nur selten findet man einen geschmeidigen, silbrigen, ausgewachsenen Krabbenfresser ohne häßliche Narben – oder halbmeterlange parallele Schnittwunden – auf beiden Seiten des Körpers, die sie davongetragen haben, wenn sie sich mit letzter Not aus dem Maul eines Mörderwals befreit haben.«

Ich denke an diese Krabbenfresser und das Maul des Mörderwals, dessen Zähne, Siple zufolge, »so groß sind wie Bananen«. Wie sind sie entkommen? Wie sind nicht ein oder zwei, sondern die meisten entkommen? Natürlich wird jedes Raubtier, das seine Beute dezimiert, Hunger leiden, wie jeder Schmarotzer, der seine Wirtsspezies vernichtet. Bei Raubtier und Beute funktionieren Angriff und Verteidigung (und Fruchtbarkeit ist eine Form der Verteidigung) normalerweise so, daß beide Populationen relativ ausgeglichen bleiben, sozusagen in der Mitte stabil und an den Rändern ausgefranst und angeknabbert, wie ein angebissener Apfel, in dem noch die Kerne stecken. Gesunde Karibus können einem Rudel Wölfe davonlaufen; die Wölfe sondern die kranken, alten und verletzten aus, die hinter der Herde zurückbleiben. Das ist alles selbstverständlich. Wirklich verblüffend aber ist es, mitzubekommen, wie schmal die Brücke des Zufalls ist, auf der manche der »effizientesten« Raubtiere balancieren. Wölfe verhungern regelrecht in Tälern, wo es vor Wild nur so wimmelt. Wie viele Krabbenfresser können einem einzigen Mörderwal im Laufe eines Lebens durch die Lappen gehen?

Trotzdem kehre ich zum Bild der »geschmeidigen silbrigen« Krabbenfresser zurück, zu den Robben, die von Biologen im Packeis der Antarktis eingefangen werden, Robben, die eine wie die andere die langen Wundmale unausdenklicher Zähne tragen. Egal wie man es ansieht, aus dem Blickwinkel des Wals oder der Robbe oder der Krabbe, aus dem Blickwinkel der Mücke oder der Mokassin oder des Frosches oder der Libelle oder des Weißfisches oder des Rädertierchens, überall heißt es Reinhauen oder Draufgehen.

III

Es ist eine Frage von Reinhauen oder Draufgehen. Früher an diesem Abend habe ich mir eine Handvoll von den angenagten Blättern des falschen Jasmins und der Kirsche ins Haus geholt; sie liegen jetzt geglättet, welk und bläulich auf dem Schreibtisch. Sie sind nicht entkommen, aber ihre Zeit war ohnehin fast um. Schon verdickt sich unten um das Ende eines jeden Blattstengels ein korkartiger Gewebering, der jedes Blatt für sich erwürgt. Der Sommer ist alt. Ein schmuddeliger, farbloser Staub überzieht die Melonen und Kürbisse, und im Innern fressen sich Würmer am hellen, süßen Fleisch dick und rund. Die ganze Welt ringt mit eiternden Wunden. Wo ist die gute, heile Frucht? Die Welt »Birgt weder Freud noch Licht noch Sicherheit/ noch Liebe, Friede oder Schmerzenstrost«. Ich war da, hab alles gesehen und getan, denke ich plötzlich, und die Welt ist alt, ein hungriger alter Mann, unwiederbringlich ermattet und gebrochen. Bin ich zuviel gelaufen, vorzeitig gealtert? Ich sehe die Mokassin frisch und neu auf einem Steinaltar über einem trüben See leuchten, wo ein Wald wachsen sollte. Ich sehe den knubbelfüßigen Schreiregenpfeifer, die abgerissenen Schmetterlinge und Vögel, die von schwarzen Blutegeln behangene Schnappschildkröte. Es gibt Fliegen, die eine Wunde machen, und Fliegen, die eine Wunde finden, und eine hungrige Welt, die nicht mit Anstand warten wird, bis ich richtig tot bin.

»In der Natur«, schrieb Huston Smith, »liegt die Betonung auf dem, was ist, und nicht darauf, was sein sollte.« Diese Lektion lerne ich jeden Tag auf neue Weise. Heute abend scheint mir, es müsse auf dieser Welt gleichsam so sein, daß nur die Neugeborenen heil sind, daß wir als Erwachsene notgedrungen ein wenig angenagt sind. Das ist ganz normal. Physische Unversehrtheit ist nicht etwas, das wir haben, solange es nicht zu Unfällen kommt; sie ist selbst nur akzidentell, ein Akzidenz der Kindheit, wie die Fontanelle eines Säuglings oder der Eierzahn eines Kükens. Sind die einsfünfzig langen Silberaale, die als ausgereifte Tiere des Nachts über Wiesen wandern, mit Narben von Reiherschnäbeln verunstaltet, von scharfen Barschzähnen zerbissen? Ich denke an die schönen, in einer lichtdurchstrahlten Welle gehaltenen Haie, die ich vom Strand aus gesehen habe. Waren diese Haie von Narben zerschnitten, hatten sie Milben in ihren Häuten und Würmer in ihren Herzen? Hatte die Spottdrossel, die sich mit angelegten Flügeln vom Dach stürzte, jede Menge saugende Läuse in ihren elastischen Federkielen? Ist es unser Geburtsrecht und Erbe, wie Jakobs Vieh, auf das das Leben eines Volkes gegründet wurde, »sprenklig, gefleckt und bunt« zu sein – nicht durch die leuchtenden Zeichen einer wie Schönheit aus der Ewigkeit auf uns niederregnenden Gnade, sondern durch die Spuren überstandener Angriffe und die Abnutzungen der Zeit? »Wir sind alle Uhren«, sagt Eddington, »deren Zifferblätter die vergehenden Jahre anzeigen.« Der junge Mann zählt seiner Geliebten stolz seine Wunden her; der alte Mann allein vor einem Spiegel löscht seine Narben mit den Augen aus und sieht sich heil.

Durch das Fenster über meinem Schreibtisch kommt ein summ, summ, summ, die müde Leier von Zikadenhörnern. Wenn ich von einem Meteoriten erschlagen würde, könnte ich das, glaube ich, auf den blinden Zufall schieben und fluchend sterben. Aber wir Lebewesen fressen einander, ohne uns etwas getan zu haben. Wir sitzen alle zusammen im Steingutgefäß und schnappen nach allem, was sich bewegt. Wenn die Pneumokokken kräftiger gediehen wären, wenn sie meinen zweiten Lungenflügel erfolgreich besiedelt hätten und sich ihrer Art gemäß fruchtbar vermehrt hätten, dann hätte ich meinen Tod gefunden, und mein letztes lächerliches Werk wäre ein Osterei gewesen, ein mit Bibern und Hirschen bemaltes Osterei, ein Osterei, das zu dem Zeitpunkt, als ich es bemalte und die Viecher in meiner Lunge tobten, natürlich, wie konnte es anders sein, befruchtet war. Es ist absurd. Wo ist das Manna hin? Warum essen nicht alle einfach Manna; in was für dünne Luft hat das Manna sich aufgelöst, daß wir auf alles losgehen müssen, was da frei kreucht und fleucht, und uns gegenseitig fressen?

Ein Eskimoschamane hat einmal gesagt: »Die größte Gefahr des Lebens liegt darin, daß die Nahrung der Menschen ausschließlich aus Seelen besteht.« Hat er das zu dem unschuldigen Mann gesagt, der ihm die Tuberkulose gebracht hat, oder zu dem, der ihm für Wolfs- und Seehundfelle Teerpappe und Zucker gegeben hat? Ich frage mich, wie oft ich gebissen worden bin, von Schmarotzern und Raubtieren, von Verwandten und Freunden; ich frage mich, wie lange mir der Luxus dieser relativen Einsamkeit vergönnt sein wird. Hier draußen in der Felswüste prügeln, vernichten, verraten und hungern die Menschen einander nicht absichtlich aus, aber mit dem besten Willen der Welt tun wir es doch, weil es nicht anders geht. Wir wollen Manna; wir schneiden es uns gegenseitig aus dem Fleisch; wir kauen den Rest unseres Lebens auf den bitteren Schalen herum.

Aber der Anblick der von Blutegeln befallenen Schildkröte und der lädierten Flügeltiere bedeutet etwas anderes. Ich denke an das grüne Insekt, das sich das Spinngewebe aus den Flügeln schüttelte, und an die walzahnnarbigen Krabbenfresser. Sie verlangen einen gewissen Respekt. Über diese Dinge vernünftig zu reden, wird mir nur gelingen, wenn ich dich frank und frei als

Mitüberlebenden anspreche. Hier sind wir, unbestreitbar lebendig. Sub specie aeternitatis, vom Innern der schwarzen Därme jenseits des schmalen Kropfes, mag dies alles anders aussehen, doch noch können wir, auch wenn wir das Summen in den Ohren und das Krachen von Zähnen an unseren Fersen hören, uns als Wesen umsehen, die angenagt, aber ungebrochen sind, aus der schimmernden Sicht der Lebenden. Dies hier ist vielleicht nicht der sauberste, neueste Ort, aber der saubere, zeitlose Ort, der diesen beiderseits überwölbt, ist kein Ort, nirgends. »Eure Väter haben in der Wüste das Manna gegessen und sind gestorben.« Es gibt keine beunruhigenderen, stimulierenderen Worte als dies Wort Christi. »Eure Väter haben in der Wüste das Manna gegessen und sind gestorben.«

Die Eskimos in Alaska glauben an viele Seelen. Jede Seele hat eine Reihe von Nachleben, in denen sie wieder und wieder zur Erde zurückkehrt, aber nur selten als Mensch. »Da sie nur selten als Mensch erscheint, gilt es als großes Privileg, hier zu sein wie wir, mit menschlichen Gefährten, die ebenfalls, in dieser Reinkarnation, privilegiert sind und deshalb großen Respekt verdienen.« Hier zu sein wie wir. Ich liebe die kleinen Fakten, die Zehn-Prozent-Geschichten, die leibhaftige Existenz der Bohrkäfer, der in Häutchen steckenden heimlichen Käfermaden, der Blasenkäfer, Pärchenegel und Milben. Aber man kann die Fakten auf vielerlei Weise werten, und es ist leicht, einige Dinge zu übersehen. »Tatsächlich«, sagte van Gogh, »tatsächlich sind wir im wirklichen Leben alle Maler, und das Wichtigste ist, so tief zu atmen, wie wir nur atmen können.«

Also atme ich. Ich atme am offenen Fenster über meinem Schreibtisch, und ein feuchter Duft von den angenagten Blättern der wachsenden falschen Jasminhecke dringt an meine Nase. Diese Luft ist so feinteilig wie das Licht, das durch die bewaldeten Höhenzüge und bis in mein Küchenfenster scheint; diese süße Luft ist der Hauch aus blättrigen Lungen, die noch verrotteter sind als meine; sie ist durch die Sägeränder vieler Zähne gegangen. Ich muß diese Fetzen lieben. Und ich muß gestehen, daß der Gedanke an diesen alten Garten, wie er allein im Dunkeln atmet, mich auf etwas anderes bringt.

Ich kann die Welt nicht ehrlicherweise als alt bezeichnen, wenn ich sie neu gesehen habe. Andererseits gestattet es mir die Ehrlichkeit auch nicht, mit einemmal ein paar Erfahrungen von Neuheit und Schönheit als die gültigen zu beschwören und alles andere Wissen beiseite zu fegen. Aber das, woran ich jetzt denke, ist der Baum, in dem die Lichter brennen, die Zeder im Garten am Fluß, die ich verklärt gesehen habe.

Daß die Welt alt und ausgefasert ist, ist nicht überraschend; daß es der Welt überhaupt gegeben ist, neu und unzweifelhaft heil zu werden, war und ist so überraschend, daß ich alles später kommende Wissen daran messen muß. Doch mit einem Mal kommt mir die Idee, zu fragen: waren die Zweige der Zeder, die ich gesehen habe, in Wirklichkeit voller aufgeblasener Galläpfel? Aller Wahrscheinlichkeit nach ja; bestimmt. Ich habe diese »Zedernäpfel« vorher und seither im Grün der Zeder anschwellen sehen: rötlich grau, mächtig, giftig. Na schön. Aber Wissen kann das Geheimnis nicht besiegen und sein fernes Leuchten nicht verfinstern. Ich werde mich heute wie morgen an dem orientieren, was ich an jenem Tag gesehen habe, als ein unleugbar neuer Geist durch die Luft sauste, mich umwarf und die Lichter entzündete. Ich stand auf dem Gras wie auf Luft, Luft jagte wie ein Blitz durch mein Blut, durchströmte die Knochen, schwamm in meinen Zähnen. Ich war da, habs gesehen, bin gepackt. Ich weiß, was mit dem Zedernbaum geschah, ich habe gesehen, wie die Zellen des Zedernbaums, Lobpreis schlagenden Flügeln gleich aufgeladen, pulsierten. Es wäre allerdings zu einfach, alles aus dem Hut zu ziehen und zu behaupten, das Geheimnis besiege das Wissen. Auch wenn sich meine Sicht der Welt des Geistes nicht einen Deut ändern würde, wenn die Zeder vor Galläpfeln strotzte, sind diese Galläpfel dennoch für mein Verständnis dieser Welt wichtig. Kann ich demnach sagen, daß Fäulnis eines der tiefblauen Sprenkel der Schönheit ist, daß der ausgefranste und angenagte Rand der Welt ein Tallith, ein Gebetsschal, ist, das feingewebte Gewand der Schönheit? Das wäre sehr verführerisch, aber ich kann es nicht ehrlich. Doch ich kann immerhin sagen, daß Fäulnis nicht das Herz der Schönheit ist. Und ich kann, denke ich, sagen, daß die Vision der Zeder und das Wissen um diese Verwurmungen benachbarte Fjorde sind, die in den Granitfels des Mysteriums einschneiden, und daß das Neue stets gleichzeitig mit dem Alten vorhanden ist, und sei es noch so verborgen. Der Baum, in dem die Lichter brennen, geht nicht aus; das Licht scheint immer noch auf eine alte Welt, mal schwach, mal hell.

Ich bin eine ausgefranste und angenagte Überlebende in einer gefallenen Welt, und ich schlage mich nicht schlecht durch. Ich werde älter und bin angefressen und habe meinerseits schon reichlich gegessen. Ich bin nicht blitzsauber und schön, Herrin über eine strahlende Welt, in der alles zusammenpaßt, sondern ich wandere voll Staunen auf einem zersplitterten Wrack herum, das ich liebgewonnen habe, dessen angenagte Bäume eine zarte Luft atmen, dessen blutbeschmierte und narbige Tiere meine liebsten Gefährten sind und dessen Schönheit nicht in seinen, sondern überwältigenderweise trotz seiner Unvollkommenheiten pulst und leuchtet, unter den windzerfetzten Wolken stromauf und stromab. Simone Weil sagt schlicht: »Laßt uns das Land hier drunten lieben. Es ist wirklich; es bietet der Liebe Widerstand.«

Ich bin ein mit Tauen an die Hörner des Felsaltars der Welt gefesseltes Opfer, das auf Würmer wartet. Ich hole tief Luft, ich schlage die Augen auf. Im Hinschauen sehe ich, daß in den Hörnern des Altars Würmer krabbeln wie lebende Maden in Bernstein, daß im Fels Wurmhäute sind und daß mir Spinner um die Augen flattern. Ein Wind kommt auf von nirgendwo. Ein Gefühl des Wirklichen erfüllt mich mit Glück; die Fesseln lockern sich; ich gehe meiner Wege.

14. Kapitel

Der Norden

I

Im September waren die Vögel still. Sie mauserten sich im Tal, die Spottdrossel in der Fichte, der Sperling im falschen Jasmin, die Tauben in der Zeder am Fluß. Überall, wo ich hinging, war der Boden mit abgeworfenen Federn übersät, mit langen bunten Schwungfedern und kiellosen weißen Daunen. Ich sammelte diese gewichtslose Ernte den ganzen Monat lang in meinen Taschen und steckte die Federn nebeneinander in den Rahmen eines Wandspiegels. Da stecken sie noch; ich schaue in den Spiegel, als hätte ich einen zeremoniellen Kopfschmuck verkehrt herum auf.

Im Oktober kam die große Unruhe, die Zugunruhe, die Vögel vor dem Zug nach Süden befällt. Nach einer langen, für die Jahreszeit ungewöhnlichen Hitzewelle graute plötzlich ein kalter Morgen. Die Vögel waren aufgeregt, stammelten den ganzen Tag neue Lieder. Meisen, die sich den ganzen Sommer in den schattigen Bergwäldern versteckt hatten, saßen auf der Dachrinne; in den Robinien hielten Chikadee-Meisen eine Andacht ab, und ein Sperling benahm sich äußerst seltsam, indem er wie ein Kolibri über einer Goldrute am Straßenrand schwebte.

Ich schaute vom Fenster aus zu; ich schaute am Fluß zu. Ein neuer Wind fuhr durch die Haare auf meinen Armen. Das kalte Licht kam und ging mit übergroßen, jagenden Wolken; wie ein ausgezackter Schwarm proteischer Vögel verschoben und zogen sich, flitzten und sausten blaue Abschnitte von einem Ende des Himmels zum andern. Trotz des Windes war die Luft feucht; ich roch das kräftige Aroma von Lehmerde um mein Gesicht und fragte mich wieder einmal, warum soviel Tod – all die verrotteten Blätter, die eine Schicht tiefer zu einer schwarzen, von weißem Schimmelpilz umhüllten Matschmasse geworden sind, all diese Millionen von toten Sommerinsekten – nicht schlimmer riecht. Als der Wind auffrischte, drang ein seltsamerer, feinerer Duft über die Berge, ein aufrührender Geruch von nasser Borke, Salzsümpfen und Watt.

Das Flußwasser war noch von der Hitzewelle warm. Es trug schwimmende tellergroße Tulpenbaumblätter und sinkende Tulpenbaumblätter stromabwärts und um die nächste Biegung. Ich sah zu, wie die Blätter auf das Wasser fielen, zuerst auf fließendes Wasser und dann auf stilles. Das war so verschieden wie ein Besuch in Cornwall und ein Besuch auf Korfu. Aber die Winde und flackernden Lichter und die verrückten Schreie der Häher erregten mich. Ich wünschte mir, kälter, kälter als dies, kälter als alles möge es werden, und das Jahr möge schnell vergehen.

Tags zuvor, bei trockenem, ruhigem Wetter, waren sämtliche Ameisen des Sommers aufgeflogen und ausgeschwärmt, an der Haustür, an der Hintertür, straßauf, straßab, überall blitzten sie auf. Ich versuchte vergeblich, sie dazu zu bringen, sich auf meinen erhobenen Arm zu setzen. Jetzt, an der langsamen Stelle im Fluß, sah ich plötzlich ziehende Distelfinken über dem Schilf Schar für Schar von Weide zu Weide stürzen. Sie stiegen unvermittelt in einer Wolke auf und ließen sich langsam über den ganzen Baum ausgebreitet nieder wie eine Decke, die über einem Bett ausgeschüttelt wird, bis sie von irgendeinem Auslöser wieder aufgescheucht wurden, zwanzig und dreißig auf einmal, und die Flügel neigten, einen Bogen flogen, die Flügel anlegten und niederprasselten.

Ich folgte den Distelfinken stromabwärts, bis das Ufer neben mir jäh felsig anstieg und das Licht auf den Weiden und dem Wasser ausblendete. Über den Felsen erhob sich der Adamssche Wald, und in der Steilwand nisteten – nicht nur der Beobachtung von Einheimischen, sondern auch dem Bericht des Landwirtschaftsamts zufolge – Hunderte der Mokassins aus der Gegend. Diese Oktoberunruhe war schlimmer als jedes April- oder Maifieber. Im Frühling nährt sich die Wanderlust zum Teil aus einer namenlosen, aus langer Untätigkeit geborenen Spannung; im Herbst ist der Impuls reiner, unerklärlicher und dringlicher. Ein wenig Gefahr käme mir zupaß, dachte ich plötzlich, überließ den Fluß abrupt seinen Ufern und kletterte auf die Felsen. Ich wollte mehr Höhe, und ich wollte in den Wald schauen.

Der Wald war genauso unruhig wie die Vögel.

Ich stand unter Tulpenbäumen und Eschen, Ahornen, Andromedabäumen, Sassafraslorbeer, Robinien, Katalpas und Eichen. Ich ließ meine Blicke ins Weite schweifen, ohne die Augen scharf einzustellen, so daß ich alles ausblendete, was nicht lotrechte Bewegung war, und ich sah nur Blätter in der Luft – oder vielmehr, da auch mein Verstand nicht eingeschaltet war, gelbe Farbschweife, die senkrecht von nirgendwo nach nirgendwo fielen. Überall um mich herum, nah und fern, rollten sich geheimnisvolle bunte Girlanden aus. Einige Farbflecken erlebten einen heftigen Sturz; sie ruckten mit kleiner werdenden Ausschlägen von einer Seite zur andern, als wehrten sie sich mit allen Tricks und Hakenschlägen, die sie beherrschten, halsstarrig gegen den Fall. Andere wirbelten in engen, selbstmörderischen Kreisen schnurstracks nach unten.

Tulpenbäume hatten mir ihre Blätter breit und golden wie Dublonen in den Weg geworfen. Ich ging unter einem Zuckerahorn durch, der mich durch seine elegante Selbstverständlichkeit überwältigte: es war, als würde ein Mann, der in Flammen steht, in aller Ruhe weiter seinen Tee trinken.

Im finstersten Teil des Walds stand ein Farnhain. Ich hatte soeben bei Donald Culross Peattie gelesen, daß man früher glaubte, die sogenannten »Samen« des Farns könnten ihrem Träger Unsichtbarkeit bescheren, und daß Dschingis Khan einen solchen Samen in seinem Ring getragen hatte und »dadurch die Sprache der Vögel verstand«. Wenn ich unsichtbar wäre, könnte ich dann auch klein sein, damit mich, wenn ich meinen Körper wie ein Segel ausbreitete, der Wind davontragen könnte, wohin er wollte? Pilze brachen durch den modrigen Waldboden, Fliegenpilze in unterschiedlichen Schub- und Entfaltungsstadien, ein paar große braune Pilze mit runden, brotlaibglatten Hüten und einige unheimliche purpurfarbene, die mir noch nie aufgefallen waren; sie hatten die Farbe portugiesischer Kriegsschiffe, die früher aus Leistenschnecken gewonnen wurde, eine wie unter Druck entstandene Tiefseefarbe, als hätte die baum- und felsschwere Erde alle anderen Töne ausgepreßt und ausgeschwemmt.

Ein Eichhörnchen sprang plötzlich heran, warf mir einen Blick über die Schulter zu und machte sich über einen Pilz her. Eichhörnchen und Dosenschildkröten sind gegen das Gift in Pilzen immun, deshalb ist es nicht sicher, einen Pilz mit der Begründung zu essen, daß Eichhörnchen es tun. Dieses Eichhörnchen pflückte den angenagten Pilz von seinem Stiel, nahm ihn nach Ubangiart in das Maul und flitzte einen Eichenstamm hinauf. Dann bewegte ich mich, und es baute sich drohend mit aufgeplustertem Schwanz auf. Ich kann mir nicht vorstellen, welches Raubtier sich von dieser Gebärde einschüchtern oder auch nur bremsen lassen würde. Oder hielt es mich für ein zweites männliches Eichhörnchen? Es war deutlich, daß es wie eine Katze stets eine breite Front bot. Aber es wäre ihm besser gelungen, mich zum Narren zu halten, wenn es stillgehalten und mir nicht gezeigt hätte, wie kümmerlich sein Schwanz war. Es stellte seinen aufgerichteten Körper flach gegen den Baumstamm und reckte sich zu einem riesigen Rechteck. Durch irgendeinen Trick ragten seine Beine kaum an den Ecken hervor, wie bei einem Gleithörnchen. Dann schickte es eine Welle durch seinen niedrig an den Stamm gedrückten Schwanz, wieder und wieder die gleiche zuckende Welle, und starrte mich dabei unablässig an. Als nächstes rannte es, ängstlicher – oder mutiger? – geworden, weiter oben auf einen Ast, immer noch mit dem Pilzschirm im Maul, hockte sich dicht an den Stamm und bot mir durch seine gekrümmte Haltung ein kompaktes Ziel. Es stellte den Schwanz steil auf und schlug ihn mehrmals wütend, daß es knallte, als klebte ein Stück Klebeband an der Spitze.

Als ich das Eichhörnchen verließ, damit es seinen Pilz in Frieden verstecken konnte, trat ich fast auf ein zweites Eichhörnchen, das sich in den Schwanzansatz und in die Flanke biß und sich die Schulter mit einer Hinterpfote kratzte. Ein Backenhörnchen strich umher und strahlte die übliche Katastrophenstimmung aus. Als es mich erblickte, blieb es neugierig stehen und preßte die Vorderbeine eng an die Brust, daß nur die Pfoten zu sehen waren und es aussah wie ein Bittsteller, der einem bescheiden den Hut hinhält.

Im Wald herrschte Hochbetrieb. »Wollbären«, die dick behaarten orangerot und schwarz geringelten Raupen des Isabellaspinners, waren unterwegs. Sie liefen mir aus allen Richtungen über den Weg; sie kletterten mir, dringend einen Unterschlupf suchend, über Fuß und Finger. Wenn ein Stinktier eine findet, rollt es sie ganz vorsichtig auf der Erde vor sich her und entfernt so alle Haare, bevor es sie frißt. Es schien für den Tag auch eine Stabschreckenparade angesagt zu sein; ich muß fünf oder sechs gesehen haben, oder fünf- oder sechsmal die selbe, weil sie sich immer wieder an mein Hosenbein klammerte, um mitzufahren. Ein Insektenforscher behauptet, daß Stabschrecken sich totstellen können, wie Monarchfalter beispielsweise – obwohl mir nicht klar ist, woran man unterscheiden soll, ob eine Stabschrecke sich totstellt oder als Zweig tarnt. Jedenfalls geht das Stabschreckenweibchen absolut ungezwungen an das Eierlegen heran, indem es seine Eier »egal, wo sie gerade ist, nach dem Zufallsprinzip« fallen läßt – was vermutlich heißen könnte, daß meine Hose und ich plötzlich im Stabschreckengeschäft waren.

Ich hörte neben mir ein Geräusch im Unterholz, das Rascheln eines nahenden Tieres. Es hörte sich an, als wäre es ein Tier von der Größe eines Rotluchses, eines kleinen Bären oder einer großen Schlange. Der Lärm brach ab und hob wieder an, kam immer näher. Natürlich stellte sich heraus, daß die Verursacherin des ganzen Radaus eine Grundrötel war.

Je mehr von diesen bunten Vögeln ich sehe – mit schwarzen Rücken, weißen Schwanzstreifen und rotbraunen Flecken beiderseits ihrer weißen Bäuche –, um so mehr gefallen sie mir. Sie sind nicht im geringsten scheu. Sie sind überall, oben in den Baumwipfeln und unten auf dem Boden. Ihr Lied erinnert mich an den Schrei, mit dem ein Kind die Nachbarschaft zusammentrommelt: ii-ock–ii und ein kerniger Triller zum Schluß. Doch ihr Lockruf nimmt mich besonders für sie ein. Die Grundrötel besitzt die Frechheit und den Charme, schlicht und klar »ziep« zu rufen. Ich kenne keinen anderen Vogel, der sich dazu herabläßt, buchstäblich zu ziepen.

Die Grundrötel sah mich nicht. Sie überquerte den Weg und lief zu beiden Seiten austretend wieder in den Wald, wobei sie wie ein Bulldozer eine breite Bahn ins heruntergefallene Laub schnitt, daß die Dreckklumpen nur so flogen.

Die Rinde der Bäume fühlte sich kühl an. Ich sah einen Haarspecht, der eine Pinie traktierte, und eine sterbende Sattelschrecke auf einem Stein.

Ich könnte losgehen. Ich könnte einfach vom Weg abbiegen, einen Fuß vor den andern setzen und auf Wanderschaft gehen. Ich könnte zum Point Barrow, zum Mount McKinley, zur Hudson Bay laufen. Meine Sommerjacke hängt im Schrank; meine Winterjacke ist warm.

Im Herbst kündigt der gewundene Zug der Raben aus dem Norden die große Herbstwanderung der Karibus an. Die zottelhalsigen Vögel breiten ihre Flügelspitzen in aufsteigenden Konvektionsströmen aus und enteilen mit ihnen gen Süden. Die großen Rentiere stoßen in arktischen und subarktischen Tälern Herde um Herde zueinander, verschmelzen zu wogenden, immer größeren Massen wie ein Wasserfall, bis sie sich breit wie eine Flutwelle über das kahle Gelände ergießen. Ihre Felle sind neu und glatt. Ihre dünnen Frühlingsfelle – aus denen ihnen in den südlichen Wäldern große Büschel ausgerissen worden waren und die von Tausenden von Kriebelmückenstichen und Bremsenbissen, Dasselfliegenlarven- und Rachenbremsenlarvenlöchern durchbohrt waren – sind verschwunden, und sie haben eine glänzende neue Körperbedeckung, ein luxuriöses braunes Fell mit einem dichten Plüsch aus hohlen Haaren, das vor Kälte und Wasser schützt. Zehn Zentimeter kremiges Fett umhüllen sogar ihren Rücken. Eine lose Sehne an ihren Fesseln klickt bei jedem ihrer weiten Schritte Kilometer um Kilometer über die Tundra nach Süden in den Schutz der Bäume, und du kannst sie hören, bevor sie kommen und wenn sie vorüber sind, ein Tosen wie Flußwasser, ein Ticken wie von Uhren.

Die größte Karibujagdzeit der Eskimos liegt im Herbst, wenn die Hirsche fett und ihre Felle dicht sind. Wenn eine Laune oder ein Wetterumschwung die Karibus in ein anderes Tal lenkt, ein verstecktes, unerwartetes Tal, dann kann das bis heute regelrecht dazu führen, daß einige Eskimostämme im Inland verhungern.

Oben an den Küsten des Nördlichen Eismeeres trocknen Eskimos die letzten Fische des Sommers auf Trockengestellen, um sie im Winter an die Hunde zu verfüttern. Das sich eben bildende Eis auf dem Meer ist elastisch und flexibel. Es wellt sich, ohne zu springen, wenn die aufgewühlte See anrollt und zurückweicht, und es biegt und beult sich unter dem Gewicht der Eskimos, wenn sie gehen, so daß sich kolossale Kräusel bis über den Horizont hinaus ausbreiten und die Eskimos auf der zerbrechlichen Ballonhaut der Erde zu laufen und zu hüpfen scheinen. Während dieser Herbsttage spielen die Eskimos, die Erwachsenen wie die Kinder, das Fadenspiel, das bei ihnen seit Urzeiten bekannt ist. Die komplizierten Muster, die sie zwischen ihren Fingern weben, sollten »die Sonne verwickeln« und auf diese Weise »ihr Verschwinden verzögern«. Später, wenn die Sonne für den Winter untergeht, werden die Kinder die beschneiten Abhänge hinunterrodeln, auf Schlitten aus gefrorenen Robbenembryos, die sie an Riemen durch die Nase hinter sich her ziehen.

Diese Bilder des Nordens verlockten mich, gegenwärtige Nordwanderungen und vergangene, die Vorstellung, selbst nach Norden zu gehen. In der englischen Literatur über Nordpolexpeditionen hat man einen eigenen Begriff dafür gefunden: *northing*. So konnte ein Forschungsreisender, der auf 82° 12' nördlicher Breite in sein abgewetztes Tagebuch notierte, daß er am Tage trotz der Bewegung im Packeis zwanzig Meilen nach Norden zurückgelegt hatte, nordgewandert war, schlicht von »20 miles of northing« sprechen. Soll ich nach Norden gehen? Ich habe lange Beine.

Ein hautfarbener Sandsteinsims seitlich von mir war mit Kermesbeerensaft beschmiert, wie ein blutiger Altar. An den Rändern war das Scharlachrot aufgelöst, zu Lymphe verblichen wie Wundserum. Noch während ich es betrachtete, sauste mit einemmal ein Ahornblatt über den Stein, die Spitzen zu krebsartigen Füßchen gebogen, und ein hellgefleckter Hund erschien aus dem Nichts, mit einem Hirschlauf im Maul. Der Huf des Hirschlaufs war gestreckt wie die Zehen eines Tänzers. Ich weiß, wie sich tote Hirschläufe anfühlen; einige Metzger in der Gegend behalten sie als Waffen. Sie sind trocken und nicht fettig; ich kann die kleinen Knochen fühlen. Der Hund kam mir auf dem Weg entgegen. Ich sprach ihn an und trat beiseite; er sprang vorbei, ohne nach rechts oder nach links zu schauen.

In einem letzten, höher gelegenen Teil des Waldes waren einige Bäume schwarz und grau, ohne Laub, aber von frischen grünen Ranken eingehüllt. Der Weg war eine Fahrrinne aus neuen goldenen Blättern, am Rand stellenweise von kräftig grünen Ranken begrenzt und mit dunkelgrünen Sämlingen gefleckt, die sich durch die Laubdecke emporschoben. Ein Fichtensämling wuchs mitten im Hufabdruck eines Pferdes tief in getrocknetem Schlamm.

In diesem Wald lag eine kleine Senke, breit wie eine flache Suppenschale und grasbewachsen. Es war die Waldwiese der Schimmelstute Itch. In einem kleinen Tümpel von anderthalb Metern Durchmesser hatte sich Wasser gesammelt, in dem goldene Blätter schwammen und in dem sich der halbvergessene, wolkengepeitschte Himmel spiegelte. Rechts stand eine Gruppe silberborkiger Tulpenbaumschößlinge mit hohen, unverzweigten Stämmen, die blattlos aneinander lehnten. So mitten im allgemeinen Durcheinander dieses Waldes wirkte die kleine Weide in der Senke sehr alt, wie ein druidischer Ritualplatz oder wie ein Bühnenbild mit dem Tümpel als Mittelpunkt und der Gruppe der silbernen Schößlinge als gebanntem Publikum. Dort am Tümpel würden sich Liebende in verschiedenen Verkleidungen ihr Stelldichein geben, und dort würde Bottom mit seinem Eselshaupt den gespiegelten Mond anblöken.

Ich machte mich auf den Heimweg. Und erlebte das letzte Ereignis dieses Tages, eine weitere Begegnung mit ruhelosem Leben, das an mir vorüberstrebte.

Ich näherte mich einem langen, abschüssigen, gemähten Feld unweit des Hauses. Ein Schwarm von vierzig Wanderdrosseln hatte es beschlagnahmt, und ich beobachtete sie vom Waldrand aus. Ich sehe Wanderdrosseln nur im Herbst in Schwärmen. Sie waren gleichmäßig über das Gras verteilt, immer zehn Meter voneinander entfernt. Sie sahen aus wie eine Marschkapelle, in der jedes Mitglied an seinem Platz stand, aber in eine andere Richtung blickte. Unter ihnen verteilt waren die eben flügge gewordenen aus der letzten Brut des Sommers, junge Drosseln, deren Brüste noch gesprenkelt waren, im Aufbruch zu ihrer ersten Reise in unbekannte südliche Gefilde. Immer, wenn ich hinschaute, war die Hälfte der Wanderdrosseln in Bewegung, hüpfte mit lässigen, windschlüpfigen Sätzen weiter bergab.

Ich trat auf das Feld hinaus, und alle blieben wie angewurzelt stehen. Sie hielten abrupt an, drehten sich um und sahen mich an, alle wie sie da waren. Ich blieb ebenfalls stehen, plötzlich so befangen, als stünde ich vor einem Erschießungskommando. Was habt ihr vor? Ich schaute über das Feld, auf die vielen schräg gelegten Köpfe und die schwarzen Augen. Ich bleibe hier. Fliegt nur alle los. Ich bleibe hier.

Ich selbst würde auch gerne eine Art Nordwanderung unternehmen, einen zielstrebigen Treck an den Ort, wo sich einem nachts aus jedem zum Zenith geöffneten Fensterladen die Wege aller Sterne am Himmel als Muster aus perfekten, konzentrischen Kreisen zeigen. Mich drängt es nach einer Reduktion, einer Schälung, einer Entäußerung.

Am Meer findet man häufig Muscheln oder Muschelscherben, die von scharfen Sandkörnern und Wellen hauchdünn geschliffen sind. Es ist nicht mehr festzustellen, was für eine Art Muschel es mal war, was für ein Tier darin gewohnt hat; es kann eine Wellhornschnecke oder eine Kammuschel, eine Kaurimuschel, Napfschnecke oder Trompetenschnecke gewesen sein. Das Tier hat sich längst aufgelöst und sein Blut sich im weiten Meer verbreitet und verdünnt. Alles, was du in der Hand hast, ist eine kühle Muschelscherbe, drei Zentimeter lang, so dünn, daß sie ein schwaches rötliches Licht durchläßt, und beinahe so elastisch wie eine Rasierklinge. Sie ist eine Essenz, eine glatte Kondensation der Luft, ein Bogen. Ich sehne mich nach dem Norden, wo die Winde mich ungehindert zu einem solchen feinen, reinen Knochenspan abschleifen würden. Aber dies Jahr werde ich nicht nach Norden gehen. Ich werde mich, indem ich hier warte, an den wandernden Pol dort, an die eiskalte Luft heranpirschen. Ich warte auf Brücken; ich warte gebannt auf Waldwegen und an Wiesenrändern, auf Hügelkuppen und an Uferböschungen, tagein, tagaus, und geschenkt wird mir eine »Südwanderung«. Der Norden strömt die Berge hinab wie ein Wasserfall, wie eine Flutwelle, und ergießt sich über das Tal; er kommt zu mir. Er macht die Kakipflaumen süß und die letzten Grillen und Hornissen taub; er schürt die Flammen der Waldahorne, beugt die ausgesäten Gräser auf der Wiese und steckt seine eiskalten Finger unter das gefallene Laub, daß die Springschwänze und Regenwürmer, die Kellerasseln und Käferlarven sich tiefer in den Boden verkriechen. Tagsüber wandert die Sonne südwärts, und nachts steigt der wilde Orion wie der drohende Schemen des Brockens über dem Dead Man Mountain auf. Einiges ist schon da, und es kommt noch mehr.

II

Wenige Tage später fielen die Monarchfalter ein. Ich sah einen, dann noch einen und dann den ganzen Tag lang immer wieder welche, bis ich bewußt begriff, daß ich Zeuge eines Wanderzugs war. Und dann dauerte es noch zwei Wochen, bis mir die Ungeheuerlichkeit dessen aufging, was ich gesehen hatte.

Jeder dieser Schmetterlinge, die Frucht von zwei bis drei Hecken dieses Sommers, war erfolgreich aus einem jener smaragdgrünen Behältnisse geschlüpft, das Teales Raupe sich gerade zu bilden angeschickt hatte, als die schmarotzenden Larven, die sich durch ihre Seitenwände nach draußen fraßen, ihrem Leben ein Ende gemacht hatten. Sie waren, zu einem großen Teil, unmittelbar vor einem Gewitter geschlüpft, als der Wind durch die silbrigen Blätter an den Bäumen fuhr und Vögel mit

Geschrei im Unterholz Schutz suchten. Sie waren Schmetterlinge auf der Reise nach Süden in die Staaten am Golf von Mexiko oder weiter, und einige von ihnen kamen schon von der Hudson Bay.

Die Monarchfalter waren überall. Sie hüpften und tanzten, ließen sich durch die Luft gleiten, ruhten sich auf dem staubigen Boden aus – doch ohne ihre sonstige Unbekümmertheit. Sie hatten nur den einen unermüdlichen Gedanken: nach Süden. Ich beobachtete sie vom Fenster in meinem Arbeitszimmer aus: drei, vier ... achtzehn, neunzehn, alle paar Sekunden einer, manchmal als Tandem. Sie kamen aus Nordwesten direkt auf mein Fenster zugeflattert, und aus Nordosten, und ich sah sie zuerst über den Spitzen der hohen Hemlocks, über denen nachts der Polarstern hängt. Sie tauchten auf wie indianische Reiter im Film: erst pünktchen-, dann massenweise, still, auf einem Hügelkamm.

Jeder Monarchfalter hatte einen zerbrechlichen schwarzen Leib und tieforangenfarbene, mit geschwungenen schwarzen Bändern gezeichnete Flügel. Ein Monarchfalter in Ruhestellung sieht aus wie ein Stückchen Tiger, reglos mit großen, erstaunten Augen. Ein Monarchfalter im Flug sieht aus wie ein mit einem Willen ausgestattetes Herbstblatt, das lebendig durch die Lüfte segelt, aus denen er direkt einen dünnen Kraftzucker zu trinken scheint, ein Blattleben oder Saft. Bei jedem Schmetterling, der vor meinem Fenster in die Luft stieg, konnte ich die zartere Unterseite der Flügel sehen und die angewinkelten Beine und den angespannten Thorax ahnen, aber es gelang mir nie, meine Augen genau auf das Flattern und Zucken einzustellen, bevor er nach oben am Fenster vorbei und über meinem Kopf außer Sichtweite verschwand.

Ich ging nach draußen und sah einen Monarchfalter etwas Wundervolles vollbringen: er erstieg einen Hügel, ohne einen Muskel zu rühren. Ich stand an der Brücke über dem Tinker Creek, am südlichen Fuß eines äußerst steilen Hügels. Der Monarchfalter arbeitete sich auf Augenhöhe an mir vorbei über die Brücke und stieg dann abgekämpft, wild mit den Flügeln schlagend, senkrecht in die Luft, bis er auf einer Höhe mit dem

Wipfel einer riesigen Platane am Ufer stand. Oben angekommen neigte er die Flügel präzise auf einen bestimmten Winkel und behielt diesen bei, während er die steile Straße im Gleitflug *hinauf* flog und dabei extrem langsam an Höhe verlor, so daß er den Anstieg durch einen gebremsten Fall bewältigte, bis er an einer Pfütze vor dem Haus oben auf dem Hügel landete.

Ich lief hinterher. Er keuchte, machte einen kleinen Schlenker nach Westen und setzte dann, zur Pfütze zurückkehrend, zum Anflug auf das Haus an. Er kämpfte sich unmittelbar vor der zweigeschossigen Steinwand senkrecht in die Höhe und erstieg dann das Dach. Ohne Kraft zu verschwenden, folgte er dem Winkel des Daches und überflog es im Abstand von fünf Zentimetern. Husch, und weg war er. Ich fragte mich, wie viele Hügel und Häuser er noch zu bewältigen hatte, bis er sich ausruhen durfte. Seiner Willenskraft nach zu urteilen, müßte er glatt durch Mauern flattern können.

Monarchfalter zählen zu den »zähesten und stärksten Schmetterlingen«. Sie überfliegen Lake Superior ohne eine Pause; ja, dort haben Beobachter eine merkwürdige Entdeckung gemacht. Anstatt direkt nach Süden zu fliegen, machen die Monarchfalter auf ihrem Weg hoch über dem Wasser unerklärlicherweise einen Knick Richtung Osten. Jeder neue Schwarm fliegt diesen rätselhaften Bogen nach, Jahr für Jahr. Insektenforscher gehen soweit zu glauben, daß die Schmetterlinge sich an einen in grauer Vorzeit dort gelegenen riesigen Gletscher »erinnern« könnten. In einem andern Buch las ich, daß Geologen meinen, Lake Superior liege an der Stelle, wo einst der höchste Berg dieses Kontinents aufragte. Ich weiß nicht. Ich würde es gern sehen. Vielmehr, ich würde gern selbst ein Monarchfalter sein, um zu fühlen, wann ich abbiegen muß. Über Land schlafen Monarchfalter auf der Wanderschaft nachts in bestimmten Bäumen, wo sie wie Girlanden scharenweise mit gefalteten Flügeln hängen, dicht an dicht und zottelig wie Bärenfell.

Monarchfalter gelten seit Urzeiten als schrecklich bitter, weil ihre Raupen sich von Schwalbenwurzgewächsen ernähren. Es gibt kaum ein Werk über Mimikry, in dem Monarchfalter und die sie nachahmenden Weißlinge nicht erwähnt werden: manche dieser Weißlinge sehen Monarchfaltern so ähnlich, daß scharfäugige Vögel, die einmal einen Monarchfalter gekostet haben, stets auch den Weißling meiden werden. Jüngere Forschungen vertreten die These, daß schwalbenwurzgenährte Monarchfalter weniger widerlich schmecken, als daß sie buchstäblich Übelkeit erregen, da Schwalbenwurzgewächse ein »dem Digitalis ähnliches Herzgift« enthalten, das dem Vogel arg zusetzt. Mir persönlich gefällt ein Experiment eines wahrhaft mutigen Insektenforschers. Er hatte wie ich zeitlebens gehört, daß Monarchfalter unvergeßlich bitter schmecken, deshalb probierte er welche. »Zur Durchführung seines Feldversuchs reiste er zunächst in den Süden, und dort verzehrte er eine Reihe frei lebender Monarchfalter ... Auf diese Weise erfuhr Dr. Urquhart, daß der Monarchfalter nicht mehr Geschmack hat als trockener Toast.« Trockener Toast? Nach dieser Lektüre konnte ich mich während der gesamten Wanderzeit der Monarchfalter, inmitten der ganzen Schönheit und der wirklichen Pracht, kaum von dem Gedanken lösen, daß ich da in der Luft eigentlich nichts sah als ein riesiges, flatterndes Teetablett für ans Bett gefesselte Schwerkranke.

Es ist einfach, einen sterbenden oder zu Tode erschöpften Schmetterling auf den Finger zu locken. Ich stieß auf einen Monarchfalter, der an einer Tankstelle über den Asphalt lief. Er lief nach Süden. Ich legte ihm meinen Zeigefinger in den Weg, und er kletterte drauf und ließ es zu, daß ich ihn mir vors Gesicht hob. Seine Flügel waren ausgeblichen, aber frei von Wundmalen; ein Überzug aus Samt fing das Licht und ließ die hauchzarte Tiefe der überlappenden Schuppen ahnen. Es war ein Männchen; seine in meinen Finger gekrallten Beinchen waren kurz und verkümmert; sie klammerten sich mit verteiltem Gewicht zart an meinen Finger, fein wie eine gedämpfte Emotion oder eine rein seelische Anspannung und wie diese kaum wahrzunehmen. Und ich wußte, daß diese Füße mich tatsächlich schmeckten, daß sie mit sensiblen Organen die Dämpfe der Haut an meinem Finger aufnahmen: Schmetterlinge schmecken mit den Füßen. Die ganze Zeit, während er sich an mir festhielt, klappte er sinnlos die prächtigen Flügel auf und zu, als seufzte er.

Das Schließen seiner Flügel fächerte einen fast unmerklichen Duft in mein Gesicht, und ich beugte mich zu ihm nieder. Ich konnte andeutungsweise etwas Süßes riechen, konnte den Duft fast benennen ... Leuchtkäfer, Wunderkerzen – Jelängerjelieber. Er roch nach Jelängerjelieber; ich konnte es nicht glauben. Mir war bekannt, daß viele Schmetterlingsmännchen aus eigens dafür vorgesehenen Duftdrüsen charakteristische Gerüche abgaben, aber ich dachte, daß diese nur von Laborinstrumenten festzustellen seien, wenn man die Düfte vieler, vieler Schmetterlinge zusammennahm. Ich hatte eine Liste der unglaublichen Gerüche gelesen, die Schmetterlinge ausströmen können: Sandelholz, Schokolade, Heliotrop, Wicken. Jetzt hatte dieses lebende Exemplar hier auf meinem Finger einen Geruch, den selbst ich wahrzunehmen vermochte – dieses Klappen roch tatsächlich, dieses Flügelchen, dessen Temperatur sich nach der Luft richtete wie bei jedem Briefumschlag oder Hammer, dieser programmierte Hauch aus dünngewalztem Horn. Und er roch nach Jelängerjelieber. Warum nicht nach Karibuhufen oder Labradortee oder Tundraflechte oder Zwergweide, nach dem salzigen Wasser der Hudson Bay oder dem Dunst von Flüssen, die von feingemahlenem Gletschersand milchig waren? Dies Jelängerjelieber war ein schon nur noch halb erinnerter Duft, ein Hauch vom vergangenen Sommer, vom Lucasschen Steilufer und dem überwucherten Zaun am Tinker Creek, eine betäubende Süße, die damals an jenen feuchtschweren Abenden beinahe drückend gewesen, nun aber zu einem leisen Rieseln in der Luft verfeinert war, einem reinen, zarten Destillat, kaum bekannt und zumeist unbemerkt, und nach Süden unterwegs.

Ich trug ihn über die Tankstelle und hockte mich mit ihm aufs Feld. Er schwang sich, pulsierend und gleitend, in die Luft; er ließ sich auf einem Sassafraslorbeer nieder, und ich verlor ihn aus dem Blick.

Wochenlang fand ich Monarchfalterflügel paarweise, körperlos, im Gras und auf der Straße. Ich sammelte einen solchen Flügel auf und schabte die Schuppen ab; zuerst rieb ich ihn zwischen den Fingern, und dann strich ich sanft mit der Spitze eines silbernen Kinderlöffels drüber. Was am Ende dieser heiklen Arbeit übrigblieb, liegt hier auf meinem Schreibtisch; eine Art elastisches Gerüst, vergleichbar dem Netz über einem Heißluftballon, schwarze Äderchen, die das feinste Etwas über das Nichts spannen, über das sie verlaufen. Die Haut selbst ist vollkommen durchsichtig; ich kann dahinter die kleinste Schrift lesen. Sie ist so dünn wie gepellte Haut nach einem Sonnenbrand und so zäh wie ein Pergament aus abgezogener Büffelhaut. Es waren freilich nur wenige Schmetterlinge, die hier im Tal gefressen wurden und uns ihre Flügel hinterließen: die meisten haben überlebt und sind dem Tal Richtung Süden gefolgt.

Der Zug währte fünf Tage in voller Stärke. In diesen fünf Tagen wurde ich überflutet, aufgezehrt. Die Luft war ein Leben und Treiben. Die Zeit selbst war eine ausgebreitete Schriftrolle, die noch gebogen auf einem Tisch oder Altarstein bebte. Die Monarchfalter flitterten durch die Luft, blank wie Unmengen von Pennies, hier ist einer, und hier ist einer, und mehr, und mehr. Sie flatterten und torkelten; sie stießen vor und teilten die Luft wie Kanukiele, beflügelt und flink. Es sah aus, als hätte sich das Herbstlaub in die Luft erhoben, um sich wie ein Wasserfall, eine Flutwelle durch das Tal zu ergießen, sämtliche Blätter aller Laubbäume von hier bis an die Hudson Bay. Es war, als blutete die Farbe aus der Jahreszeit, als mauserte und häutete sich das Jahr. Mit dem Jahr ging es bergab, ein entscheidender Punkt in der Kurve war erreicht, die Schräge, die in den jähen Absturz übergeht. Und als die Monarchfalter vorüber und verschwunden waren, war der Himmel leer, die Luft friedlich. Die dunkle Nacht, in die das Jahr hineinraste, war kein Schlaf, sondern ein Erwachen, eine neue und notwendige Askese, das strengere Klima, nach dem ich mich sehnte. Die kahlen Bäume waren spröde und still, der Fluß hell und kalt, und meine Seele hielt die Luft an.

III

Schon Stunden bevor das Nordlicht erscheint, spielen die empfindlichen Nadeln der Kompasse auf der ganzen Welt verrückt, tanzen in Flugzeugen und Schiffen auf ihren Spitzen, zittern in Schreibtischschubladen, auf Dachböden, in Kästen auf Regalen.

Ich hatte heute nacht einen Traum, der mich bewegte. Ich war im Haus meiner Kindheit, und der Keller war mit einer feinen Schneeschicht bedeckt. Ich hob einen schneebedeckten Teppich hoch und fand darunter einen gebundenen Stapel Tintenzeichnungen, die ich mit sechs Jahren angefertigt hatte. Neben dem Keller, aber nicht mit ihm verbunden, lag ein langer Gebetstunnel.

Der Gebetstunnel war ein auf allen Seiten von festem Schnee umschlossener Tunnel. Er war zylinderförmig, und mannshoch im Durchmesser. In dem Gebetstunnel konnte nur ein Eskimo überleben, und auch der nur ausnahmsweise. Der Tunnel hatte freilich weder einen Eingang noch einen Ausgang; trotzdem war mir klar, daß, wenn ich mich – wenn fast egal wer sich – freiwillig entschloß hineinzugehen, nach einem langen, bitteren Kampf der Tod eintreten würde. Im Tunnel war es mörderisch kalt, und es blies unablässig ein hohler, schneidender Wind. Aber die Atemluft war knapp und schnell aufgebraucht. Er war ganz ohne Licht, und aus aller Ewigkeit fiel der selbe feine, niemals schmelzende, windverwehte Schnee.

Ich bin dabei, in den Apophthegmata zu lesen, den Sprüchen ägyptischer Wüsteneremiten des vierten und fünften Jahrhunderts. Abba Moses sagte zu einem Schüler: »Geh und setz dich in deine Zelle, und deine Zelle wird dich alles lehren.«

Ein paar Wochen vor der Wanderung der Monarchfalter bin ich in Carvin's Cove gewesen, einem Stausee in einer Mulde zwischen dem Tinker und dem Brushy Mountain, und dort habe ich, geht mir jetzt auf, neben dem Waldweg Abba Moses gesehen, in Gestalt einer Eichel. Die Eichel schraubte sich in das Erdreich. Aus einer rohen Spalte in der Schale wuchs eine lange weiße Wurzel, die sich wie ein Pfeil in den Boden bohrte. Die

Eichel selbst war locker, aber die Wurzel saß fest. Mir kam die Idee, wenn ich die Eichel in die Hand nehmen und mich aufrichten könnte, würde ich die Welt heben. Neben der Wurzel brach ein grünender Sproß hervor, und aus dem Sproß entbreiteten sich zwei behaarte, winzige Blätter einer Gerbereiche, nicht größer als zwei feine Reiskörner. Diese Eichel wurde mit Macht nieder und mit Elan in die Höhe gedrückt, geschoben und getrieben, sie machte gleichzeitig einen Sturzflug in den Sand und einen *grand jeté en l'air.*

Mittlerweile ist es mörderisch kalt geworden. Wenn ich mich jetzt in den Bergen oder im Tal verliefe und mich dumm anstellte, würde ich an Unterkühlung sterben und eine absolute Mattscheibe im Kopf haben, lange bevor das Wasser in meinem Fleisch spitze Kristallsplitter bildete, die die Wände meiner Zellen durchstoßen und zerbrechen würden. Die Ernte ist eingefahren, die Kornspeicher voll. Die breitblättrigen Bäume in den Wäldern der Welt haben ihre diversen Früchte abgeworfen: »Die Eiche eine Eichel; der Granatapfel eine Beere; die Platane Achänen; der kalifornische Lorbeer eine Steinfrucht; der Ahorn eine Flügelfrucht; die Robinie eine Hülsenfrucht; der Apfel eine Kernfrucht; die Roßkastanie eine Kapsel.« Jetzt sind die beiden Keimblätter der Gerbereiche am Weg zum Carvin‹s Cove vertrocknet, abgefallen und verweht; die Eichel selbst ist geschrumpft und welk. Aber die Stengelumhüllung enthält noch Wasser, und die weiße Wurzel nimmt noch langsam welches auf, porös und durchlässig, stumm. Der Tod des Selbst, von dem die großen Schriftsteller sprechen, ist kein Gewaltakt. Er ist nichts als ein Zusammengehen mit dem großen steinernen Herzen der Erde, wie es sich dreht. Er ist nichts als die allmähliche Einstellung von Willensflug und Verstandesgeplapper: ein Warten wie eine hohle Glocke mit stillem Klöppel. *Fuge, tace, quiesce.* Das Warten selbst ist alles.

Letztes Jahr sah ich drei nach Süden ziehende kanadische Wildgänse tief über den zugefrorenen Ententeich fliegen, an dem ich stand. Ein markerschütterndes Knattern erschreckte mich, bevor ich sie erblickte; die gepeitschte Luft schlug mir ins

Gesicht. Sie donnerten über den Teich und wieder zurück und abermals drüber: Ich schwöre, nie zuvor habe ich solche Geschwindigkeit, solche Zielstrebigkeit, solches Flügelschlagen gesehen. Ihr Flug ließ den Ententeich gefrieren; sie ließen die Luft erschallen; sie verschwanden. Daran denke ich jetzt, und in meinem Kopf vibriert es zur sausenden Bastonade gefiederter Knochen. »Unser Gott kommt«, heißt es in einem Adventspsalm, »und schweiget nicht. Fressendes Feuer geht vor ihm her und um ihn her ein mächtiges Wetter.« Das eigentlich Eindrückliche ist der Schock. Ja, es kommt etwas, wenn man wartet, aber das ist nicht alles, es ergießt sich über dich wie ein Wasserfall, wie eine Flutwelle. Du wartest in aller Natürlichkeit ohne jegliche Erwartung oder Hoffnung, leer, durchlässig, und das, was kommt, erschüttert dich, wirft dich um; es mäht, lockert, stürzt, trennt, mahlt.

Ich habe mich an Fülle gesättigt, und jetzt ist mir Ysop recht. Dieser entfernte silberne Novemberhimmel, diese herbstlichen Bäume, die laublos ihre reinen und geheimen Farben tragen – dies ist die wirkliche Welt, nicht die Welt in Gold und Perlen. Ich stehe direkt unter dem freigefegten Himmel, nackt, ohne Fürsprecher. Frostwinde haben die Knochen in meinem Körper mit all ihren rastlosen Umtrieben emporgehoben, daß ich auf der Luft getragen dahingleite wie ein Rabe. Meinen Auftrieb gibt mir ein ruhiges, unbeschwertes Sehnen, ein schräg angesetzter Wille ähnlich dem präzis eingestellten Neigungswinkel der Flügel des Monarchfalters, der einen Hügel durch einen stillen Fall erklomm.

Das Schwingopfer zum Erntedank – eine leichte Bewegung des Lobs als Blickfang für Gottes Auge – bringt man zu seiner Zeit. In den Riten Altisraels bei einem Dankopfer aus freiem Willen tritt der Priester in sauberes Leinen gekleidet mit leeren Händen vor den Altar. In seine Hände wird die Brust des geschlachteten makellosen Opferwidders gelegt: und er schwingt sie als Schwingopfer vor dem Herrn. Des Windes Messer hat sein Werk getan. Dem Herrn sei Dank.

15. Kapitel

Das Reinigungswasser

Und sie werden dich befragen, was sie ausgeben sollen. Sprich: »Den Überfluß.« Der Koran

»Von Norden kommt goldener Schein; um Gott her ist schrecklicher Glanz.«

Heute ist Wintersonnenwende. Der Planet ist im steilsten Winkel gegen seine Sonne geneigt, schlingert und hält sich kreisend in der ihm bestimmten Spannung zwischen Abschwenken und Sehnen, in der er hilflos erhaben mal ihrer flüchtigen, lodernden Berührung entgegen, mal weiter fort wirbelt. Letzte Nacht hat sich Orion, heidnisch und wahnsinnig, über den ganzen weiten Himmel geschwungen und ausgebreitet, Schulter und Knie in Flammen, sein Schwert drei Sonnen parat – wozu?

Und heute war es schön, geradezu heiß; als ich aufwachte, fühlten meine Finger sich warm und trocken an, wie fremde Haut. Ich stand am Fenster, dem großen Fenster, an dem eines Sommers ein wachsbleicher Grashüpfer so heftig aus- und eingeatmet hatte, und dachte: Ich werde dieses Jahr nicht wiedersehen, so unschuldig nicht wiedersehen; und die Sehnsucht wickelte sich wie ein Schal um meinen Hals. »Denn der himmlische Vater wünscht, daß wir sehen mögen«, sagte Ruysbroek, »und deshalb sagt er unserer innersten Seele immer nur ein tiefes, unergründliches Wort und nichts sonst.« Doch welches Wort? Ist das Glaubenswahrheit oder Scheu? Eine gußeiserne Glocke hing im Gewölbe meines Brustkastens; wenn ich mich bewegte, läutete sie oder schlug eine lange Silbe an, die mir kleine Wellen durch die Lungen hinauf- und durch das körnige Mark meiner Knochen hinabschickte, und ich konnte sie nicht verstehen; ich spürte den ausgesprochenen Vokal wie einen Seufzer oder eine Note, aber den Konsonanten, der ihn zu einem Sinn formte, bekam ich nicht zu fassen. Ich riß mich vom Fenster los. Ich ging nach draußen.

Hier an der falschen Jasminhecke war eine Biene, eine Honigbiene, die die Hitze aus ihrem Stock gelockt hatte. Mit einemmal kam mir eine wundervolle Idee. Ich hatte kürzlich gelesen, daß die alten Römer glaubten, Bienen würden durch das Echo getötet. Die Vorstellung erschien mir so weit hergeholt wie befriedigend: daß ein gesprochenes Wort oder ein fallender Stein, von Felsen widerhallend – daß ein luftiges Nichts, das nichtsdestoweniger die unverstandene Wucht von irgend etwas mit sich trug und verbreitete –, diese stabilen kleinen Wesen mit einem Schlag aus der Luft pusten sollte. Ich wollte die Probe aufs Exempel machen. Das war eine absolut akzeptable Ausrede für einen Spaziergang; vielleicht konnte der sogar die Glocke zum Verstummen bringen oder sie richtig stimmen.

Ich wußte, wo ich ein Echo finden konnte; ich würde mich auf mein Glück verlassen müssen, um noch eine Dezemberbiene zu finden. Ich band mir einen Pullover um die Taille und machte mich zum Steinbruch auf. Das Experiment klappte nicht direkt, aber der Ausflug führte zu weiteren Eskapaden und Beobachtungen talauf und talab an diesem kurzen Tag zum Jahresende.

Es war heiß; den Pullover brauchte ich nicht. Eine riesige, hohe Wolke wanderte elegant über einen Fußweg droben in der Luft, sie glitt auf ihrem Plattfuß dahin wie eine gigantische, stolze Schnecke. Ich roch Schlick im Wind, Truthähne, Wäsche, Laub ... mein Gott, was für eine Welt. Nie ist vorauszusehen, was die nächste Sekunde bringt. Auf dem Waldweg zum Steinbruch sah ich das weggeworfene Aquarium wieder; jetzt, fast ein Jahr später, war immer noch nur eine Glaswand des Aquariums kaputt. Ich könnte darin ein Terrarium anlegen, dachte ich. Ich könnte den halben Quadratmeter Wald unter dem Glas auf das Glas befördern und mit einem Rahmen versehen, einen Penny drin verstecken und allen, die vorbeikommen, zurufen: Seht her! Hier ist ein halber Quadratmeter der Welt.

Ich streifte eine halbe Stunde am Steinbruch umher und filterte die Luft mit meinen Blicken nach kleinen Flecken, bis ich endlich eine Biene entdeckte. Ich schlenderte teilnahmslos durch das getrocknete Gras am steinigen Ufer, wo ich vor Monaten zugeschaut hatte, wie eine Mücke eine Mokassinschlange gestochen und ihr Blut gesaugt hatte; jenseits des Ufers streckten sich im Schatten der behauenen nackten Felsen Eisfinger über den grünen Baggersee. Eine perfekte Versuchsanordnung. Hallo! probierte ich zaghaft: Hallo! stammelten die Felsen unter dem Wald; und zitterten die Wurzelspitzen im Stein? Aber man bringt doch ein Tier nicht um, indem man hallo sagt. Ade! brüllte ich; Ade! kam es zurück, und die Biene summte unbekümmert im Gras.

Es könnte sein, überlegte ich, daß den Naturforschern im alten Rom diese Tatsache bekannt war, die uns bisher entgangen ist, weil es nur mit Latein funktioniert. Ich kann nicht viel Latein. *Habeas corpus!* schrie ich; *Deus absconditus! Veni!* Und die Felswand schmetterte zurück: Veni! Und die Biene summte weiter.

Das war also nichts. Es war fast Mittag; die hohe Wolke war verschwunden. Nach West Virginia, wo sie sich an einem Höhenzug stieß, in den Bäumen verfing und in Fetzen zerrissen den Abhang hinunter trieb? Ich beobachtete die Biene, solange ich konnte, bekam sie in den Blick und verlor sie wieder, bis sie plötzlich steil aufstieg wie ein Ballon, der sich losgerissen hat, und in den Wald enteilte. Ich blieb allein zurück. In meinen Ohren hallte noch der ungewohnte Klang meiner eigenen, vom Fels zu einem Beben verschliffenen Stimme, die zurückgeworfen wieder durch meine Kehle rann und um mich herum erstarb, einsam: hätte jemand sie am Hollins Pond hören können oder hinter mir, am andern Flußufer, auf dem Hügel, über den die Stare fliegen? War dort jemand, der sie hören konnte? Ich spürte unter meinen Rippen wieder die leise schlagende Glocke. Ich komme, wenn ich kann. Ich wandte mich vom Steinbruch fort, mein Überschwang erstickt, meine Stimmung nervös und angespannt.

Der Steinbruchweg verläuft ein gutes Stück stromaufwärts von meinem Haus parallel zum Tinker Creek, und an der Stelle, wo der Wald sich lichtet und in Weideland übergeht, folgte ich dem Flußufer zu mir hinunter. Kurz vor der tränenförmigen Insel, der ich mich noch nie von dieser Seite des Flusses her genähert hatte, versperrte ein Zaun mir den Weg, ein leichter Drahtzaun für Pferde, der krumm und schief über den Fluß führte und mir als wacklige Brücke zur Insel diente. Ich stand schwer atmend da, sog den zarten Duft des frischen Wassers ein und spürte die Sonne warm auf den Haaren.

Das Dezembergras auf der Insel war ausgeblichen und verdorrt, blaß gegen die staubigen Platanenstämme, laut unter den Füßen. Hinter mir, auf dem Weg, den ich gekommen war, erhob sich die Weide von Twilight, einem Pferd, das ständig die Farbe wechselte und das ursprünglich Midnight hieß, bis es eines Frühlings die Nachbarschaft verblüffte, indem es plötzlich braun wurde. Vor mir in der Ferne blitzten die steilen Wände des Tinker Mountain im Sonnenlicht. Der Lucassche Obstgarten erstreckte sich über den Mittelgrund, die bleichen Pfirsichäste hübsch genau gegabelt und gehalten, Reihe für Reihe, wie eine Bühne voller schlanker unschuldiger Tänzer, die vergeblich darauf warten, zum Tanzen aufgefordert zu werden; unterhalb des Obstgartens fiel die Ochsenweide bis an die Auen ab und endete schließlich an der Platanenbrücke zu der Insel, wo ich voll Entsetzen beobachtet hatte, wie ein grüner Frosch bis auf die Haut ausgesaugt wurde und unterging. Droben wölbte sich ein flüchtiger, leerer Himmel, der um so weiter zurückzuweichen schien, je intensiver ich seine Kuppel nach einem Entfernungsmaß absuchte.

Stromab, an der Spitze der Insel, wo die Riesenwanze den lebenden Frosch festgehalten und aufgefressen hatte, setzte ich mich hin und lutschte an meinen eigenen trocknen Fingerknöcheln. Das schlimmste war, wie die Augen des Frosches brachen. Sein Maul war ein schmaler, erschrockener Schlitz; die glänzende Haut an Brust und Schultern erschauerte einmal und sackte, zu einem leeren Gefäß reduziert, in sich zusammen; aber ach, diese beiden verloschenen Augen! Sie erschlafften, alle Wachheit floß aus, als wären Sinn und Leben eine bloß zufällige Beigabe zur Idee der Augen, eine Füllung nicht anders als eine

Marmelade im Glas, das sich schnell und mühelos leeren läßt; sie wurden platt, lichtlos, undurchsichtig und versanken. Hatte die Riesenwanze den Frosch am Hinterteil gepackt oder in der Schenkelmulde? Würde ich einen Froschschenkel essen, wenn man ihn mir anböte? Ja.

Neben dem Schwingopfer zum Erntedank, bei dem die Brust des Widders vor dem Herrn geschwungen wird, gibt es ein zweites freiwilliges Lob- oder Dankopfer, das zur gleichen Zeit dargebracht wird. Neben dem Schwingopfer gibt es das Hebopfer. Die Brust wird vor dem Altar des Herrn geschwungen; die Keule wird gehoben. Was ich gern wüßte, ist dies: Wohin hebt der Priester die Keule? *Wirft* er die Keule des geopferten Widders – eines Widders, der, bevor der Priester ihn schlachtete und zerlegte, ohne Fehler und Gebrechen war: nicht blind oder mit einem gebrochenen Glied oder einer Wunde oder einem Geschwür oder Krätze oder Flechten oder mit zerdrückten Hoden oder zerschlagen oder zerrissen oder ausgeschnitten –, schleudert er sie über das Tabernakel, zwischen den blutbeschmierten Hörnern des Altars hindurch, auf Gott? Da, sieh dir an, was ich deinetwegen getan habe. Und dann verspeist er sie. Dies Hebopfer ist eine gewaltsame, verzweifelte Methode, Gottes Blick auf sich zu lenken. Sie ist nicht unangemessen. Wir sind Menschen; wir dürfen Beziehungen zum Schöpfer pflegen, und wir müssen für die Schöpfung eintreten. Gott, sieh dir an, was du mit diesem Geschöpf angestellt hast, sieh dir den Kummer an, die Grausamkeit, die ständige verfluchte Verschwendung! Ist es, so absurd es erscheinen mag, denkbar, daß ich dafür hier auf diesem bewußtlosen Planeten mit meinen unschuldigen Artgenossen das ganze Frühjahr Baseball spiele, nur um meinen Wurfarm zu trainieren? Wie hoch, wie weit könnte ich einen kleinen Froschkeulenrest auf den Herrn werfen? Wie hoch, wie weit, wie lange, bis ich sterbe?

Ich spielte mit dem wintertoten Gras, wand es mir wie Haar um die Fingerspitze, zauste die Rispen mit meinen Handflächen. Wieder ist ein Jahr abgespult, abgewickelt und über das Nirgendwo gefallen wie ein weggeworfenes, mit Kauderwelsch beschriebenes Spruchband. »Der letzte Akt ist blutig, und war der Rest des Stückes noch so ansehnlich; am Ende werfen sie dir ein bißchen Erde auf den Kopf, und aus ist's für immer.« Irgendwo, überall lauert ein Abgrund, wie die schaudernde Klamm des Schattenflusses, die zu meinen Füßen klafft, wie ein plötzliches Loch im Fenster oder Rumpf eines Düsenflugzeugs, durch das im Nu Dinge rutschen oder gesaugt werden und aus dem Blick verschwinden, auf Nimmerwiedersehen. Die Lebenden erfahren bei jedem Augenöffnen, in jedem Augenblick, während eine Bisamratte untertaucht, ein Reiher auffliegt, ein Blatt kreiselnd davonschwimmt, schmerzhafte Verluste. Im Topf mit dem Essen für die Lebenden sitzt der Tod, Fliegeneier im Fleisch, verschmutztes Salz und gepflückte Kräuter bitter wie Galle. Wenn du überhaupt etwas bekommst. Wie viele Menschen haben um ihr täglich Brot gebetet und sind verhungert? Sie sterben ihren täglich Tod absolut wie der Frosch, Menschen, mit denen munter gespielt wird, obwohl Gott weiß, daß sie ihr Leben liebten. In einer winterlichen Hungersnot aßen verzweifelte Algonkin-Indianer »eine Suppe aus Rauch, Schnee und Hirschleder, und der Pellagra-Ausschlag blühte wie tätowierte Blumen auf ihren ausgemergelten Körpern – die Rosen des Hungers, wie sie ein französischer Arzt beschrieb; und wer verhungerte, starb von Rosen bedeckt.« Ist es Schönheit, die in diesen unerwünschten Rosen steckt, oder bloß eine Machtdemonstration?

Oder ist die Schönheit selbst ein feingearbeiteter Köder, der grausamste Schwindel von allen? Zu diesem Thema gibt es ein Fragment eines alten und verwickelten Eskimomärchens, das ich bei Farley Mowat gelesen habe und das mir seit Jahren immer wieder ungebeten vor Augen steht. Das Fragment ist ein kurzes, alle klassischen Einheiten wahrendes Drama, schlicht und grausam, gespielt beim Licht einer Robbenölfunzel aus Speckstein.

Ein junger Mann in einem fremden Land verliebt sich in ein junges Mädchen und nimmt sie in ihrer Mutter Zelt zur Frau. Bei Tag kauen die Frauen Häute und kochen Fleisch, während der junge Mann zur Jagd geht. Aber die Alte ist eifersüchtig; sie will den Jungen für sich. Eines Tages ruft sie die Tochter zu sich und bietet ihr an, ihr die Haare zu flechten; das Mädchen setzt sich erfreut und stolz und wird alsbald mit ihrem eigenen Haar erwürgt. Wenn Eskimos eins beherrschen, dann die Kunst des Häutens. Die Mutter nimmt ihr kleines gebogenes Messer zur Hand, das wie ein Tanzrock geformt ist, zieht der Tochter das wunderschöne Gesicht ab und preßt die leere Hülle auf dem eigenen Schädel glatt. Als der junge Mann am Abend zurückkehrt, legt er sich in dem Zelt auf dem Dach der Welt zu ihr. Aber er ist von der Jagd naßgeschwitzt; die Hautmaske schrumpft und verrutscht, das runzlige Gesicht der alten Mutter kommt zum Vorschein, und der junge Mann flieht zu Tode erschrocken für immer.

Wenn ich die Himmelskuppel erklömme und den wunderschönen Stoff raffte und daran risse, bis ich mit den Fäusten eine Falte gepackt hätte, an der ich ziehen könnte, würde dann womöglich die Maske fallen und einen zahnlosen häßlichen Alten zum Vorschein bringen, die Augen glasig vor Entzücken?

Ein Wind kam auf und wurde stärker; er schien im gleichen Moment in meine Nasenlöcher einzudringen und durch meine Eingeweide zu fahren. Ich bewegte mich und hob den Kopf. Nein, das habe ich schon millionenmal durchgekaut, Schönheit ist kein Schwindel – an wie vielen Tagen habe ich gelernt, nicht meinen Handrücken anzustarren, wenn ich auf den Fluß hinausschauen kann? Komm, sage ich zum Fluß, überrasch mich; und das tut er, mit jedem neuen Tropfen. Schönheit ist wirklich. Ich würde das niemals leugnen; das Entsetzliche ist, daß ich es vergesse. Verschwendung und Überfluß herrschen uferauf und uferab nebeneinander, überall am feingestalteten Rand der freien Einfälle des Geistes in die Zeit. An beiden Seiten von mir fing der Fluß das ferne Licht des Himmels ein und hielt es fest, bildete daraus eine wandelbare Substanz und trug es als Sprenkel zu Tal.

Dieser Tinker Creek! Heute war er niedrig und klar. Auf der stillen Seite der Insel stand das Wasser gläsern wie eine Scheibe, ein Glanz auf Sandsteinrunen, Schiefer und schneckenbeschriebenem Lehmboden; auf der schnelleren Seite barg der Fluß eine blendende Vielfalt von gebogenen und geneigten Flächen, Schattenflecken und Himmelsfetzen. Dies sind die Wasser der Schönheit und des Mysteriums, die hervorsprudeln aus einem Spalt in der steinernen Welt; sie füllen das Innere meiner Zellen mit einem Licht wie Wasser, in dem Blütenblätter schwimmen, und sie durchwühlen mächtig und eiskalt wie eine große Schiffsschraube meine Lungen. Dies ist auch das Reinigungswasser; es wäscht mich unnachgiebig und sanft rein, und es schneidet mich ab. Ich bin mit Aschebrocken, verbrannten Knochenstückchen und Blut bespritzt; ich streife wildäugig im Flug über die Felder und plündere die Wälder, nicht mehr recht gesellschaftsfähig.

Laß dich noch ein letztes Mal an die Hand nehmen. Nach dem alten hebräischen Ritus des Reinigungswassers muß der Priester eine rötliche Kuh finden, eine rötliche Kuh, an der kein Fehler ist und auf die noch nie ein Joch gekommen ist, und muß sie hinaus vor das Lager führen und dort schlachten und unzerteilt verbrennen lassen, ohne wegzusehen: »Und er soll die Kuh vor seinen Augen verbrennen lassen, ihr Fell und ihr Fleisch, dazu ihr Blut samt ihrem Mist.« In die stinkenden Flammen soll der Priester Zedernholz für langes Leben, Ysop zur Reinigung und scharlachrote Wolle als Ader lebendigen Bluts werfen. Aus dieser unschuldigen Asche wird das Reinigungswasser gemacht, jedesmal neu, indem sie in einem Gefäß mit frischem, fließendem Wasser übergossen wird. Dieses besondere Wasser reinigt. Ein Mann – ein x-beliebiger Mann – braucht nur einen Ysopzweig in das Gefäß zu tauchen und alles, was unrein ist, mit Wasser zu besprengen – bloß besprengen! »Auch den, der eines Toten Gebein oder einen Erschlagenen oder Gestorbenen berührt hat.« So. Aber ich habe mich nie um diese Rolle beworben. Das Gebein hat mich berührt.

Ich stand auf, allein, und die Welt schwankte. Ich bin ein Flüchtling und ein Vagabund, eine Durchreisende auf der Suche nach Zeichen. Als Isak Dinesen in Kenia war, das Herz durch ihren Verlust vollkommen gebrochen, trat sie bei Sonnenaufgang, ein Zeichen suchend, vors Haus. Sie sah einen Hahn zuspringen und einem Chamäleon die Zunge an der Wurzel aus der Kehle reißen und verschlingen. Und dann mußte Isak Dinesen einen Stein nehmen und das Chamäleon töten. Aber dieses Zeichen hatte ich bereits gesehen, häufiger als ich es je gesucht hatte; heute sah ich etwas Inspirierendes, etwas wirklich Hübsches und Kleines.

Ich stand verloren, versunken, die Hände in den Taschen, den Blick auf den Tinker Mountain gerichtet, und hatte das Gefühl, als kippte die Erde ab. Mit einemmal sah ich etwas in der Luft auf mich zuwirbeln, das aussah wie ein Raumschiff vom Mars. Es blitzte mit geborgtem Licht wie ein Propeller. Es kam sehr schnell voran und sank dabei nur langsam tiefer. Während ich gebannt zuschaute, stieg es, eben bevor es eine Distel berührte, auf und schwebte Pirouetten drehend auf der Stelle, wirbelte wieder weiter und landete dann endlich. Ich fand es im Gras; es war ein Ahornschlüssel, ein einzelner, geflügelter Same, dem die zweite Hälfte fehlte. Hallo. Ich warf ihn in den Wind, und er flog voller Tatendrang wieder los, als wäre er nicht ein vom Wind verwehtes oder vom Baum gefallenes Ding, getragen von den geistlosen Winden der Konvektionsströme, die da, wo sie müssen, die Rundungen der Erde umfahren, sondern ein Lebewesen mit Muskeln und eigenen Kräften, das sich in jenen anderen Wind legt, den Wind des Geistes, der bläst, wo er will, der leicht macht und in die Lüfte hebt und behutsam wieder landen läßt. Oh Ahornschlüssel, dachte ich, ich muß gestehen, ich dachte, sei mir willkommen.

Und die Glocke unter meinen Rippen ließ einen reinen Ton erklingen, einen Tusch wie von vielstimmigen Bläsern, hell, lieblich, mit einem langen, düsteren Sinn, den ich nun endlich zu erklären versuchen werde. Geworfen ist ein zu hartes Wort für das Dahinrasen der Welt. Geweht trifft es eher, geweht von einem großzügigen, nimmermüden Atem. Einem Atem, der niemals zu entfachen aufhört, der stets vital, hingebungsvoll bläst; zerfaserte Splitter spritzen in alle Richtungen und gehen in Flammen auf. Von jetzt an werde ich, wenn ich allein lauschend in einem böigen Wind schwanke, denken: Ahornsame. Wenn ich ein Weltraumphoto der Erde sehe, den so erstaunlich malerisch im Raum hängenden Planeten, werde ich denken: Ahornsame. Wenn ich dir die Hand schüttle und unsere Augen sich begegnen, werde ich denken: zwei Ahornsamen. Ich mag nur ein fallender Ahornsame sein, aber ich kann zumindest schwirren.

Thomas Merton schrieb: »Es besteht immer eine Versuchung, mit dem kontemplativen Leben zu spielen, indem man nette kleine Standbilder baut.« Es besteht immer eine kolossale Versuchung, mit dem Leben überhaupt zu spielen, indem man nette kleine Freundschaften schließt, nette kleine Mahlzeiten kocht und Reisen macht, endlose nette Jahre lang. Es ist so realistisch, so augenscheinlich moralisch, einfach von den fluß- und winddurchströmten Spalten zurückzutreten und, durchaus zu Recht, zu sagen: Ich habe diese Gnade nicht verdient, und dann bis zum Ende seiner Tage an der Grenze zum Zorn dahinzuschmollen. Ich denke nicht daran, es so zu machen. Dazu ist die Welt, wo man hinschaut, zu wild, zu gefährlich und bitter, extravagant und bunt. Wir machen Heu, wo wir juchhe machen sollten. Wir wecken Tomaten ein, wo wir Radau schlagen und Lazarus aufwecken sollten.

Hesekiel verurteilt falsche Propheten als solche, die »nicht in die Bresche getreten sind«. Die Breschen, die Spalten, die Einschnitte sind's. Die Spalten sind der Seele einzige Heimat, die Höhen und Breiten so blitzsauber und karg, daß die Seele sich erstmals selbst entdecken kann wie ein einstmals Blinder, der von seinen Verbänden befreit wird. Die Spalten sind die Felsklüfte, in die du dich hockst, um hinter Gott herzusehen; sie sind die Risse in den Bergen und zwischen Zellen, durch die der Wind peitscht, die eisigen, sich verengenden Fjorde, die sich in die Klippen des Mysteriums einschneiden. Geh hinein in die Abgründe. Wenn du sie finden kannst; auch sie verschieben sich oder verschwinden gar. Pirsche dich an die Spalten an. Quetsche dich in einen Spalt im Boden, winde dich hinein und erschließe – mehr als einen Ahorn – eine Welt. So sollst du den heutigen Nachmittag verleben und den morgigen Vormittag und den morgigen Nachmittag. *Verlebe* den Nachmittag. Du kannst ihn nicht mitnehmen.

Ich lebe in Ruhe und Frieden und in Zittern und Zagen. Manchmal träume ich. Alice interessiert mich am meisten dort, wo sie den Keks ißt, der sie kleiner macht. Ich würde mich gern schälen oder schälen lassen, bis ich selbst auch durch die kleinste Ritze passe, einen Spalt im Himmel, von dem ich genau weiß, daß er da ist. Ich suche derzeit nach dem Keks. Manchmal öffne ich mich wie eine aufgeschnittene Frucht. Oder ich bin porös wie ein alter Knochen oder lichtdurchlässig, eine gefärbte Kondensation der Luft wie eine Aquarell-Schattierung, und ich schaue mich um und bin verwirrt, weil ich glaube, daß ich keinen Schatten werfe. Manchmal reite ich einen bockenden Glauben und halte mich mit einer Hand fest, während ich mit der andern in der Luft herumfuchtle, und wie jeder Wagehals gebe ich die Sporen, weil ich Blut will, einen wilderen Ritt, mehr.

Es gibt keine Garantie in der Welt. Ja, natürlich, was du *brauchst,* wirst du sicher bekommen, das versichert dir felsenfest die denkbar sicherste Garantie mit den schlichtesten, wahrsten Worten: klopf an, suche, bitte. Aber du mußt das Kleingedruckte lesen. »Nicht gebe ich euch, wie die Welt gibt.« Das ist der Haken. Wenn du es erwischen kannst, wird es kommen und dich erwischen, gleich, an welchem Spalt, gleich, wie hoch droben, und du wirst zurückkommen, denn zurückkommen wirst du, wenn auch womöglich so verwandelt, daß du dich kaum wiedererkennst – sabbernd und entrückt. Das Reinigungswasser hinterläßt, auch als feinste Sprenkel, unauslöschliche Flecken. Hast du, bevor es dich erwischte, gedacht, daß du, sagen wir, dein Leben brauchtest? Glaubst du, daß du dein Leben behalten wirst oder die anderen Dinge, an denen du hängst? Aber nein. Du bekommst alles, was du brauchst. Aber nicht, wie die Welt gibt. Du erlebst, wie dir jedesmal, wenn du gebetet hast, zuteil wurde, was deine Seele braucht, und du hast gelernt, daß die unerhörte Garantie eingehalten wird. Du erlebst, wie andere Geschöpfe sterben, und du weißt, daß auch du sterben wirst. Und eines Tages geht dir auf, daß du das Leben gar nicht brauchst. Offensichtlich. Und dann bist du weg. Du hast endlich verstanden, daß du es mit einem Wahnsinnigen zu tun hast.

Ich glaube, die Sterbenden beten zuletzt nicht »bitte«, sondern »danke«, wie ein Gast seinem Gastgeber an der Tür dankt. Die Leute, die aus einem Flugzeug fallen, rufen auf dem ganzen Weg durch die Luft danke, danke; und unten auf den Felsen stehen die Kühlwagen für sie bereit. Gott spielt nicht. Das Universum ist nicht zum Scherz geschaffen, sondern in vollem, unbegreiflichem Ernst. Von einer Macht, die unergründlich geheim und heilig und flüchtig ist. Daran ist nichts zu machen, du kannst sie nur ignorieren oder sehen. Und dann gehst du furchtlos deiner Wege, ißt, was du essen mußt, und wächst, wo du kannst, wie der fahrende Mönch, der genau weiß, wie verwundbar er ist, der keinen Trost unter Menschen sucht, die nicht wissen, daß sie sterben müssen, und der seine Vision von Unermeßlichkeit und Macht in seinem Gewand trägt wie eine glühende Kohle, die ihn weder verbrennt noch wärmt, doch von der er sich um keinen Preis trennt.

Ich hatte einmal einen Kater, eine alte Kämpfernatur, der durch das offene Fenster neben meinem Bett sprang und mir mit kaum eingezogenen Krallen die Brust knetete. Ich habe blutige Wunden davongetragen, bin übel zugerichtet, ausgewrungen, geblendet, gebeutelt worden. Ich schmecke früh morgens Salz auf meinen Lippen; ich überrasche meine Augen im Spiegel, und sie sind Asche, oder feurige Sprosse, und ich starre entsetzt oder tief Luft schöpfend in sie hinein. Der Planet wirbelt allein und träumend dahin. Macht brütet, braust und schießt nieder. Der Planet und die Macht treffen mit einem Schock aufeinander. Sie verschmelzen und taumeln, Blitze, Bodenbrände; sie trennen sich stumm, willfährig, und berühren sich aufs neue mit Fauchen und Gebrüll. Der Baum, in dem die Lichter brennen, lodert hell auf, und die guß-steinernen Berge läuten.

Emerson hat es gesehen. »Mich träumte, ich schwebte aus freiem Willen im großen Äther, und ich sah diese Welt ebenfalls dahinschweben, nicht weit von mir, aber zur Größe eines Apfels geschrumpft. Dann nahm ein Engel sie in die Hand und brachte sie zu mir und sagte: ›Das mußt du essen.‹ Und ich aß die Welt.« Ganz. Das Feine, Gescheckte, Angenagte, Vielgestaltige und Freie. Die Priester Israels boten das Schwingopfer und das Hebopfer zusammen dar, aus freiem Willen, in vollem Bewußtsein, als Dank. Sie schwangen, sie hoben, und keine der beiden Gesten war ohne die andere vollständig, und beide sagten großen Auges und scharfen Blickes Dank. Geh deiner Wege, iß das Fett und trink den Wein, sagte die Glocke. Ein Alchimist des sechzehnten Jahrhunderts schrieb vom Stein der Weisen: »Man findet ihn auf dem freien Land, im Dorf und in der Stadt. Er ist in allem, was Gott geschaffen hat. Mägde werfen ihn auf die Straße. Kinder spielen mit ihm.« Die Riesenwanze hat die Welt gegessen. Und wie Billy Bray gehe ich meinen Weg – und mein linker Fuß sagt: »Ehre sei Gott«, und mein rechter Fuß sagt: »Amen« – hinein in den Schattenfluß und wieder hinaus, stromauf und stromab, und tanze verzückt, entrückt, zu den zwei silbernen Posaunen des Lobs.

Barry Lopez

In der Wüste. Am Fluß

Aus dem Englischen von Hans-Ulrich Möhring

202 Seiten, Leinen, ISBN 3-608-93332-8

Barry Lopez, Naturwissenschaftler und Dichter, hat den wachen Blick des Forschers und die bildhafte Sprache, um den *genius loci* zu beschwören. Seine Geschichten, in denen Sprache und Landschaft einander treffen, haben eine lyrische Qualität.

»Wäre«, so meint ein Kritiker, »Castanedas Don Juan ein Schriftsteller, so würde er schreiben wie Barry Lopez. Beide wissen um die Magie von Orten, eine Magie, die jenseits des menschlichen Fassungsvermögens ist. Sie erinnert mich an Peyote, an Buddhismus, an Tanz.«

»Lopez' Auge funktioniert wie ein scharfes Objektiv, das in den Sandkörnern wie in einer Blindenschrift liest. Sich der Natur hingeben, sich in die Erde kuscheln, ist seine elementare Empfehlung, die auch für die Herstellung des inneren Gleichgewichtes gilt. Lopez vermittelt über die ungebrochene Sprache der Natur das tiefe Gefühl einer letzten Chance zur Umkehr.«

A. Kirchner

»›In der Wüste. Am Fluß‹ ist ein höchst individuelles Journal, dessen Prosa nicht auf die Erhellung wissenschaftlicher Zusammenhänge, der Vermittlung von Forschungsergebnissen aus ist, sondern auf die Erzeugung poetischer Atmosphäre. Was nicht heißt, daß nichts zu lernen ist bei der Lektüre dieser Notizen. Im Gegenteil.«

Walter Titz

Klett-Cotta